UMA HISTÓRIA DOS ÚLTIMOS DIAS

COMANDO TRIBULAÇÃO

NICOLAE

**COLHEITA DE ALMAS**

APOLIOM

ASSASSINOS

O POSSUÍDO

A MARCA

PROFANAÇÃO

O REMANESCENTE

ARMAGEDOM

GLORIOSA MANIFESTAÇÃO

# DEIXADOS PARA TRÁS

## COLHEITA DE ALMAS

**TIM LAHAYE**

**JERRY B. JENKINS**

THOMAS NELSON
BRASIL

Título original: *Soul Harvest: The World Takes Sides*
Copyright © 2018 por Tim LaHaye e Jerry B. Jenkins.
Edição original por Tyndale House Publishers. Todos os direitos reservados.
Copyright da tradução © Vida Melhor Editora, LTDA., 2018.
Todos os direitos desta publicação são reservados por Vida Melhor Editora, LTDA.
As citações bíblicas são da *Nova Versão Internacional*, a menos que seja especificada outra versão da Bíblia Sagrada.

| | |
|---|---|
| PUBLISHER | *Samuel Coto* |
| EDITORES | *André Lodos e Bruna Gomes* |
| TRADUÇÃO | *Talita Nunes* |
| COPIDESQUE | *Hugo Reis* |
| REVISÃO | *Carla Morais e Giuliana Castorino* |
| CAPA E PROJETO GRÁFICO | *Maquinaria Studio* |
| DIAGRAMAÇÃO | *Julio Fado* |

Nenhuma parte deste livro pode ser reproduzida, armazenada em qualquer sistema de recuperação de textos, ou transmitida sob qualquer forma ou meio — eletrônico, mecânico, fotocópia, gravação, digitalização ou outro similar —, exceto em breves citações de resenhas críticas ou artigos, sem a permissão prévia por escrito do editor.

Os pontos de vista desta obra são de responsabilidade de seus autores, não refletindo necessariamente a posição da Thomas Nelson Brasil, da HarperCollins Christian Publishing ou de sua equipe editorial.

**Dados Internacionais de Catalogação na Publicação (CIP)**

| | |
|---|---|
| L11d | LaHaye, Tim 1.ed. Deixados para trás, v.4 : colheita de almas / Tim LaHaye, Jerry B. Jenkis; tradução de Talita Nunes. – 1.ed. – Rio de Janeiro: Thomas Nelson Brasil, 2020. 384 p.; il.; 15,5 x 23 cm. |
| | Tradução de: Soul Harvest: The World Takes Sides (Left Behind 4) ISBN: 978-85-571670-83-9 |
| | 1. Literatura americana. 2. Suspense. 3. Ficção. 4. Religião – apocalipse. I. Jenkis, Jerry B. II. Nunes, Talita. III. Título. CDD 810 |

Bibliotecária responsável: Aline Graziele Benitez CRB-1/3129

Todos os direitos reservados à Vida Melhor Editora Ltda.
Rua da Quitanda, 86, sala 218 – Centro
Rio de Janeiro, RJ – CEP 20091-005
Tel.: (21) 3175-1030
www.thomasnelson.com.br

*Aos nossos mais novos irmãos e irmãs.*

# PRÓLOGO

Do livro *Nicolae*

Buck sentiu um aperto no coração quando viu o campanário da Igreja Nova Esperança. Ela estava a menos de seiscentos metros de distância, e a terra continuava a revirar-se. Coisas ainda desabavam. Árvores enormes eram derrubadas, levando consigo fios elétricos e jogando-os nas ruas.

Ele gastou vários minutos procurando um caminho pelos escombros e pelas enormes pilhas de madeira, terra e cimento. Quanto mais perto chegava da igreja, mais vazio seu coração parecia ficar. Aquele campanário era a única coisa que tinha ficado de pé. A base estava no nível do chão. Os faróis do Range Rover lançaram sua luz sobre bancos em fileiras perfeitas, alguns aparentemente intocados. O restante do templo, as vigas arqueadas, os vitrais, tudo estava destruído. O prédio administrativo, as salas de aula, os escritórios estavam no chão, num monte de tijolos, vidro e argamassa.

Buck conseguiu enxergar um carro numa cratera, naquilo que costumava ser o estacionamento; o chassi no chão, os quatro pneus estourados e os eixos quebrados. Duas pernas humanas apareciam por baixo do carro. Buck parou o Range Rover a uns trinta metros daquela bagunça. Puxou o freio de mão e desligou o motor. Sua porta não abria. Então, soltou o cinto e saiu pelo lado do passageiro. De repente, o terremoto parou. O sol reapareceu. Era uma manhã clara e ensolarada, numa segunda-feira em Mount Prospect, Illinois. Buck podia sentir cada osso de seu corpo.

Avançou pelo solo acidentado em direção àquele pequeno carro amassado. Quando chegou perto, viu que o corpo esmagado tinha perdido um sapato. O sapato que restou, porém, confirmou seu medo. Loretta tinha sido esmagada pelo próprio carro.

Buck tropeçou e caiu de rosto na sujeira, e algo cortou sua bochecha. Ele ignorou o corte e arrastou-se até o carro. Tomou fôlego e empurrou com toda a força, tentando tirar o veículo de cima do corpo. Ele não se mexia. Tudo em Buck se recusava a deixar Loretta lá. Mas para onde levaria o corpo se conseguisse soltá-lo?

Aos prantos, rastejou pelos escombros, procurando qualquer entrada para o refúgio subterrâneo. Pequenas partes reconhecíveis da sala de comunhão permitiram que ele rastejasse entre o pouco que sobrou da igreja destruída. O canal que levava ao campanário tinha desabado. Ele passou por cima de tijolos e pedaços de madeira. Finalmente, encontrou o duto de ventilação. Com as mãos formou um funil sobre a entrada do duto e gritou através dele:

— Tsion! Tsion! Você está aí?

Buck virou a cabeça de lado e encostou a orelha no duto, sentindo o ar fresco que subia do abrigo.

— Estou aqui, Buck! Você me ouve?

— Ouço, sim, Tsion! Você está bem?

— Estou, mas não consigo abrir a porta!

— Você não vai querer ver o que aconteceu aqui em cima, Tsion! — gritou Buck, a voz cada vez mais fraca.

— Como está Loretta?

— Morta!

— Foi o grande terremoto?

— Sim!

— Consegue vir até aqui?

— Chegarei até você, mesmo que seja a última coisa que faça, Tsion. Preciso que me ajude a procurar Chloe.

— Estou bem por enquanto, Buck! Vou esperá-lo!

Buck virou-se para olhar na direção do refúgio. Pessoas tropeçavam em roupas rasgadas. Muitas sangravam. Algumas caíam e pareciam morrer diante de seus olhos. Ele não sabia quanto tempo levaria para chegar até Chloe. Certamente não queria ver o que encontraria por ali, mas não desistiria até chegar lá. Se houvesse uma chance em um milhão de chegar até ela, de salvá-la, ele tentaria.

\* \* \*

O sol reapareceu na Nova Babilônia. Rayford insistiu que Mac McCullum continuasse até Bagdá. Não importava para que lado os três olhassem, tudo o que viam era destruição. Crateras causadas pelos meteoros. Incêndios. Prédios aniquilados. Estradas assoladas.

Quando o Aeroporto de Bagdá apareceu no horizonte, Rayford abaixou a cabeça e chorou. Aviões estavam partidos ao meio; alguns tinham sido parcialmente engolidos por aberturas no chão. O terminal estava totalmente destruído. A torre tinha caído. Havia corpos espalhados por toda parte.

Rayford pediu que Mac pousasse o helicóptero. Mas, ao observar a área, ele soube. A única oração a ser feita por Amanda ou por Hattie era que seu avião ainda estivesse no ar quando tudo aconteceu.

Assim que os rotores pararam de girar, Carpathia voltou-se para os dois:

— Algum de vocês tem um celular que funcione?

Rayford sentiu-se tão enojado, que passou por Carpathia e abriu a porta. Foi por trás do assento dele e pulou para fora. Então, soltou o cinto de Carpathia, agarrou-o pela gola e tirou-o do helicóptero. Carpathia caiu com tudo. Ele se levantou rapidamente, como que pronto para lutar. Rayford o empurrou contra o helicóptero.

— Comandante Steele, entendo que esteja nervoso, mas...

— Nicolae — Rayford disse por entre os dentes apertados —, pode explicar isso como quiser, mas deixe-me dizer primeiro: Você acaba de ver a ira do Cordeiro!

Carpathia encolheu os ombros. Rayford o empurrou uma última vez contra o helicóptero e se afastou, voltando-se para o terminal do aeroporto, a quase meio quilômetro de distância, orando e pedindo que aquela fosse a última vez que teria de procurar o corpo de uma pessoa amada em meio aos escombros.

\* \* \*

*Então os sete anjos, que tinham as sete trombetas, prepararam-se para tocá-las.*

APOCALIPSE 8:6

# CAPÍTULO 1

Rayford Steele vestia o uniforme do inimigo de sua alma, e se odiava por isso. Caminhava a passos largos pelas areias iraquianas em direção ao Aeroporto Internacional de Bagdá, em seu traje azul, e estava chocado com a incoerência de tudo aquilo.

Do outro lado da planície ressequida, ouvia gemidos e gritos de centenas de pessoas que ele nem seria capaz de começar a ajudar. Qualquer oração para encontrar sua esposa viva dependia da rapidez com que conseguisse chegar até ela. Mas não havia rapidez ali. Apenas areia. E quanto a Chloe e Buck nos Estados Unidos? E Tsion?

Desesperado, frenético, louco de frustração, arrancou o elegante colete com trançado amarelo, pesadas dragonas e emblema bordado, o qual identificava um oficial superior da Comunidade Global. Rayford não gastou tempo desatando os botões de ouro maciço; permitiu que caíssem no chão do deserto. Deixou a jaqueta de alfaiataria deslizar de seus ombros e agarrou o colarinho com os punhos. Três, quatro, cinco vezes, ergueu a roupa acima da cabeça e arremeteu-a contra a areia. A poeira levantou-se, e a areia subiu sobre seus envernizados sapatos de couro.

Rayford considerava abandonar todos os vestígios de sua ligação com o regime de Nicolae Carpathia, mas sua atenção se voltou para os luxuosos bordados no braço. Puxou-os violentamente com a intenção de arrancá-los, como se estivesse desprendendo-se de seu posto a serviço do anticristo, mas o adereço não permitia sequer uma unha entrando por entre os pontos, e Rayford bateu o casaco no chão uma vez mais. Pisou-o e chutou-o, como se isso fosse um bônus; por fim, tomou consciência do que o tornava mais pesado: seu celular estava no bolso.

Quando se ajoelhou para recuperar o casaco, a enlouquecedora lógica de Rayford voltou — a praticidade que o fez ser quem ele era. Sem saber o que encontraria nas ruínas de seu condomínio, ele não devia tratar como dispensável o que talvez viesse a ser seu único conjunto de roupas.

Rayford enfiou os braços nas mangas como um garotinho obrigado a vestir uma jaqueta num dia quente. Não se incomodou em sacudir a areia; assim, andando em direção aos esqueléticos restos do aeroporto, o corpo esguio de Rayford era menos impressionante do que o habitual. Ele poderia ser o sobrevivente de um desastre, um piloto que perdeu o quepe e viu os botões serem arrancados de seu uniforme.

Rayford não conseguia se lembrar de ter sentido frio antes do anoitecer durante todos os meses em que viveu no Iraque. No entanto, algo no terremoto mudou não apenas a topografia, mas também a temperatura. Ele sempre esteve acostumado a camisas úmidas e tecidos pegajosos sobre sua pele, mas, agora, o vento, aquela rara e misteriosa corrente de ar, arrepiava-o enquanto ligava rapidamente para Mac McCullum.

Naquele instante, ouviu o ruído do helicóptero de Mac vindo de trás. Perguntou-se aonde estariam indo.

— Mac falando — veio a voz grave de McCullum.

Rayford girou e observou o helicóptero encobrir o sol descendente.

— Não acredito que esse negócio funciona — disse Rayford.

Ele havia jogado o celular no chão e chutado; também supôs que o terremoto tinha destruído as torres de celular das proximidades.

— Assim que eu ficar fora de alcance, não vai mais funcionar, Ray — respondeu Mac. — Até onde consigo ver, está tudo caído. Esses aparelhos funcionam como *walkie-talkies* quando estão próximos. Se você precisar da ajuda de um celular, não terá.

— Então, alguma chance de ligar para os Estados Uni...

— Fora de questão, Ray — disse Mac. — O soberano Carpathia quer falar com você, mas primeiro...

— Não quero falar com Nicolae, e você pode dizer isso a ele.

— Mas, antes de eu passar para ele — continuou Mac —, preciso lembrá-lo de que nosso encontro, o seu e meu, continua marcado para hoje à noite. Certo?

Rayford diminuiu a velocidade e olhou para o chão, passando a mão pelos cabelos.

— O quê? Do que você está falando?

— Certo, então, muito bem — disse Mac. — Nosso encontro será hoje à noite. Agora, o soberano...

— Entendo que você queira conversar comigo mais tarde, Mac, mas não coloque Carpathia na linha ou juro que vou...

— Espere na linha pelo soberano.

Rayford mudou o telefone para a mão direita, pronto para esmagá-lo no chão, mas se conteve. Ele queria poder falar com seus entes queridos quando as vias de comunicação fossem reabertas.

— Comandante Steele — veio o tom impassível de Nicolae Carpathia.

— Estou aqui — disse Rayford, deixando seu desgosto transparecer.

Ele supunha que Deus perdoaria qualquer coisa que dissesse ao anticristo, mas engoliu o que realmente queria falar.

— Embora ambos saibamos como eu *poderia* responder ao seu desrespeito e à sua insubordinação — disse Carpathia —, escolho perdoar você.

Rayford continuou andando, cerrando os dentes para não gritar com ele.

— Vejo que está sem saber como expressar sua gratidão — continuou Carpathia. — Agora, escute-me. Eu tenho um refúgio com provisões, onde meus funcionários e embaixadores internacionais devem juntar-se a mim. Você e eu sabemos que precisamos um do outro, então eu sugiro...

— Você não precisa de mim — falou Rayford —, e eu não preciso do seu perdão. Você tem um piloto perfeitamente capaz ao seu lado, então sugiro que me esqueça.

— Apenas esteja pronto quando ele aterrissar — disse Carpathia, com o primeiro indício de frustração na voz.

— Eu somente aceitaria uma carona para o aeroporto — respondeu Rayford —, e estou quase lá. Não faça Mac se aproximar desta bagunça.

— Comandante Steele — começou Carpathia mais uma vez, desdenhoso —, admiro sua crença irracional de que, de alguma forma, você conseguirá encontrar sua esposa, mas nós dois sabemos que isso não vai acontecer.

Rayford não disse nada. Temia que Carpathia estivesse certo, mas nunca lhe daria a satisfação de admitir isso. E certamente nunca desistiria de procurar, até que pudesse provar para si mesmo que Amanda não havia sobrevivido.

— Venha conosco. Apenas embarque nnovamente e vou tratar seu acesso de raiva como se nunca...

— Eu não vou a lugar nenhum até encontrar minha esposa! Deixe-me falar com Mac.

— O oficial McCullum está ocupado. Eu passo seu recado.

— Mac consegue pilotar essa coisa sem as mãos. Agora deixe-me falar com ele.

— Se não há recado, então, comandante Steele...

— Tudo bem, você venceu! Só diga ao Mac para...

— Não é hora de negligenciar o protocolo, comandante Steele. Um subordinado perdoado deve dirigir-se a seu superior...

— Certo, *soberano* Carpathia, só diga ao Mac para vir até mim, caso eu não encontre o caminho de volta, às dez da noite.

— Se você encontrar o caminho de volta, o abrigo fica a três quilômetros e meio a nordeste da sede original. Você precisará da seguinte senha: "Operação Ira".

— O quê?

"Carpathia sabia que isso ia acontecer?", pensou.

— Você me ouviu, comandante Steele.

\* \* \*

Cameron "Buck" Williams passou cautelosamente pelos destroços perto do poço de ventilação, onde tinha ouvido a voz clara e sã do rabino Tsion Ben-Judá, preso no abrigo subterrâneo. Tsion garantiu que não estava ferido, apenas assustado e com claustrofobia, afinal, aquele lugar já era bastante pequeno sem a igreja implodindo acima dele. Sem saída, a menos que alguém lhe fizesse um túnel, o rabino, pelo que Buck sabia, logo se sentiria como um animal enjaulado.

Se Tsion estivesse em perigo iminente, Buck teria cavado com as próprias mãos para libertá-lo, mas ele se sentia como um médico em triagem, buscando determinar quem precisava de sua ajuda com mais urgência. Após tranquilizar Tsion, assegurando-o de que iria voltar, Buck foi até o abrigo, à procura de Chloe.

Para atravessar os destroços daquela que havia sido a única e acolhedora igreja que conheceu, Buck teve de arrastar-se novamente pelos restos mortais da querida Loretta. Que amiga ela havia sido! Primeiro, para o falecido Bruce Barnes; depois, para o restante do Comando Tribulação. A equipe começou com quatro integrantes: Rayford, Chloe, Bruce e Buck. Amanda foi incluída. Bruce se foi. Tsion foi incluído.

Seria possível que, agora, eles tivessem sido reduzidos a apenas Buck e Tsion? Cameron não queria pensar nisso. Notou seu relógio coberto de lama, asfalto e um pequeno estilhaço de para-brisa. Limpou o visor na calça e sentiu a mistura crocante rasgar sua roupa e beliscar seu joelho. Eram nove da manhã em Mount Prospect, e Buck ouvia uma sirene de ataque aéreo, outra sirene de aviso de tornado, e mais sirenes de veículos de resgate — uma próxima, duas mais distantes. Gritos. Berros. Prantos. Motores.

Será que ele conseguiria viver sem Chloe? Buck havia recebido uma segunda chance; estava ali com um propósito. Ele queria o amor de sua vida ao seu lado, então orou — de modo egoísta, como ele próprio percebeu — para que ela não tivesse chegado ao céu antes dele.

Pela visão periférica, Buck notou um inchaço em sua bochecha esquerda. Não tinha sentido dor nem visto sangramento; assim, supôs que a ferida fosse menor. Agora, questionava-se sobre isso. Levou a mão ao bolso da camisa para pegar os óculos de sol com lentes espelhadas e tentar ver a gravidade do ferimento. Uma lente estava em pedaços. No reflexo da outra, viu um espantalho: cabelo desgrenhado, olhos brancos de medo, boca aberta, sugando o ar. A ferida não sangrava, mas parecia profunda. Não haveria tempo para tratar disso.

Buck esvaziou o bolso da camisa, mas guardou a armação, presente de Chloe. Ele examinava o chão enquanto caminhava em direção ao Range Rover, abrindo caminho através de vidros, pregos e tijolos, como um velhinho garantindo pisar em solo firme.

Passou pelo carro de Loretta e pelo que restava dela, determinado a não olhar para seus restos mortais. De repente, a terra se moveu, e ele tropeçou. O carro de Loretta, que Buck tinha sido incapaz de mover momentos antes, balançou e desapareceu. O chão havia cedido sob o estacionamento. Buck esticou-se de bruços e espiou da beirada de uma nova fenda. O carro destroçado repousava sobre uma corrente de água seis metros abaixo da terra. Os pneus estourados apontavam para cima como os pés de um animal atropelado. Em cima dos destroços, enrolado como uma boneca de trapos, estava o corpo de Loretta, uma santa da tribulação. Alcançar seu corpo seria impossível. Haveria mais deslocamento de terra. Se fosse para encontrar Chloe também morta, Buck desejava que Deus o tivesse deixado mergulhar para dentro da terra com o carro de sua amiga.

Buck levantou-se devagar, mas logo tomou sentiu o impacto que a montanha-russa daquele terremoto havia causado em suas articulações e em seus músculos. Examinou o dano no Range Rover. Apesar de o veículo ter rolado e sido atingido por todos os lados, ele parecia incrivelmente pronto para a estrada. A porta do lado do motorista estava emperrada; o para-brisa, em estilhaços, como pequenas balas de goma por todo o interior do carro; o banco traseiro, quebrado, um lado desprendido do piso. Um pneu tinha sido rasgado até a cintura de aço, mas parecia forte e tinha ar.

Onde estavam seu telefone e o *notebook*? Ele os havia deixado no banco da frente. Esperava, contra a esperança, que nenhum dos dois tivesse voado durante o caos. Buck abriu a porta do passageiro e olhou o piso do banco da frente. Nada. Olhou debaixo dos bancos traseiros, por todo o espaço até o fundo. Em um canto, aberto e com uma dobradiça da tela rachada, estava seu *note*.

Buck encontrou seu telefone em um compartimento da porta. Não esperava conseguir falar com ninguém depois de todos os danos às torres de celular — e a tudo o mais acima do solo. Ele o ligou; nenhum sinal. Mesmo da assim, Buck tinha de tentar. Ligou para a casa de Loretta. Nada. O mesmo aconteceu quando ligou para a igreja e, depois, para o abrigo de Tsion. Parecendo uma piada cruel, o telefone fazia barulhos, como se tentasse completar a chamada, mas nada mais que isso.

Os pontos de referência de Buck tinham desaparecido. Ele estava grato pela bússola embutida no Range Rover, pois até a igreja parecia fora de sua perspectiva habitual na esquina. Postes, fios e semáforos estavam caídos; prédios, achatados; árvores, desenraizadas; cercas, espalhadas.

Buck certificou-se de que o Range Rover estivesse com tração nas quatro rodas. Ele mal conseguiria percorrer cinco metros sem ter de enfiar o pé no acelerador por causa de alguma subida. Mantinha os olhos bem abertos para evitar qualquer coisa que pudesse danificar ainda mais o carro — que, talvez, precisasse durar até o fim da tribulação. No melhor de seus palpites, ainda faltavam mais de cinco anos.

Enquanto Buck rodava sobre os pedaços de asfalto e concreto onde antes ficava a rua, olhou novamente para os vestígios da Igreja Nova Esperança. Metade do prédio estava submersa. Mas aquela seção de bancos, comumente voltada para o oeste, agora se voltava para o norte e cintilava ao sol. O chão inteiro do templo parecia ter girado noventa graus.

Ao passar pela igreja, parou. Um raio de luz surgia entre cada par de bancos na seção de dez assentos, exceto em um ponto. Alguma coisa bloqueava a visão de Buck. Ele colocou o Rover em marcha a ré e, cuidadosamente, retrocedeu. No chão, em frente a um dos bancos, estavam as solas de um par de tênis, com o bico apontando para cima. Buck queria, acima de tudo, ir até a casa de Loretta procurar por Chloe, mas não podia deixar uma pessoa deitada no entulho. Seria possível que alguém tivesse sobrevivido?

Puxou o freio, subiu no banco do passageiro e saiu pela porta, percorrendo, sem cuidado, coisas que podiam cortar seus sapatos. Queria ser prático, mas não havia tempo para isso. Buck desequilibrou-se a três metros dos tênis e foi lançado de cara no chão. Conteve o impacto nas palmas das mãos e no peito.

Levantou-se e se ajoelhou ao lado do par de tênis, preso a um corpo. Pernas finas em *jeans* azul conduziam a quadris estreitos. Da cintura para cima, o pequeno corpo estava escondido sob o banco. A mão direita estava presa embaixo; a esquerda, aberta e lânguida. Buck não encontrou pulsação, mas notou que a mão era de homem, larga e ossuda; o terceiro dedo carregava uma aliança. Buck puxou-a, presumindo que uma esposa sobrevivente poderia querê-la.

Agarrou a fivela do cinto e arrastou o corpo de debaixo do banco. Quando a cabeça pôde ser vista, Buck desviou o olhar. Reconheceu a loirice de Donny Moore apenas pelas sobrancelhas. Seu cabelo, até mesmo suas costeletas, estava coberto de sangue.

Buck não sabia o que fazer diante dos mortos e da morte em um momento como aquele. Onde alguém poderia começar a colocar os milhões de cadáveres em todo o mundo? Buck gentilmente empurrou o corpo para baixo do banco, mas algo o impediu. Passou a mão por debaixo e encontrou a reforçada maleta de Donny toda surrada. Tentou destravá-la, mas havia uma combinação na fechadura. Arrastou a maleta para o Range Rover e tentou, mais uma vez, localizar-se. Ele estava a menos quatro quarteirões de Loretta, mas será que conseguiria encontrar a rua?

\*\*\*

Rayford sentiu-se encorajado ao perceber o movimento ao longe, no Aeroporto Internacional de Bagdá. Viu mais destroços e carnificina pelo chão do que pessoas correndo, mas, pelo menos, nem tudo estava perdido.

Uma figura pequena e escura, com andar estranho, apareceu no horizonte. Rayford olhava, fascinado, enquanto a imagem se materializava em um corpulento asiático de meia-idade em terno de executivo. O homem caminhava em direção a Rayford, que aguardava ansioso, imaginando se poderia ajudar. Mas, à medida que ele se aproximava, Rayford percebeu que ele não estava consciente de nada ao redor. Em um pé, um sofisticado sapato brogue; no outro, apenas uma meia deslizando pelo tornozelo. O paletó estava abotoado, a gravata pendurada para fora. De sua mão esquerda pingava sangue. O cabelo estava desalinhado, mas os óculos pareciam ter sido intocados.

— Você está bem? — perguntou Rayford.

O homem o ignorou.

— Posso ajudar?

O homem passou mancando, murmurando algo em sua própria língua. Rayford virou-se para chamá-lo de volta, e o homem tornou-se uma silhueta contra o sol alaranjado. Não havia nada naquela direção além do rio Tigre.

— Espere! — chamou Rayford. — Volte! Deixe-me ajudar!

O homem ignorou, e Rayford ligou para Mac novamente.

— Quero falar com Carpathia — disse ele.

— Claro — respondeu Mac. — Estamos de acordo com nossa reunião hoje à noite, não é?

— Sim, agora deixe-me falar com ele.

— Quero dizer, nossa reunião pessoal, certo?

— Sim, Mac! Não sei o que você quer, mas, sim, eu entendi. Agora, preciso falar com Carpathia.

— Certo, desculpe. Aqui está ele.

— Mudou de ideia, comandante Steele? — disse Carpathia.

— Dificilmente. Ouça, você sabe línguas asiáticas?

— Algumas. Por quê?

— O que isto significa? — perguntou, repetindo o que o homem havia dito.

— Fácil — respondeu Carpathia. — Significa: "Você não pode ajudar. Deixe-me em paz."

— Traga Mac de volta, sim? Aquele homem vai morrer pela exposição.

— Pensei que estivesse procurando sua esposa.

— Não posso deixar um homem vagar até a morte.

— Milhões morreram e estão morrendo. Você não pode salvar todos eles.

— Então, você vai deixar aquele homem morrer?

— Eu não o estou vendo, comandante Steele. Se você acha que pode salvá-lo, fique à vontade. Não quero ser frio, mas tenho o mundo inteiro no coração neste momento.

Rayford desligou o telefone com raiva e correu de volta para o cambaleante homem que resmungava. Quando se aproximou, ficou horrorizado ao ver por que seu andar era tão estranho e o motivo pelo qual era seguido por um rio de sangue. O asiático havia sido perfurado por um pedaço de metal branco reluzente, aparentemente um resto de fuselagem. Por que ele ainda estava vivo, como sobreviveu ou conseguiu sair, Rayford não conseguia imaginar. O fragmento alojou-se desde o quadril até a nuca. Não devia ter alcançado os órgãos vitais por centímetros.

Rayford tocou o ombro do homem, e isso fez com que ele se afastasse. Sentou-se pesadamente e, com um profundo suspiro, foi tombando aos poucos na areia e puxou o último ar. Rayford verificou a pulsação do homem, não surpreso de não sentir nada. Derrotado, virou-se de costas e se ajoelhou na sujeira. Soluços convulsionavam seu corpo. Ergueu as mãos para os céus.

— Por que, Deus? Por que eu tenho de ver isso? Por que colocar no meu caminho alguém que eu nem posso ajudar? Poupe Chloe e Buck! Por favor, mantenha Amanda viva para mim! Eu sei que não mereço nada, mas não posso continuar sem ela!

\* \* \*

Da igreja até Loretta, Buck geralmente dirigia por dois quarteirões para o sul e por dois para o leste, mas agora, não havia mais quarteirões. Nem calçadas, nem ruas, nem cruzamentos. Até onde conseguia ver, todas as casas de todos os bairros estavam no chão. Teria sido tão ruim assim no mundo todo? Tsion ensinou que um quarto da população mundial seria vítima da ira do Cordeiro. Contudo, Buck ficaria surpreso se um quarto da população de Mount Prospect ainda estivesse vivo.

Alinhou o Range Rover para o sudeste. Alguns graus acima do horizonte, o dia estava tão bonito quanto qualquer outro de que Buck se lembrava. O céu, onde não estava cortado por fumaça e poeira, era azul bebê. Sem nuvens. Um sol brilhante.

Jatos de água jorravam onde hidrantes se haviam rompido. Uma mulher arrastou-se para fora dos destroços de uma casa, um coto ensanguentado no ombro, onde antes ficava seu braço. Ela berrou para Buck:

— Mate-me! Mate-me!

— Não! — gritou ele, saltando do Rover enquanto ela se inclinava para pegar um caco de vidro de uma janela quebrada e passava-o pelo pescoço.

Buck continuou a gritar enquanto corria até ela. Sua esperança era que a mulher estivesse fraca demais para fazer qualquer coisa além de ferimentos superficiais no pescoço, e orou para que ela não encontrasse a carótida.

Estava a poucos metros dela, quando a mulher o encarou assustada. O vidro quebrou-se e tilintou no chão. Ela recuou e tropeçou, batendo ruidosamente a cabeça em um pedaço de concreto. Imediatamente, o sangue parou de bombear de suas artérias expostas. Seus olhos estavam sem vida quando Buck forçou a abertura de seu maxilar, cobrindo a boca da mulher com a dele. Buck soprou ar em sua garganta, inflando o peito dela e fazendo o sangue escorrer, mas era inútil.

Olhou em volta, imaginando se deveria tentar cobri-la. Do outro lado, um homem idoso estava parado na beira de uma cratera e parecia querer atirar-se. Buck não aguentava mais. Deus o estaria preparando para a possibilidade de Chloe não ter sobrevivido?

Exausto, escalou de volta o Range Rover, aceitando que não poderia, de modo algum, parar e ajudar alguém que não parecia de fato querer ajuda. Não importa para onde olhasse, só via devastação, fogo, água e sangue.

\*\*\*

Contra todo o seu bom senso, Rayford deixou o homem morto na areia do deserto. O que ele faria quando visse findar as vidas de outros tantos? Como Carpathia podia ignorar tudo aquilo? Ele não tinha nem um traço de humanidade? Mac teria ficado e ajudado.

Rayford estava desesperado para ver Amanda viva novamente e, embora estivesse decidido a procurá-la com todas as suas forças, desejava ter marcado um encontro mais cedo com Mac. Já tinha visto coisas terríveis na vida, mas a carnificina naquele aeroporto superava tudo. Um abrigo, até mesmo o do anticristo, soava melhor do que aquilo.

# CAPÍTULO 2

Buck já fez a cobertura de desastres, mas, como jornalista, não se sentiu culpado por ignorar os moribundos. Normalmente, assim que ele chegava em cena, a equipe médica costumava estar no local. Não havia nada que ele pudesse fazer além de ficar fora do caminho. Orgulhava-se de não forçar situações que poderiam dificultar as coisas para o pessoal da emergência.

Agora, porém, era só ele. O som das sirenes dizia-lhe que outros trabalhavam em algum lugar; no entanto, certamente, havia pouquíssimos socorristas para percorrer toda a área. Buck poderia trabalhar 24 horas em busca de sobreviventes que mal respiravam, mas nem chegaria aos pés da magnitude daquele desastre. Alguém poderia passar por Chloe para chegar até a pessoa amada. A única esperança para os que, de alguma forma, escaparam com vida era que tivessem seu próprio herói, lutando contra as probabilidades para alcançá-los.

Buck nunca acreditou em percepção extrassensorial ou telepatia, nem mesmo antes de tornar-se um crente em Cristo. Agora, no entanto, ele tinha um anseio tão profundo por Chloe, uma dor tão desesperada, mesmo diante da perspectiva de perdê-la, que sentia como se o seu amor por ela emanasse de todos os poros. Como Chloe poderia não saber que ele estava pensando nela, orando por ela, tentando alcançá-la a todo custo?

Mantendo-se sempre em frente, enquanto pessoas feridas e desesperadas acenavam ou gritavam para ele, Buck chegou a um obstáculo empoeirado. A leste da via principal, alguns quarteirões tinham uma geografia reconhecível. Nada era como antes, mas faixas de estrada, esburacadas pela terra revolvida, estavam de lado, na mesma configuração que costumavam ter. O pavimento da rua de Loretta agora estava na vertical, bloqueando a visão do que restava das casas. Buck saiu do carro e escalou a parede de asfalto. Deparou-se com a rua revirada, tendo mais ou menos um metro e meio de espessura; uma camada de cascalho e de areia do outro lado. Estendeu as mãos e fincou os dedos na parte macia, pendurando-se e olhando o quarteirão de Loretta.

Quatro casas majestosas ocupavam aquela seção, a de Loretta era a segunda da direita. O quarteirão inteiro parecia uma caixa de brinquedos que crianças haviam sacudido e virado no chão. A casa bem à frente de Buck, maior até do que a de Loretta, havia sido arrancada da base, virada para a frente, e estava desmoronada. O telhado tinha tombado inteiro de cabeça para baixo, aparentemente quando a casa atingiu o chão. Buck podia ver os caibros, como se estivesse no sótão. As quatro paredes da casa caíram abertas, o piso estava amontoado. Em dois lugares, Buck via mãos sem vida na ponta de braços rígidos saídos dos destroços.

Uma árvore imponente, com mais de um metro de diâmetro, tinha sido arrancada e despencou sobre o porão. Meio metro de água inundava o chão de cimento, e o nível da água subia com lentidão. Estranhamente, o que se assemelhava a um quarto de hóspedes, no canto nordeste do porão, parecia intocado, limpo e arrumado. Em breve, porém, ele estaria embaixo d'água.

Buck forçou-se a olhar para a casa ao lado, a de Loretta. Ele e Chloe não haviam vivido ali muito tempo, mas ele a conhecia bem. A casa, agora quase irreconhecível, parecia ter sido erguida do chão e atirada de volta no lugar, dividindo o teto em dois e acomodando-o sobre o que lembrava uma gigantesca caixa de fósforos. O beiral da casa, em toda sua extensão, estava a pouco mais de um metro do chão. Três árvores enormes, no jardim da frente, haviam caído em direção ao meio da rua, uma voltada para a outra, galhos entrelaçados, como se três espadachins cruzassem suas lâminas.

Entre as duas casas destruídas havia um depósito de metal que, embora inclinado, tinha, incrivelmente, escapado de danos sérios. Como um terremoto poderia sacudir, abalar e fazer rolar um par de casas com cinco quartos e dois andares, levando-as ao esquecimento, e deixar intocado um quartinho minúsculo? Buck só conseguia supor que a estrutura era tão flexível que não se partiu quando a terra estremeceu.

A casa de Loretta foi encolhida no terreno onde ficava, deixando o quintal dos fundos vazio e exposto. Tudo isso, concluiu Buck, tinha acontecido em questão de segundos.

Um caminhão de bombeiros, com megafones improvisados na traseira, passava lentamente atrás do campo de visão de Buck. Enquanto se pendurava naquele pedaço vertical de pavimento, ele ouviu:

— Fiquem fora das casas! Não voltem para seus lares! Se precisarem de ajuda, dirijam-se a uma área aberta, onde consigamos encontrar vocês!

Meia dúzia de policiais e bombeiros estava no gigante caminhão com escada. Um policial uniformizado inclinou-se para fora da janela.

— Você está bem aí, amigo?

— Estou bem! — gritou Buck.

— Aquele veículo é seu?

— Sim!

— Nós poderíamos usá-lo na operação de resgate!

— Estou tentando encontrar algumas pessoas — disse Buck.

O policial assentiu.

— Não tente entrar em nenhuma dessas casas!

Buck soltou-se e deslizou ao chão. Foi até o caminhão de bombeiros, que diminuiu a velocidade até parar.

— Ouvi o alerta, mas do que vocês estão falando?

— Estamos preocupados que haja saqueadores, mas também com o perigo. Esses lugares dificilmente terão estabilidade.

— Obviamente! — disse Buck. — Mas... saqueadores? Vocês são as únicas pessoas sãs que eu vi. Não restou nada de valor. E para onde alguém levaria alguma coisa, se a encontrasse?

— Estamos apenas fazendo o que nos mandaram, senhor. Não tente ir a nenhuma das casas, certo?

— Claro que vou! Eu vou cavar e vasculhar aquela casa ali para descobrir se uma pessoa que eu conheço e amo ainda está viva.

— Acredite em mim, amigo, você não vai encontrar sobreviventes naquela rua. Fique fora de lá.

— O que vai acontecer se eu for, serei preso? Existe alguma cadeia ainda de pé?

O policial virou-se para o bombeiro que dirigia. Buck queria uma resposta. O oficial, aparentemente, foi mais equilibrado do que ele, porque o caminhão afastou-se devagar. Buck escalou a parede de pavimento e deslizou pelo outro lado, enlameando toda a parte da frente de sua roupa. Tentou limpar-se, mas a lama ficou grudada em seus dedos. Bateu as mãos na calça para tirar o excesso de sujeira e correu por entre as árvores caídas até a frente da casa quebrada.

*  *  *

Rayford tinha a impressão de que, quanto mais se aproximava do aeroporto, menos conseguia ver. Grandes fissuras haviam engolido cada centímetro da pista de pouso em todas as direções, espalhando muita terra e areia por vários metros no ar, o que bloqueava a visão do terminal. Enquanto Rayford se aproximava, mal conseguia respirar. Dois aviões — um 747 e outro DC-10, aparentemente carregados por completo e em posição de decolagem em uma pista leste-oeste — pareciam ter sido alinhados antes que o terremoto os atingisse e partisse ao meio. O resultado eram pilhas de corpos sem vida. Ele não conseguia imaginar a força de uma colisão que mataria tantos de uma só vez sem haver um incêndio.

De uma vala enorme, do outro lado do terminal, a pelo menos quatrocentos metros de onde Rayford estava, uma fila de sobreviventes tentava chegar à superfície, saindo de outro avião que fora engolido. A fumaça negra emergia das profundezas da terra, e Rayford sabia que, se estivesse perto o bastante, conseguiria ouvir os gritos de sobreviventes que não tinham força suficiente para sair. Dentre os que surgiam, alguns fugiam de cena, enquanto a maioria, como aquele asiático, cambaleava em transe pelo deserto.

O próprio terminal, antes uma estrutura de aço, madeira e vidro, não apenas tinha sido destruído, mas também chacoalhado, como areia agitada por um garimpeiro através de uma peneira. As peças foram espalhadas por uma área tão ampla, que nenhuma das pilhas tinha mais do que meio metro de altura. Centenas de corpos jaziam em posições variadas. Rayford sentia como se estivesse no inferno.

Ele sabia o que estava procurando. O voo de Amanda seria em um Pancontinental 747, mesma companhia aérea da qual costumava ser piloto e mesmo equipamento que usava para voar. Não o surpreenderia se ela estivesse em uma das muitas aeronaves que ele tinha pilotado. O avião estava programado para pousar sentido sul-norte na grande pista.

Se o terremoto ocorreu com o avião no ar, o piloto teria tentado permanecer em sobrevoo até que terminasse, então procuraria um trecho plano de terra para pousar. Se aconteceu após a aterrissagem, o avião poderia estar em qualquer lugar naquela faixa, agora completamente submersa e coberta de areia. Era uma pista longa e larga, mas, certamente, se um avião estivesse enterrado ali, Rayford seria capaz de avistá-lo antes do pôr do sol.

Será que estaria virado para outra direção em uma das pistas auxiliares, já tendo começado a taxiar de volta para o terminal? Ele só podia esperar que fosse possível vê-lo; orava, pedindo que algo no curso daquele evento tivesse feito Amanda, milagrosamente, sobreviver. O melhor cenário, caso o piloto não fosse perspicaz o bastante para pousar em algum lugar com segurança, teria sido se o avião pousasse e parasse ou se estivesse bem devagar quando o terremoto começou. Se, de alguma forma, ele tivesse a sorte de estar no meio da pista de pouso quando a estrada sumiu da superfície, havia uma chance de o avião ainda estar intacto. Se estivesse coberto de areia, quem sabe quanto tempo o suprimento de ar duraria?

Pareceu a Rayford que, próximo ao terminal, havia ao menos dez pessoas mortas para cada uma viva. As que escaparam deviam estar do lado de fora quando o terremoto atingiu a terra; não parecia haver sobreviventes dentro do terminal. Aqueles poucos oficiais uniformizados da Comunidade Global, que patrulhavam a área com suas armas de alta potência, pareciam tão chocados quanto qualquer um. Ocasionalmente, um deles lançava um olhar para Rayford mais de uma vez quando ele passava, mas, então, recuava e nem pedia para ver a identificação quando notava o uniforme. Com fios pendurados onde deveriam estar os botões, Rayford sabia que parecia apenas mais um sobrevivente sortudo da tripulação de algum avião malfadado.

Para chegar à pista em questão, Rayford teve de cruzar com uma fila sangrenta de zumbis afortunados que conseguiram sair de uma cratera. Ele ficou grato por não ver nenhum deles implorar ajuda. A maioria parecia sequer notá-lo; seguiam um ao outro como se confiassem que alguém, em algum lugar na frente da fila, fizesse ideia de onde encontrar ajuda. Vindos da profundeza do buraco, Rayford ouvia gemidos e lamentos que nunca conseguiria esquecer, ele sabia. Se houvesse alguma coisa que pudesse fazer, ele teria feito.

Enfim, chegou ao término da longa pista. Lá, bem no meio, estava a fuselagem corcunda, mas facilmente reconhecível, de um 747.

Talvez houvesse, ainda, uma hora de luz do sol, mas ela estava enfraquecendo. À medida que se apressava ao longo da borda do desfiladeiro que a pista afundada cavou na areia, Rayford sacudia a cabeça e apertava os olhos, fazendo-lhes sombra com a mão, enquanto tentava entender o que via. Quando chegou a cerca de trinta metros das costas do monstruoso avião, ficou claro o que tinha acontecido.

O avião estava próximo ao meio da pista quando o solo simplesmente afundou pelo menos quatro ou cinco metros abaixo dele. O peso daquele pavimento puxou a areia em direção ao avião, que agora descansava em ambas as pontas das asas, o corpo pendendo precariamente sobre o abismo.

Alguém foi rápido o bastante para abrir as portas e desdobrar os escorregadores infláveis de evacuação, mas até mesmo a extremidade desses dispositivos estava alguns metros suspensa sobre a pista desmoronada.

Se as paredes de areia, em ambos os lados do avião, estivessem mais distantes, as asas não suportariam o peso da cabine. A fuselagem chiou e gemeu quando o peso da aeronave ameaçou despencá-la. O avião poderia cair outros três metros sem que ninguém ficasse gravemente ferido, e centenas de pessoas poderiam ser salvas, acreditava Rayford, se ao menos o avião se assentasse aos poucos.

Ele orou com desespero, pedindo que Amanda estivesse a salvo, que estivesse usando o cinto e que o avião houvesse parado antes de a pista ceder. Quanto mais perto chegava, mais óbvio ficava que o avião se movia na hora do desmoronamento. As asas estavam enterradas vários metros na areia. Isso pode ter impedido a queda da aeronave, mas também teria ocasionado um solavanco mortal para quem não estivesse de cinto afivelado.

O coração de Rayford parou quando se aproximou o suficiente para ver que aquele não era um Pancontinental 747, mas um jato da British Airways. Ele foi atingido por emoções tão conflitantes, que mal conseguia lidar com elas. Que tipo de ser humano frio e egoísta é tão obcecado com a sobrevivência da própria esposa, que ficaria desapontado com a possibilidade de centenas de pessoas terem sido salvas naquele avião? Precisou enfrentar a horrível verdade sobre si mesmo: ele se importava mais com Amanda. Onde estava o Pancontinental?

Virou-se e examinou o horizonte. Que caldeirão da morte! Não havia outro lugar para procurar o jato da Pancontinental. Enquanto não tivesse absoluta certeza, não aceitaria que Amanda estivesse morta. Sem outro recurso, e incapaz de ligar para Mac a fim de adiantar seu retorno, voltou sua atenção para o British Airways. Em uma das portas abertas, uma comissária de bordo, parecendo um fantasma saído da cabine, examinava, impotente, sua precária condição. Rayford, com as mãos em concha, berrou para ela:

— Eu sou piloto! Tenho algumas ideias!

— Estamos pegando fogo? — gritou ela.

— Não! E você deve estar com pouquíssimo combustível! Não parece estar em perigo!

— Isso está muito instável! Você acha melhor eu levar todo mundo para os fundos, para não cairmos de ponta?

— O avião não vai ficar de nariz para baixo! As asas estão presas na areia! Leve todos para o meio e veja se conseguem sair pelas asas sem que elas se quebrem!

— Tem certeza de que não vão quebrar?

— Não! Mas vocês não podem esperar que um equipamento desça até aí e resgate vocês! O terremoto foi de escala mundial, e é improvável que alguém os socorra antes de alguns dias!

— Essas pessoas querem sair daqui agora! Você tem certeza de que isso vai funcionar?

— Não muita! Mas vocês não têm escolha! Mais um tremor e o avião será derrubado de vez!

* * *

Pelo que Buck sabia, Chloe estava sozinha na casa de Loretta. A única esperança de encontrá-la era adivinhando onde ela estaria quando a casa desmoronou. O quarto deles, no canto sudoeste do andar superior, achava-se agora no nível do solo — um monte de tijolos, tapume, gesso, vidro, batentes, acabamento, piso, pregos, fiação e mobília —, coberto por metade do teto dividido.

Chloe mantinha o computador no porão, agora enterrado sob os outros dois andares do mesmo lado da casa. Talvez ela estivesse na cozinha, na parte da frente daquele mesmo lado. Isso deixou Buck sem opções. Ele tinha de se livrar de uma porção grande do telhado e começar a cavar. Se não a encontrasse no quarto ou no porão, sua última esperança era a cozinha.

Ele não tinha botas, nem luvas, nem roupas de trabalho, nem óculos de proteção, nem capacete. Tudo o que tinha eram as roupas sujas e finas que vestia, os sapatos comuns e as mãos nuas. Era tarde demais para preocupar-se com o tétano. Saltou para o telhado deslocado. Subiu o declive íngreme, tentando ver que ponto estava frágil ou podia desmoronar. Parecia sólido, embora instável. Deslizou para o chão e empurrou o beiral por debaixo. Não tinha jeito de conseguir fazer isso sozinho. Será que haveria um machado ou uma motosserra no quartinho de metal?

Inicialmente, ele não conseguiu abri-lo. A porta estava emperrada. Parecia uma coisa tão frágil, mas, depois de ter mudado de posição no terremoto, o depósito se inclinou e não estava disposto a ceder. Buck encolheu os ombros e arremeteu-se como um jogador de futebol americano. Gemeu em protesto, mas voltou à posição. Deu uns seis chutes de caratê, depois encolheu os ombros e lançou-se contra ele de novo. Por fim, recuou seis metros e correu em direção ao quartinho, mas seus sapatos inapropriados escorregaram na grama e ele se estatelou no chão. Furioso, recuou ainda mais, começou andando devagar e, aos poucos, aumentou a velocidade. Dessa vez, chocou-se na lateral do depósito com tanta força, que o arrancou de suas amarras. A casinha virou-se com as ferramentas dentro e Buck foi junto, deslizando pelo chão antes de saltar. Na colisão, uma borda saliente do telhado prendeu-se à sua caixa torácica, e a carne ficou exposta. Ele pressionou o lado do tronco e sentiu um gotejamento, mas, a menos que uma artéria houvesse sido cortada, ele não diminuiria o ritmo.

Arrastou pás e machados para a casa e apoiou instrumentos de jardinagem de cabo longo sob os beirais. Quando inclinou-se contra eles, a borda do telhado se ergueu e algo estalou sob as poucas telhas restantes. Buck lidou com aquilo usando uma pá, imaginando o quão ridículo ele parecia e o que seu pai teria dito se o visse usando a ferramenta errada para o trabalho errado.

O que mais, porém, ele poderia fazer? Tempo era essencial. Ele realmente estava lutando contra todas as probabilidades. No entanto, coisas estranhas haviam acontecido. Pessoas sobreviveram nos escombros durante dias. Mas, se a água estava chegando aos alicerces da casa vizinha, e quanto a esta? E se Chloe estivesse presa no porão? A oração de Buck era, se ela tivesse de morrer, que fosse de forma rápida e indolor. Não queria que a vida dela se esvaísse lentamente em um afogamento horripilante. Também temia a eletrocussão quando a água encontrasse linhas elétricas abertas.

Com uma porção grande do telhado fora de vista, Buck removeu detritos com a pá até chegar a pedaços maiores, que precisavam ser retirados com as mãos. Ele estava em boa forma, mas isso não fazia parte de sua rotina. Seus músculos queimavam ao jogar para o lado frações pesadas de parede e piso. Não parecia fazer muito progresso, enquanto bufava, arfava e suava.

Buck entortou o conduíte para fora do caminho e atirou para o lado o gesso do teto. Finalmente, alcançou a estrutura da cama, que havia sido partida como um graveto. Empurrou-a para onde Chloe costumava sentar-se a uma pequena mesa. Levou mais meia hora cavando ali, chamando o nome dela de vez em quando. Cada vez que parava, a fim de recuperar o fôlego, esforçava-se para ouvir até o menor ruído. Será que ele seria capaz de escutar um gemido, um choro, um suspiro? Se ela fizesse o mínimo som, ele a encontraria.

Buck começou a desesperar-se. Isso estava indo muito devagar. Ele atingiu grandes pedaços de piso, pesados demais para que se movessem. A distância entre as tábuas do piso do quarto, no andar de cima, e o piso de concreto, no porão, não era tão grande assim. Qualquer um que se prendesse ali certamente teria sido esmagado. Contudo, ele não podia desistir. Se não conseguisse dar um jeito na situação sozinho, chamaria Tsion para ajudá-lo.

Arrastou as ferramentas até a frente e lançou-as por cima do muro de pavimento. A escalada desse lado era muito mais difícil do que a do outro, porque a lama estava escorregadia. Olhou para um lado e para o outro, mas não conseguiu ver onde a estrada que foi erguida verticalmente terminava. Fincou os pés na lama e, finalmente, chegou aonde conseguia alcançar o asfalto, do outro lado, no topo. Ele se ergueu e deslizou, aterrissando dolorosamente em seu cotovelo. Jogou as ferramentas na parte de trás do carro e arrastou o corpo enlameado até o volante.

*  *  *

O sol mergulhava no horizonte iraquiano, enquanto vários sobreviventes de outros acidentes se juntavam a Rayford para assistir à situação do British Air 747. Ele estava de mãos atadas, mantendo a esperança. A última coisa que queria era ser responsável por machucar ou matar alguém. Contudo, tinha certeza de que sair pelas asas era a única maneira. Orou que eles conseguissem, depois, subir os íngremes bancos de areia.

Rayford sentiu-se encorajado, a princípio, quando viu os primeiros passageiros rastejarem pelas asas. Aparentemente, a comissária de bordo havia mobilizado as pessoas, fazendo-as trabalhar juntas. O ânimo de Rayford logo se transformou em pavor, ao ver quanto movimento eles estavam gerando e como isso forçava o frágil apoio.

O avião poderia quebrar-se. O que aconteceria, então, com a fuselagem? Se uma ou outra ponta tombasse rápido demais, dezenas de pessoas poderiam ser mortas. As que não estivessem presas ao cinto seriam arremessadas para uma extremidade do avião, aterrissando umas sobre as outras.

Rayford queria gritar, implorar que as pessoas ali dentro se espalhassem. Elas precisavam fazer isso com mais precisão e cuidado. Mas era tarde demais, elas nunca o ouviriam. O barulho dentro do avião devia ser ensurdecedor. Os dois passageiros à asa direita saltaram para a areia.

A asa esquerda cedeu primeiro, mas não foi totalmente arrancada. A fuselagem girou para a esquerda, e, com certeza, os passageiros dentro dela caíram para o mesmo lado. A parte de trás do avião estava desabando primeiro. Rayford só podia esperar que a asa direita cedesse a tempo de equilibrar as coisas. No último instante, isso aconteceu. Mas, embora o avião tenha pousado quase perfeitamente sobre os pneus, ele caiu muito. As pessoas devem ter sido horrivelmente chacoalhadas umas contra as outras e contra o avião.

Quando o pneu dianteiro cedeu, o nariz do avião chegou com tanta força ao asfalto, que provocou mais avalanches de areia dos lados, rapidamente enchendo o desfiladeiro. Rayford enfiou o celular no bolso da calça e jogou a jaqueta de lado. Ele e outros cavaram com as mãos e começaram a abrir espaço até o avião, para permitir a passagem de ar e uma saída. O suor encharcou suas roupas. O brilho de seus sapatos nunca mais seria o mesmo, mas, de qualquer modo, quando ele precisaria de sapatos sociais outra vez?

Assim que ele e seus compatriotas finalmente chegaram ao avião, encontraram os passageiros cavando uma saída. Os que estavam trabalhando no resgate, atrás de Rayford, começaram a limpar a área ao ouvir hélices de helicóptero. Ele supôs, como provavelmente os demais, que se tratava de um helicóptero de resgate. Então se lembrou.

Se fosse Mac, já deviam ser dez da noite. "Será que ele se importava mesmo?", pensou Rayford, "ou só estava preocupado com a reunião?"

Rayford ligou para Mac do fundo do desfiladeiro. Queria ter certeza de que ninguém havia morrido a bordo do 747. Mac disse que esperaria do outro lado do terminal.

Alguns minutos depois, aliviado com a sobrevivência de todos, Rayford voltou à superfície. Ele não conseguiu, no entanto, encontrar sua jaqueta. Tudo bem. Supunha que Carpathia logo o demitiria mesmo.

Rayford abriu caminho pelo terminal destruído e contornou até a parte de trás. O helicóptero de Mac estava parado a uns cem metros de distância. Na escuridão, Rayford imaginou haver um caminho limpo até a pequena aeronave e começou a correr. Amanda não estava lá, e aquele era um local de morte. Ele queria sair completamente do Iraque, mas, por enquanto, desejava ficar longe de Bagdá. Talvez tivesse de suportar o abrigo de Carpathia, seja lá o que fosse, mas, assim que pudesse, tomaria distância daquele homem.

Rayford ganhou velocidade, ainda em forma, com quarenta e poucos anos. Porém, de repente, tropeçou em algo e caiu. O que seria aquilo? Corpos! Ele havia tropeçado em um e caído sobre outros. Rayford levantou-se e esfregou o joelho dolorido, temendo que houvesse profanado aquelas pessoas. Diminuiu a velocidade e caminhou até o helicóptero.

— Vamos, Mac! — disse ele, enquanto subia a bordo.

— Não precisa falar duas vezes — respondeu Mac, forçando a aceleração ao máximo. — Eu preciso ter uma conversa séria com você.

* * *

Já era de tarde no horário-padrão dos Estados Unidos, quando Buck avistou a área destroçada da igreja. Quando estava saindo pela porta do passageiro, veio um tremor secundário que levantou a caminhonete e o empurrou, fazendo-o cair sentado na sujeira. Virou-se para observar os destroços da igreja sendo sacudidos, peneirados e agitados. Os bancos, que haviam escapado da devastação do terremoto, agora se quebravam e rolavam. Buck só imaginou o que teria acontecido com o corpo do pobre Donny Moore. Talvez o próprio Deus tenha lidado com o enterro.

Buck ficou preocupado com Tsion. Será que alguma coisa poderia ter se soltado e despencado no abrigo subterrâneo? Correu até o poço de ventilação, única fonte de ar do amigo:

— Tsion! Você está bem?

Ele ouviu uma voz fraca e ofegante.

— Graças a Deus você voltou, Cameron! Eu estava deitado aqui, com o nariz ao lado da abertura de ar, quando ouvi o estrondo e algo fazendo barulho em minha direção. Rolei, saindo do caminho bem a tempo. Há pedaços de tijolos aqui embaixo. Foi um tremor secundário?

— Sim!

— Perdão, Cameron, mas eu já fui corajoso demais. Tire-me daqui!

Demorou mais de uma hora de extenuante escavação até Buck chegar à entrada do abrigo subterrâneo. Assim que se deu o complicado procedimento de destrancar e abrir a porta, Tsion começou a empurrá-la por dentro. Juntos, forçaram a abertura contra o peso de blocos de concreto e outros destroços. Tsion apertou os olhos por causa da luz e tragou o ar. Abraçou Buck com força e perguntou:

— E Chloe?

— Preciso de sua ajuda.

— Vamos! Alguma notícia dos outros?

— Pode levar dias até que a comunicação com o Oriente Médio seja restabelecida. Amanda deve estar lá com Rayford agora, mas não faço ideia de onde estejam.

— De uma coisa você pode ter certeza — disse Tsion, com seu forte sotaque israelense —; se Rayford ficou perto de Nicolae, é provável que esteja seguro. As Escrituras são claras ao dizer que a morte do anticristo não se cumprirá até um ano e pouco, a contar de agora.

— Eu não me importaria em dar uma mãozinha nesse sentido — retrucou Buck.

— Deus cuidará disso, mas ainda não é o momento certo. Por mais repulsivo que seja, para Rayford, ficar perto daquele ser maligno, pelo menos estará seguro.

\* \* \*

No ar, Mac McCullum fez uma chamada de rádio para o abrigo e disse ao operador:

— Estamos envolvidos em um resgate aqui. Vamos precisar de mais uma ou duas horas. Câmbio.

— Positivo. Informarei o soberano. Câmbio.

Rayford ficou imaginando o que poderia ser tão importante para Mac arriscar mentir para Nicolae Carpathia.

Assim que os fones de ouvido de Rayford estavam no lugar, Mac perguntou:

— Que diabos está acontecendo? O que Carpathia está tramando? O que significa a "ira do Cordeiro"? E que raios foi aquilo que eu vi hoje, quando pensava estar olhando para a lua? Já presenciei muitos desastres naturais e alguns fenômenos atmosféricos estranhos, mas juro pelos olhos da minha mãe que eu nunca vi nada fazer uma lua cheia parecer sangue! Por que um terremoto faria aquilo?

"Poxa", pensou Rayford, "esse cara está no ponto!" No entanto, Rayford também estava intrigado.

— Vou dizer o que eu acho, Mac, mas primeiro me diga uma coisa: Por que você acha que eu sei?

— Dá para notar, só isso. Eu não ousaria contrariar Carpathia nem em um milhão de anos, embora consiga ver que ele está tramando algo nada bom. Já você não parece intimidado por ele. Eu quase vomitei meu almoço quando vi a lua vermelha, e você agiu como se soubesse que ela estaria lá.

Rayford assentiu, mas não explicou.

— Eu tenho uma pergunta, Mac. Você sabia o motivo da minha ida ao aeroporto de Bagdá. Por que não perguntou o que eu descobri sobre minha esposa ou sobre Hattie Durham?

— Não é da minha conta, só isso.

— Não me venha com essa. A menos que Carpathia saiba mais do que eu, ele gostaria de conhecer o paradeiro de Hattie assim que algum de nós estivesse a par de algo.

— Não, Rayford, é assim. Olhe, eu só sabia... Quero dizer, todo mundo sabe que... Era improvável que sua esposa ou a srta. Durham tivessem sobrevivido a um acidente naquele aeroporto.

— Mac! Você viu centenas de pessoas saindo daquele 747. Claro, nove em cada dez pessoas morreram naquele lugar, mas muitas sobreviveram também. Agora, se você quer respostas minhas, é melhor começar a contar um pouco do que sabe.

Mac apontou com a cabeça uma clareira, iluminando-a com o holofote.

— Vamos conversar lá embaixo.

\* \* \*

Tsion pegou apenas o celular, o *notebook* e algumas mudas de roupa que haviam sido contrabandeadas para ele. Buck esperou até que estacionassem perto do pavimento revirado, em frente à casa de Loretta, para contar sobre Donny Moore.

— Que tragédia! — disse Tsion. — E ele era...?

— O cara de quem lhe falei. O fera em informática que montou nossos *notes*. Um desses gênios calados. Ele frequentou aquela igreja por muitos anos; envergonhava-se de ter um QI astronômico e, ainda assim, ter estado espiritualmente cego. Disse que simplesmente não havia entendido a essência do evangelho durante todo aquele tempo. Falou que não podia culpar o pessoal, o ensino ou qualquer outra coisa ou pessoa além dele mesmo. Naquela época, a esposa quase nunca ia com ele porque não via sentido naquilo. Eles perderam um bebê no arrebatamento. E, assim que Donny se tornou cristão, a esposa logo o seguiu. Eles se tornaram bem devotos.

Tsion sacudiu a cabeça.

— Que triste morrer assim! Mas, agora, eles estão reunidos com o filho.

— O que acha que eu devo fazer com a maleta dele? — perguntou Buck.

— Fazer?

— Donny devia ter algo muito importante ali. Eu o via com ela o tempo todo, mas não sei a combinação para abri-la. Será que eu devo deixar pra lá?

Tsion parecia pensar profundamente. Por fim, falou:

— Em um momento como este, você deve decidir se há algo ali que pode promover a causa de Cristo. Se tiver, com certeza aquele jovem gostaria que você tivesse acesso a isso. Se você abrir e encontrar apenas coisas pessoais, o correto é manter a privacidade dele.

Tsion e Buck saíram do Rover. Assim que jogaram as ferramentas por cima do muro e o escalaram, Tsion disse:

— Buck! Onde está o carro da Chloe?

# CAPÍTULO 3

Rayford não podia atestar a credibilidade de Mac McCullum. Tudo o que sabia era que aquele homem, divorciado duas vezes, havia acabado de completar cinquenta anos e nunca teve filhos. Ele era um aviador cuidadoso e hábil, familiarizado com vários tipos de aeronaves, tendo voado militar e comercialmente.

Mac provou ser um ouvinte amistoso e interessado, de expressão rústica. Eles não se conheciam tempo o bastante para Rayford esperar que ele fosse mais afável. Embora parecesse um cara brilhante e agradável, o limitado relacionamento deles incluía apenas uma cordialidade superficial. Mac sabia que Rayford era cristão; Rayford não escondia isso de ninguém. Mas Mac nunca mostrou o menor interesse no assunto. Até agora.

O que tinha extrema importância, na mente de Rayford, era o que *não* dizer. Mac finalmente expressou frustração quanto a Carpathia, chegando a ponto de reconhecer que ele estava "tramando algo nada bom". Contudo, e se Mac fosse um subversivo, trabalhando para Carpathia como algo mais que um piloto? Uma bela maneira de enganar Rayford. Ousaria ele compartilhar sua fé com Mac e, *mais*, revelar tudo o que ele e o Comando Tribulação sabiam sobre Carpathia? E o dispositivo de escuta embutido no Condor 216? Mesmo que Mac expressasse interesse por Cristo, Rayford guardaria esse segredo explosivo até ter certeza de que o colega não era uma farsa.

Mac desligou tudo no helicóptero, exceto a energia auxiliar que mantinha as luzes do painel de controle e o rádio ligados. Tudo que Rayford conseguia ver, do outro lado do imenso deserto escuro, eram a lua e as estrelas. Se não estivesse a par das coisas, teria acreditado se lhe dissessem que a pequena aeronave estava à deriva em um porta-aviões no meio do oceano.

— Mac — disse Rayford —, conte-me sobre o abrigo. Ele se parece com o quê? E como Carpathia sabia que eu precisava dele?

— Eu não sei — respondeu Mac. — Talvez fosse uma carta na manga, para o caso de um ou mais de seus embaixadores se voltarem contra ele. É profundo, é concreto e vai protegê-lo da radiação. E digo outra coisa: é grande o bastante para o 216.

Rayford ficou perplexo.

— O 216? Eu o deixei no fim da longa pista de pouso na Nova Babilônia.

— E hoje, bem cedo, fui designado a mudá-lo de lá.

— Mudá-lo para onde?

— Você não me perguntou, outro dia, sobre aquela nova estrada que Carpathia tinha construído?

— Aquela tal estrada de mão única que parecia levar apenas até a cerca da borda da pista de pouso?

— Sim. Bem, agora há um portão na cerca onde aquela estrada termina.

— Aí, você abre o portão — disse Rayford — e vai para onde? Cruza a areia do deserto, certo?

— É o que parece — disse Mac. — Mas uma imensa extensão daquela areia foi tratada com alguma coisa. Você não acha que um equipamento tão grande quanto o 216 afundaria na areia se fosse tão longe?

— Você está dizendo que taxiou o 216 por aquela pequena estrada de serviço até um portão na cerca? Qual o tamanho desse portão?

— Apenas grande o suficiente para a fuselagem. As asas são mais altas que a cerca.

— Então, você transportou o Condor para fora da pista de pouso e atravessou a areia para onde?

— Três quilômetros e meio da sede, exatamente como Carpathia disse.

— Nesse caso, esse abrigo não está em uma área povoada.

— Não. Duvido que alguém já o tenha visto sem o conhecimento de Carpathia. É enorme, Ray. E deve ter levado séculos para ser construído. Eu conseguiria colocar lá dentro dois aviões daquele tamanho e ainda ocuparia somente metade do espaço. Ele fica cerca de dez metros abaixo do solo, com muito suprimento, canalização, alojamentos, áreas para cozinhar, tudo o que você imaginar.

— Como algo subterrâneo suporta o deslocamento de terra?

— Parte genialidade, parte sorte, eu acho — disse Mac. — A coisa toda flutua, suspensa em algum tipo de membrana cheia de fluido hidráulico, e se apoia em uma plataforma de molas que servem como amortecedores gigantescos.

— Então, o resto da Nova Babilônia está em ruínas, mas o Condor e o pequeno esconderijo de Carpathia, ou devo dizer *grande* esconderijo, escaparam dos danos?

— É aí que entra a parte engenhosa, Ray. O local foi sacudido um bocado, mas a tecnologia não decepcionou. A única eventualidade de que eles não puderam escapar, apesar de terem previsto, foi que a entrada principal, a enorme abertura que permitia ao avião deslizar com facilidade para lá, ficou completamente coberta de rochas e areia por causa do terremoto. Eles conseguiram proteger algumas outras aberturas menores do outro lado para manter a passagem, e Carpathia já tem escavadeiras reabrindo a entrada original. Estão trabalhando nisso agora.

— E aí? Ele está querendo ir a algum lugar? Não aguenta o calor?

— Não, de jeito nenhum. Ele está esperando companhia.

— Os reis dele estão a caminho?

— Ele os chama de embaixadores. Ele e Fortunato têm grandes planos.

Rayford sacudiu a cabeça.

— Fortunato! Eu o vi no escritório de Carpathia quando o terremoto começou. Como ele sobreviveu?

— Fiquei tão surpreso quanto você. A menos que o tenha perdido de vista, eu não o vi sair por aquela porta no telhado. Imaginei que as únicas pessoas com alguma chance remota de sobreviver ao desabamento daquele lugar eram as poucas que estavam no telhado quando a coisa caiu. É uma queda de cerca de vinte metros, com concreto batendo ao redor, então, mesmo essa é uma chance remotíssima. Mas ouvi algo estranho. Eu li sobre um cara na Coreia que estava no topo de um hotel que desmoronou. Ele disse que se sentiu surfando uma laje de concreto, até que atingiu o chão, rolou e acabou apenas com um braço quebrado.

— Então, qual é a história? Como Fortunato saiu?

— Você não vai acreditar.

— À esta altura do campeonato, eu acredito em qualquer coisa.

— Então, preste atenção. Eu levei Carpathia de volta ao abrigo e deixei o helicóptero perto da entrada onde estacionei o Condor. Estava totalmente vedado, como costumo dizer, então Carpathia me direcionou para o lado que tem uma abertura menor. Entramos e encontramos uma grande equipe de pessoas trabalhando, quase como se nada tivesse acontecido. Quero dizer, tinha gente cozinhando, limpando, arrumando, essas coisas.

— E a secretária de Carpathia?

Mac sacudiu a cabeça.

— Acho que morreu no desabamento do prédio, com a maioria dos outros funcionários da sede. Mas ele já a substituiu, assim como todo o resto.

— Inacreditável. E Fortunato?

— Ele tampouco estava lá. Alguém disse a Carpathia que não havia sobreviventes na sede, e, eu juro, Ray, pareceu que Carpathia ficou pálido. Foi a primeira vez que o vi abalado, exceto quando ele finge estar furioso com alguma coisa. Acho que essas cenas são sempre planejadas.

— Também acho. Então, e quanto a Leon?

— Carpathia recuperou-se rapidamente e disse: "Veremos quanto a isso." Ele disse que voltava logo, e perguntei se podia levá-lo a algum lugar. Ele disse que não e saiu. Quando foi a última vez que você o viu ir a algum lugar sozinho?

— Nunca.

— Bingo! Passou cerca de meia hora, e o que eu vejo? Ele voltando com Fortunato, que estava coberto de poeira, da cabeça aos pés, o terno com alguma sujeira. Mas a camisa dele estava para dentro; o casaco, abotoado; a gravata, esticada e tudo o mais. Não havia um arranhão nele.

— Qual foi a história que ele contou?

— Isso me arrepiou todo, Ray. Um bando de pessoas, eu diria que umas cem, reuniu-se em torno dele. Fortunato, muito emocionado, pediu ordem. Aí, afirmou que chorava e gritava, enquanto caía com os escombros e com todos os outros. Disse que, na metade do caminho, pensou se seria possível ter a sorte de ficar preso em algum lugar onde conseguisse respirar e permanecer vivo até que a equipe de resgate pudesse encontrá-lo. Ele falou que sentiu a queda livre e foi batendo em enormes pedaços da construção; então, algo pegou os pés dele e o virou, e ele foi caindo bem de cabeça. Quando ele bateu, pareceu e soou (ele contou) como se sua cabeça tivesse sido aberta. Depois, foi como se todo o peso do prédio caísse sobre ele. Sentiu os ossos quebrando e os pulmões explodindo, e tudo ficou preto. Falou que era como se alguém tivesse desligado seus aparelhos. Acreditou ter morrido.

— E, ainda assim, estava lá, vestindo um terno empoeirado e sem nenhum arranhão?

— Eu o vi com meus próprios olhos, Ray. Ele afirma que ficou deitado lá, morto, sem consciência de nada, sem experiência fora do corpo ou algo parecido. Apenas o nada negro, como o sono mais profundo que uma pessoa poderia ter. Ele disse que acordou, voltou dos mortos, quando ouviu seu nome ser chamado. No começo, pensou que estava sonhando, ele falou. Pensou que era um menininho de novo e que sua mãe estivesse chamando seu nome baixinho, tentando despertá-lo. Mas, aí, diz ele que ouviu o chamado alto de Nicolae: "Leonardo, venha para fora!"

— O quê?

— Estou falando para você, Ray, isso me deu calafrios. Nunca fui muito religioso, mas conheço essa história da Bíblia, e, com certeza, parecia que Nicolae estava fingindo ser Jesus ou algo assim.

— Você acha que a história é uma mentira? — perguntou Rayford. — Sabe, a Bíblia também diz que o ser humano só pode morrer uma vez. Não há segunda chance.

— Eu não sabia disso e não sabia o que pensar quando ele contou essa história. Carpathia trouxe alguém dos mortos? Você sabe, no começo eu admirava aquele homem e mal podia esperar para trabalhar a serviço dele. Em certos momentos, achei que ele fosse um homem de Deus, talvez algum tipo de divindade. Mas isso não se confirmou. Ele me fez sair do topo daquele prédio enquanto pessoas estavam penduradas nos suportes, gritando pela própria vida. Ele desprezou você por querer ajudar os sobreviventes daquele acidente no deserto. Que tipo de homem-deus é esse?

— Ele não é um homem-deus — disse Rayford. — Ele é um homem-anti-Deus.

— Você acha que ele é o anticristo, como algumas pessoas dizem?

E aí estava! Mac fez-lhe a pergunta. Rayford sabia que tinha sido imprudente. Será que, agora, havia selado o próprio destino? Teria ele se revelado completamente a um dos capangas de Carpathia? Ou Mac mostrava-se sincero? Como saber com certeza?

\*\*\*

Buck olhou em volta. Onde estava o carro de Chloe? Ela sempre estacionava em frente à entrada da garagem que acomodava as tralhas de Loretta. O carro de Loretta geralmente ficava na outra vaga. Não fazia sentido que Chloe tivesse mudado seu carro para a vaga de Loretta só porque ela havia ido à igreja.

— Ele pode ter sido arremessado para qualquer lugar, Tsion — disse Buck.

— É, meu amigo, mas não tão longe que não pudéssemos ver.

— Pode ter sido engolido.

— Vamos procurar, Cameron. Se o carro dela estiver aqui, podemos concluir que ela está aqui.

Buck subiu e desceu a rua, olhando entre casas destruídas e grandes buracos na terra. Nada parecido com o carro de Chloe em nenhum lugar. Quando encontrou Tsion de volta no que costumava ser a garagem de Loretta, o rabino estava tremendo. Embora tivesse apenas quarenta e poucos anos, Tsion, de repente, pareceu velho para Buck. Ele se moveu com um andar instável e tropeçou, caindo de joelhos.

— Tsion, você está bem?

— Você já viu algo assim antes? — disse Tsion, a voz pouco mais audível que um sussurro. — Eu já vi devastação e desolação, mas isto é esmagador. Tamanha morte e destruição generalizada...

Buck colocou a mão no ombro do homem e sentiu soluços sacudindo aquele corpo.

— Tsion, não podemos deixar que a enormidade disto tudo penetre nossa mente. Eu preciso, de alguma forma, separar as coisas. Sei que não é um sonho. Sei exatamente o que estamos passando, mas não posso dar importância a isso. Não tenho condições. Se eu permitir que essa situação me esmague, não será bom para ninguém. Nós precisamos um do outro. Vamos ser fortes.

Buck percebeu que sua própria voz fraquejava enquanto implorava a Tsion que fosse forte.

— Sim — disse Tsion, em meio a lágrimas, tentando recompor-se. — A glória do Senhor será nossa retaguarda. Sempre nos regozijaremos no Senhor, e ele nos erguerá.

Com isso, Tsion levantou-se e pegou uma pá. Antes de Buck poder alcançá-lo, o rabino começou a cavar na base da garagem.

\* \* \*

O rádio do helicóptero começou a estalar, dando a Rayford tempo para fazer uma autoanálise, pensar e orar silenciosamente, a fim de que Deus o impedisse de falar qualquer coisa estúpida. Ele ainda não sabia se Amanda estava viva ou morta. Não sabia se Chloe, Buck ou Tsion estavam na terra, ainda, ou no céu. Encontrá-los, reunir-se a eles, era sua grande prioridade. Estaria ele agora colocando tudo a perder?

O operador de rádio do abrigo solicitou a localização de Mac.

O piloto olhou com tristeza para Rayford.

— É melhor fingir que estamos no ar — disse, acionando os motores.

O barulho era ensurdecedor.

— Ainda no resgate em Bagdá — respondeu Mac. — Pelo menos mais uma hora.

— Positivo.

Mac desligou o helicóptero.

— Consegui algum tempo — disse ele.

Rayford cobriu os olhos brevemente. "Deus", orou em silêncio, "tudo o que posso fazer é confiar no Senhor e seguir meus instintos. Acredito que esse homem é sincero. Se ele não for, não me deixe dizer nada que eu não deva. Se ele for sincero, não quero deixar de contar o que ele precisa saber. O Senhor tem sido tão claro, tão perceptível com Buck e Tsion! Será que poderia dar um sinal? Alguma coisa que me assegure de estar fazendo a coisa certa?"

Rayford olhou com incerteza para os olhos de Mac, mal iluminados pelo brilho do painel de controle. Até o momento, Deus parecia em silêncio. Ele não tinha o hábito de falar diretamente com Rayford, embora Rayford gostasse das respostas que recebera para suas orações. Não havia como voltar atrás agora. Apesar de não ter sentido nenhuma luz verde divina, tampouco sentira uma luz vermelha ou mesmo amarela. Sabendo que a consequência poderia ser reflexo da própria tolice, percebeu que não tinha nada a perder.

— Mac, vou contar toda a minha história e tudo o que eu sinto sobre o que aconteceu, sobre Nicolae e sobre o que está por vir. Mas, antes, preciso que me diga o que Carpathia sabe... Se realmente esperavam Hattie ou Amanda em Bagdá hoje à noite.

Mac suspirou e desviou o olhar. O coração de Rayford se abateu. Claramente, estava prestes a ouvir algo que preferiria não escutar.

— Bem, Ray, a verdade é que Carpathia sabe que Hattie ainda está nos Estados Unidos. Ela chegou a Boston, mas as fontes dele disseram que ela embarcou num voo sem escalas para Denver antes do terremoto.

— Para Denver? Eu achei que ela tivesse saído de Denver.

— E tinha. É onde a família dela mora. Ninguém sabe por que ela voltou.

A voz de Rayford ficou presa na garganta.

— E Amanda?

— O pessoal de Carpathia disse a ele que Amanda estava em uma grande aeronave da Pancontinental vinda de Boston, a qual deveria ter aterrissado em Bagdá antes do terremoto. O avião perdeu algum tempo sobre o Atlântico, por algum motivo, mas a última coisa que ele soube foi que o avião estava no espaço aéreo iraquiano.

Rayford baixou a cabeça e lutou para manter a compostura.

— Então, está afundado na terra em algum lugar. Como eu não o vi no aeroporto?

— Não sei — disse Mac. — Talvez ele tenha sido completamente engolido pelo deserto. Mas todos os outros aviões monitorados pela torre de Bagdá foram contabilizados, portanto isso não parece provável.

— Ainda há esperança, então. Pode ser que o piloto estivesse tão atrasado, que ainda encontrava-se no ar... E ficou lá até tudo parar de tremer e ele conseguir um local para pousar.

— Talvez — disse Mac.

Mas Rayford detectou uma expressão de vazio na voz dele. Era óbvio que Mac duvidava.

— Não vou parar de procurar até saber o que aconteceu.

McCullum assentiu, e Rayford percebeu algo mais.

— Mac, o que você não está contando?

O homem olhou para baixo e balançou a cabeça.

— Ouça, Mac. Eu já dei a entender o que penso sobre Carpathia. Isso é um risco enorme para mim. Não sei a quem você jurou lealdade, e estou prestes a contar-lhe mais do que deveria a quem eu não confiaria minha vida. Se sabe algo sobre Amanda que eu precise saber, você tem de falar.

Mac respirou hesitante.

— Você não vai querer saber. Acredite em mim, não vai.

— Ela está morta?

— É bem provável. Eu, honestamente, não sei, e acho que Carpathia também não. Mas é pior que isso, Rayford. É pior que a morte dela.

\* \* \*

Entrar na garagem por entre os destroços da casa de Loretta parecia impossível, mesmo para dois homens adultos. Ela era anexada à casa, mas, de alguma forma, parecia a parte menos danificada. Não havia porão sob a área da garagem, portanto a laje de cimento e a fundação não estavam muito longe.

Quando o telhado caiu, as portas seccionadas foram tão fortemente comprimidas, que suas folhas se haviam sobreposto por alguns centímetros. Uma porta estava inclinada pelo menos meio metro fora do esquadro, apontando para a direita. A outra estava fora do esquadro metade disso e apontava na outra direção. Não tinha como movê-las. Tudo o que Buck e Tsion podiam fazer era destruí-las. Em seu estado habitual, as portas de madeira teriam sido quebradas com facilidade, mas, agora, elas tinham uma enorme porção de teto e de beirais empurrando-as desajeitadamente contra o concreto, que estava cerca de sessenta centímetros abaixo da superfície.

Para Buck, cada pancada na madeira com seu machado parecia aço batendo contra aço. Com ambas as mãos na parte inferior do cabo, e brandindo-o com toda a força, o melhor que conseguia fazer era lascar minúsculas peças a cada golpe. Tratava-se de uma porta de qualidade, feita ainda mais sólida pelo esmagamento da natureza.

Buck estava exausto. Apenas a energia tensa e a tristeza contida o mantinham em movimento. A cada golpe do machado, o desejo de encontrar Chloe aumentava. Sabia que as probabilidades estavam contra ele, mas acreditava que conseguiria enfrentar a perda se soubesse, com certeza, de alguma coisa. De esperar e orar para encontrá-la viva, passou a somente querer encontrá-la de um jeito que provasse ter sido a morte relativamente indolor. Não demoraria muito, ele temia, antes de começar a orar somente para encontrá-la, de qualquer modo que fosse.

Tsion Ben-Judá estava em boa forma para a idade. Antes mesmo de ficar no esconderijo, ele se exercitava todos os dias. Disse a Buck que, embora nunca tivesse sido um atleta, sabia que a saúde de sua mente estudiosa dependia também da saúde de seu corpo. Tsion estava cumprindo sua parte na tarefa, açoitando vigorosamente a porta em vários pontos, procurando algum lugar mais fraco que lhe permitisse atravessar a porta mais rapidamente. Ele ofegava e suava, e, ainda assim, tentava falar enquanto trabalhava.

— Cameron, você não espera encontrar o carro de Chloe aqui, não é?

— Não.

— E, se não encontrar, você concluirá que ela, de alguma forma, escapou?

— Essa é a minha esperança.

— Então, este é um processo de eliminação?

— Isso mesmo.

— Cameron, assim que comprovarmos que o carro dela não está aqui, vamos tentar salvar o que conseguirmos da casa.

— Como o quê?

— Coisas de comer. Suas roupas. Você não disse que já limpou a área do seu quarto?

— Sim. Eu não vi o armário nem as coisas que estavam nele. Não devem estar longe.

— E a cômoda? Você certamente tem roupas lá.

— Boa ideia — disse Buck.

Entre os dois machados e as retumbantes pancadas contra a porta da garagem, Buck ouviu algo mais. Ele interrompeu o movimento e levantou a mão, a fim de que Tsion parasse. O homem mais velho apoiou-se no machado para recuperar o fôlego, e Buck reconheceu o giro de pás de helicóptero. O barulho era tão alto e próximo, que Buck supôs haver dois ou três deles. Mas, quando avistou a aeronave, ficou admirado ao ver que era uma só, grande como um ônibus. A única vez que viu outra como aquela foi na Terra Santa, durante um ataque aéreo, anos antes.

Contudo essa, descendo a apenas uns cem metros de distância, assemelhava-se somente no tamanho àqueles antigos helicópteros israelenses preto e cinza. Essa aeronave era branca brilhante e parecia ter acabado de sair da linha de montagem. Carregava a enorme insígnia da Comunidade Global.

— Dá para acreditar? — perguntou Buck.

— O que acha que é?

— Nem imagino. Só espero que não estejam procurando por você.

— Francamente, Cameron, creio que fui rebaixado no nível de prioridades da Comunidade Global, não acha?

— Descobriremos logo. Vamos.

Os dois largaram os machados e rastejaram de volta ao pavimento virado que havia servido de rua para Loretta até poucas horas. Através de uma escavação naquela fortaleza, eles viram o helicóptero da Comunidade Global instalando-se ao lado de um poste de fiação tombado. Um fio de alta-tensão partiu-se e crepitou no chão, enquanto ao menos uma dúzia de trabalhadores de emergência da Comunidade Global saltava da aeronave. O líder comunicava-se por um *walkie-talkie*; em segundos, a energia foi cortada na área, e o fio faiscando caiu morto. O líder direcionou um cortador de fio para partir as outras linhas que levavam ao poste de energia.

Dois oficiais uniformizados descarregaram do helicóptero uma grande estrutura circular metálica, e os técnicos rapidamente improvisaram uma conexão que a prendia a uma extremidade do agora pelado poste de energia. Enquanto isso, outros usavam um enorme perfurador de solo para cavar um novo buraco para o poste. Um tanque de água e um misturador de cimento de assentamento rápido despejaram uma mistura no buraco. Uma polia portátil foi ancorada aos quatro lados por dois oficiais que colocaram o próprio peso sobre os pés de metal em cada canto. Os demais manobraram o novo poste, remodelado de modo rápido, colocando-o em posição. Ele ficou projetado em um ângulo de 45 graus, e três oficiais se abaixaram para deslizar a extremidade inferior do mastro para dentro do buraco. A polia apertou e endireitou o mastro, que caiu rápida e profundamente, mandando o excesso da mistura de concreto para os lados do poste.

Em segundos, tudo foi guardado de volta no helicóptero e a equipe da Comunidade Global foi embora. Em menos de cinco minutos, um poste usado tanto para energia elétrica como para linhas telefônicas havia sido transformado.

Buck virou-se para Tsion:

— Você percebe o que acabamos de ver?

— Inacreditável — disse Tsion. — Agora é uma torre de celular, não é?

— É, sim. É menor do que devia ser, mas vai dar conta do recado. Uma certa pessoa acredita que manter as linhas de celular funcionando é mais importante do que ter eletricidade ou linhas telefônicas.

Buck tirou o celular do bolso. Mostrava energia e alcance total, pelo menos à sombra daquela nova torre.

— Eu me pergunto quanto tempo vai demorar até que estejam prontas torres suficientes que nos permitam ligar para qualquer outro lugar.

Tsion começou a voltar para a garagem. Buck o acompanhou.

— Não deve demorar muito — disse Tsion. — Carpathia deve ter equipes como aquela trabalhando o tempo todo, no mundo inteiro.

\* \* \*

— É melhor voltarmos logo — disse Mac.

— Ah, claro! — ironizou Rayford. — Eu realmente vou deixar que você me leve de volta a Carpathia e ao abrigo dele antes de saber algo, sobre minha própria esposa, que vou odiar mais do que se eu soubesse que ela está morta!

— Ray, por favor, não me faça dizer mais nada. Já falei demais. Eu não posso confirmar nada disso, e não confio em Carpathia.

— Apenas me conte — insistiu Rayford.

— Mas, se você reagir do modo como eu reagiria, não vai querer conversar sobre o que eu quero conversar.

Rayford quase se esqueceu. E Mac estava certo. A perspectiva de más notícias sobre sua esposa o havia obcecado, desprezando qualquer possibilidade de conversar sobre outras coisas importantes.

— Mac, dou minha palavra, vou responder a qualquer pergunta que você tiver e falar sobre o que quiser. Mas antes você precisa contar tudo o que sabe sobre Amanda.

Mac ainda parecia relutante.

— Bem, de uma coisa eu sei: aquele grande Pancontinental não teria combustível suficiente para procurar outro lugar onde pousar. Se o terremoto aconteceu antes de pousarem, e se ficou claro para o piloto que eles não poderiam descer em Bagdá, não haveria condições de ir muito mais longe.

— Então, essa é uma boa notícia, Mac. Como eu não encontrei o avião em Bagdá, ele deve estar em algum lugar relativamente próximo. Vou continuar procurando. Enquanto isso, diga-me o que você sabe.

— Certo, Ray. Não acho que, neste momento da história, haja algum sentido em fazer joguinhos. Se isso não o convencer de que eu não sou um dos espiões de Carpathia, nada mais o fará. Se Nicolae ficar sabendo que contei a você o que ele disse, sou um homem morto. Então, independentemente do que você pense sobre isso, de como vai reagir ou do que vai querer dizer a ele, não pode levantar essa suspeita, nunca. Entendeu?

— Sim, sim! Agora, fale.

Mac tomou um fôlego prolongado, mas, irritantemente, não disse nada. Rayford estava prestes a explodir.

— Tenho de sair desta cabine — disse Mac, por fim, desafivelando-se. — Vá, Ray. Saia. Não me faça passar por cima de você.

Mac estava de pé, entre o assento dele e o de Rayford, curvado, para não bater a cabeça no teto daquela bolha de acrílico. Rayford soltou-se e abriu a porta, pulando na areia. Ele estava quase implorando, determinado a não deixar Mac voltar àquele helicóptero até que lhe contasse o que precisasse saber.

Mac ficou lá, com as mãos enfiadas nos bolsos da calça. A luz da lua cheia destacava o cabelo louro-avermelhado, os traços sulcados e as sardas no rosto envelhecido. Ele parecia um homem a caminho da forca.

De repente, Mac deu um passo à frente e colocou a palma das mãos na lateral do helicóptero. Sua cabeça pendia baixa. Por fim, levantou o rosto e se virou para encarar Rayford.

— Tudo bem, aqui vai. Não se esqueça de que *você* me fez contar... Carpathia fala de Amanda como se ele a conhecesse.

Rayford fez uma careta e ergueu as mãos abertas para cima. Deu de ombros.

— Ele a conhece. E daí?

— Não! Quero dizer, ele fala sobre ela como se *realmente* a conhecesse.

— O que você quer dizer com isso? Um caso amoroso? Sem chance.

— Não, Ray! Eu estou dizendo que ele fala dela como se a conhecesse mesmo, antes de ela conhecer você.

Rayford quase caiu na areia.

— Você não está dizendo que...

— Estou dizendo a você que, a portas fechadas, Carpathia faz comentários sobre Amanda. "Ela sabe trabalhar em equipe", ele fala. "Ela está no lugar certo. Ela desempenha bem o seu papel." Esse tipo de coisa. O que devo concluir disso?

Rayford não conseguia falar. Ele não acreditava. Não, claro que não. Só de pensar na ideia de... Que descaramento daquele homem sugerir tal coisa sobre o caráter de uma mulher que Rayford conhecia tão bem!

— Eu mal conheço sua esposa, Ray. Não faço ideia se isso é possível. Estou apenas dizendo o que...

— Não é possível — Rayford conseguiu dizer finalmente. — Sei que você não a conhece, mas eu a conheço.

— Eu não esperava que você acreditasse em mim, Ray. Nem estou dizendo que suspeito de algo.

— Você não precisa suspeitar. Aquele homem é um mentiroso. Ele trabalha para o pai da mentira. Ele diria qualquer coisa sobre alguém para conseguir cumprir seus planos. Não sei por que ele precisaria manchar a reputação de Amanda, mas...

— Ray, como eu disse, não estou assumindo que ele esteja certo ou coisa do tipo. Mas você tem de admitir que ele recebe informação de algum lugar.

— Nem sugira...

— Não estou sugerindo nada. Só estou falando...

— Mac, eu não posso dizer que conheço Amanda há muito tempo, considerando o contexto das coisas. Não posso dizer que ela foi a mãe dos meus filhos, como minha primeira esposa. Não posso dizer que estamos juntos há vinte anos, como eu estive com Irene. Eu *posso*, porém, dizer que não somos apenas marido e mulher; somos também irmão e irmã em Cristo. Se eu tivesse compartilhado a fé de Irene, ela e eu também teríamos sido verdadeiras almas gêmeas, mas isso foi culpa minha. Amanda e eu nos conhecemos depois que nos tornamos cristãos, por isso tivemos uma ligação quase instantânea. É uma ligação que ninguém conseguiria quebrar. Aquela mulher não é mentirosa, nem traidora, nem subversiva, nem vira-casaca. Ninguém poderia fingir tão bem assim. Ninguém poderia dividir a cama comigo, olhar fundo nos meus olhos, jurar amor e lealdade a mim, mostrando tanta sinceridade, e ser uma mentirosa sem que eu suspeitasse. De jeito nenhum!

— Para mim, isso é o bastante, comandante — disse Mac.

Rayford ficou furioso com Carpathia. Se não tivesse prometido manter a confidencialidade de Mac, teria sido difícil conter-se de pular no rádio naquele momento e exigir falar diretamente com

Nicolae. Ele imaginava como encararia aquele homem. O que diria ou faria quando o visse?

— Por que eu deveria esperar algo diferente de alguém como ele? — questionou Rayford.

— Boa pergunta — disse Mac. — Agora, é melhor voltarmos, não acha?

Rayford queria dizer a Mac que ainda estava disposto a responder as perguntas que foram levantadas pelo amigo anteriormente, mas, na verdade, ele não queria mais conversar. Se Mac as apresentasse de novo, Rayford daria continuidade ao assunto. Mas, se ele o liberasse, ficaria grato por deixar aquilo para uma ocasião melhor.

— Mac — disse, enquanto se afivelavam no helicóptero —, já que deveríamos estar em uma missão de resgate, você se importaria de fazer uma sondagem num raio de quarenta quilômetros?

— Com certeza seria muito mais fácil durante o dia — respondeu Mac. — Quer que eu o traga de volta amanhã?

— Sim, mas vamos dar uma olhada rápida agora. Se aquele avião caiu em qualquer lugar perto de Bagdá, a única esperança de encontrar sobreviventes é fazê-lo rapidamente.

Rayford viu simpatia no rosto de Mac.

— Eu sei — disse Rayford. — Estou delirando. Mas não posso correr de volta para Carpathia e desfrutar de abrigo e suprimentos se não tiver exaurido todas as forças para encontrar Amanda.

— Estive pensando... — disse Mac. — *Se* houvesse algo nas pretensões de Carpathia que...

— Não há, Mac! E estou falando sério. Agora, esqueça isso.

— Só estou dizendo que, *se* houver, você acha que haveria uma chance de ele ter colocado Amanda em outro avião? De mantê-la segura de alguma forma?

— Ah, entendi! — disse Rayford. — O lado positivo de ter minha esposa trabalhando para o inimigo é que, talvez, ela ainda esteja viva?

— Não estava vendo dessa maneira — disse Mac.

— O que você quer dizer, então?
— Nada de mais. Não precisamos mais falar sobre isso.
— Com certeza, não.

No entanto, enquanto Mac subia o helicóptero em círculos concêntricos cada vez mais largos, no terminal de Bagdá, tudo o que Rayford via no solo era areia deslocando-se e afundando. Agora, ele queria encontrar a esposa não só por si mesmo, mas também para provar que Amanda era quem ele sabia que era.

Logo que desistiram da busca e Mac garantiu ao operador que, finalmente, estavam a caminho, uma pontinha de dúvida penetrou a mente de Rayford. Ele se sentiu culpado por alimentá-la, mas não conseguiu afastá-la. Temia o dano que aquela dúvida poderia causar ao amor e à reverência que tinha pela mulher que completou sua vida; assim, estava determinado a erradicá-la de seu pensamento.

O problema era que, embora Amanda o tivesse tornado tão romântico, e mesmo passando a ser tão sentimental desde a sua conversão (e de sua exposição a muito mais tragédia do que qualquer um suportaria), ele ainda mantinha a mente prática, analítica e científica, o que fazia dele o aviador que era. Odiava ter de simplesmente ignorar uma dúvida porque ela não se encaixava ao que ele sentia no coração. Ele teria de exonerar Amanda provando, de alguma forma, sua lealdade e a legitimidade de sua fé — com a ajuda dela, se estivesse viva, ou sem ela, se estivesse morta.

*\*\**

Era meio da tarde quando Buck e Tsion finalmente abriram um buraco grande o bastante em uma das portas da garagem para permitir a travessia de Tsion. Quando ele entrou, sua voz estava tão rouca e fraca, que Buck precisou colocar o ouvido contra a abertura para escutá-lo melhor.

— Cameron, o carro de Chloe está aqui. Eu só consigo abrir a porta o suficiente para fazer a luz interna acender. Está vazio, exceto pelo telefone e pelo computador.

— Encontro você nos fundos da casa! — gritou Buck. — Rápido, Tsion! Se o carro dela estiver aqui, ela ainda está aqui!

Buck pegou o máximo de ferramentas que pôde carregar e correu para os fundos. Aquela era a evidência pela qual orou e esperou. Se Chloe estivesse enterrada naqueles escombros, e se houvesse uma chance em um milhão de ela ainda estar viva, ele não descansaria.

Buck golpeou os destroços com toda a força, tendo de lembrar-se de respirar. Tsion apareceu, então pegou uma pá e um machado.

— Devo começar em algum outro lugar? — perguntou o rabino.

— Não! Temos de trabalhar juntos para ter alguma chance!

# CAPÍTULO 4

— Olhe, o que aconteceu com as roupas empoeiradas? — sussurrou Rayford, enquanto ele e Mac eram escoltados para a entrada secundária do enorme abrigo subterrâneo de Carpathia.

Do outro lado da estrutura, passando pelo Condor 216 e entre muitos subordinados e assistentes, Fortunato parecia alegrinho no terno novo.

— Nicolae já o limpou — murmurou Mac.

Rayford não comia nada há mais de doze horas, mas não tinha pensado na fome até então. A multidão apinhada dos lacaios incrivelmente otimistas de Carpathia passava por uma fila de bufê e, então, sentava-se, equilibrando pratos e copos nos joelhos.

Repentinamente faminto, Rayford notou ali pernil, frango e carne, bem como todo tipo de iguarias do Oriente Médio. Fortunato cumprimentou-o com um sorriso e um aperto de mão. Rayford não sorriu e mal segurou a mão dele.

— O soberano Carpathia gostaria que, em alguns instantes, nos juntássemos a ele em seu escritório. Mas, por favor, coma primeiro.

— Não repare, porque vou mesmo! — disse Rayford.

Embora fosse um empregado, sentia-se comendo no acampamento do inimigo. No entanto, seria tolice passar fome apenas para manifestar sua discordância. Ele precisava de energia.

Enquanto Rayford e Mac percorriam o caminho do bufê, Mac sussurrou:

— Talvez seja melhor que não pareçamos muito próximos.

— É — disse Rayford. — Carpathia sabe minha posição, mas suponho que ele veja você como um dos leais.

— Não sou, mas não há futuro para aqueles que admitem isso.

— Como eu? — perguntou Rayford.

— Que futuro há para você? Não um muito longo. Mas o que eu posso dizer? Ele gosta de você. Talvez se sinta seguro sabendo que você não esconde nada dele.

Rayford comia ao mesmo tempo que enchia o prato. "Pode ser comida do inimigo", pensou, "mas serve".

Sentiu-se bem alimentado e, subitamente, letárgico quando ele e Mac foram levados ao escritório de Carpathia. A presença de Mac surpreendeu Rayford. Ele nunca havia estado em uma reunião com Carpathia.

Como costumava acontecer em tempos de crise internacional e terror, parecia que Nicolae mal conseguia conter um sorriso. Ele também havia colocado roupas limpas e parecia bem descansado. Rayford sabia que ele próprio estava com uma aparência horrível.

— Por favor — disse Carpathia de modo expansivo —, comandante Steele e oficial McCullum, sentem-se.

— Eu prefiro ficar de pé, se não se importa — disse Rayford.

— Não há necessidade. Você parece cansado, e temos itens importantes na pauta.

Rayford, com relutância, sentou-se em uma cadeira. Não entendia essas pessoas. Aqui estava um escritório lindamente decorado que rivalizava com as principais instalações de Carpathia, agora em uma pilha de destroços a menos de um quilômetro de distância dali. Como é que esse homem podia estar preparado para todas as eventualidades?

Leon Fortunato estava em um canto da mesa de Carpathia. Nicolae sentava-se na ponta da frente, olhando para Rayford, que decidiu dar o primeiro golpe:

— Senhor, minha esposa. Eu...

— Comandante Steele, tenho más notícias para você.

"Oh, não!" A mente de Rayford logo ficou na defensiva. Não sentia que Amanda estivesse morta, então ela não estava. Ele não se importava com o que aquele mentiroso diria, o mesmo homem que ousava chamá-la de compatriota. Se Carpathia dissesse que Amanda estava morta, Rayford não sabia se conseguiria manter o segredo de Mac e abster-se de atacar Nicolae e fazê-lo retratar-se da calúnia.

— Sua esposa, Deus tenha piedade de sua alma, estava...

Rayford agarrou-se à cadeira com tanta força, que achou que as pontas de seus dedos estourariam. Cerrou os dentes. O próprio anticristo invocando um "Deus tenha piedade de sua alma" a respeito de Amanda? Rayford tremia de raiva. Orava desesperadamente, pedindo que, se fosse verdade, se houvesse perdido a esposa, Deus o usasse na morte de Nicolae Carpathia. Isso não se daria antes de três anos e meio da tribulação, e a Bíblia predizia que o anticristo seria, no fim das contas, ressuscitado e possuído por Satanás. Ainda assim, Rayford implorava a Deus o privilégio de matar esse homem. Obteria satisfação ou vingança com isso? Não sabia direito. Apenas essa dúvida o impedia de executar a tarefa naquele momento.

— Como sabe, ela estava, hoje, a bordo de um voo do Pancontinental 747, de Boston para Bagdá. O terremoto chegou momentos antes de o avião pousar. Tudo que nossas fontes sabem dizer é que o piloto aparentemente viu o caos, percebeu que não conseguiria aterrissar perto do aeroporto, subiu e virou o avião.

Rayford sabia o que estava por vir, se a história fosse verdadeira. O piloto não teria energia suficiente para recuperar a altitude se houvesse subido e virado o avião tão rápido.

— Os oficiais da Pancontinental disseram-me — continuou Carpathia — que o avião simplesmente não estava em condições de voar naquela velocidade. Testemunhas oculares alegam que ele passou pelas margens do Tigre, atingiu o rio já quase no meio dele, virou a cauda para cima e sumiu de vista.

Todo o corpo de Rayford pulsava a cada batida de seu coração. Baixou o queixo até o peito e lutou para manter a compostura. Olhou para Carpathia, querendo detalhes, mas não conseguia abrir a boca, quanto mais pronunciar algum som.

— A corrente é rápida ali, comandante Steele. Mas a Pancontinental disse-me que um avião como esse cairia como uma pedra. Nada foi avistado no rio. Nem um corpo foi encontrado. Só daqui a alguns dias teremos equipamentos para uma operação de resgate. Sinto muito.

Rayford não acreditava que Carpathia lamentasse, tanto quanto não acreditava que Amanda estivesse morta. Acreditava menos ainda que ela, alguma vez, houvesse atuado com aquele homem maligno.

\* \* \*

Buck trabalhava feito um louco, com os dedos feridos e cheios de bolhas. Chloe tinha de estar lá em algum lugar. Ele não queria conversar. Só cavar. Contudo, Tsion gostava de falar sobre as coisas.

— Eu não entendo, Cameron. Por que o carro de Chloe estaria na vaga onde costumava ficar o carro de Loretta?

— Não sei — respondeu Buck com desdém. — Mas está lá, e isso significa que ela está aqui em algum lugar.

— Talvez o terremoto tenha enfiado o carro naquela garagem — sugeriu Tsion.

— Improvável — disse Buck. — Eu realmente não me importo. Ainda me odeio por não notar a falta do carro dela quando cheguei aqui.

— O que você teria pensado se notasse?

— Que ela tinha fugido! Escapado.

— E esse não pode ser, ainda, o caso?

Buck endireitou-se e pressionou os dedos contra as costas, tentando esticar os músculos doloridos.

— Ela não teria chegado a lugar nenhum a pé. Aquela coisa veio tão de repente! Não houve aviso.

— Oh, houve, sim.

Buck olhou para o rabino.

— Você estava no subsolo, Tsion. Como saberia?

— Ouvi um estrondo alguns minutos antes de o tremor começar.

Buck estava em seu Range Rover. Ele tinha visto animais atropelados, cachorros latindo e correndo, além de outros animais normalmente não vistos durante o dia. Antes de o céu ficar negro, notou que nem uma folha se movia, mas os semáforos e os sinais de trânsito balançavam. Foi quando soube que o terremoto estava chegando. Houve pelo menos um breve aviso. Seria possível que Chloe o tenha pressentido? O que ela teria feito? Para onde teria ido?

Buck voltou a cavar.

— O que você disse que tinha no carro dela, Tsion?

— Apenas o computador e o telefone.

Buck parou de cavar.

— Será que ela poderia estar na garagem?

— Temo que não, Cameron. Eu olhei com cuidado. Se ela estivesse lá quando tudo desmoronou você não ia mesmo gostar de encontrá-la.

"Eu posso não gostar", pensou Buck, "mas preciso saber."

\* \* \*

O corpo de Rayford enrijeceu-se quando Carpathia tocou-lhe o ombro. Ele se via saltando da cadeira e sufocando o homem até a morte. No entanto, permaneceu sentado, fervendo por dentro, com os olhos fechados, sentindo como se estivesse prestes a explodir.

— Posso sentir sua dor — disse Nicolae. — Talvez você também entenda meu sentimento de perda pelas muitas vidas que essa calamidade me custou. Foi no mundo inteiro, todos os continentes sofreram danos severos. A única região poupada foi Israel.

Rayford esquivou-se da mão de Carpathia e recuperou a voz:

— E você não acredita que isso foi a ira do Cordeiro?

— Rayford, Rayford — disse Carpathia. — Certamente você não atribui a culpa por um ato tão malévolo, caprichoso e fatal como este a algum ser supremo...

Rayford sacudiu a cabeça. O que ele estava pensando? Queria mesmo tentar convencer o anticristo de que ele estava errado?

Carpathia foi para trás de sua mesa, até uma cadeira de espaldar alto, de couro.

— Deixe-me adiantar o que pretendo dizer ao resto da equipe, para que você possa evitar a reunião, ir aos seus aposentos e descansar um pouco.

— Não me importo de ouvir isso com o restante.

— Magnânimo, comandante Steele! Há também, entretanto, coisas que preciso dizer apenas a você. Hesito em tocar no assunto com sua perda tão recente, mas você entende que eu poderia prendê-lo.

— Tenho certeza de que poderia — disse Rayford.

— Mas escolho não fazê-lo.

Ele deveria sentir-se grato ou desapontado? Uma temporada na prisão não parecia ruim. Se soubesse que sua filha, seu genro e Tsion estavam bem, ele conseguiria suportar.

Carpathia continuou:

— Eu o compreendo melhor do que você imagina. Vamos esquecer o que houve, e você continuará servindo-me da maneira como fez até agora.

— E se eu abrir mão?

— Essa não é uma opção. Você lidará com isso de maneira nobre, como fez em outras crises; caso contrário, será preso, acusado de insubordinação.

— Isso é esquecer o que houve? Quer ao seu lado alguém que preferiria não estar trabalhando para você?

— Com o tempo, vou conquistá-lo — disse Carpathia. — Você está ciente de que seu alojamento foi destruído?

— Não posso dizer que estou surpreso.

— As equipes tentarão salvar qualquer coisa que possa ser útil. Enquanto isso, temos uniformes e o necessário para você. Verá que seu aposento é adequado, embora não luxuoso. A prioridade máxima da minha administração é reconstruir a Nova Babilônia. Ela se tornará a nova capital do mundo. Todos os bancos, comércio, religião e governo terão começo e fim aqui. O grande desafio da reconstrução, no resto do mundo, é a comunicação. Já começamos a restituir uma rede internacional que...

— Comunicação é mais importante do que pessoas? Mais do que limpar áreas que podem ficar infectadas? Cuidar dos cadáveres? Reunir famílias?

— Tudo a seu tempo, comandante Steele. Tais esforços dependem das comunicações também. Felizmente, a ocasião para o meu projeto mais ambicioso não poderia ter sido mais propícia! A Comunidade Global conquistou, recentemente, a propriedade exclusiva de todas as empresas internacionais de comunicações via satélite e celular. Em poucos meses, teremos a primeira rede de comunicações de fato global. É celular e movida a energia solar. Chamo-a de Celular-Solar. Uma vez que as torres de celular tenham sido reerguidas e os satélites colocados em órbita geoestacionária, qualquer pessoa poderá comunicar-se com quem quiser, em qualquer lugar, a qualquer momento.

Carpathia parecia ter perdido a capacidade de esconder sua alegria. Se essa tecnologia funcionasse, isso solidificaria seu controle sobre a terra. Seu domínio estaria completo. Ele possuiria e controlaria tudo e todos.

— Assim que estiverem prontos, você e o oficial McCullum devem trazer meus embaixadores para cá. Apenas poucos aeroportos grandes ao redor do mundo estão operando. Mas, usando aeronaves menores, devemos conseguir que meus homens mais importantes cheguem a algum lugar onde vocês consigam pegá-los com o Condor 216 e trazê-los para mim.

Rayford não conseguia concentrar-se.

— Tenho algumas solicitações.

— Adoro quando você me pede algo — disse Carpathia.

— Eu gostaria de ter informações sobre minha família.

— Vou colocar alguém para fazer isso imediatamente. E...?

— Preciso de um ou dois dias para aprender com Mac a pilotar helicópteros. Posso ser requisitado para pegar alguém em lugares aos quais só um helicóptero conseguiria ir.

— Tudo o que precisar, comandante. Você sabe disso.

Rayford olhou para Mac, que parecia confuso. Ele não deveria estar surpreso. A menos que Mac fosse um simpatizante secreto de Carpathia, eles tinham coisas sérias para discutir. Não poderiam fazer isso lá dentro, onde todos os cômodos provavelmente estavam grampeados. Rayford queria Mac para o Reino. Ele seria uma adição maravilhosa ao Comando Tribulação, especialmente enquanto eles mantivessem a verdadeira lealdade de Mac bem longe de Carpathia.

* * *

— Estou fraco de fome, Cameron — disse Tsion.

Eles haviam cavado por metade do entulho; Buck desesperava-se mais a cada movimento com a pá. Havia muitas evidências de que Chloe morava naquele lugar, mas nenhuma de que ela *ainda* estivesse ali, viva ou morta.

— Posso escavar o porão na próxima hora, Tsion. Comece na cozinha. Você deve encontrar comida lá. Também estou com fome.

Mesmo com Tsion logo ao lado da casa, Buck sentiu-se esmagado pela solidão. Seus olhos ardiam com as lágrimas enquanto cavava, e agarrava, e erguia, e jogava terra naquele, provavelmente inútil, esforço para encontrar sua esposa.

No início da noite, Buck escalou, cansado, sua saída do porão no canto dos fundos. Arrastou a pá para a frente, disposto a ajudar

Tsion, mas esperando que o rabino tivesse encontrado alguma coisa para comer.

Tsion levantou uma escrivaninha partida e esmagada, arremessando-a aos pés de Buck.

— Oh, Cameron! Eu não vi você aí.

— Tentando chegar à geladeira?

— Exatamente. A energia está desligada há horas, mas deve haver algo ainda comestível lá dentro.

Duas grandes vigas estavam caídas em frente à porta da geladeira. Enquanto Buck tentava movê-las, o pé dele bateu na borda da mesa quebrada, e papéis e catálogos de telefone voaram ao chão. Um deles era o diretório dos membros da Igreja Nova Esperança. "Isso pode ser útil", pensou. Enrolou-o e meteu-o no bolso da calça.

Poucos minutos depois, Buck e Tsion sentavam-se contra a geladeira, mastigando. Isso tirou uma pontinha de sua fome, mas Buck sentia que poderia dormir por uma semana. A última coisa que queria era terminar de cavar. Temia encontrar evidências de que Chloe houvesse morrido. Estava agradecido por Tsion, finalmente, não querer conversar. Precisava pensar. Onde passariam a noite? O que comeriam amanhã? Mas, por enquanto, queria apenas ficar sentado, comer e deixar que as lembranças de Chloe se apoderassem dele.

Como a amava! Não dava para acreditar que ele a conhecia há menos de dois anos. Chloe não parecia ter somente vinte anos quando se viram pela primeira vez; e, nos últimos tempos, ela demonstrava uma postura madura, de alguém dez ou quinze anos mais velho. Ela era um presente de Deus, mais precioso do que qualquer coisa que ele já recebeu, além da salvação. De que valeria sua vida depois do arrebatamento, não fosse por Chloe? Ele estaria grato e desfrutaria a profunda satisfação de saber que estava acertado com Deus, mas também sentiria-se tremendamente solitário.

Mesmo agora, Buck era grato por seu sogro e por Amanda. Grato por sua amizade com Chaim Rosenzweig. Grato por sua amizade com Tsion. Ele e o rabino precisariam trabalhar em Chaim. O velho israelense ainda estava encantado com Carpathia. Isso tinha de mudar! Chaim precisava de Cristo. Assim como Ken Ritz, o piloto que ajudou Buck tantas vezes. Ele devia procurar Ken, certificar-se de que estava bem, ver se ainda tinha algum avião que voava. Empurrou a comida para o lado e abaixou a cabeça, quase dormindo.

— Eu preciso voltar para Israel — disse Tsion.

— *Hum*? — murmurou Buck.

— Preciso voltar para minha terra natal.

Buck levantou a cabeça e olhou para Tsion.

— Nós somos sem-terra — disse ele. — Mal conseguimos dirigir até o quarteirão seguinte. Não sabemos se vamos sobreviver amanhã. Você é um criminoso caçado em Israel. Acha que eles vão esquecê-lo, agora que estão ocupados com resgates depois do terremoto?

— Pelo contrário. Mas eu devo assumir que a maior parte das 144 mil testemunhas, das quais eu sou uma, deve vir de Israel. Nem todas provêm de lá. Muitas virão de tribos de todo o mundo, mas a maior fonte de judeus é Israel. Eles serão zelosos como Paulo, só que novos na fé e destreinados. Sinto um chamado para conhecê-los, saudá-los e ensiná-los. Eles devem ser mobilizados e enviados. Já estão capacitados.

— Suponhamos que eu o leve a Israel. Como vou mantê-lo vivo?

— O quê? Acha que foi *você* quem me manteve vivo em nosso voo através do Sinai?

— Eu o ajudei.

— Ajudou? Você me diverte, Cameron. De muitas maneiras, sim, eu lhe devo minha vida. Mas você estava atrapalhando tanto quanto eu. Aquilo foi obra de Deus, e nós dois sabemos disso.

Buck ficou de pé.

— Muito bem. Ainda assim, levá-lo de volta ao lugar no qual você é considerado um foragido parece loucura.

Buck ajudou Tsion a levantar-se.

— Espalhe antes a notícia de que eu morri no terremoto — disse o rabino. — Então, eu consigo entrar disfarçado com um daqueles nomes falsos que você inventa.

— Não, sem cirurgia plástica você não consegue — retrucou Buck. — Você é um cara reconhecível mesmo em Israel, onde todos da sua idade se parecem com você.

A luz do sol enfraqueceu-se e desapareceu, enquanto eles terminavam de vasculhar a cozinha. Tsion encontrou sacolas plásticas e alimentos embrulhados que ele guardaria no carro. Buck puxou algumas roupas da bagunça que antes tinha sido o seu quarto e o de Chloe; Tsion recolhia o computador e o telefone de Chloe da garagem.

Nenhum deles tinha força para escalar o muro de pavimento, então tomaram o caminho mais longo. Quando chegaram ao Range Rover, ambos tiveram de entrar pelo lado do passageiro.

— E, então, o que acha agora? — disse Tsion. — Se Chloe estivesse viva em algum lugar lá, ela teria nos ouvido e gritado, não?

Buck assentiu com pesar.

— Tenho tentado me conformar com o fato de que ela está no fundo de tudo aquilo. Eu errei, só isso. Ela não estava no quarto, nem na cozinha, nem no porão. Talvez tenha corrido para outra parte da casa. Precisaríamos de equipamento pesado para tirar todo o lixo daquele lugar e encontrá-la. Não consigo imaginar deixá-la ali, mas também não tenho condições de escavar mais nada esta noite.

Buck dirigiu-se para a igreja.

— Será que devemos ficar no abrigo hoje à noite?

— Temo que seja instável — disse Tsion. — Outro tremor e aquilo pode cair em cima de nós.

Buck seguiu em frente. Estava um quilômetro e meio ao sul da igreja quando chegou a um bairro retorcido e abalado, mas não demolido. Muitas estruturas estavam danificadas, mas a maioria permanecia de pé. Um posto de gasolina, iluminado por lamparinas de butano, servia uma pequena fila de carros.

— Não somos os únicos civis que sobreviveram — disse Tsion.

Buck entrou na fila. O homem administrando o posto tinha uma espingarda apoiada contra as bombas. Gritava por cima de um gerador a gasolina:

— Só dinheiro! Setenta litros no máximo! Quando acabar, acabou.

Buck encheu o tanque e disse:

— Eu lhe dou mil dólares em dinheiro agora pelo...

— O gerador, *aham*, sei. Pegue a senha e espere. Posso conseguir 10 mil por ele até amanhã.

— Sabe onde eu poderia conseguir outro?

— Não sei de nada — disse o homem, esgotado. — Minha casa se foi. Vou dormir aqui esta noite.

— Quer companhia?

— Não exatamente. Se você ficar desesperado, pode voltar. Não vou mandá-lo embora.

Buck não culpava o homem. Como alguém poderia acolher estranhos em tempos como aqueles? E onde ia parar fazendo isso?

— Cameron — começou Tsion quando Buck voltou ao carro —, eu estava pensando. Será que a esposa do técnico de informática sabe o que aconteceu com o marido?

Buck sacudiu a cabeça.

— Eu a vi apenas uma vez. Não lembro o nome dela. Espere aí.

Enfiou a mão no bolso e tirou a relação de membros da igreja.

— Aqui está: Sandy. Deixe-me ligar para ela.

Digitou os números e, embora não tenha ficado surpreso com a ligação não completada, ficou encorajado por ao menos ouvir a mensagem de que todos os circuitos estavam ocupados. Já era um progresso.

— Onde eles moram? — disse Tsion. — Provavelmente o lugar não está de pé, mas poderíamos verificar.

Buck leu o endereço da rua.

— Não sei onde fica. — Viu uma viatura à frente, com as luzes piscando. — Vamos perguntar a ele.

O policial estava encostado no carro, fumando um cigarro.

— Está em serviço? — perguntou Buck.

— Fazendo uma pausa — disse o policial. — Eu vi mais em um dia do que gostaria de ver numa vida toda, se é que me entende.

Buck mostrou-lhe o endereço.

— Não sei que referenciais usar para orientar você, mas, bem, apenas me siga.

— Sério?

— Não tem mais nada que eu possa fazer por alguém hoje à noite. Na verdade, não fiz nada de bom para ninguém hoje. Apenas me siga, e eu mostro a rua que você quer. Depois, vou embora.

Alguns minutos depois, Buck piscou as luzes em agradecimento e parou em frente a um sobrado geminado. Tsion abriu a porta do passageiro, mas Buck pousou a mão em seu braço.

— Deixe-me ver o celular de Chloe.

Tsion arrastou-se para trás e pescou-o em uma pilha de coisas que havia embrulhado em um cobertor. Buck abriu-o e viu que foi deixado ligado. Remexeu o porta-luvas e adaptou um acendedor de cigarros, o qual se ajustou ao telefone e o fez ganhar vida. Tocou no botão para mostrar o último número discado. Suspirou. Era o número dele.

Tsion assentiu, e eles saíram. Buck tirou uma lanterna de sua caixa de ferramentas de emergência. O lado esquerdo da casa tinha janelas quebradas ao redor e uma parede de tijolos que havia desmoronado, deixando a frente do lugar caída. Buck encontrou uma posição na qual conseguia mandar luz através das janelas.

— Vazio — disse. — Sem mobílias.

— Olhe — apontou Tsion. — Uma placa de "aluga-se" na grama.

Buck olhou de novo para a lista. Donny e Sandy moravam do outro lado.

O lugar parecia notavelmente intacto. As cortinas estavam abertas. Buck segurou-se à trabalhada grade de ferro nos degraus e inclinou-se para mandar luz até a sala de estar. Parecia habitada. Buck tentou a porta da frente e encontrou-a destrancada. Quando entraram na casa, na ponta dos pés, ficou evidente que algo estava errado no pequeno cantinho de refeições, ao fundo. Buck ficou boquiaberto. Tsion virou o rosto e curvou-se.

Sandy Moore estava à mesa com o jornal e o café, quando um enorme carvalho caiu no telhado com tanta força, que achatou a mulher e a pesada mesa de madeira. O dedo da moça morta ainda envolvia a alça da xícara, e sua bochecha repousava na seção de previsão do tempo do *Chicago Tribune*. Se o resto do corpo não tivesse sido comprimido a uns poucos centímetros, ela talvez parecesse estar apenas cochilando.

— Ela e o marido devem ter morrido quase no mesmo segundo — disse Tsion em voz baixa —, separados por alguns quilômetros.

À luz fraca, Buck assentiu.

— Temos de enterrar essa moça.

— Nunca vamos conseguir tirá-la debaixo dessa árvore — concluiu Tsion.

— Precisamos tentar.

Numa viela, Buck encontrou pranchas, que usaram como alavancas sob a árvore, mas aquele tronco, com massa suficiente para destruir o teto, a parede, a janela, a mulher e a mesa, não queria mover-se.

— Precisamos de equipamentos pesados — disse Tsion.

— Para quê? — perguntou Buck. — Ninguém jamais conseguirá enterrar todos os mortos.

— Confesso que estou pensando menos no cadáver dela e mais na possibilidade de termos encontrado um lugar para morar.

Buck lançou-lhe duas vezes um olhar.

— Que foi? — disse Tsion. — Não é ideal? Na verdade, há um pouco de calçada na frente. Esta sala, aberta para a rua, pode ser facilmente fechada. Não sei quanto tempo levaria para conseguirmos energia, mas...

— Não diga mais nada — interrompeu Buck. — Não temos outras perspectivas.

Buck enfiou o Rover entre a casa geminada e a carcaça queimada seja lá do que esteve ao lado. Estacionou fora de vista, nos fundos. Ele e Tsion descarregaram o carro. Entrando pela porta dos fundos, Buck notou que eles, talvez, conseguissem tirar o corpo de Sandy por baixo. Alguns galhos alojaram-se contra um enorme armário no canto. Isso impediria que a árvore caísse ainda mais, caso conseguissem, de alguma forma, cortar o piso sob a mulher.

— Estou tão cansado, que mal me aguento em pé, Cameron — disse Tsion, enquanto desciam a estreita escada até o porão.

— Eu mesmo estou prestes a desmoronar — afirmou Buck.

Buck apontou a luz para a parte de baixo do andar térreo e viu que o cotovelo de Sandy havia sido empurrado e estava exposto. Ali encontraram, principalmente, peças de computador descartadas, até que chegaram ao estoque de ferramentas de Donny. "Um martelo, formões, um pé de cabra e um serrote devem dar", pensou Buck. Ele arrastou uma escada sob aquele ponto, e Tsion segurou o teto, enquanto Buck enroscava as pernas no degrau mais alto, apoiando-se. Em seguida, começou a árdua tarefa de empurrar o pé de cabra através das tábuas do assoalho com um martelo. Seus braços doíam, mas ele insistiu até conseguir espaço suficiente para a passagem da serra. Ele e Tsion revezavam-se serrando a madeira, o que pareceu durar uma eternidade, porque a ferramenta estava cega.

Cuidaram para não tocar o corpo de Sandy Moore com a serra. Buck notou que o formato do corte lembrava os caixões dos vaqueiros do Velho Oeste. Quando haviam serrado até a altura da cintura dela, o peso de seu corpo fez as tábuas cederem, e Sandy caiu lentamente nos braços de Buck. Ele engasgou e prendeu a respiração, lutando para manter o equilíbrio emocional. A camisa dela estava coberta com sangue pegajoso, e a mulher era leve e frágil como uma criança.

Tsion guiou-o para baixo. Enquanto atravessava a porta dos fundos carregando aquele corpo quebrado, Buck só conseguia pensar que isso era o que ele esperava fazer com Chloe na casa de Loretta. Deitou gentilmente o pequeno corpo na grama orvalhada, e então cavaram uma cova rasa. O trabalho foi fácil, porque o terremoto havia amolecido o solo. Antes de descê-la ao buraco, Buck sacou, do fundo do bolso, a aliança de Donny. Colocou-a na palma da mão de Sandy e fechou-lhe os dedos. Eles a cobriram com terra. Tsion ajoelhou-se, e Buck seguiu seu exemplo.

Tsion não conhecia Donny ou a esposa dele. Não pronunciou nenhum discurso. Limitou-se a citar um hino antigo, o que fez Buck chorar tão alto, que eles teriam sido ouvidos no quarteirão inteiro. Mas ninguém estava por perto, e ele não podia conter a emoção.

*Na vida eu te amarei, na morte eu te amarei,*
*Enquanto fôlego tu me concederes, louvar-te-ei.*
*E ainda quando mi'a fronte o orvalho da morte esfriar,*
*"Se alguma vez te amei, meu Jesus, foi agora" vou cantar.*

Buck e Tsion encontraram dois minúsculos quartos no andar de cima, um com cama de casal e outro com cama de solteiro.

— Fique com a cama maior — insistiu Tsion. — Oro que Chloe junte-se a você em breve.

Buck aceitou a oferta. Entrou no banheiro e tirou as roupas cobertas de lama e sangue. Iluminado apenas pela lanterna, mergulhou as mãos em concha na água do vaso sanitário para um banho de esponja. Encontrou uma toalha grande e secou-se, depois desmoronou na cama de Donny e Sandy Moore.

Buck dormiu o sono do luto, orando que nunca tivesse de acordar.

\* \* \*

A meio mundo de distância, Rayford Steele foi despertado por um telefonema de seu primeiro-oficial. Eram nove da manhã de terça-feira na Nova Babilônia, e ele teria de enfrentar outro dia, querendo ou não. No mínimo, esperava ter a chance de contar a Mac sobre Deus.

# CAPÍTULO 5

Rayford tomou um farto café da manhã com aqueles sujeitos. Do outro lado, dezenas de ajudantes debruçavam-se sobre mapas e gráficos e amontoavam-se ao redor de telefones e rádios. Ele comia letargicamente; Mac, ao lado, tamborilava os dedos e balançava o pé. Carpathia estava com Fortunato e outros funcionários superiores em uma mesa não muito longe de seu escritório. Naquele momento, ele apertava um celular contra o ouvido e falava em tom sério num canto, de costas para a sala.

Rayford olhava-o com desinteresse. Pensava agora em si mesmo, em seu intento. Se era verdade que Amanda caiu com o 747, Chloe, Buck e Tsion eram tudo o que lhe importava. Será que ele foi o único membro do Comando Tribulação que restou?

Ele não conseguia reunir nem um pingo de interesse sobre o que Carpathia conversava ou com quem. Se houvesse ali um aparelho que lhe permitisse ouvir a conversa, nem se daria ao trabalho de ligá-lo. Havia orado antes de comer, uma oração ambivalente sobre a provisão fornecida pelo anticristo. Ainda assim, comeu. E foi bom tê-lo feito. Seu ânimo começava a despertar. Jamais conseguiria compartilhar sua fé com Mac de um modo convincente se permanecesse na fossa. A agitação de Mac o deixava nervoso.

— Ansioso para voar? — disse Rayford.

— Ansioso para conversar. Só que não aqui. Muitos ouvidos. Mas você está pronto para isso, Rayford? Com tudo o que está passando?

Mac parecia tão pronto para ouvir sobre Deus quanto qualquer pessoa com quem ele já havia conversado! Por que isso acontecia dessa maneira? Quando esteve extremamente ansioso para testemunhar, tentou falar com o velho piloto Earl Halliday, que não demonstrou interesse e, agora, estava morto. Havia tentado, sem sucesso, aproximar-se de Hattie Durham, e agora só podia orar por ela, pedindo que ainda lhe restasse tempo. Ali estava Mac, praticamente implorando a verdade, e Rayford só queria voltar para a cama.

Ele cruzou as pernas e os braços. Precisaria de muito esforço para mover-se hoje. No canto, Carpathia virou-se e fitou-o, com o telefone ainda no ouvido. Nicolae acenou entusiasticamente, depois pareceu pensar melhor sobre demonstrar tanto entusiasmo a um homem que havia acabado de perder a esposa. Seu rosto ficou sóbrio e seu aceno engessou-se. Rayford não respondeu, embora estivesse encarando ele. Carpathia fez sinal com um dedo.

— Oh, não — disse Mac. — Vamos, vamos embora.

Mas eles não podiam ignorar Nicolae Carpathia e sair.

Rayford estava de mau humor. Não queria falar com Carpathia; Carpathia queria falar com ele. Então que viesse até Rayford. "O que eu me tornei?", perguntava-se Rayford. Estava fazendo joguinho com o soberano do mundo. Patético. Bobo. Imaturo. "Mas eu não me importo."

Carpathia desligou o celular e colocou-o no bolso. Acenou para Rayford, que fingiu não notar e virou de costas. Rayford inclinou-se para Mac.

— Então, o que vai ensinar hoje?

— Não olhe agora, mas Carpathia está chamando você.

— Ele sabe onde eu estou.

— Ray! Ele ainda pode jogá-lo na cadeia.

— Queria que ele jogasse. Então, o que você vai me ensinar hoje?

— Ensinar a *você*?! Você pilotava *whirlybirds!*[1]

— Há muito tempo — disse Rayford. — Mais de vinte anos.

---

[1] Jargão do inglês norte-americano para helicóptero. [N. do R.]

— Pilotar helicóptero é como andar de bicicleta — disse Mac. — Você vai pilotar tão bem quanto eu em uma hora.

Mac olhou por cima do ombro de Rayford, levantou-se e postou a mão em posição de sentido.

— Soberano Carpathia!

— Poderia dar licença ao comandante Steele e a mim por um momento, oficial McCullum?

— Encontro você no hangar — disse Rayford.

Carpathia puxou a cadeira de McCullum para perto de Rayford e sentou-se. Desabotoou o paletó e inclinou-se para a frente, antebraços apoiados nos joelhos. Rayford permanecia com as pernas e os braços cruzados.

Carpathia falou com seriedade:

— Rayford, espero que não se importe de ser chamado pelo primeiro nome, mas sei que está sofrendo.

Rayford sentiu a boca amargar. "Senhor, por favor", orou em silêncio, "mantenha minha boca fechada." Fazia todo o sentido que a personificação do mal fosse o mais nojento dos mentirosos. Insinuar que Amanda tivesse sido plantada por ele, uma informante para a Comunidade Global no Comando Tribulação, depois fingir tristeza pela morte dela? Um ferimento letal na cabeça daquele sujeito já estava bom demais para ele. Rayford imaginava-se torturando o homem que liderava as forças do mal contra o Deus do universo.

— Queria que estivesse aqui antes, Rayford. Bem, na verdade, fico feliz que você tenha conseguido descansar como precisava. Mas nós, que chegamos primeiro para o café da manhã, nos deleitamos com o relato de Leon Fortunato sobre o ocorrido na noite passada.

— Mac contou alguma coisa sobre isso.

— Sim, o oficial McCullum ouviu duas vezes. Você devia pedir-lhe que compartilhasse isso novamente. Melhor ainda, separe tempo para passar com o sr. Fortunato.

O máximo que Rayford conseguiu fazer, para fingir civilidade, foi responder:

— Estou ciente da devoção de Leon a você.

— Como também tenho a ele. No entanto, até eu fiquei comovido e lisonjeado com a visão tão elevada de Leon!

Rayford conhecia a história, mas não resistiu a provocar Carpathia.

— Não me surpreende que Leon seja grato por você tê-lo resgatado.

Carpathia recostou-se e pareceu achar graça.

— McCullum ouviu a história duas vezes e essa foi a conclusão dele? Você não ficou sabendo? Eu não resgatei o sr. Fortunato! Nem mesmo salvei a vida dele! De acordo com o testemunho dele próprio, eu o trouxe da morte.

— De fato.

— Não reivindico isso, Rayford. Estou apenas contando a você o que o sr. Fortunato diz.

— Você estava lá. Como *você* conta o que aconteceu?

— Bem, quando eu soube que meu ajudante de maior confiança e confidente pessoal estava perdido entre os escombros de nossa sede, algo se apoderou de mim. Eu simplesmente me recusei a acreditar naquilo. Queria que não fosse verdade. Cada fibra do meu ser me dizia para ir, por mim mesmo, até o lugar e trazê-lo de volta.

— Pena que não tenha levado testemunhas.

— Não acredita em mim?

— É uma bela história.

— Você devia falar com o sr. Fortunato.

— Realmente não estou interessado.

— Rayford, aquela pilha de quinze metros de tijolos, cimento e entulho era antes um prédio de sessenta metros de altura. Leon Fortunato estava comigo no último andar quando o prédio cedeu. Apesar das medidas preventivas do projeto em caso de terremoto, era para todos ali terem morrido. E morreram mesmo. Você sabe que não houve sobreviventes.

— Então, está dizendo que é uma alegação de Leon, e sua também, o fato de até ele ter morrido na queda...

— Eu o chamei do meio daqueles destroços. Ninguém conseguiria sobreviver àquilo.

— E, contudo, ele sobreviveu.

— Não sobreviveu. Ele estava morto. Não tinha como não estar.

— E como você o libertou dali?

— Eu lhe ordenei que viesse para fora, e ele veio.

Rayford inclinou-se para a frente.

— Isso devia fazê-lo acreditar na história de Lázaro. Pena que é de um livro de contos de fadas, não é?

— Certo, Rayford, eu tenho sido muito tolerante e nunca menosprezei suas crenças. Tampouco escondi que você me parece, na melhor das hipóteses, equivocado. Mas, sim, fiquei perplexo ao ver que esse incidente assemelhou-se a tal narrativa, que acredito ser alegórica.

— É verdade que você usou as mesmas palavras que Jesus havia usado com Lázaro?

— É o que o sr. Fortunato diz. Eu não estava consciente das exatas palavras que estava escolhendo. Saí daqui com total confiança de que voltaria com ele, e minha determinação nunca vacilou, nem mesmo quando vi aquela montanha de ruínas, sabendo que o pessoal do resgate não havia encontrado ninguém vivo.

Rayford queria vomitar.

— Então, agora você é algum tipo de divindade?

— Isso não compete a mim dizer, embora, claramente, trazer um homem dos mortos seja um ato divino. O sr. Fortunato acredita que eu, talvez, seja o Messias.

Rayford ergueu as sobrancelhas.

— No seu lugar, eu negaria isso rapidamente, a menos que tivesse certeza de que é verdade.

Carpathia atenuou:

— Este não me parece o momento de fazer tal alegação, mas não tenho tanta certeza de que se trata de um equívoco.

Rayford apertou os olhos.

— Você acha mesmo que pode ser o Messias.

— Depois do que aconteceu ontem à noite, só poderia dizer que não descartei a possibilidade.

Rayford enfiou as mãos nos bolsos e olhou para longe.

— Vamos, Rayford. Não pense você que eu não vejo a ironia. Não sou cego. Sei que uma facção aí fora, inclusive muitos dos seus chamados santos da tribulação, rotula-me de um anticristo ou até mesmo *o próprio* anticristo. Eu teria o maior prazer de provar o contrário.

Rayford inclinou-se para a frente, tirou as mãos dos bolsos e entrelaçou os dedos.

— Deixe-me ver se entendi. Existe a possibilidade de você ser o Messias, mas não sabe ao certo?

Carpathia assentiu solenemente.

— Isso não faz sentido — disse Rayford.

— As questões de fé são misteriosas — entoou Carpathia. — Eu lhe peço que passe algum tempo com o sr. Fortunato. Veja o que pensará disso depois.

Rayford não prometeu nada. Olhou em direção à saída.

— Sei que precisa ir, comandante Steele. Eu só gostaria de compartilhar com você o tremendo progresso já obtido em minha iniciativa de reconstrução. Amanhã mesmo esperamos conseguir comunicação com metade do mundo. Quando eu o fizer, vou dirigir-me a quem puder ouvir — disse ele, puxando um papel do bolso do casaco. — Nesse meio-tempo, gostaria que você e o sr. McCullum levassem para o 216 todo o equipamento necessário e traçassem uma rota para buscar estes embaixadores internacionais, a fim de que se juntem aos que já estão aqui.

Rayford examinou a lista. Pelo visto, ele teria de voar mais de 30 mil quilômetros.

— Como vocês estão fazendo para reconstruir as pistas de decolagem?

— As forças da Comunidade Global estão trabalhando sem parar em todos os países. O Celular-Solar interligará o mundo inteiro dentro de semanas. Praticamente todos aqueles não envolvidos nesse projeto estão reconstruindo pistas de pouso, estradas e centros comerciais.

— Eu tenho uma tarefa — disse Rayford de forma categórica.

— Gostaria de ter seu itinerário assim que estiver definido. Você notou o nome do outro lado?

Rayford virou a folha.

— "Sumo pontífice Peter Mathews, Fé Mundial Unificada do Mistério de Babilônia." Então, nós o trazemos também?

— Ainda que ele esteja em Roma, pegue-o primeiro. Gostaria que ele estivesse no avião quando todos os outros embaixadores embarcassem.

Rayford deu de ombros. Não sabia por que Deus o havia colocado nessa posição, mas, a menos que se sentisse dirigido a abandoná-la, ele se aguentaria ali.

— Mais uma coisa — disse Carpathia. — O sr. Fortunato irá com vocês e servirá de anfitrião.

Rayford deu de ombros novamente.

— Agora, posso perguntar uma coisa?

Carpathia, de pé, assentiu.

— Você poderia informar quando começa a operação de dragagem?

— A operação de quê?

— Quando eles vão tirar o Pancontinental 747 de dentro do rio Tigre — disse Rayford, demonstrando equilíbrio.

— Oh, sim, isso. Então, Rayford, eu fui avisado de que isso seria inútil.

— Há uma chance de vocês não o fazerem?

— O mais provável é que não o façamos. A companhia aérea informou-nos quem estava a bordo, e estamos cientes de que não há sobreviventes. Já estamos sem saber o que fazer com os corpos de tantas vítimas do desastre. Fui aconselhado a considerar a aeronave um grande jazigo sagrado.

Rayford sentiu o rosto queimar, e seu ânimo abateu-se.

— Você não vai provar para mim que minha esposa está morta, não é?

— Oh, Rayford, há ainda alguma dúvida?

— Na verdade, há. Eu não sinto que ela esteja morta, entende o que eu... Bem, é claro que você não entende o que eu quero dizer.

— Eu sei como é difícil deixar partir os entes queridos quando não vemos o corpo deles. Mas você é um homem inteligente. O tempo cura...

— Eu quero que draguem aquele avião. E quero saber da minha esposa, viva ou morta.

Carpathia postou-se atrás de Rayford e colocou as mãos sobre os ombros do piloto. Rayford fechou os olhos, desejando poder sumir. Carpathia falou suavemente:

— E, depois, você pedirá que eu a ressuscite.

Rayford falou entre dentes.

— Se você é quem acredita ser, deve ser capaz de fazer algo assim por um dos seus funcionários mais confiáveis.

\* \* \*

Buck havia adormecido sobre a colcha da cama. Agora, bem depois da meia-noite, não sentia ter dormido mais de duas horas. Sentou-se, juntando as cobertas ao redor dele; não queria mexer-se. Mas o que o havia despertado? Viu luzes piscando no corredor?

Devia ter sido um sonho. Certamente a eletricidade não seria religada em Mount Prospect antes de alguns dias, talvez semanas. Buck prendeu a respiração. Agora ele ouviu, de fato, algo vindo do outro quarto, a cadência baixa e sussurrante de Tsion Ben-Judá. Alguma coisa o havia despertado também? Tsion estava orando em sua língua materna. Buck desejou entender o hebraico. A oração foi ficando cada vez mais suave; Buck deitou-se de costas e rolou de lado. Enquanto perdia a consciência, lembrou-se de que, pela manhã, precisaria dar uma última olhada pelo bairro de Loretta — mais uma tentativa desesperada de encontrar Chloe.

*  *  *

Rayford encontrou Mac na cabine do helicóptero parado. Ele estava lendo.

— Finalmente ele deixou você ir, hein?

Rayford sempre ignorava perguntas óbvias. Apenas balançou a cabeça.

— Eu não sei como ele faz esse tipo de coisa — disse Mac.

— O que é isso?

Mac balançou a revista.

— A última *Aviônica Moderna*. Onde Carpathia conseguiria isto? E como ele sabia que devia guardá-la no abrigo?

— Quem sabe? — ironizou Rayford. — Talvez ele seja o deus que pensa ser.

— Eu contei a você ontem à noite sobre o ultraje de Leon, não?

— Carpathia contou-me de novo.

— O quê? Ele concorda com Leon sobre a própria divindade?

— Por enquanto, ele não foi tão longe — disse Rayford. — Mas ainda chega lá. A Bíblia diz que ele vai concordar.

— Opa! — disse Mac. — Você precisa começar do começo.

— Justo — respondeu Rayford, desdobrando a lista de passageiros de Carpathia. — Antes, deixe-me mostrar-lhe isto. Depois do meu treinamento, quero que você planeje nosso percurso até estes países. Primeiro, pegamos Mathews em Roma. Depois, vamos aos Estados Unidos e pegamos os outros embaixadores no caminho de volta.

Mac estudou o papel.

— Vai ser fácil. Em meia hora, mais ou menos, eu traço a rota. Há local para pousarmos em todos esses lugares?

— Chegaremos perto o suficiente. Vamos colocar o helicóptero e uma asa fixa no compartimento de carga, para o caso de precisarmos.

— Então, quando a gente vai conversar?

— Nossa sessão de treinamento deve durar até as cinco, não acha?

— Nem! Já falei, você vai estar pronto para voar em pouco tempo.

— Vamos ter de parar para almoçar mais tarde em algum lugar — disse Rayford. — E, depois, ainda teremos algumas horas para treinar, certo?

— Você não está prestando atenção, Ray. Não precisa de um dia inteiro brincando com este brinquedo. Você sabe o que faz, e estas coisas voam sozinhas.

Rayford inclinou-se, aproximando-se.

— *Quem* é que não está prestando atenção, afinal? — disse. — Você e eu vamos ficar longe do abrigo hoje, treinando até as cinco da tarde. Está entendido?

Mac sorriu timidamente:

— Oh! Você vai aprender a mexer no *whirlybird* até a hora do almoço, por volta da uma, mas ficaremos fora até às cinco.

— Você pega rápido.

Rayford fazia anotações, enquanto Mac mostrava-lhe cada botão, cada interruptor, cada tecla. Com as lâminas em alta velocidade, Mac manejou os controles até o *bird* decolar. Fez uma série de manobras, virando de um lado e de outro, mergulhando e subindo.

— Você logo pega o jeito, Ray.

— Deixe-me perguntar uma coisa primeiro, Mac. Você esteve alocado nesta área, não?

— Por muitos anos — disse ele, voando lentamente para o sul.

— Conhece pessoas, então.

— Quer dizer "moradores"? Sim. Não sei se algum deles sobreviveu ao terremoto. O que você está procurando?

— Equipamento de mergulho.

Mac olhou de relance para Rayford, que não retribuiu o olhar.

— Saiu um novo equipamento para ser usado no deserto. Onde você quer mergulhar? No Tigre? — Mac arreganhou um sorriso, mas Rayford lançou-lhe um olhar sério, e ele empalideceu. — Ah, claro, perdoe-me, Rayford. Cara, você não quer mesmo fazer isso, não é?

— Eu nunca quis tanto uma coisa, Mac. Agora, você conhece alguém ou não?

— Deixe-os dragar a coisa, Ray.

— Carpathia disse que eles vão deixar isso pra lá.

Mac sacudiu a cabeça.

— Não sei, Ray. Você já mergulhou em um rio?

— Eu sou um bom mergulhador. Mas, não, nunca mergulhei em um rio.

— Bem, eu já, e não é a mesma coisa, acredite em mim! A correnteza no fundo não é muito mais calma do que na superfície. Você vai gastar metade do seu tempo evitando ser levado rio abaixo. Vai acabar uns 5 mil quilômetros a sudeste no Golfo Pérsico.

Rayford não achou graça.

— Como é, Mac? Você tem ou não um fornecedor?

— Sim, eu conheço um cara. Ele sempre foi capaz de obter qualquer coisa que eu quisesse, em praticamente qualquer lugar. Nunca vi itens de mergulho por aqui, mas, se houver algum, e ele ainda estiver vivo, ele pode conseguir.

— Quem e onde?

— Ele é daqui mesmo. Cuida da torre na pista de pouso em Al Basrah. Fica a noroeste de Abadan, onde o Tigre se torna o Shatt al Arab. Eu nem começaria a tentar pronunciar o nome verdadeiro do sujeito. Todos os... *hum*... clientes o chamam de Al B. Eu o chamo de Albie.

— Qual é o esquema dele?

— Ele assume todos os riscos. Cobra o dobro do varejo, sem fazer perguntas. Se você for pego com o contrabando, ele nunca ouviu falar de você.

— Tente encontrá-lo, sim?

— Só mandar.

— É o que estou fazendo, Mac.

— É bem arriscado.

— Ser honesto com você é bem arriscado, Mac.

— Como sabe que pode confiar em mim?

— Não sei. Apenas não tenho escolha.

— Valeu.

— Você se sentiria do mesmo jeito se estivesse na minha pele.

— Bem verdade — disse Mac. — Só o tempo provará que eu não sou um rato.

— Sim — concordou Rayford, sentindo-se tão imprudente quanto jamais antes. — Se você não for um amigo, não há nada que eu possa fazer agora.

— Concordo, mas um dedo-duro faria um mergulho perigoso com você?

Rayford o encarou.

— Eu não posso deixar que faça isso.

— Não tem como me impedir. Se o meu camarada pode conseguir uma roupa e um cilindro para você, ele também pode conseguir para mim.

— Por que você faria isso?

— Bem, não apenas para provar que sou confiável, mas também para mantê-lo por perto mais um pouco. Você merece saber se sua esposa afundou naquelas águas. Mas esse mergulho já será bastante perigoso para dois, imagine um sozinho.

— Vou ter de pensar.

— Pela primeira vez na vida, pare de pensar tanto. Eu vou com você e ponto! Preciso descobrir um jeito de mantê-lo vivo tempo suficiente para que me diga que diabos vem acontecendo desde os desaparecimentos.

— Coloque-nos no chão — disse Rayford —, e eu lhe conto.

— Aqui? Agora?

— *Agora.*

Mac havia voado alguns quilômetros, chegando aonde Rayford conseguia ver a cidade de Al Hillah. Inclinou a máquina para a esquerda e seguiu até o deserto, descendo no meio do nada. Desligou o motor rapidamente, para evitar quaisquer danos pela areia. Ainda assim, Rayford viu grãos nas costas das mãos e sentiu-os nos lábios.

— Deixe-me controlar um pouco — disse Rayford, soltando-se do cinto.

— Jamais — respondeu Mac. — Você só vai tentar ligar e decolar *mais tarde*. Eu sei que você consegue fazer isso e que não é tão perigoso, mas Deus sabe que ninguém mais por aqui seria capaz de me explicar as coisas. Agora, desembuche, vamos!

Rayford saltou e caiu na areia. Mac o seguiu. Passearam meia hora ao sol; Rayford suava naquelas roupas. Por fim, Rayford liderou o caminho de volta ao helicóptero, onde se apoiaram contra a estrutura de ferro, no lado com sombra.

Ele contou a Mac a história de sua vida, começando com o tipo de família em que foi criado; pessoas decentes, trabalhadoras, mas sem estudo. Tinha uma inclinação à matemática e à ciência e era fascinado por aviação. Ia bem na escola, mas seu pai não tinha condições de mandá-lo para a faculdade. Uma conselheira no Ensino Médio disse-lhe que, talvez, ele estivesse apto a conseguir uma bolsa de estudos, mas era preciso ter algo extra no currículo.

Ele perguntou à conselheira o que poderia ser. Ela respondeu que seriam atividades extracurriculares, grêmio estudantil, coisas assim. Então, Rayford sugeriu a capacidade de pilotar sozinho antes da formatura, e ela admitiu que aquilo seria impressionante. Assim, ele o fez! Isso o ajudou a obter uma educação universitária, o que levou ao treinamento militar e ao voo comercial.

— Sempre fui o tipo de cara bom — disse ele. — Bom cidadão, sabe como é. Bebia um pouco, namorava um pouco. Não fazia nada ilegal. Nunca me vi como um patife. Era patriota e tudo o mais. Até igreja eu frequentava.

Ray contou que tinha se apaixonado por Irene desde o começo.

— Ela era meio boazinha demais para mim — admitiu —, mas também era bonita, amorosa e altruísta. Fiquei encantado. Chamei-a para sair, ela aceitou, e, mesmo ao descobrir que Irene estava muito mais enfiada nesse negócio de igreja do que eu, não pretendia largar a moça.

Rayford contou que quebrou a promessa de frequentar a igreja regularmente. Eles tiveram umas brigas, Irene derramou lágrimas.

— Mas eu sentia que ela se conformou com o fato de que, nessa área, aparentemente só nessa, eu era um canalha não confiável. Eu era fiel, um bom provedor, respeitado na comunidade. Pensava que Irene estava vivendo bem em todo o resto. De qualquer forma, ela não me incomodava com essas coisas. Não devia ficar muito feliz com isso, mas eu dizia a mim mesmo que ela não se importava. Eu, com certeza, não me importava. Quando nós tivemos Chloe, virei uma nova página. Acreditava que, a partir de então, eu seria um novo homem. Vê-la nascer convenceu-me de milagres, forçou-me a reconhecer Deus e também me fez querer ser o melhor pai e marido da história. Não fiz promessas. Só voltei a frequentar a igreja com Irene.

Rayford percebeu, conforme explicou a Mac, que a igreja não era tão ruim assim.

— Víamos na igreja algumas das pessoas que também víamos no clube de campo. Nós aparecíamos lá, dávamos dinheiro, cantávamos as músicas, fechávamos os olhos durante as orações e ouvíamos as pregações. De vez em quando, um sermão, ou parte dele, me ofendia. Mas eu deixava passar. Ninguém ficava me analisando. As mesmas coisas ofendiam a maioria dos nossos amigos. Chamávamos isso de "pisar em nosso calo", mas não acontecia duas vezes seguidas.

Rayford contou que nunca parou para refletir sobre céu ou inferno.

— Eles não falavam muito sobre isso. Bem, nunca falavam sobre o inferno. Em qualquer menção ao céu, diziam que todo mundo acabava lá, no final. Eu não queria ficar constrangido no céu por ter feito coisas ruins. Mas comparava-me com os outros caras e concluía que, se eles passavam, eu também passaria. A questão é que eu estava feliz, Mac. Sei que as pessoas dizem que sentem um vazio na vida, mas eu não sentia. Para mim, aquilo era vida. O engraçado era que Irene dizia sentir-se vazia. Eu discutia com ela. Às vezes, muito. Lembrava-a de que eu havia voltado para a igreja, e ela nem teve de incomodar-me para tal. O que mais ela queria? Irene queria algo mais profundo. Ela tinha amigos que falavam sobre um relacionamento pessoal com Deus, e isso a intrigava. A *mim* assustava um bocado! — contou Rayford. — Eu repetia a frase para que ela pudesse ouvir como soava maluco: "Relacionamento pessoal com Deus?" Ela, no entanto, dizia: "Sim. Por meio de seu Filho, Jesus Cristo" — Rayford sacudiu a cabeça. — Bem, quero dizer, você pode imaginar como isso não me descia bem.

Mac assentiu.

— Sei o que eu teria pensado.

Rayford continuou:

— Eu tinha religião suficiente para sentir-me bem. Dizer palavras como *Deus* ou *Jesus Cristo* em voz alta, na frente das pessoas? Isso era para pastores, padres e teólogos. Eu fazia coro com quem dizia que religião era algo particular. Para mim, qualquer um que tentasse convencer alguém de alguma coisa da Bíblia, ou "compartilhar sua fé" com os outros, bem... Gente desse tipo era direitista, ou fanática, ou fundamentalista, ou coisa assim. Eu ficava o mais longe delas que podia.

— Sei o que você quer dizer — falou Mac. — Sempre havia alguém por perto tentando "ganhar almas para Jesus".

Rayford concordou.

— Bem, avançando alguns anos... Nós tivemos Rayford Júnior. Quando ele nasceu, vivenciei a mesma sensação que havia experimentado com Chloe. E admito que sempre quis ter um filho homem. Eu imaginava que Deus deveria estar muito satisfeito comigo para abençoar-me daquele jeito. E, deixe-me dizer uma coisa que contei somente a umas poucas pessoas chegadas, Mac. Quase traí Irene quando ela estava grávida de Raymie. Eu estava bêbado, numa festa de Natal da empresa, foi uma coisa estúpida. Fiquei sentindo-me tão culpado, mas não por causa de Deus, não acho que tenha sido, e, sim, por causa de Irene. Ela não merecia aquilo. Mas ela nunca suspeitou, e isso piorou as coisas. Eu sabia que ela me amava. Fiquei convencido de que eu era a escória da terra, então fiz todos os tipos de barganhas com Deus. Sei lá de onde tirei a ideia de que ele me puniria. Negociei com Deus; se eu conseguisse deixar aquilo tudo para trás e não mais repetir, queria saber se ele não permitiria, por favor, que nosso feto morresse. Se algo tivesse dado errado com nosso bebê, não sei o que eu teria feito. Mas o bebê era perfeito!

Rayford seguiu contando que, pouco depois, obteve uma promoção e um aumento, que eles se mudaram para uma bela casa no subúrbio, que continuou indo à igreja e que logo ficou satisfeito com sua vida novamente.

— Mas...

— Mas? — repetiu Mac. — O que aconteceu depois?

— Irene veio com várias igrejas para cima de mim — disse Rayford. — Está com fome?

— Como é?

— Você está com fome? Já é quase uma da tarde.

— Que belo contador de histórias você, hein! Vai manter o suspense para ir comer? Você despeja tudo isso, termina falando que Irene testou várias igrejas e pergunta se estou com fome. Assim! Como se eu pudesse ficar com fome!

— Indique-me algum lugar para comer — disse Rayford. — Eu levo a gente até lá.

— Melhor mesmo.

# CAPÍTULO 6

Pelos vinte minutos seguintes, Rayford quase matou de susto a si mesmo e Mac. A habilidade de pilotar um helicóptero talvez nunca tenha saído dele, mas, com o avanço da tecnologia, levava algum tempo para acostumar-se. Ele se lembrava de helicópteros enormes, lentos e pesados. Aquele disparava como uma libélula. O controle era tão responsivo quanto um *joystick*, e ele se excedia ao compensar isso. Inclinou-se para um lado de um jeito rápido e duro demais, e depois para o outro, endireitando-se rapidamente, mas, então, rolou para o outro lado.

— Eu vou vomitar! — gritou Mac.

— Não, no meu helicóptero não! — disse Rayford.

Ele abaixou o helicóptero quatro vezes; na segunda, foi especialmente brusco.

— Não vai acontecer de novo — prometeu.

Quando decolou pela última vez, disse:

— Peguei o jeito agora. Acho que vai ser fácil manter isto em linha reta e estabilizado.

— Para mim, é! — disse Mac. — Você quer ir pilotando até Albie?

— Você quer dizer, pousar em um aeroporto? Na frente de outras pessoas?

— Um batismo de fogo — Mac esquematizou a rota deles. — Posicione a máquina naquela direção, e nós podemos tirar um cochilo até nos aproximarmos da torre em Al Basrah. Alinhe, deixe ir e conte-me sobre a nova igreja de Irene.

Rayford passou a viagem terminando sua história. Contou como a frustração de Irene, por não encontrar nada profundo, substancial ou pessoal na igreja que frequentavam, deu a ele próprio uma desculpa para começar a ir apenas esporadicamente. Quando a esposa lhe chamava a atenção, Rayford lembrava que ela tampouco estava feliz lá.

— Quando eu praticamente parei de ir, ela começou a escolher igreja como quem escolhe sapato. Conheceu algumas mulheres de quem gostou de verdade, numa igreja que ela não apreciou muito, mas elas a convidaram para um estudo bíblico de mulheres. Foi aí que ela ouviu algo, sobre Deus, que nunca soube estar na Bíblia. Ela investigou em que lugar o palestrante congregava, começou a ir até lá e acabou arrastando-me.

— O que foi que ela ouviu?

— Estou chegando lá.

— Não desacelere.

Rayford verificou os instrumentos para certificar-se de que os motores ainda estavam operando dentro dos conformes.

— Não, estou falando da história — disse Mac.

— Bem, eu mesmo não entendi a nova mensagem — continuou Rayford. — Na verdade, só compreendi depois que ela se foi. A igreja era toda diferente. Isso me deixava desconfortável. Quando as pessoas não me viam ali, concluíam que eu estava trabalhando. Quando eu aparecia, elas me perguntavam sobre o trabalho; eu apenas sorria e contava como a vida era maravilhosa. Mas, mesmo quando estava em casa, eu ia lá apenas metade das vezes. Minha filha, Chloe, já era adolescente na época, e ela percebeu isso. Se o pai não precisava ir, ela também não. Irene, no entanto, realmente amou a nova igreja. Ela me deixava nervoso quando começava a falar sobre pecado, salvação, perdão, o sangue de Cristo e ganhar almas. Disse que aceitou Cristo e nasceu de novo. Irene me pressionava, mas eu não tinha experimentado nada daquilo. Soava estranho. Como uma seita. As pessoas pareciam legais, mas eu tinha certeza de que me empurrariam para bater de porta em porta e distribuir literatura ou algo assim. Eu arrumava mais motivos para não estar na igreja. Um dia, Irene estava falando sobre a pregação do pastor Billings, a respeito do fim dos tempos e da volta de Cristo. Ele chamava de arrebatamento. Ela disse algo como: "Não seria o máximo não morrer, mas encontrar Jesus no céu?" Eu respondi com ironia: "Ah, sim, isso me mataria de alegria". Eu a ofendi. Ela disse que eu não deveria ser tão desrespeitoso, ainda mais sem saber para onde eu estava indo. Isso me deixou louco. Falei que estava feliz por ela ter certeza de seu destino. Disse que já sabia para onde íamos: ela voaria para o céu, enquanto eu seguiria direto para o inferno. Irene não gostou nem um pouco.

— Imagino... — disse Mac.

— A questão toda sobre a igreja tornou-se tão delicada, que simplesmente a evitávamos. Por fim, comecei a voltar àquelas velhas agitações e estava de olho em minha comissária de bordo.

— Oh, não! — disse Mac.

— Nem me diga. Eu e ela tomamos uns drinques, comemos juntos algumas vezes, mas nunca passou disso. Não que eu não quisesse. Uma noite, decidi que, quando chegássemos a Londres, eu a convidaria para sair. Aí pensei: "Quer saber, vou convidá-la antes disso." Estávamos sobre o Atlântico, no meio da noite, num 747 lotado de gente; coloquei no piloto automático e fui procurá-la.

Rayford fez uma pausa, enojado de si mesmo por ter sido tão baixo. Mac olhou para ele.

— E?

— Todo mundo se lembra de onde estava quando os desaparecimentos aconteceram.

— Você não está dizendo que... — deduziu Mac.

— Eu estava preocupado em ter um caso quando todas aquelas pessoas desapareceram.

— Caramba!

Rayford bufou.

— A comissária queria saber o que estava acontecendo: "Nós vamos morrer?" Eu disse a ela que com certeza não, mas que, de resto, sabia tanto quanto ela. A verdade era que eu sabia mais. Irene estava certa. Cristo veio arrebatar sua Igreja, e todos nós fomos deixados para trás.

Havia muito mais na história de Rayford, é claro, mas ele queria que tudo fosse bem assimilado antes de continuar. Mac ficou olhando para a frente. Ele se virava, respirava fundo, depois voltava e observava a paisagem, enquanto seguiam em direção a Al Basrah.

Mac checou sua prancheta e olhou os painéis.

— Estamos bem perto. Vou ver o que consigo descobrir.

Ajustou a frequência e apertou o botão do microfone.

— Golf Charlie Nove Nove para torre Al Basrah. Você me ouve?

Estática.

— Torre Al Basrah, aqui é Golf Charlie Nove Nove. Estou mudando para o canal onze.

Mac fez a mudança e repetiu a chamada.

— Torre Al Basrah — veio a resposta. — Prossiga, Nove Nove.

— Albie está aí?

— Aguarde na linha, Nove.

Mac virou-se para Rayford e disse:

— Tomara.

— Golf Charlie, aqui é Albie, câmbio.

— Albie, seu velho sem-vergonha! Aqui é Mac! Então, você está bem?

— Não completamente, meu amigo. Acabamos de levantar nossa torre temporária. Perdi dois hangares. Estou de muletas. Por favor, que você não esteja em um avião de asa fixa. Não pelos próximos dois, três dias.

— Estamos em um *bird* — disse Mac.

— Seja bem-vindo, então! — respondeu Albie. — Nós precisamos de ajuda. Precisamos de companhia.

— Não podemos ficar muito tempo, Albie. Nossa chegada está prevista para daqui a trinta minutos.

— Positivo, Mac. Aguardamos você.

Rayford viu Mac morder o lábio.

— Que alívio! — sussurrou com voz trêmula.

Ele monitorou os controles, guardou a prancheta e virou-se para Rayford.

— De volta à sua história.

Rayford ficou intrigado com o fato de Mac importar-se tanto com o amigo. Será que Rayford já tivera um amigo assim antes de ser cristão? Já se importara tanto com outro homem a ponto de se emocionar com a sua felicidade?

Olhou a devastação abaixo. Barracas foram erguidas onde casas haviam desaparecido no terremoto. Corpos pontilhavam a paisagem, e militares chegavam em *trailers* baratos para arrastá-los de lá. Aqui e ali, bandos de pessoas com pás e picaretas trabalhavam em uma estrada pavimentada. Se vissem o que Rayford podia ver, elas saberiam que, mesmo que gastassem dias em seu pequeno trecho de asfalto retorcido, seria necessário meses para consertar os vários quilômetros de estrada à frente, mesmo com equipamento pesado.

Rayford contou a Mac sobre a aterrissagem que fez em O'Hare após os desaparecimentos, como foi até o terminal, viu os relatos devastadores do mundo todo, o suicídio de seu copiloto, a cara corrida de táxi que teve de pagar para chegar a casa e confirmar seus piores temores.

— Irene e Raymie haviam partido. Chloe, uma cética como eu, estava tentando voltar de Stanford para casa. Era culpa minha. Ela seguiu meu exemplo. E nós dois fomos deixados para trás.

Rayford lembrava como se fosse ontem. Não se importava de contar a história, porque tinha um final bom, mas ele odiava essa parte. Não apenas o horror, a solidão, mas a culpa. Se Chloe nunca tivesse aceitado Cristo, ele não sabia se conseguiria perdoar-se.

Ele pensava em Mac. Contaria a ele o que estava acontecendo, quem era Nicolae Carpathia, tudo. Contaria as profecias do Apocalipse, falaria dos julgamentos que já haviam chegado e mostraria que eles foram preditos, não podiam ser contestados. Contudo, se Mac fosse um impostor, se trabalhasse para Carpathia, já devia ter passado por alguma lavagem cerebral. Ele poderia fingir emoção, interesse. Poderia até insistir em fazer um mergulho perigoso com Rayford, só para cair nas suas graças.

Rayford, porém, já havia passado do ponto de um possível retorno. Mais uma vez, orou em silêncio para que Deus lhe desse um sinal de que Mac fosse sincero. Se não fosse, ele era um dos melhores atores que Rayford já tinha visto. Dificilmente confiaria em alguém mais do que confiava nele naquele momento.

Quando, por fim, podiam ser vistos pelo campo de aviação em Al Basrah, Mac ensinou Ray a fazer um pouso suave, embora demorado, no solo. Quando Rayford desligou o motor, Mac disse:

— É ele. Descendo a escada.

Enquanto saíam do helicóptero, um minúsculo homem de pele escura, nariz comprido e turbante descia descalço, cautelosamente, de uma torre que mais parecia o posto de guarda de uma prisão. Ele jogou as muletas para baixo e, quando chegou ao chão, pulou até elas e habilmente as usou para correr até Mac. Os dois se abraçaram.

— O que aconteceu com você? — perguntou Mac.

— Eu estava no refeitório — disse Albie. — Quando os estrondos começaram, logo soube o que era. Burro, corri para a torre. Não tinha ninguém lá. Nós não estávamos esperando tráfego por mais umas horas. Não tinha ideia do que eu ia fazer lá em cima. A torre começou a cair antes mesmo de eu chegar até ela. Consegui escapar, mas um caminhão de combustível foi jogado no meu caminho. Eu o avistei no último instante e tentei pular sobre a cabine, que estava de lado. Quase cheguei ao outro lado, mas torci o tornozelo no pneu e esfreguei minha canela nos parafusos da roda. Mas isso não foi o pior. Eu quebrei uns ossos do pé, não tem apetrecho para ajeitá-lo, e eu estou no fim da lista de prioridades. Isso me deixará mais forte. Alá me abençoará.

Mac apresentou Rayford.

— Quero ouvir suas histórias — disse Albie. — Onde você estava quando veio o abalo... Tudo! Eu quero saber tudo. Mas, primeiro, se você tiver tempo, precisamos de uma ajudinha.

Máquinas pesadas já nivelavam uma área enorme, preparando-a para receber o asfalto.

— Seu chefe, o próprio soberano, expressou satisfação por nossa cooperação. Estamos tentando começar o mais rápido possível para ajudar no esforço global de manutenção da paz. Que tragédia cruzou nosso caminho depois de tudo o que ele realizou!

Rayford não disse nada. Mac respondeu:

— Albie, podemos ajudar mais tarde, antes precisamos comer.

— O refeitório se foi — explicou Albie. — Já o seu lugar favorito na cidade, não sei como está. Vamos checar?

— Você tem um veículo?

— Aquela picape velha — disse Albie. Ele se apoiava nas muletas enquanto seguiam. — Usar os pedais vai ser difícil. Você poderia?

Mac deslizou para trás do volante. Albie sentou-se no meio, com os joelhos estendidos para evitar bloquear o câmbio de marchas. A picape sacudia e guinava por estradas não pavimentadas, até chegar à periferia da cidade. Rayford ficou enjoado com o cheiro. Ainda achava difícil aceitar que isso fosse parte do plano máximo de Deus. Aquela quantidade toda de pessoas tinha de sofrer para que algo eterno ficasse evidente? Ele encontrava conforto no fato de que este não era o resultado desejado por Deus. Rayford acreditava que Deus era fiel à sua palavra, que ele havia dado chance suficiente às pessoas, o que agora justificava ter permitido tudo para chamar a atenção delas.

Homens e mulheres lamuriosos carregavam corpos sobre os ombros ou os empurravam em carrinhos de mão pelas ruas lotadas. Parecia que todos os outros quarteirões haviam sido deixados em pedaços pelo terremoto. Ao restaurante favorito de Mac faltava uma parede de blocos de concreto, mas a gerência havia jogado algo sobre ela, e o lugar estava aberto para negócios. Um dos poucos estabelecimentos para refeições ainda abertos; de ponta a ponta, havia clientes comendo em pé. Mac e Rayford forçavam espaço para entrar, recebendo olhares raivosos, até que o povo da cidade viu Albie. Então, todos abriram espaço, tanto quanto possível, ainda pressionando ombro contra ombro.

Rayford tinha pouca fé nas condições sanitárias daquela comida, mas, ainda assim, sentia-se grato por ela. Depois de duas mordidas em uma massa enrolada com recheio de cordeiro moído e especiarias, sussurrou para Mac:

— Eu vejo e sinto o cheiro e, ainda assim, mesmo aqui, a fome é o melhor tempero.

No caminho de volta, Mac parou ao lado de um campo empoeirado e desligou o motor.

— Eu queria saber se você estava bem, Albie — disse. — Mas esta também é uma missão de negócios.

— Esplêndido! — animou-se Albie. — Como posso ajudar?

— Equipamento de mergulho.

Albie franziu a testa e os lábios.

— Mergulho — repetiu apenas. — Você precisa de tudo? Roupa, máscara, *snorkel*, cilindro, nadadeiras?

— Isso tudo, sim.

— Pesos? Lastro? Luzes?

— Suponho que sim.

— Dinheiro?

— Claro.

— Vou ter de verificar — disse Albie. — Tenho um fornecedor. Não tive notícias dele desde o desastre. Se o material é necessário, eu posso conseguir. Vamos deixar assim: se eu não entrar em contato com você, retorne em um mês e tudo estará aqui.

— Eu não tenho como esperar tanto tempo — interveio Rayford rapidamente.

— Não posso garantir que vou ter antes disso. Mesmo assim, esse parece um prazo muito curto, considerando o momento atual.

Rayford não tinha o que argumentar.

— Eu pensei que isso fosse para você, Mac — acrescentou Albie.

— Precisamos de dois conjuntos.

— Vocês vão fazer carreira no mergulho?

— Dificilmente — disse Mac. — Por quê? Acha que deveríamos alugar, então?

— Isso seria possível? — perguntou Rayford.

Albie e Mac olharam para Rayford e caíram na gargalhada.

— Não há aluguel no mercado negro — disse Albie.

Rayford teve de sorrir diante da própria ingenuidade, mas rir parecia um prazer distante.

De volta ao aeroporto, Rayford e Mac manejavam uma pá cada um, enquanto um caminhão de lixo trazia uma base de cascalho para a pista. Antes de perceber, várias horas já se haviam passado. Mandaram alguém buscar Albie.

— Você consegue mandar uma mensagem para a Nova Babilônia? — perguntou Mac.

— Isso exigiria um relé, mas como o Qar e o Wasit estão no ar desde hoje de manhã, então, sim, é possível.

Mac escreveu as instruções, pedindo que um comunicado fosse transmitido para a base de rádio da Comunidade Global, informando que Steele e McCullum estavam envolvidos em um projcto cooperativo voluntário de reconstrução de um aeroporto e voltariam ao cair da noite.

* * *

Eram quase nove e meia da manhã, de terça-feira no fuso horário central dos Estados Unidos, quando Buck foi bruscamente acordado. O dia estava claro e ensolarado, mas ele havia dormido profundamente desde aquele breve sonho no meio da noite. Um barulho constante soava na ponta de sua consciência. Mas por quanto tempo? Quando seus olhos se acostumaram com a luz, percebeu que o som o acompanhava por algum tempo.

Parecia vir do quintal, de além do Range Rover. Foi até a janela e abriu-a, pressionando o rosto contra a tela e olhando o mais longe que conseguia. Talvez fossem trabalhadores de emergência, e ele e Tsion teriam energia mais cedo do que imaginavam.

Que cheiro era aquele? Será que um *food truck* estava trazendo os operários? Vestiu-se. A luz estava acesa no corredor. Então, não era um sonho? Disparou pelas escadas descalço.

— Tsion! Nós temos energia! O que está acontecendo?

Tsion veio da cozinha com uma frigideira cheia de comida e começou a virá-la em um prato sobre a mesa.

— Sente-se, sente-se, meu amigo. Não está orgulhoso de mim?

— Você encontrou comida!

— Eu fiz mais do que isso, Buck! Encontrei um gerador, e dos grandes!

Buck curvou a cabeça e fez uma breve oração.

— Você comeu, Tsion?

— Sim, vá em frente. Não pude esperar. Eu não consegui dormir de madrugada, então vim até aqui na ponta dos pés e peguei sua lanterna. Acordei você?

— Não — disse Buck com a boca cheia. — Mas, depois, eu achei que tivesse sonhado com luzes no corredor.

— Não foi um sonho, Buck! Eu tirei esse gerador do porão e carreguei-o até o quintal. Levei uma eternidade para enchê-lo com gás, limpar a vela de ignição e acendê-lo. Mas, assim que liguei nele o cabo no porão, as luzes se acenderam, a geladeira ligou, tudo começou a funcionar. Lamento ter perturbado você. Eu entrei no meu quarto, bem quietinho, e me ajoelhei ao lado da cama, só para louvar ao Senhor por nossa boa sorte.

— Eu ouvi você.

— Perdoe-me.

— Foi como música — disse Buck. — E esta comida é como néctar.

— Você precisa de sustância. Vai voltar para a casa de Loretta. Eu vou ficar aqui e ver se consigo entrar na internet. Se não conseguir, tenho muito o que estudar e, também, mensagens para escrever, a fim de que estejam prontas para chegar aos fiéis quando eles conseguirem conexão. Antes de sair, no entanto, você me ajudaria a abrir a maleta de Donny?

— Você decidiu que não tem problema, então?

— Sob outras circunstâncias, teria. Mas nós temos tão poucas ferramentas para sobreviver agora, Cameron! Temos de aproveitar tudo o que pode haver ali.

Felizmente, a bomba de água de Donny permaneceu intacta. De alguma forma, em alguns minutos, sob uma ducha fumegante, o ânimo de Buck estava renovado. O que havia nos simples confortos que faziam o dia parecer mais brilhante, apesar da crise? Buck sabia que estava em um período de negação. Sempre que seu lado realista, prático e jornalista parecia assumir, ele lutava contra. Gostaria de pensar que Chloe havia, de alguma forma, escapado da morte, mas o carro dela ainda estava na casa. Por sua vez, ele não tinha encontrado o corpo dela. Toneladas de detritos ainda cobriam o lugar, e ele não conseguiu cavar muito. Será que estava a fim de deslocar cada pedaço de lixo da fundação para provar a si mesmo que ela estava ou não ali? De qualquer maneira, sentia-se disposto e só esperava que houvesse um jeito melhor.

Ao sair da casa, Buck ficou intrigado com o fato de Tsion não o ter esperado para pegar a maleta de Donny no Rover. O rabino já estava com ela sobre a mesa. Ele carregava um olhar tímido e travesso. Estavam prestes a arrombar o pertence pessoal de alguém, e ambos se haviam convencido de que era o que Donny desejaria. Eles também estavam preparados para fechar a maleta e descartá-la caso o que encontrassem fosse pessoal.

— Há ferramentas de todo tipo no porão — disse Tsion. — Se eu for cuidadoso, posso fazer isso sem danificar a integridade da estrutura.

— O quê? — perguntou Buck. — Danificar a integridade da estrutura? Você quer dizer: não estragar essa maleta barata? Que tal se eu poupar tempo e esforço para você?

Buck colocou a maleta de plástico, de uns dez centímetros de largura, na vertical e prendeu-a entre os joelhos, enquanto sentava-se numa cadeira da cozinha. Virou os joelhos para a esquerda e, com a palma da mão, golpeou a pasta, fazendo-a cair de ponta entre seus tornozelos. Isso soltou as travas e deformou a estrutura, fazendo a maleta abrir. Suas pernas impediam que ela se abrisse completamente e esparramasse o conteúdo. Com um sentimento de realização, colocou-a sobre a mesa e girou-a para que Tsion pudesse abri-la.

— É isto que aquele jovem arrastava consigo para todos os lugares aonde ia? — perguntou Tsion.

Buck inclinou-se para espiar. Ali, em filas empilhadas de modo ordenado, havia dezenas de pequenos cadernos de espiral, não mais largos que cadernos de estenografia. Estavam identificados, na capa, com datas escritas em números grossos. Tsion pegou alguns, Buck tomou outros. Passou pelos cadernos rapidamente e notou que cada um deles continha cerca de dois meses de registros.

— Talvez seja o diário dele — disse Buck.

— Sim — concordou Tsion. — Se for, não devemos violar suas confidências.

Eles se entreolharam. Buck ficou pensando qual deles verificaria os achados, para determinar se eram escritos privados que deviam ser descartados ou notas técnicas que poderiam ajudar o Comando Tribulação. Tsion ergueu as sobrancelhas e assentiu para Buck. Cameron abriu um caderno pelo meio. Dizia:

"Conversei com Bruce B. sobre as necessidades subterrâneas. Ele ainda parece relutante em contar a localização. Eu não preciso saber. Descrevi especificações, eletricidade, água, telefone, ventilação etc."

— Isso não é pessoal — disse Tsion. — Deixe-me estudá-los hoje e ver se há algo que possamos usar. Estou embasbacado com o modo como ele os empilhou. Acredito que ele não teria conseguido encaixar nem um a mais, usou todo o espaço.

— O que é isto? — perguntou Buck, folheando ao contrário. — Olhe só. Ele desenhou à mão estes esquemas.

— É o meu abrigo! — empolgou-se Tsion. — É onde eu tenho ficado. Então, *ele* projetou aquilo!

— Mas parece que Bruce nunca disse a ele onde o estava construindo.

Tsion apontou uma passagem na página seguinte:

Construir um segundo abrigo no meu quintal mostrou-se mais trabalhoso do que eu esperava. Sandy está achando tudo divertido. Ensacar a terra e armazená-la em sua van afastam sua mente de nossa perda. Ela gosta da natureza clandestina disso. Nós nos revezamos, despejando em vários locais. Hoje carregamos tanto peso, que os pneus traseiros pareciam explodir. Foi a primeira vez que a vi sorrir em meses.

Buck e Tsion se entreolharam.

— Será possível? — disse Tsion. — Um abrigo no quintal deles?

— Como não vimos isso? — perguntou Buck. — Nós estávamos cavando lá ontem à noite.

Foram até a porta dos fundos e olharam demoradamente para o gramado. Uma cerca entre o sobrado de Donny e os destroços da casa ao lado tinha sido arrancada pelo terremoto, mudando de lugar.

— Talvez eu tenha estacionado na entrada — disse Buck.

Ele tirou o Rover do caminho.

— Não vejo nada aqui — comentou Tsion. — Mas, segundo o diário, não se tratavam de planos futuros. Eles já estavam tirando terra.

— Vou procurar algumas hastes de metal hoje — disse Buck. — Podemos enfiá-las na grama e ver se encontramos esse negócio.

— Isso, procure mesmo. Termine na casa de Loretta. Eu tenho muito trabalho no computador hoje.

\* \* \*

No Iraque, o sol sumia no horizonte.

— É melhor voltarmos — disse Rayford, respirando com dificuldade.

— O que eles vão fazer? — perguntou Mac. — Demitir a gente?

— Contanto que ele tenha você por perto, Mac, pode levar a cabo a ameaça de me colocar na cadeia.

— Isto seria bem a cara dele: achar que um homem sozinho consegue voar com aquele Condor pelo mundo e voltar. A propósito, você já se perguntou por que ele chama aquilo de 216? O número do escritório dele também era 216, embora estivesse no último andar de um edifício de 18 andares.

— Nunca pensei sobre isso — disse Rayford. — Não vejo motivo para me importar. Talvez ele tenha um fetiche por esse número.

Enquanto caminhavam penosamente de volta à nova torre, com a pá sobre o ombro, Albie correu ao encontro deles com suas muletas.

— Não posso agradecer o suficiente por ajuda, senhores. Vocês são verdadeiros amigos de Alá e do Iraque. Verdadeiros amigos da Comunidade Global.

— Talvez a Comunidade Global não goste de ouvi-lo honrar Alá — disse Rayford. — Você é tão leal e, mesmo assim, não aderiu à Fé do Mistério de Babilônia?

— Pelo túmulo de minha mãe, eu jamais poderia zombar de Alá com tamanha blasfêmia!

"Então", pensou Rayford, "cristãos e judeus não são os únicos resistentes ao novo pontífice Peter."

Albie conduziu-os até o lugar onde deveriam deixar as pás e falou em voz baixa:

— Fico feliz em informar que já fiz algumas consultas iniciais. Não devo ter problemas para adquirir o equipamento de vocês.

— Todos os itens? — disse Mac.

— Todos eles.

— Quanto? — perguntou Mac.

— Eu tomei a liberdade de escrever o valor — respondeu Albie.

Tirou um pedaço de papel do bolso e, apoiando-se nas muletas, abriu-o sob a luz fraca.

— Oh! Cara! — disse Rayford. — Isso é quatro vezes o que eu pagaria por dois conjuntos de mergulho.

Albie enfiou o papel de volta no bolso.

— É exatamente o dobro do varejo. Nem um centavo a mais. Se não quiser a mercadoria, fale agora.

— Isso parece caro — disse Mac —, mas você nunca me lesou. Nós vamos confiar.

— Precisa de um adiantamento? — perguntou Rayford, na esperança de amenizar os sentimentos do homem.

— Não — respondeu ele, enquanto olhava fixamente para Mac, mas não para Rayford. — Você confia em mim, eu vou confiar em você.

Rayford assentiu.

Albie estendeu a mão ossuda e agarrou a de Rayford com ferocidade.

— Vejo você em trinta dias, a menos que eu faça contato antes.

Mac pegou os controles para o voo de volta.

— Está com energia para terminar sua história, Ray?

\* \* \*

Buck parou nas ruínas da Igreja Nova Esperança, a caminho da casa de Loretta, e passou pela cratera onde o carro daquela senhora repousava seis metros abaixo do solo. O corpo dela também estava lá, mas ele não conseguia enxergar. Se o cadáver dela foi alcançado por animais, preferia não ver. Também evitou o local onde havia encontrado Donny Moore. Um movimento posterior da terra o havia enterrado ainda mais.

Escalou com cuidado até onde ficava o abrigo subterrâneo. Claramente, mais detritos haviam despencado. Escorregou e quase caiu da escada de concreto que levava à porta. Imaginou se haveria algo aproveitável a ser arrastado para fora. Ele sempre poderia voltar... Buck dirigiu-se ao Range Rover e passou os dedos pela bochecha ainda inchada. Por que as feridas parecem ficar piores e mais sensíveis no dia seguinte?

O tráfego, agora, pontilhava a área. Toda carregadeira, escavadeira ou retroescavadeira que não houvesse sumido de vista parecia ter sido colocada em serviço. Buck não conseguia estacionar onde parou no dia anterior. Equipes de reconstrução da estrada cuidavam da calçada em frente à casa de Loretta. Caminhões basculantes eram carregados com os pedaços maiores. Para onde levariam aquilo e o que fariam, Buck não tinha ideia. Tudo o que sabia era que não havia mais nada que alguém pudesse fazer senão começar a reconstruir. Ele não conseguia imaginar essa área tendo a aparência de antes, mas sabia que não demoraria muito para que fosse reerguida.

Buck dirigiu por cima de uma pequena pilha de lixo e estacionou ao lado de uma das árvores caídas no jardim da casa. Os trabalhadores o ignoraram, enquanto ele circundava lentamente a residência, questionando a si mesmo se continuaria a fuçar no que restava dela.

Um homem com uma prancheta estudava o que havia sobrado da casa ao lado. Tirou fotos e fez anotações.

— Eu não achei que o seguro cobriria um ato de Deus como este — disse Buck.

— Não cobre — observou o homem. — Não sou de uma companhia de seguros.

Ele se virou para que Buck pudesse ler a etiqueta de identificação presa em seu colarinho. Dizia: "Sunny Kuntz, supervisor sênior de campo, Equipe Humanitária da Comunidade Global".

Buck assentiu.

— E, depois, o que acontece?

— Enviamos fotos e estatísticas para a sede. Eles mandam dinheiro. Nós reconstruímos.

— A sede da Comunidade Global ainda está de pé?

— Não. Estão reconstruindo também. Os que sobraram de lá estão em um abrigo subterrâneo com uma tecnologia bastante sofisticada.

— Você consegue comunicação com a Nova Babilônia?

— Desde a manhã de hoje.

— Meu sogro trabalha lá. Você acha que eu conseguiria falar com ele?

— Deve conseguir. — Kuntz olhou para o relógio. — Na Nova Babilônia, ainda não são nem nove da noite. Falei com alguém de lá cerca de quatro horas atrás. Queria que eles soubessem que encontramos ao menos um sobrevivente nesta área.

— Encontraram? Quem?

— Eu não tenho permissão de compartilhar essa informação, senhor...

— Oh, desculpe. — Buck pegou a própria identidade, confirmando ser funcionário da Comunidade Global também.

— Ah, da imprensa — disse Kuntz. Tirou duas páginas da prancheta e leu. — Nome: Helen Cavenaugh. Idade: 70 anos.

— Ela morava aqui?

— Isso mesmo. Disse que correu para o porão quando sentiu tudo balançar. Ela nunca tinha ouvido falar de terremoto nesta região, então pensou que fosse um tornado. Simplesmente teve pura sorte. O último lugar onde você gostaria de estar durante um terremoto é aquele no qual tudo pode cair sobre você.

— Mas ela sobreviveu, hein?

Kuntz apontou para a fundação, cerca de seis metros a leste da casa de Loretta.

— Vê aquelas duas aberturas, uma ali em cima e outra nos fundos?

Buck concordou com a cabeça.

— Ali fica um cômodo comprido no porão. Primeiro, ela correu para a frente. Quando a casa toda se deslocou e o vidro daquela janela estourou, ela correu para o outro lado. Aquela janela já estava sem vidro também, então ela apenas ficou "plantada" no canto e esperou. Se tivesse permanecido na parte da frente, nunca teria conseguido. Acabou escolhendo o único canto da casa em que não morreria.

— Ela lhe contou isso?

— *Aham.*

— E, por acaso, não disse se viu alguém na casa ao lado, disse?

— Na verdade, disse.

Buck quase perdeu o fôlego.

— O que ela falou?

— Só que viu uma jovem correndo para fora da casa. Pouco antes de a janela desse lado ceder, a senhora viu que a jovem pulou para dentro do carro, mas, quando a estrada começou a elevar-se, a moça entrou na garagem.

Buck tremeu, agoniado para manter-se calmo até ter a história toda.

— E depois?

— A sra. Cavenaugh disse que teve de ir para os fundos por causa da janela, e, quando a casa começou a ceder, ela acha que viu a mulher sair pela porta lateral da garagem e correr pelo quintal.

Buck perdeu toda a objetividade.

— Senhor, essa era minha esposa. Tem algum outro detalhe?

— Não que eu me lembre.

— Onde está a sra. Cavenaugh?

— Num abrigo, cerca de dez quilômetros a leste. Uma loja de móveis que, de alguma forma, sofreu pouquíssimo dano. Há provavelmente uns duzentos sobreviventes lá, pessoas com ferimentos leves. É mais uma central de espera do que um hospital.

— Diga-me exatamente onde fica esse lugar. Eu preciso falar com ela.

— Certo, sr. Williams, mas preciso alertá-lo de não ter esperanças quanto a sua esposa.

— Do que você está falando? Eu não tinha esperanças até descobrir que ela fugiu daqui. Eu não tinha esperança nenhuma enquanto tentava escavar nesta confusão. Não me diga para não ter esperanças agora!

— Sinto muito. Estou apenas tentando ser realista. Eu trabalhei em ajuda humanitária pós-desastres durante mais de 15 anos antes de juntar-me à força-tarefa da Comunidade Global. Este é o pior desastre que eu já vi, e preciso perguntar-lhe se viu a rota de fuga que sua esposa possivelmente teria tomado, se a sra. Cavenaugh está, de fato, certa e se a sua esposa correu mesmo por aquele quintal.

Buck seguiu Kuntz até os fundos. Kuntz descreveu o horizonte com o dedo.

— Aonde você iria? — perguntou. — Aonde qualquer um iria?

Buck assentiu de modo sóbrio. Ele entendeu o recado. Até onde seus olhos podiam ver, tudo não passava de pilhas de destroços, fendas, crateras, árvores caídas e postes derrubados. Certamente, não havia lugar para onde correr.

# CAPÍTULO 7

— Então — disse Mac —, foi sua filha quem realmente o motivou a descobrir o que havia acontecido com sua esposa e seu filho.

— Isso.

— Você questionou a razão de estar fazendo isso?

— Quer dizer... a culpa? Talvez fosse, de fato, por culpa. Mas eu era *mesmo* culpado, Mac. Falhei com minha filha. Não deixaria isso acontecer de novo.

— Mas não podia forçá-la a crer.

— Não. E, durante um tempo, realmente achei que ela não creria. Era durona, analítica, assim como eu.

— Bem, Ray, nós, pilotos, somos todos iguais. Levantamos do chão por causa da aerodinâmica. Nada de mágica, nada de milagres, nada que não se possa ver, sentir ou ouvir.

— Esse fui eu desde sempre.

— Então, o que aconteceu? O que fez você mudar?

O sol mergulhava no horizonte. Do helicóptero, Rayford e Mac viam a bola amarela achatar-se e derreter-se ao longe. Rayford contava sua história, tentando encarecidamente convencer Mac da verdade. Ficou, de repente, com calor. Embora o deserto do Iraque fosse frio logo após o pôr do sol, ele precisou tirar a jaqueta.

— Não há armários aqui, Ray. Acabei de colocar a minha atrás do banco.

Depois de situar-se de novo, Rayford continuou:

— Ironicamente, tudo o que me convenceu da verdade, eu já devia saber a tempo de ir com Irene quando Cristo voltou. Frequentei a igreja por anos e até ouvi as expressões "nascimento virginal", "expiação" e coisas do tipo. Mas nunca parei para compreender o que elas significavam. Eu entendi, que Jesus nasceu de uma mulher que nunca havia estado com um homem, mas não podia dizer que acreditava nisso ou mesmo que dava importância ao assunto. Parecia somente uma história religiosa e, eu pensava, que explicava por que um bando de gente achava que sexo era sujo.

Rayford contou a Mac como ele encontrou a bíblia de Irene, procurou o número de telefone da igreja que ela tanto amava, chegou até Bruce Barnes e viu o DVD que o pastor Billings havia preparado aos que ficassem para trás.

— Ele estava preparado para essa coisa toda? — disse Mac.

— Ah, sim. Quase todos que foram arrebatados sabiam que o tempo estava chegando. Eles não sabiam quando, mas esperavam ansiosamente. Esse DVD foi importante para mim, Mac.

— Eu gostaria de dar uma olhada nele.

— Talvez eu consiga encontrar uma cópia para você, se a igreja ainda estiver de pé.

\* \* \*

Buck pegou as orientações de Kuntz para chegar até o abrigo improvisado e correu para o Range Rover. Tentou ligar para Tsion e ficou frustrado ao receber sinal de ocupado. Mas isso também foi encorajador. Não era o zumbido normal de um telefone com defeito. Soava como um verdadeiro sinal de ocupado, indicando que o telefone de Tsion estava mesmo em uso. Buck ligou para Rayford. Se a primeira chamada funcionou, então, eles deviam ser capazes de conectar-se um ao outro em qualquer lugar da terra.

\*\*\*

O problema era que Rayford não estava em terra. O rugido do motor, a batida das pás e a estática em seu fone de ouvido causaram uma cacofonia caótica. Ele e Mac ouviram o telefone ao mesmo tempo. Mac deu um tapa no bolso e puxou o celular.

— Não é o meu.

Rayford virou-se para alcançar o seu na jaqueta dobrada, mas, ao tirar os fones de ouvido, apertar o botão do telefone e pressioná-lo contra o ouvido, ouviu apenas o eco vazio de uma conexão aberta. Não conseguia imaginar torres de celular perto o suficiente para transmitir um sinal. Ele deve ter recebido aquela chamada por meio de um satélite. Virava-se no assento, inclinando o telefone para tentar captar um sinal mais forte.

— Alô? Rayford Steele aqui. Consegue ouvir? Se conseguir, ligue-me de volta! Estou em um voo e não consigo ouvir nada. Se você é da família, ligue em vinte segundos para que este telefone toque de imediato, mesmo que não consigamos falar; caso contrário, ligue-me em... — olhou para Mac.

— Uma hora e meia.

— Daqui a uma hora e meia. Até lá, já devemos estar no chão e com sinal. Alô?

Nada.

\*\*\*

Buck escutou o telefone de Rayford tocar. Depois, nada além de estática. Pelo menos, ele não teve uma chamada sem resposta. Outro sinal de ocupado teria sido encorajador. Mas o que foi aquilo? Um clique, estática, nada compreensível. Desligou o telefone com força.

Ele conhecia a loja de móveis. Ficava a caminho da via expressa de Edens. O percurso normalmente não levava mais do que dez minutos, mas o terreno havia mudado. Teve de dirigir por quilômetros, desviando-se do caminho, para contornar montanhas de destruição. Os pontos de referência que conhecia haviam sumido ou desmoronado. Conseguiu identificar seu restaurante favorito apenas pelo enorme letreiro de néon no chão. A pouco mais de dez metros de distância, o telhado despontava em um buraco que havia engolido o resto do lugar. Equipes de resgate entravam e saíam do buraco, mas não pareciam com pressa. Aparentemente, todos os indivíduos retirados de lá estavam ensacados.

Buck ligou para o escritório do *Semanário Comunidade Global*, em Chicago. Nada. Ligou para a sede em Nova York. O que antes ocupava uma área luxuosa de três andares, em um arranha-céu, havia sido reconstruído em um armazém abandonado após o bombardeio da cidade. Aquele ataque custou a Buck a vida de todos os amigos que fez na revista.

Após vários toques, uma voz angustiada respondeu.

— Estamos fechados. A menos que seja uma emergência, por favor, ajude-nos a manter as linhas de comunicação desocupadas.

— Buck Williams, de Chicago.

— Sim, sr. Williams. Você já está sabendo, então?

— Como é?

— Não entrou em contato com ninguém do escritório de Chicago?

— Os telefones aqui acabaram de voltar. Eu não tive resposta.

— Nem vai ter. O prédio se foi. Quase todos os membros da equipe estão confirmadamente mortos.

— Oh, não!

— Sinto muito. Uma secretária e uma estagiária sobreviveram e conferiram o pessoal. Elas não entraram em contato com você?

— Eu não estava acessível.

— É um alívio que esteja bem. Você está bem?

— Estou procurando minha esposa, mas estou bem, sim.

— As duas sobreviventes estão cooperando com o *Tribune* e já têm uma página na internet. Busque por qualquer nome, e tudo o que for de conhecimento público será mostrado: morto, vivo, em tratamento ou sem paradeiro conhecido. Eu sou a única nos telefones aqui. Fomos dizimados, sr. Williams. Você sabe que somos impressos em dez ou doze gráficas diferentes ao redor do mundo...

— Catorze.

— Sim. Bem, até onde sabemos, uma no Tennessee e uma no sudeste da Ásia ainda têm alguma capacidade de impressão. Quem sabe quanto tempo vai demorar até conseguirmos voltar a imprimir!

— E quanto à equipe norte-americana?

— Estou *on-line* agora — disse ela. — Cerca de 50% da equipe está morta, pelo que foi confirmado, e 40% sem paradeiro. É o fim, não é?

— Para o *Semanário*, você quer dizer?

— O que mais seria?

— Pensei que estivesse falando da humanidade.

— Está tudo praticamente acabado para a humanidade também, não acha, sr. Williams?

— Parece desolador — respondeu Buck. — Mas está longe de terminar. Talvez possamos conversar sobre isso outro dia. — Buck ouvia o telefone tocando ao fundo.

— Talvez — disse ela. — Tenho de atender esta chamada.

Após mais de quarenta minutos dirigindo, Buck precisou parar para uma procissão de veículos de emergência. Uma motoniveladora havia colocado um monte de terra sobre uma fissura em uma estrada que, exceto por isso, não tinha sido danificada. Ninguém conseguiria passar até que o monte fosse nivelado. Buck pesquisou na internet a página de informações do *Semanário*. Não estava funcionando. Foi para a página do *Tribuna*. Deu uma pesquisada e encontrou a lista mencionada pela secretária. Uma nota de advertência destacava que a autenticidade das informações não era garantida, pois muitos dos comunicados sobre mortos não poderiam ser confirmados antes de alguns dias.

Buck digitou o nome de Chloe. Não ficou surpreso ao encontrá-la na categoria "sem paradeiro". Na mesma categoria constavam ele próprio e Loretta, até Donny Moore e a esposa. Atualizou cada entrada, mas optou por não incluir seu número de telefone particular. Quem precisava já o tinha. Buscou pelo nome de Tsion. Ninguém parecia saber onde ele estava.

Então, digitou: "Rayford Steele, comandante da Administração Geral da Comunidade Global." Prendeu a respiração até ver: "Confirmado vivo; sede temporária da Comunidade Global, Nova Babilônia, Iraque."

Buck deixou a cabeça cair para trás e soltou um suspiro vacilante.

— Obrigado, Deus — sussurrou.

Endireitou-se e checou o espelho retrovisor. Vários carros estavam atrás dele. Ele era o quarto da fila. Levaria mais alguns minutos. Digitou "Amanda White Steele".

A resposta demorou alguns instantes para aparecer e, depois, mostrou um asterisco: "Verifique linhas aéreas domésticas e a Pancontinental internacional." Ele digitou conforme sugerido. "Objeto confirmado saído de Boston para a Nova Babilônia sem escala; relatou-se que caiu e submergiu no rio Tigre, sem sobreviventes."

"Pobre Rayford!", pensou. Buck não conhecia Amanda tão bem quanto gostaria, mas sabia que era uma pessoa doce e um verdadeiro presente para o sogro. Agora, seu desejo de encontrá-lo era ainda maior.

Buck pesquisou por Chaim Rosenzweig, confirmado como vivo e em viagem de Israel à Nova Babilônia. "Bom", pensou. Buscou seu pai e seu irmão; sem paradeiro. "Não ter notícia nenhuma é um bom sinal, por ora", ponderou.

Digitou o nome de Hattie Durham. Não foi reconhecido. "Hattie não deve ser o nome verdadeiro dela. Seria apelido de quê? Hilda? Hildegard? O que mais começa com H? Harriet? Isso soa tão antigo quanto Hattie." Funcionou. Ele foi novamente direcionado às companhias aéreas, agora para um voo doméstico. Encontrou Hattie confirmada em um voo sem escalas de Boston para Denver. "Nenhum relatório de chegada."

"Então", pensou Buck, "se Amanda estava no voo, ela se foi. Se Hattie estava no voo, ela pode ter partido. Se a sra. Cavenaugh estiver certa e viu Chloe fugir da casa de Loretta, talvez ela ainda esteja viva."

Buck não conseguia imaginar Chloe morta. Ele não se permitiria considerar isso enquanto tivesse alternativas.

\* \* \*

— Tenho de admitir, Mac, muito disso era apenas lógica simples — disse Rayford. — O pastor Billings foi arrebatado. Mas ele havia feito, antes, o DVD, e nele falava sobre tudo o que tinha acabado de acontecer, sobre o que estávamos passando e sobre o que era provável que estivéssemos pensando. Ele me pegou. Sabia que eu ficaria com medo, que eu estaria de luto, desesperado e à procura de algo. E ele mostrou na Bíblia as profecias a esse respeito. Lembrou-me de que eu, provavelmente, já tinha ouvido falar disso em algum lugar ao longo da caminhada. Até falou de coisas às quais eu deveria ficar atento. O melhor de tudo foi que ele respondeu a minha maior pergunta: eu ainda tenho alguma chance? Eu não sabia que um monte de gente tinha dúvidas exatamente sobre isso. "O arrebatamento era o fim? Se alguém o perdeu por não ter acreditado, estaria perdido para sempre?" Eu nunca tinha pensado nisso, mas, aparentemente, muitos pregadores acreditavam que uma pessoa não poderia converter-se após o arrebatamento. Eles usavam isso para assustar os outros, a fim de que tomassem uma decisão apressada. Queria ter ouvido isso antes; assim, talvez eu tivesse crido.

Mac olhou de modo incisivo para Rayford.

— Não, você não teria. Se fosse para crer antes, você teria crido no que sua esposa falava.

— Provavelmente. Mas eu, com certeza, já não podia mais argumentar de modo contrário. Que outra explicação haveria? Eu estava pronto. Queria dizer a Deus que, se houvesse outra chance, se o arrebatamento tivesse sido sua última tentativa de chamar minha atenção, havia funcionado.

— E depois? Você precisou fazer alguma coisa? Dizer algo? Conversar com um pastor? O quê?

— No DVD, Billings tratou do que ele chamou de plano de salvação da Bíblia. Esse era um termo estranho para mim. Ouvi isso em algum momento, mas não em nossa primeira igreja. E, na Nova Esperança, eu não estava escutando, mas, com certeza, escutava agora.

— Então, qual é o plano?

— É simples e direto, Mac.

Rayford descreveu, de cabeça, o básico sobre o pecado do homem separando-o de Deus e sobre o desejo que Deus tinha de recebê-lo de volta.

— Todo mundo é pecador. Eu não estava aberto para isso antes. Mas, com tudo o que minha esposa dizia virando realidade, percebi, de fato, como eu era. Havia pessoas piores. Muita gente diria que eu era melhor do que a maioria, mas, ao lado de Deus, eu me sentia indigno.

— Essa é uma coisa com o qual não tenho nenhum problema, Ray. Você nunca me verá afirmando ser algo além de um patife.

— E, ainda assim, veja só! A maioria das pessoas acha você um cara legal.

— Sou mais ou menos, acho. Mas conheço o meu verdadeiro eu.

— O pastor Billings mostrou que a Bíblia diz o seguinte: "Não há nenhum justo, nem um sequer", e que "todos nós, tais quais ovelhas, nos desviamos", e que "todos os nossos atos de justiça são como trapo imundo". Saber que eu não era o único não me fazia sentir melhor. Eu apenas estava grato por haver algum plano que me reconectasse com Deus. Quando ele explicou que um Deus santo tinha de punir o pecado, mas não desejava que nenhuma das pessoas que criou morresse, finalmente comecei a entender a coisa. Jesus, o Filho de Deus, o único homem que viveu sem pecado, morreu pelo pecado de todo o mundo. Tudo o que tínhamos de fazer era crer nisso, arrependernos de nossos pecados e receber o dom da salvação. Assim, seríamos perdoados e, como Billings dizia, "reconciliados" com Deus.

— Então, se eu crer nisso, estou dentro? — perguntou Mac.

— Você também precisa crer que Deus ressuscitou Jesus dos mortos. Isso garantiu a vitória sobre o pecado e a morte, e também provou que Jesus era divino.

— Eu creio nisso tudo, Ray, então é isso? Estou dentro?

O sangue de Rayford gelou. O que o inquietava? Seja lá o que o fizesse ter certeza de que Amanda estava viva também o estava fazendo questionar se Mac era sincero. Havia sido fácil demais. Mac já tinha presenciado o turbilhão de quase dois anos da tribulação. Mas isso era suficiente para convencê-lo?

Ele parecia sincero. Contudo, Rayford realmente não o conhecia, não sabia de seu passado. Mac poderia ser leal ao novo sistema, um informante de Carpathia. Rayford já corria um perigo mortal, se Mac estivesse apenas tentando enganá-lo. Em silêncio, orou uma vez mais: "Deus, como vou saber com certeza?"

— Bruce Barnes, meu primeiro pastor, encorajou-nos a memorizar as Escrituras. Não sei se vou encontrar minha Bíblia de novo, mas lembro-me de várias passagens. Uma das primeiras que aprendi foi Romanos 10:9-10, que diz: "Se você confessar com a sua boca que Jesus é Senhor e crer em seu coração que Deus o ressuscitou dentre os mortos, será salvo. Pois com o coração se crê para justiça, e com a boca se confessa para salvação."

Mac olhava para a frente, como se estivesse concentrado em voar. Ele ficou, de súbito, menos animado. Falou de modo mais circunspecto. Rayford não sabia o que fazer com isso.

— O que significa confessar com a boca? — perguntou Mac.

— É exatamente o que parece. Você precisa dizer isso. Precisa contar a alguém. Na verdade, espera-se que você conte a muitas pessoas.

— Você acha que Nicolae Carpathia é o anticristo. Há alguma coisa na Bíblia sobre contar a ele?

Rayford sacudiu a cabeça.

— Não que eu saiba. Não são muitas pessoas que precisam fazer essa escolha. Carpathia sabe minha postura porque tem ouvidos por toda parte. Ele sabe que meu genro é cristão, mas Buck nunca lhe contou; achou melhor manter isso para si mesmo, a fim de ser mais eficaz.

Rayford estava persuadindo Mac ou cavando a própria sepultura, não sabia ao certo o quê.

Mac ficou em silêncio por alguns minutos. Por fim, suspirou.

— Então, como isso funciona? Como soube quando havia feito o que Deus queria que você fizesse?

— O pastor Billings conduziu os espectadores do DVD em uma oração. Nós devíamos dizer a Deus que sabíamos que éramos pecadores e que precisávamos do seu perdão. Devíamos dizer a ele que críamos na morte de Jesus por nossos pecados e na sua ressurreição, por Deus, dentre os mortos. Depois, devíamos aceitar seu dom da salvação e agradecer-lhe por isso.

— Parece fácil demais.

— Acredite em mim, teria sido mais fácil se eu tivesse feito antes. Mas isso não é o que eu chamo de fácil.

Por outro longo período, Mac não disse nada. Toda vez que isso acontecia, Rayford sentia-se mais desanimado. Estaria ele se entregando ao inimigo?

— Mac, isso é algo que você pode fazer sozinho, ou posso orar com você, ou...

— Não. Isso, definitivamente, é algo que uma pessoa deve fazer sozinha. Você estava sozinho, não?

— Estava — disse Rayford.

Mac parecia nervoso. Distraído. Ele não olhava para o colega. Rayford não queria pressionar, mas ainda não havia concluído se Mac era um cristão em potencial ou se apenas fazia um joguinho. Se a primeira opção fosse verdade, ele não queria que Mac ficasse de fora por excesso de educação de sua parte.

— Então, o que acha, Mac? O que vai fazer a respeito?

O coração de Rayford desanimou quando Mac não apenas não respondeu, mas também olhou para o outro lado. Rayford desejou ser clarividente. Queria saber se tinha pegado muito pesado ou exposto a falsidade de Mac.

McCullum respirou fundo. Finalmente, soltou o ar e balançou a cabeça.

— Ray, agradeço que tenha contado isso. É uma história e tanto! Muito impressionante. Estou tocado. Posso ver por que você acredita, e, sem dúvida, isso funciona para você.

"Então é isso", pensou Rayford. "Mac vai estragar tudo com o rotineiro 'que bom que funciona para você.'"

— Mas é pessoal e privado, não é? — continuou Mac. — Eu quero ser cuidadoso, para não fingir ou me apressar em uma experiência emocional.

— Entendo — disse Rayford, desejando desesperadamente conhecer o coração de Mac.

— Então, você não vai levar para o lado pessoal se eu refletir sobre isso até amanhã?

— De maneira nenhuma — disse Rayford. — Espero que não haja outro tremor de terra ou ataque que possa matá-lo antes que tenha certeza sobre o céu, mas...

— Preciso acreditar que Deus sabe o quão perto estou e que não permitiria isso.

— Não pretendo conhecer a mente de Deus — disse Rayford. — Apenas me deixe dizer que eu não abusaria da sorte.

— Estou sendo pressionado?

— Desculpe. Você está certo. Ninguém pode ser importunado sobre isso.

Rayford temia que houvesse ofendido Mac. Era isso ou a atitude de Mac tratava-se de uma estratégia de bloqueio. Por sua vez, se Mac fosse um subversivo, não poderia estar fingindo uma experiência de salvação só para agradar a Rayford? Ele se perguntava quando teria certeza da credibilidade do colega.

\* \* \*

Quando Buck finalmente chegou à loja de móveis, viu uma construção decadente. Não existia nada ali parecido com ruas ou estradas, de modo que os veículos de emergência se posicionavam sem pensar em aproveitar bem o espaço ou deixar caminho aberto para as portas. As Forças de Paz emergenciais da Comunidade Global entravam e saíam com suprimentos e novos pacientes.

Buck só conseguiu entrar por causa da autorização de acesso que seu crachá da Comunidade Global lhe garantia. Perguntou pela sra. Cavenaugh; foi-lhe indicada uma fileira com uma dúzia de macas dobráveis de madeira, as quais forravam uma parede num canto. As macas estavam tão próximas umas das outras, que não era possível andar entre elas.

Sentiu o cheiro de madeira recém-cortada e ficou surpreso ao ver ripas servindo de corrimão por todos os lados. A parte traseira do prédio havia afundado cerca de um metro, dividindo o piso de concreto ao meio. Quando chegou à fenda, teve de segurar-se nas ripas para continuar, porque o chão estava muito inclinado. Blocos de madeira fixados ao chão impediam que as camas deslizassem. O pessoal da emergência dava pequenos passos, ombros para trás, a fim de não tombar para a frente.

Cada cama tinha uma tira de papel colada na ponta, com um nome escrito à mão ou impresso. Enquanto Buck caminhava, a maioria dos pacientes conscientes firmava-se nos cotovelos, como se quisesse ver se Buck era algum ente querido. Eles se reclinavam novamente quando não o reconheciam.

O papel na terceira cama da parede dizia: "Cavenaugh, Helen."

Ela estava dormindo. Havia um homem em cada lado de sua cama. Um deles, que parecia desabrigado, estava sentado de costas para a parede e parecia proteger um saco de papel cheio de roupas. Olhou desconfiadamente para Buck e pegou o catálogo de uma loja de departamentos, fingindo-o ler com grande interesse.

Do outro lado de Helen Cavenaugh estava um jovem magro, que aparentava uns vinte e poucos anos. Seus olhos se moviam rapidamente, e ele passava as mãos pelos cabelos.

— Eu preciso fumar — disse ele. — Você tem algum cigarro?

Buck sacudiu a cabeça. O homem rolou para o lado, curvou-se com os joelhos até o peito e ficou balançando-se. Buck não ficaria surpreso se visse o homem com o dedão na boca.

Tempo era essencial, mas quem sabia de que trauma a sra. Cavenaugh fugia dormindo? Ela quase morreu e, sem dúvida, viu os restos de sua casa quando foi retirada de lá. Buck pegou uma cadeira de plástico e sentou-se ao pé da cama. Não iria acordá-la, mas falaria com ela assim que desse o primeiro sinal de consciência.

*  *  *

Rayford não sabia dizer quando havia se tornado tão pessimista! Por que isso não lhe afetava a crença de que sua esposa ainda estava viva? Ele não acreditava na insinuação de Carpathia, de que ela trabalhava para a Comunidade Global. Ou isso seria, também, apenas uma história de Mac?

Desde que se tornou cristão, Rayford começou a olhar o lado bom das coisas, apesar do caos. Mas, agora, um pressentimento ruim, profundo e sombrio, se abateu sobre ele enquanto Mac aterrissava, ainda em silêncio. Eles prenderam o helicóptero e concluíram os procedimentos pós-voo. Antes de passarem pela segurança para entrar no abrigo, Mac disse:

— Tudo isso também fica complicado, comandante, porque você é meu chefe.

Aquilo não parecia, no entanto, ter afetado nada mais naquele dia. Eles voaram mais como amigos do que como chefe e subordinado. Rayford não se incomodava em manter o decoro, mas parecia que Mac, sim.

Rayford queria deixar sua conversa sólida e objetiva, mas sem dar um ultimato a Mac ou exigir que ele informasse o resultado.

— Vejo você amanhã — disse.

Mac assentiu, mas, enquanto se dirigiam aos seus aposentos, um funcionário uniformizado aproximou-se.

— Comandante Steele e oficial McCullum? Os senhores são solicitados na área do comando central.

E entregou a cada um deles um cartão.

Rayford leu em silêncio: "No meu escritório, o mais rápido possível. Leonardo Fortunato." Desde quando Leon começou a usar o primeiro nome inteiro?

— O que Leon pode querer a esta hora da noite?

Mac olhou o cartão de Rayford.

— Leon? Eu tenho uma reunião com Carpathia.

Ele mostrou a Rayford seu cartão.

Foi mesmo uma surpresa para Mac? Ou tudo aquilo não passava de uma grande encenação? Ele e Mac não haviam chegado ao motivo pelo qual Rayford e o resto do Comando Tribulação acreditavam que Carpathia se encaixava na descrição do anticristo. Ainda assim, Mac tinha informações suficientes sobre Rayford para mandá-lo para o caixão. E, aparentemente, ele teria o público certo.

* * *

Buck estava agitado. A sra. Cavenaugh parecia bem de saúde, mas se mantinha tão quieta, que ele mal conseguia perceber seu tórax subindo e descendo. Sentiu-se tentado a cruzar as pernas e esbarrar na maca, mas como uma mulher idosa reagiria àquilo? Isso poderia piorar tudo. Impaciente, Buck ligou para Tsion, que finalmente atendeu. Disse-lhe que tinha motivos para acreditar que Chloe estava viva.

— Maravilha, Cameron! Estou bem por aqui, também. Consegui entrar na internet e tenho mais motivos do que nunca para voltar a Israel.

— Vamos ter de conversar sobre isso. Ainda acho que é muito perigoso, e não sei como chegaríamos lá.

— Cameron, há notícias por toda a internet de que uma das principais prioridades de Carpathia é a reconstrução das redes de transporte.

Buck falou mais alto do que o necessário, esperando, assim, despertar a sra. Cavenaugh:

— Eu voltarei assim que puder. E pretendo ter Chloe comigo.

— Vou orar — disse Tsion.

Buck tentou ligar novamente para Rayford.

\* \* \*

Rayford ficou surpreso que o escritório de Leon fosse apenas um pouco menor e, em todos os detalhes, tão requintadamente equipado quanto o de Carpathia. Tudo no abrigo era de última geração, mas a opulência começava e terminava naqueles dois escritórios.

Fortunato tinha um brilho no rosto. Apertou a mão de Rayford, curvou-se de modo polido, ofereceu uma cadeira e sentou-se atrás de sua mesa. Rayford sempre o achou curioso, um homem moreno, baixo e atarracado, com cabelos e olhos negros. Ele não desabotoou o paletó ao sentar-se, o que fazia a roupa abrir-se comicamente sobre o peito, estragando qualquer formalidade que estivesse tentando criar.

— Comandante Steele — começou Fortunato.

Mas, antes que pudesse dizer qualquer coisa, o telefone de Rayford tocou. Fortunato levantou a mão e deixou-a cair, como se não acreditasse que Rayford atenderia uma ligação em um momento como aquele.

— Com licença, Leon, mas pode ser alguém da família.

— Você não pode receber chamadas aqui — retrucou Leon.

— Bem, eu vou — disse Rayford. — Não tenho informações sobre minha filha nem meu genro.

— Quero dizer, você, tecnicamente, não consegue receber telefonemas aqui — explicou Leon.

Tudo o que Rayford ouviu foi estática. "Estamos bem no subsolo e cercados de concreto. Pense, cara."

Rayford sabia que as linhas principais do centro levavam a painéis solares e antenas parabólicas na superfície. É claro que seu celular não funcionaria ali. Mesmo assim, estava esperançoso. Poucas pessoas sabiam seu número, e as que sabiam eram aquelas com as quais ele mais se importava no mundo.

— Você tem toda a minha atenção, Leon.

— Não de bom grado, suponho.

Rayford deu de ombros.

— Tenho mais de um motivo para chamá-lo aqui — disse Leon.

Rayford se perguntava quando essas pessoas dormiam...

— Temos informações sobre sua família, pelo menos parte dela.

— Vocês têm? — perguntou Rayford, inclinando-se para a frente. — O quê? Quem? Minha filha?

— Não, eu sinto muito. Sua filha está desaparecida. No entanto, seu genro foi visto num subúrbio de Chicago.

— Ileso?

— Até onde sabemos.

— E qual é o estado das comunicações entre aqui e lá?

Fortunato sorriu de modo condescendente.

— Acredito que essas linhas estejam abertas — disse —, mas é claro que não aqui embaixo, a menos que você use nosso equipamento.

"Ponto para Fortunato", pensou Rayford.

— Eu gostaria de ligar para ele o mais rápido possível, para saber como está minha filha.

— Claro! Apenas alguns outros itens antes disso. Equipes de salvamento estão trabalhando o tempo todo no complexo onde você morava. Para o caso, improvável, de encontrarem algo de valor, você deve enviar um inventário detalhado. Qualquer bem que não esteja previamente identificado será confiscado.

— Isso não faz sentido — contestou Rayford.

— De qualquer modo... — disse Fortunato com desdém.

— Mais alguma coisa? — perguntou Rayford, como querendo sair.

— Sim — Fortunato respondeu devagar.

Rayford imaginou que ele estivesse enrolando para fazê-lo contorcer-se antes de conseguir ligar para Buck.

— Um dos assessores internacionais mais confiáveis de Sua Excelência chegou de Israel. Tenho certeza de que você conhece o dr. Chaim Rosenzweig.

— É claro — disse Rayford. — Mas... *Sua Excelência?* Até achei, no começo, que você se referia a Mathews.

— Comandante Steele, tenho tentado falar com você sobre protocolo. Você se dirige de modo indevido a mim, pelo meu primeiro nome. Às vezes, refere-se ao soberano pelo primeiro nome dele. Estamos cientes de que você não simpatiza com as crenças do sumo pontífice Peter; no entanto, é muito desrespeitoso referir-se a ele apenas pelo sobrenome.

— E, ainda assim, você está usando um título que, por gerações, era reservado a líderes religiosos e ao pessoal da realeza para referir-se a Carpath... *hum*, Nicolae Carpath... ao soberano Carpathia.

— Sim, e acredito que chegou a hora de referir-se a ele dessa maneira. O soberano tem contribuído mais para a unidade mundial do que qualquer um que jamais viveu. Ele é amado pelos cidadãos de todos os reinos. E, agora que demonstrou poder sobrenatural, "Excelência" não é um título elevado demais.

— Demonstrou esses poderes a quem?

— Ele me pediu para compartilhar com você minha própria história.

— Eu ouvi a história.

— De mim?

— De outros.

— Então, não vou aborrecê-lo com os detalhes, comandante. Deixe-me somente dizer que, apesar das diferenças que tivemos, por causa da minha experiência, estou ansioso para me reconciliar com você. Quando um homem é, literalmente, trazido de volta da morte, sua perspectiva muda. Você notará um novo sentimento de respeito da minha parte, quer você mereça, quer não. E será genuíno.

— Mal posso esperar. Agora, qual era o negócio com Rosen...

— Ora, comandante Steele! Isso foi sarcástico, e eu estava sendo sincero. E lá vai você de novo. É dr. Rosenzweig para você. Aquele homem é um dos principais botânicos da história.

— Tudo bem, Leon. Quero dizer, dr. Fortunato...

— Eu não sou doutor! Você deve se dirigir a mim como comandante Fortunato.

— Não tenho certeza se vou conseguir fazer isso — disse Rayford com um suspiro. — Quando foi que você conseguiu esse título?

— Verdade seja dita, meu título foi alterado recentemente para supremo comandante. Foi-me concedido por Sua Excelência.

— Isso tudo está ficando um pouco confuso — disse Rayford. — Não era mais divertido quando você e eu éramos apenas Rayford e Leon?

Fortunato fez uma careta.

— Parece que você é incapaz de levar qualquer coisa a sério.

— Bem, eu estou falando sério sobre o que quer que você tenha a dizer sobre Rosenzweig. Quero dizer, dr. Rosenzweig.

# CAPÍTULO 8

Enquanto esperava a sra. Cavenaugh despertar, Buck pensou em tentar falar com Ken Ritz. Se Ken pudesse levá-los para Israel, Buck traria consigo Chloe e nunca mais a deixaria longe de sua vista.

Estava prestes a sair quando a sra. Cavenaugh, finalmente, se mexeu. Não queria assustá-la. Apenas a observou. Quando seus olhos se abriram, Buck sorriu. A mulher pareceu intrigada, então se sentou e apontou para ele.

— Você estava fora, meu jovem. Não estava?

— Fora?

— Você e sua esposa. Vocês moravam com Loretta, não é?

— Sim, senhora.

— Mas você não estava lá ontem de manhã.

— Não.

— E sua esposa... Eu a vi! Ela está bem?

— É sobre isso que eu quero falar, sra. Cavenaugh. Seria possível?

— Sim, eu estou bem! Só não tenho onde ficar. Fiquei apavorada, e não faço questão de ver os restos da minha casa, mas estou bem.

— Quer caminhar um pouco?

— Não há nada de que eu gostaria mais agora, mas não vou a lugar nenhum com um homem, a menos que eu saiba o nome dele.

Buck desculpou-se e se apresentou.

— Eu sabia — disse ela. — Nunca conheci você, mas eu o via por lá, e Loretta me falou a seu respeito. Conheci sua esposa. Corky?

— Chloe.

— Sim, claro! Eu devia lembrar, porque gostei muito desse nome. Bem, vamos, ajude-me a levantar.

O jovem magro ao lado da cama da sra. Cavenaugh não se moveu, exceto para continuar se balançando. O outro, que parecia desabrigado, parecia desconfiado, então segurou a sacola com mais força. Buck considerou talvez puxar uma das outras macas para conseguir entrar e ajudar a sra. Cavenaugh a sair, mas não queria fazer uma cena. Apenas permaneceu na ponta da cama da senhora, estendendo-lhe a mão. Quando ela pisou fora da ponta da frágil estrutura, a outra extremidade levantou-se. Buck viu o leito surgindo acima da cabeça dela, bloqueou-o com a mão e empurrou-o de volta, causando um estrondo tão grande, que o homem desabrigado gritou e o jovem magro pôs-se em pé de um salto. Com isso, a cama do último homem se quebrou e separou-se lentamente, e ele sumiu de vista. O desabrigado enfiou a cara no saco de papel; Buck não sabia se ele estava rindo ou chorando. O jovem magro reapareceu, olhando para Buck como se acreditasse que fez aquilo de propósito. Sra. Cavenaugh, que perdeu a cena toda, pousou a mão no braço de Buck, e eles andaram até um lugar onde pudessem conversar com mais privacidade.

— Eu já contei isso a um jovem da equipe de ajuda pós-desastre ou algo assim, mas, enfim... Achei que aquela confusão toda fosse um tornado. Quem ouviu falar de um terremoto no centro-oeste americano? Você ouve falar de uma balançadinha e uma sacudidinha ao sul do Estado, de vez em quando, mas um senhor terremoto, que derruba construções e mata pessoas? Eu me achava inteligente, mas fui burra. Corri para o porão. Claro, *correr* é relativo. Significa apenas que eu não dei um passo de cada vez, como de costume. Desci as escadas como uma garotinha. A única dor que sinto agora é nos meus joelhos. Fui até a janela para ver se havia aquele funil no céu. Estava claro e ensolarado, mas o barulho ficava cada vez mais alto, e a casa batia à minha volta; e eu, ainda, achando que minha suspeita estivesse certa. Foi então que vi sua esposa.

— Onde, exatamente?

— Aquela janela é muito alta para que eu enxergasse alguma coisa. Tudo o que podia ver eram o céu e as árvores. Eles estavam mesmo se mexendo! Havia uma escadinha lá embaixo, do meu falecido marido. Subi nela apenas o suficiente para conseguir ver o chão. Foi quando sua esposa, Chloe, saiu correndo. Ela estava carregando alguma coisa. Seja lá o que fosse, era mais importante do que colocar algo nos pés. Ela estava descalça.

— E correu para onde?

— Para o carro. Foi estúpido, e eu berrei para ela. Chloe estava segurando as coisas com uma mão e tentando destrancar o carro com a outra, e eu gritava: "Não é bom você ficar aí fora, menina!" Estava esperando que ela colocasse aquelas coisas no chão e entrasse no carro rápido o bastante para fugir do tornado, mas ela nem estava olhando para cima. Por fim, abriu e ligou o carro, e foi aí que tudo se soltou. Eu juro que uma das paredes do meu porão se moveu de verdade. Nunca vi nada igual na minha vida. O carro começou a se mexer, e a maior árvore do quintal de Loretta foi arrancada do chão, com as raízes e tudo! Ela levou metade do quintal consigo e soou como uma bomba caindo na rua, bem em frente ao carro. Chloe recuou, e a árvore do outro lado do quintal de Loretta começou a ceder. Eu ainda estava gritando para ela, como se ela conseguisse ouvir de dentro do carro... Tinha certeza de que a segunda árvore ia cair bem em cima dela. Ela jogou o carro para a esquerda, e a rua toda contorceu-se para cima, bem na frente dela. Se tivesse chegado àquela parte do pavimento uma fração de segundo antes, aquela virada a teria feito tombar. Imagino que ela deva ter morrido de medo, uma árvore caída na sua frente, outra ameaçando cair em cima dela, a rua erguendo-se para cima... Ela virou rápido até a primeira árvore e disparou em direção à entrada da garagem. Eu torcia por ela. Esperava que ela tivesse o bom senso de ir até o porão. Não podia acreditar que um tornado estivesse fazendo tanto estrago sem que eu conseguisse vê-lo. Quando ouvi tudo indo ao chão, como se a casa inteira estivesse desmoronando (bem, claro, ela estava mesmo!), finalmente entendi, nesta minha cabeça dura, que não era um tornado. Assim que as outras duas árvores no pátio de Loretta caíram, aquela janela estourou, então eu desci da escada e corri para a outra ponta do porão. Aí, a mobília da minha sala da frente despencou onde eu estava, então subi na bomba de água e me pendurei no concreto que havia sido cortado, para alcançar a janela. Não sei no que eu estava pensando. Apenas esperava que Chloe estivesse em algum lugar onde pudesse ouvir-me. Eu gritei naquela janela até não poder mais! Ela saiu pela porta lateral, branca como um fantasma, ainda descalça e, agora, de mãos vazias, e foi correndo para os fundos o mais rápido possível. Essa foi a última vez que eu a vi. O resto da minha casa caiu, e, de alguma forma, os canos fizeram as coisas se desviarem um pouco, deixando-me um pequeno espaço onde ficar até alguém me encontrar.

— Estou feliz que a senhora esteja bem.
— Foi muito emocionante. Espero que você encontre Chloe.
— A senhora se lembra da roupa que ela estava usando?
— Claro. Aquele vestidinho branco, na altura dos joelhos.
— Obrigado, sra. Cavenaugh.

A senhora olhou ao longe e balançou a cabeça devagar.
"Chloe ainda está viva!", pensou Buck.

\*\*\*

— A primeira pergunta do dr. Rosenzweig foi a respeito do seu bem-estar, comandante Steele.
— Eu mal conheço ele, supremo comandante Fortunato — disse Rayford, pronunciando cuidadosamente o título de Leon.
— *Comandante* é suficiente, comandante.
— Você pode apenas me chamar de Ray.

Agora, Fortunato estava irado:

— Eu poderia chamá-lo de *soldado raso,* isso sim! — retrucou ele.

— Oh, boa, comandante.

— Não me provoque, comandante. Como eu disse, sou um novo homem.

— Novíssimo — disse Rayford —, como se realmente tivesse morrido ontem e revivido hoje.

— A verdade é que dr. Rosenzweig perguntou, em seguida, sobre o seu genro, sua filha e Tsion Ben-Judá.

Rayford congelou. Chaim Rosenzweig não podia ter sido tão tolo. Mesmo assim, Buck sempre disse que Rosenzweig estava encantado por Carpathia. Chaim não sabia que ele era tão inimigo de Ben-Judá quanto o Estado de Israel o era. Mantendo o contato visual com o prepotente Fortunato, que parecia saber tê-lo encurralado, Rayford orou em silêncio.

— Eu atualizei o doutor. Contei-lhe que o paradeiro de sua filha era desconhecido — disse Leon, as palavras pairando no ar.

Rayford não respondeu.

— E o que você gostaria que falássemos a ele sobre Tsion Ben-Judá?

— O que *eu* gostaria? — perguntou Rayford. — Não faço ideia do paradeiro dele.

— Então, por que dr. Rosenzweig perguntou sobre ele na mesma frase em que perguntou sobre sua filha e seu genro?

— Por que não pergunta isso a ele?

— Estou perguntando a você, comandante! Acha que não ficamos sabendo que Cameron Williams ajudou Ben-Judá a fugir do Estado de Israel?

— Vocês acreditam em tudo que ouvem?

— Nós sabemos que isso é verdade — disse Fortunato.

— Então, por que precisam do meu parecer?

— Queremos saber onde Tsion Ben-Judá está. É importante, para o dr. Rosenzweig, que Sua Excelência vá ao auxílio do rabino.

Rayford havia escutado quando esse pedido foi levado a Carpathia. Nicolae riu-se disso, sugerindo ao seu pessoal que fizesse aquilo parecer ajuda, enquanto, na verdade, ele informava os inimigos de Ben-Judá sobre seu paradeiro.

— Se eu soubesse onde está Tsion Ben-Judá — disse Rayford —, não contaria a você. Eu perguntaria a ele se gostaria que você soubesse.

Fortunato pôs-se de pé. Aparentemente, a reunião havia acabado. Ele acompanhou Rayford até a porta.

— Comandante Steele, sua deslealdade não tem futuro. Vou dizer outra vez e verá que estou mais conciliatório. Eu consideraria um favor se você não insinuasse ao dr. Rosenzweig que Sua Excelência anseia tanto saber o paradeiro do dr. Ben-Judá quanto ele.

— Por que eu faria um favor a você?

Fortunato abriu as mãos e sacudiu a cabeça.

— Não tenho mais nada a declarar. Nicolae, é..., o poten..., Sua Excelência tem mais paciência do que eu. Você não seria meu piloto.

— Correto, supremo comandante. No entanto, vou pilotar esta semana, enquanto você pega o resto dos garotos da Comunidade Global.

— Suponho que se refira aos outros líderes mundiais.

— E Peter Mathews.

— O sumo pontífice, sim. Mas ele não é, de fato, da Comunidade Global.

— Ele tem muito poder — disse Rayford.

— Sim, porém é mais popular que diplomático. Não tem autoridade política.

— Como quiser.

\* \* \*

Buck acompanhou a sra. Cavenaugh de volta ao leito, mas, antes de ajudá-la a acomodar-se, aproximou-se da mulher encarregada do setor.

— Ela precisa ficar entre aqueles malucos?

— Você pode colocá-la em qualquer maca desocupada — disse a mulher. — Apenas certifique-se de que o adesivo com o nome vá com ela.

Buck guiou a sra. Cavenaugh até uma cama perto de outras pessoas da idade dela. Ao sair, aproximou-se da supervisora novamente.

— O que estão fazendo com as pessoas desaparecidas?

— Pergunte a Ernie — respondeu ela, apontando para um homem pequeno de meia-idade, que traçava algo em um mapa na parede. — Ele está com a Comunidade Global e é o encarregado da transferência de pacientes entre os abrigos.

Ernie mostrou-se formal e distraído.

— Pessoas desaparecidas? — repetiu, sem olhar para Buck, mas ainda trabalhando no mapa. — Primeiro, a maioria delas vai estar, enfim, morta. Há tantas que nem sabemos por onde começar!

Buck tirou uma foto de Chloe da carteira.

— Comece por aqui — disse.

Ele, finalmente, teve a atenção de Ernie, que estudou a foto, virando-a para as luzes movidas a bateria.

— Uau! — respondeu. — Sua filha?

— Ela tem 22 anos. Para ser o pai dela, eu deveria ter, pelo menos, quarenta.

— E?

— Tenho 32 — disse, surpreso com a própria vaidade em um momento como aquele. — É minha esposa, e me disseram que ela escapou da nossa casa antes de o terremoto derrubar tudo.

— Mostre-me — disse Ernie, virando-se para o mapa.

Buck apontou para o bloco de Loretta.

— *Hum*. Não é bom. Foi um terremoto mundial, mas a Comunidade Global identificou vários epicentros. Essa parte de Mount Prospect estava perto do epicentro do norte de Illinois.

— Então, aqui está pior?

— Não está muito melhor em nenhum outro lugar, mas esse é praticamente o pior ponto no Estado.

Ernie apontou, no mapa, uma marcação em linha reta, representando pouco mais de um quilômetro e meio; ia desde antes do quarteirão de Loretta até o ponto em que eles se encontravam agora.

— A maior devastação. Ela não teria conseguido passar por ali.

— Aonde ela poderia ter ido?

— Aí já não consigo ajudar. Mas vou dizer o que posso fazer. Posso ampliar a foto dela e enviar para os outros abrigos. E é isso.

— Eu agradeceria.

O próprio Ernie fez esse serviço de escritório. Buck ficou impressionado com a nitidez da cópia ampliada.

— Só faz uma hora que estamos trabalhando com esta máquina — disse Ernie. — Obviamente, é celular. Ouviu sobre a companhia de comunicações do soberano?

— Não — respondeu Buck, suspirando. — Mas não me surpreenderia saber que ele tomou todo o mercado.

— Exato — disse Ernie. — É chamado de Celular-Solar, e o mundo todo estará novamente conectado antes de você perceber. A sede da Comunidade Global apelidou-o de Cel-Sol.

Ernie escreveu na ampliação: "Pessoa desaparecida: Chloe Irene Steele Williams. 22 anos. 1,70 m. 55 kg. Loira. Olhos verdes. Sem marcas ou características distintivas." E acrescentou seu nome e o número de telefone.

— Diga como posso contatá-lo, sr. Williams. Mas você sabe que não deve alimentar esperanças.

— Tarde demais, Ernie — disse Buck, anotando o número. Agradeceu de novo e virou-se para sair, depois voltou. — Você disse que eles chamam a rede de comunicações do soberano de Cel-Sol?

— Sim. Apelido para...
— Celular-Solar, é.

Buck saiu, balançando a cabeça.

Ao entrar no Range Rover, sentiu-se impotente. Mas não conseguia afastar a sensação de que Chloe estava lá fora, em algum lugar. Decidiu dirigir de volta para Loretta por outro caminho. Não fazia sentido sair sem procurar por ela. Sempre.

*  *  *

Já era tarde, e Rayford sentia-se cansado. A porta do escritório de Carpathia estava fechada, mas uma luz passava por debaixo. Assumiu que Mac ainda estava lá. Curioso como era, Rayford não tinha muita confiança de que McCullum, honestamente, o colocaria a par de tudo. Pelo que imaginava, Mac estava abrindo o bico sobre tudo o que Rayford lhe havia contado naquele dia.

Sua principal prioridade, antes de dormir, era tentar contatar Buck. No posto de comando de comunicações, disseram-lhe que ele precisava da permissão de um superior para usar uma linha externa segura. Rayford ficou surpreso.

— Olhe a minha permissão de acesso! — disse ele.
— Sinto muito, senhor. Essas são as ordens.
— Quanto tempo você vai ficar aqui? — perguntou Rayford.
— Mais vinte minutos, senhor.

Rayford ficou tentado a interromper a reunião de Carpathia com Mac. Sabia que Nicolae lhe daria permissão para usar o telefone, e, ao entrar, mostraria que ele, como subordinado, não temia encontrar Sua Excelência, o soberano. No entanto, pensou melhor quando viu Fortunato apagando a luz do escritório e trancando a porta.

Rayford caminhou rapidamente até ele. Sem traço algum de sarcasmo, disse:

— Comandante Fortunato, tenho um pedido, senhor.

— Certamente, comandante Steele.
— Preciso da permissão de um superior para usar uma linha externa.
— E você quer ligar para...?
— Meu genro, nos Estados Unidos.

Fortunato recuou contra a parede, afastou os pés e cruzou os braços.

— Isto é interessante, comandante Steele. Permita-me perguntar: o Leonardo Fortunato da semana passada atenderia esse pedido?
— Eu não sei. Provavelmente não.
— Será que minha permissão, apesar do modo arrogante com que você me tratou esta noite, provará que eu mudei?
— Bem, isso mostraria alguma coisa.
— Sinta-se à vontade para usar o telefone, comandante. Demore o tempo que precisar. E espero, de coração, que receba boas notícias sobre todos de sua casa.
— Obrigado — disse Rayford.

\* \* \*

Buck orava por Chloe enquanto dirigia, imaginando que ela havia encontrado um refúgio e simplesmente precisava saber dele. Ligou para Tsion, a fim de atualizá-lo, mas não ficou muito ao telefone. O amigo parecia desanimado. Tsion estava com alguma coisa na cabeça, mas Buck não quis perguntar, pois tentava manter o celular desocupado.

Procurou o número de Ken Ritz e ligou. Um minuto depois, o correio de voz de Ritz dizia: "Estou voando, comendo, dormindo ou na outra linha. Deixe um recado."

— Ken, aqui é Buck Williams. Os dois que você trouxe de Israel, de avião, talvez precisem de uma viagem de volta em breve. Ligue para mim.

\* \* \*

Rayford não conseguia acreditar que o celular de Buck estava ocupado. Bateu o telefone no gancho e esperou alguns minutos antes de ligar novamente. "Ocupado de novo!" Rayford bateu com a mão na mesa.

O jovem supervisor de comunicações disse:

— Temos um dispositivo que continuará discando para esse número e deixando uma mensagem.

— Eu posso pedir a ele que me ligue aqui? Você me acorda?

— Infelizmente, não. Mas você pode pedir que ele ligue às sete horas, quando nós abrimos.

* * *

Buck ficou pensando no correio de voz de Ritz. Como alguém saberia se ele não morreu no terremoto? Ele morava sozinho, e a secretária eletrônica continuaria recebendo as chamadas até chegar ao limite.

Estava a cerca de meia hora da casa de Donny e Sandy Moore, quando seu telefone tocou. "Deus, que seja Ernie!", implorou.

— Aqui é Buck.

*"Buck, esta é uma mensagem gravada de Rayford. Sinto muito, não consegui falar com você. Por favor, ligue neste número às sete da manhã, isto é, às dez, se você estiver no fuso horário central. Oro que Chloe esteja bem. Você e nosso amigo também, claro. Quero saber de tudo. Continuo procurando Amanda. Sinto, em minha alma, que ela ainda está viva. Ligue para mim."*

Ele olhou o relógio. Por que não podia ligar para Rayford agora? Ficou tentado a ligar para Ernie, mas não queria incomodá-lo. Voltou, então, para Tsion.

Assim que entrou em casa, soube que algo estava errado. Tsion não o olhava nos olhos. Buck disse:

— Não encontrei nenhuma barra para vasculhar o quintal. Você encontrou o abrigo?

— Sim — disse Tsion sem rodeios. — É uma cópia do lugar onde eu morava na igreja. Quer ver?

— O que há de errado, Tsion?

— Nós precisamos conversar. Gostaria de ver o abrigo?

— Isso pode esperar. Só quero saber como você chegou até ele.

— Você não vai acreditar em como estávamos perto na noite passada, quando fazíamos nosso servicinho desagradável. A porta que parece levar a um depósito se abre, na verdade, para uma porta maior, e atrás dela está o abrigo. Vamos orar, esperando que nunca tenhamos de usá-lo.

— Estou é agradecendo a Deus que ele esteja lá, *caso* precisemos! — disse Buck. — Agora, o que foi? Já passamos por poucas e boas para que você esconda qualquer coisa de mim.

— Não estou escondendo por minha causa — disse Tsion. — Eu não gostaria de ouvir se fosse você.

Buck desabou em uma cadeira.

— Tsion! Diga que não é sobre Chloe!

— Não, não. Desculpe, Cameron. Não é isso. Eu ainda estou orando pelo melhor. É que, além de todos os tesouros na pasta de Donny, os diários também me levaram aonde eu não queria ter ido.

Tsion sentou-se também; sua aparência, agora, era tão ruim como quando sua família foi massacrada. Buck pousou a mão no antebraço do rabino.

— Tsion, o que foi?

Tsion levantou-se e olhou para fora da janela, acima da pia, depois virou-se para encarar Buck. Com as mãos nos bolsos, foi até a porta que separava a cozinha do cantinho de café da manhã. Buck esperava que ele não a abrisse. Ele não precisava ser lembrado de como contornou o corpo de Sandy Moore com a serra para tirá-lo de debaixo da árvore. Tsion abriu a porta e caminhou até a beira do recorte.

Buck ficou impressionado com a estranheza do local onde estava e daquilo que olhava. "Como cheguei a isto?" Ele se qualificou na Liga Ivy, conferência desportiva das melhores universidades, e se estabeleceu em Nova York, no auge de sua carreira. Agora, estava em um pequeno sobrado geminado, num subúrbio de Chicago, mudando-se para a residência de um casal morto que ele mal conhecia. Em menos de dois anos, viu milhões desaparecerem, de todas as partes do mundo, creu em Cristo, conheceu e trabalhou para o anticristo, apaixonou-se e casou-se, fez amizade com um grande erudito bíblico e sobreviveu a um terremoto.

Tsion fechou a porta devagar e caminhou penosamente de volta. Sentou-se cheio de cansaço, cotovelos sobre a mesa, o rosto preocupado escondido entre as mãos. Por fim, falou:

— Cameron, não é nenhuma surpresa que Donny Moore era um gênio. Eu fiquei intrigado com os diários dele. Não tive tempo de verificar todos, mas, depois de descobrir o abrigo, fui lá para vê-lo. Impressionante. Passei algumas horas dando uns retoques finais em um dos estudos bem engenhosos de Bruce Barnes. Adicionei alguns pontos de linguística que, humildemente, acredito que deram alguma luz, e tentei conectar-me à internet. Você vai gostar de saber que fui bem-sucedido.

— E manteve seu *e-mail* invisível, eu espero.

— Você me ensinou bem. Postei o ensinamento em uma espécie de sistema de quadro de avisos, um BBS.[2] Minha esperança e oração é que muitas das 144 mil testemunhas o vejam e se beneficiem dele, aceitando-o. Amanhã vou verificar. Há muito ensinamento ruim por aí, Cameron. Tenho zelo pelos crentes, para que não sejam influenciados por isso.

---

[2] *Bulletin Boards System*, centro remoto para troca de mensagens e arquivos de computador, acessível pela internet. [N. do T.]

Buck assentiu.

— Mas estou divagando — disse Tsion. — Terminei meu trabalho, voltei aos diários de Donny e comecei do princípio. Cheguei só ao primeiro quarto da história. Quero terminar, mas meu coração está apertado.

— Por quê?

— Primeiro, deixe-me dizer que Donny era um verdadeiro cristão. Ele escreveu eloquentemente sobre seu remorso por perder a primeira chance de receber a Cristo. Contou sobre a perda de seu bebê e como sua esposa também encontrou a Deus. É um relato muito triste e pungente, o de como eles encontraram alegria na expectativa de se reencontrarem com o filho. Louvado seja o Senhor, agora já aconteceu — a voz de Tsion começou a tremer. — Mas, Cameron, eu encontrei umas informações que gostaria de não ter descoberto. Talvez eu devesse saber que era algo a ser evitado. Donny ensinou Bruce a criptografar mensagens pessoais; assim, qualquer coisa que ele desejasse ficaria inacessível sem a sua senha. Como você deve lembrar, ninguém sabia a senha. Nem Loretta, nem mesmo Donny.

— Isso mesmo — disse Buck. — Eu perguntei a ele.

— Donny devia estar protegendo a privacidade de Bruce quando disse isso a você.

— Donny sabia a senha de Bruce? Nós poderíamos tê-la usado. Havia 1 GB ou mais de informação que nunca conseguimos acessar no computador de Bruce.

— Não é que Donny soubesse a senha — disse Tsion —, mas ele desenvolveu o próprio *software* de quebra de código. Ele o instalou em todos os computadores que lhe vendeu. Como você sabe, durante meu tempo no abrigo, eu baixei para o meu computador, que tem uma capacidade de armazenamento impressionante, tudo o que havia no de Bruce. Também tínhamos aqueles milhares e milhares de páginas impressas, muito úteis para quando os meus olhos se cansavam de olhar para a tela. No entanto, parecia fazer sentido também ter um *backup* eletrônico desse material.

— Você não foi o único que fez isso — disse Buck. — Acho que o computador de Chloe tem uma cópia, e talvez o de Amanda.

— E nós não deixamos nada de fora. Até mesmo os arquivos criptografados foram copiados, porque não queríamos atrasar o processo fazendo uma seleção. Mas nunca tivemos acesso a eles.

Buck fitou o teto.

— Até agora, não é? É isso que você está dizendo?

— Infelizmente, sim — disse Tsion.

Buck colocou-se de pé.

— Se você está prestes a dizer algo que afetará minha estima por Bruce e pela memória dele, tenha cuidado. Ele foi o homem que me levou a Cristo, que me ajudou a crescer, e...

— Pode ficar tranquilo, Cameron. Minha estima pelo pastor Barnes somente se elevou com o que achei. Eu encontrei, no meu computador, o programa para quebrar a criptografia. Apliquei-o nos arquivos de Bruce e, em poucos minutos, a informação toda piscava na minha tela. Os arquivos não estavam bloqueados. Confesso que dei uma espiada e notei que muitos ali eram meramente pessoais. Em especial, memórias de sua esposa e da família. Ele escreveu sobre o remorso por perdê-los, não estar com eles, essas coisas. Senti-me culpado e não li tudo. Deve ter sido minha velha natureza que me atraiu para outros arquivos privados. Cameron, confesso que isso me empolgou demais. Eu acreditava ter encontrado mais das riquezas de seu estudo pessoal, mas o que achei... Penso que é melhor não arriscar imprimir. Está no meu computador, em meu quarto. Por mais doloroso que seja, você precisa ver.

Nada impediria Buck de fazê-lo. Mas ele subia as escadas com a mesma relutância que sentiu ao escavar os escombros da casa de Loretta. Tsion acompanhou o amigo até o quarto e sentou-se na beira da alta e barulhenta cama. Havia uma cadeira dobrável de plástico em frente à cômoda, na qual o *notebook* de Tsion repousava. O protetor de tela trazia a mensagem "Eu sei que meu Redentor vive".

Buck sentou-se e encostou o dedo no *touchpad*. A data do arquivo indicava que ele estava no computador de Bruce desde duas semanas após ele ter oficializado o casamento duplo: de Buck com Chloe e de Rayford com Amanda.

Buck falou ao microfone do computador:

— Abrir documento.

Na tela apareceu:

Diário de oração pessoal. 6h35. Pai, minha pergunta esta manhã é: o que o Senhor quer que eu faça com esta informação? Não sei se é verdade, mas não posso ignorar. Sinto fortemente minha responsabilidade como pastor e mentor do Comando Tribulação. Se um intruso nos comprometeu, devo confrontar a questão.

É possível? Poderia ser verdade? Não reivindico poderes especiais de discernimento; no entanto, eu amava essa mulher e confiava nela; acreditei nela desde o dia em que a conheci. Eu a achava perfeita para Rayford, e ela parecia ter tanta sintonia espiritual!

Buck levantou-se, esbarrando no encosto da cadeira e derrubando-a no chão. Inclinou-se sobre o *notebook*, com a palma das mãos na cômoda. "Não, Amanda!", pensou. "Por favor! Que danos ela poderia ter causado?"

O diário de Bruce continuava:

Eles planejam visitar-nos em breve. Buck e Chloe virão de Nova York; Rayford e Amanda, de Washington. Eu estarei voltando de uma viagem internacional. Vou ter de pegar Rayford sozinho e mostrar a ele o que chegou a mim. Entretanto, sinto-me impotente, dada a proximidade deles com NC. Senhor, preciso de sabedoria.

O coração de Buck disparou, e ele ofegava.

— Então, onde está o tal arquivo? — perguntou. — O que ele recebeu e de quem?

— Está anexado à entrada do diário do dia anterior — disse Tsion.

— Seja o que for, eu não vou acreditar.

— Eu sinto a mesma coisa, Cameron. Sinto isso no fundo do meu coração. No entanto, aqui estamos nós, desesperados.

Buck falou:

— Entrada anterior. Abrir documento.

O arquivo dizia:

Deus, sinto-me como Davi, quando o Senhor se recusou a responder-lhe. Ele implorou que o Senhor não se afastasse. Esta é minha súplica hoje. Sinto-me tão desolado! O que devo fazer com isto?

— Abrir anexo — disse Buck.

A mensagem foi enviada da Europa. Era para Bruce, mas seu sobrenome tinha sido escrito errado: "Barns". O remetente era "um amigo interessado".

— Rolar para baixo — disse Buck, sentindo-se nauseado.

Quando o computador respondeu, o telefone em seu bolso tocou.

# CAPÍTULO 9

Ele sacou o telefone.

— Aqui é Buck.

— Estou tentando entrar em contato com Cameron Williams, do *Semanário Comunidade Global*.

— É ele.

— Aqui é o tenente Ernest Kivisto. Conheci você hoje cedo.

— Ernie, sim! O que você conseguiu?

— Primeiro, a sede geral está procurando por você.

— Sede geral?

— O grandão. Ou, pelo menos, alguém perto dele. Pensei em ampliar a busca por sua esposa, então enviei aquela foto para os estados vizinhos. Nunca se sabe. Se ela estava ferida ou se foi evacuada, poderia estar em qualquer lugar. Seja como for, alguém reconheceu o seu nome. Aí, um cara chamado Kuntz disse que também tinha visto você mais cedo. De alguma forma, o seu paradeiro entrou no banco de dados, e soubemos que a sede o está procurando.

— Obrigado. Vou verificar.

— Sei que você não se reporta a mim e eu não tenho jurisdição, mas, como fui o último que o viu, terei de responder por isso, caso você não entre em contato.

— Eu disse que vou entrar em contato.

— Não estou pressionando você nem coisa do tipo. Estou só falando...

Buck estava cansado desse tipo de militar, sempre tentando ficar numa boa com os superiores, mas gostaria que aquele homem retornasse o contato o mais rápido possível, caso Chloe aparecesse.

— Ernie, agradeço tudo o que você está fazendo por mim. Pode ter certeza de que não só vou entrar em contato com a sede, como também mencionar que recebi de você as instruções. Pode soletrar seu último nome para mim?

Kivisto o fez.

— Agora, às boas notícias, senhor. Um dos caras da Cel-Sol recebeu a foto em seu caminhão. Ele não ficou feliz que eu tenha enviado a mensagem para todos os lados. Disse que eu não devia entupir a rede da Comunidade Global para informar sobre uma pessoa desaparecida. De qualquer forma, ele falou que tinha visto uma jovem, que talvez batesse com a da descrição, sendo levada para uma daquelas *vans* de ambulância ontem, tarde da noite.

— Onde?

— Não sei exatamente, mas, com certeza, foi entre aquele quarteirão que você me indicou e o lugar onde estou agora.

— Essa é uma área bem grande, Ernie. Não dá para diminuir um pouco?

— Não, sinto muito. Gostaria que desse.

— E eu consigo falar com esse cara?

— Duvido. Ele disse algo sobre estar acordado desde o terremoto. Acho que está dormindo em um dos abrigos.

— Não vi nenhuma *van* de ambulância no seu abrigo.

— Estamos levando apenas os que conseguiam andar.

— Essa mulher não conseguia?

— Aparentemente, não. Se ela estava com alguma doença grave, foi levada para, só um minuto... Kenosha, em Wisconsin. Dois hotéis um ao lado do outro, dentro dos limites da cidade, foram transformados em hospitais.

Ernie deu a Buck o número do centro médico em Kenosha. Buck agradeceu e perguntou:

— Se eu tiver dificuldade de conseguir por telefone, quais serão as chances de eu chegar a Kenosha?

— Tem um carro com tração nas quatro rodas?

— Tenho.

— Ótimo, você vai precisar. A estrada interestadual I-94 perdeu todo o viaduto entre Madison e aqui onde estamos. Há alguns lugares por onde você pode entrar, mas, antes de pegar o viaduto seguinte, terá de passar por estradas de mão única, cidadezinhas ou apenas campos abertos e torcer pelo melhor. Milhares de pessoas estão tentando. Está uma bagunça.

— Eu não tenho um helicóptero, então não tenho escolha.

— Ligue primeiro. Não faz sentido tentar fazer uma viagem dessa por nada.

Buck não pôde deixar de sentir que Chloe estava ao seu alcance. Incomodava-lhe a ideia de que ela pudesse estar ferida, mas, pelo menos, estava viva. O que pensaria sobre Amanda?

Voltou a ler o diário de Bruce e encontrou o *e-mail* recebido pelo pastor. A mensagem do "amigo interessado" dizia: "Suspeite da dama da cerveja. Investigue seu nome de solteira e tenha cuidado com os olhos e os ouvidos da Nova Babilônia. Forças especiais são tão fortes quanto seus elos mais fracos. A insurreição começa em casa. As batalhas são perdidas em campo, mas as guerras, dentro de seu próprio batalhão."

Buck virou-se para encarar Tsion.

— O que você concluiu disso?

— Alguém estava alertando Bruce sobre um indivíduo de dentro do Comando Tribulação. Nós temos apenas duas mulheres. A que teria um nome de solteira que Bruce talvez não soubesse só poderia ser Amanda. Ainda não sei por que o remetente se referia a ela como a dama da cerveja.

— As iniciais dela.

— A. W. — pronunciou Tsion para si mesmo, enquanto endireitava a cadeira de Buck. — Não entendi.

— A&W é uma antiga marca de cerveja americana — disse Buck. — De que maneira ela, supostamente, serviria de olhos e ouvidos para... o quê? Carpathia? É isso o que devemos entender como Nova Babilônia?

— Está tudo no nome de solteira — disse Tsion. — Eu ia procurar, mas você verá que Bruce já fez o trabalho. O sobrenome de Amanda, antes de se casar, era Recus, o que não dizia nada para Bruce e o fez travar por um tempo.

— Também não me diz nada — concordou Buck.

— Bruce cavou mais fundo. Aparentemente, o nome de solteira da mãe de Amanda, antes de ela se casar com o sr. Recus, era Fortunato.

Buck empalideceu e despencou de novo na cadeira.

— Bruce deve ter tido a mesma reação — disse Tsion. — Ele escreveu: "Por favor, Deus, não deixe que seja verdade". Qual é o significado desse nome?

Buck suspirou.

— O braço direito de Nicolae Carpathia, um bajulador completo, chama-se Leonardo Fortunato.

Buck virou-se para o computador de Tsion:

— Fechar arquivos. Recriptografar. Abrir ferramenta de busca. Encontrar *Chicago Tribune*. Abrir pesquisa de nomes. Ken ou Kenneth Ritz, em Illinois, nos Estados Unidos.

— Nosso piloto! — disse Tsion. — Você me levará para casa, no fim das contas!

— Eu só quero ver se o cara ainda está vivo, só para o caso...

Ritz foi listado "entre pacientes em condição estável, Hospital Memorial Arthur Young, em Palatine, Illinois".

— Como pode ser! Todas as boas notícias são sobre outras pessoas!

Buck digitou o número que Ernie lhe passou, em Kenosha. Ocupado. De novo e de novo, pelos quinze minutos seguintes.

— Podemos continuar tentando na estrada.

— Estrada? — inquiriu Tsion.

— Por assim dizer — disse Buck.

Olhou para o relógio. Já passava das sete da noite de terça-feira.

Duas horas depois, ele e Tsion ainda estavam em Illinois. O Rover agitava-se lentamente com centenas de outros carros serpenteando para o norte. Ao mesmo tempo, muitos vinham do outro lado, formando uma fila de oitenta a 150 quilômetros, onde a I-94 costumava mandar carros a mais de 120 quilômetros por hora em ambas as direções.

Enquanto Buck procurava por rotas alternativas ou por algum jeito de passar os veículos empacados, Tsion comandava o telefone. Eles o ligaram ao isqueiro do carro, para economizar bateria, e, a cada minuto mais ou menos, Tsion apertava o botão da rediscagem. Ou o telefone em Kenosha estava irremediavelmente sobrecarregado ou não estava funcionando.

*   *   *

Pelo segundo dia consecutivo, o primeiro-oficial, Mac McCullum, despertou Rayford. Pouco depois das seis e meia da manhã de quarta-feira, na Nova Babilônia, Rayford ouviu batidas suaves, mas insistentes. Ele se sentou, enrolado no lençol e nos cobertores.

— Só um minuto! — disse de um jeito enrolado, imaginando que pudessem ser notícias sobre seu telefonema para Buck.

Abriu a porta, viu que era Mac e desabou de volta na cama.

— Não estou pronto para acordar ainda. O que foi?

Mac acendeu a luz; Rayford escondeu o rosto no travesseiro.

— Eu fiz, comandante. Eu fiz!

— Fez o quê? — disse Rayford, com a voz abafada.

— Eu orei. Eu fiz mesmo!

Rayford virou-se, cobrindo o olho esquerdo e espiando Mac por uma pequena abertura do direito.

— Mesmo?

— Sou um crente, cara. Acredita nisso?

Mantendo os olhos protegidos, Rayford estendeu a mão livre para apertar a de McCullum. Mac sentou-se na ponta da cama de Rayford.

— Cara, isso é ótimo! — exclamou. — Não faz muito tempo, eu acordei e decidi parar de pensar e meter as caras.

Rayford sentou-se de costas para Mac e esfregou os olhos. Correu as mãos pelos cabelos e sentiu a franja roçar as sobrancelhas. Poucas pessoas o viram nesse estado.

O que deveria fazer com isso tudo? Ele nem havia interrogado Mac sobre o encontro com Carpathia na noite anterior. Como queria que fosse verdade! Mas... E se tudo não passasse de uma grande encenação, um plano para enroscá-lo e neutralizá-lo? Certamente, esta devia ser a estratégia de Carpathia: ter pelo menos um membro da oposição fora de ação.

Tudo o que podia fazer, até ter certeza, era aceitar a coisa pelo que parecia ser. Se Mac era capaz de fingir uma conversão e a emoção que a acompanhava, Rayford também podia fingir estar emocionado. Seus olhos, por fim, ajustaram-se à luz, e ele se virou para Mac. O primeiro-oficial, costumeiramente elegante, vestia seu uniforme como sempre. Rayford nunca o viu casual. Mas o que era aquilo?

— Tomou banho esta manhã, Mac?

— Sempre tomo. O que quer dizer?

— Você está com uma sujeira na testa.

Mac bateu com os dedos logo abaixo da linha do cabelo.

— Ainda não saiu — disse Rayford. — Parece um católico na Quarta-Feira de Cinzas.

Mac levantou-se e foi até o espelho, na parede de Rayford. Inclinou-se para perto, virando-se de um lado para o outro.

— De que diachos você está falando, Ray? Não estou vendo nada.

— Talvez fosse só sombra — disse Rayford.

— Eu tenho sardas, você sabe.

Quando Mac se virou, Rayford viu de novo, claro como o dia. Sentia-se bobo, fazendo tanto alarde por aquilo, mas sabia que Mac era exigente com a própria aparência.

— Não está vendo isto? — disse Rayford, levantando-se, agarrando Mac pelos ombros e virando-o para encarar o espelho novamente.

Mac olhou de novo e sacudiu a cabeça.

Rayford o empurrou para mais perto e se inclinou, de modo a ficarem com os rostos lado a lado.

— Bem aqui! — disse, apontando para o espelho.

Mac ainda tinha um olhar vazio. Rayford virou o rosto de Mac para si, colocou o dedo bem na testa do colega e virou-o de volta para o espelho.

— Aqui. Esta mancha que parece de carvão, do tamanho de uma impressão digital.

Os ombros de Mac caíram, e ele balançou a cabeça.

— Ou você está vendo coisas, ou eu estou cego.

— Espere aí, teimoso — disse Rayford lentamente. Calafrios subiram por sua espinha. — Deixe-me ver isso de novo.

Mac parecia desconfortável com Rayford olhando fixamente para ele, poucos centímetros separando os narizes.

— O que você está procurando?

— *Chiu*!

Rayford segurava Mac pelos ombros.

— Mac — disse seriamente —, sabe aquelas imagens em 3D? As que parecem um esquema complicado, até você olhar fixamente para elas...

— Sei, aí acaba formando algum tipo de desenho.

— Isso! Aqui está! Eu consigo ver!

— O quê?!

— É uma cruz! Oh, céus! É uma cruz, Mac!

McCullum afastou-se e se olhou no espelho de novo. Aproximou-se centímetros do espelho e afastou o cabelo da testa.

— Por que eu não consigo ver?

Rayford inclinou-se para perto do espelho e afastou o próprio cabelo da testa.

— Espere! Eu também tenho uma? Não, não estou vendo.

Mac empalideceu.

— Você tem! — exclamou. — Deixe-me ver isso.

Rayford mal conseguia respirar.

— Inacreditável! — disse Mac, olhando com atenção. — Realmente uma cruz. Eu consigo ver a sua, e você consegue ver a minha, mas não conseguimos ver a nossa própria.

\* \* \*

O pescoço e os ombros de Buck estavam tensos e doloridos.

— Suponho que você nunca dirigiu um veículo como este, não é, Tsion?

— Não, irmão, mas estou disposto a tentar.

— Não, estou bem. — Olhou para o relógio. — Menos de trinta minutos até eu ligar para Rayford.

A caravana, seguindo sem rumo, finalmente cruzou a divisa para Wisconsin, e o tráfego enviesava-se para o oeste na via expressa. Milhares de veículos começaram a abrir novos caminhos. Cinquenta, sessenta quilômetros por hora era a velocidade máxima, mas sempre havia doidos em quadriciclos que encaravam qualquer tipo de terreno, aproveitando-se do fato de não haver mais regras. Quando chegou aos limites da cidade de Kenosha, Buck pediu orientação a um membro das Forças de Paz da Comunidade Global.

— Siga para o leste por cerca de oito quilômetros — disse o jovem. — E a aparência não é de um hospital. São dois...

— Hotéis, é, fiquei sabendo.

O tráfego em Kenosha estava mais tranquilo do que o que seguia para o norte, mas isso também logo mudou. Buck estava a quase dois quilômetros do hospital e não conseguia aproximar-se mais. As forças da Comunidade Global mandavam os veículos desviarem, então ficou óbvio que, para chegar a esses hotéis, seria preciso caminhar. Buck estacionou o Range Rover, e eles partiram para o leste.

Quando avistaram o destino, estava na hora de ligar para Rayford.

\* \* \*

— Mac — disse Rayford, lutando contra as lágrimas —, eu mal posso acreditar nisso. Orei por um sinal, e Deus respondeu. Eu precisava de um sinal. Como posso saber em quem confiar hoje em dia?

— Imaginei — disse Mac. — Eu estava com fome de Deus e sabia que você tinha o que eu precisava, mas temia que estivesse desconfiado.

— Eu estava, mas, ainda que você estivesse com Carpathia, tramando contra mim, eu já tinha falado demais.

Mac fitava o espelho sem parar. Rayford se vestia, quando ouviu uma breve batida, e a porta se abriu. Um jovem assistente do centro de comunicações disse:

— Com licença, senhores, mas há um telefonema para o comandante Steele.

— Estou indo — respondeu Rayford. — A propósito, tem uma mancha na minha testa?

O jovem olhou.

— Não, senhor. Acho que não.

Mac e Rayford se entreolharam. Em seguida, o comandante enfiou-se na camiseta e seguiu pelo corredor, tendo nos pés somente as meias. Alguém como Fortunato — ou pior, Carpathia — poderia mandá-lo para a corte marcial por aparecer diante de seus subordinados trajado pela metade. Ele sabia que não poderia ficar a serviço do anticristo por muito mais tempo.

\* \* \*

Buck estava em silêncio, no descampado de Wisconsin, com o telefone pressionado contra o ouvido. Quando finalmente atendeu, Rayford logo falou:

— Buck, apenas responda "sim" ou "não". Você está aí?

— Sim.

— Este não é um telefone seguro, então me diga como estão todos, sem usar nomes, por favor.

— Eu estou bem — disse Buck. — O mentor está seguro e bem. Ela conseguiu escapar, nós acreditamos. Estamos quase nos reencontrando agora.

— Os outros?

— A secretária se foi. O *expert* em computador e a esposa também.

— Isso dói.

— Eu sei. E com você?

— Eles me disseram que Amanda caiu, em um voo da Pancontinental, no rio Tigre — disse Rayford.

— Ela está na lista dos que faleceram, se é que se pode acreditar no que está na internet... Mas você não está engolindo isso, está?

— Não, até que eu a veja com meus próprios olhos.

— Compreendo. Cara, é bom ouvir sua voz.

— A sua também. E sua família?

— Sem paradeiro, mas isso é verdade para quase todo mundo.

— Como estão as casas?

— Ambas se foram.

— Você tem acomodações? — perguntou Rayford.

— Estou bem. Passando despercebido.

Concordaram em trocar mensagens, então se desconectaram. Buck virou-se para Tsion.

— Amanda não poderia ser um agente duplo. Rayford é muito perspicaz, muito atento.

— Ele pode estar cego de amor — disse Tsion.

Buck olhou severamente para ele.

— Cameron, eu não quero acreditar nisso tanto quanto você. Mas parece que Bruce tinha fortes suspeitas.

Buck sacudiu a cabeça.

— É melhor você ficar aqui na penumbra, Tsion.

— Por quê? Eu sou a menor das preocupações de qualquer um aqui, agora.

— Talvez, mas o serviço de comunicações da Comunidade Global torna o mundo pequeno. Eles sabem que, se Chloe estiver aqui, eu vou aparecer mais cedo ou mais tarde. Se ainda estiverem procurando por você, e se Verna Zee quebrou nosso acordo e me delatou para Carpathia, eles talvez esperem encontrar você comigo.

— Você tem uma mente criativa, Buck; paranoica também.

— Pode ser, mas não vamos arriscar. Se eu for seguido quando sair, espero que com a Chloe, mantenha distância. Eu o pego a uns duzentos metros a oeste de onde estacionamos.

Buck caminhou para dentro do caos. O lugar não era somente um hospício de equipamentos, pacientes e funcionários competindo para mostrar quem tinha autoridade; também havia muita gritaria. As coisas precisavam acontecer rápido, e ninguém tinha tempo para cordialidades.

Demorou muito para Buck conseguir a atenção da mulher na recepção. Ela parecia estar trabalhando na recepção, na admissão e, também, um pouco na triagem. Depois de dar caminho para duas macas, cada uma carregando um corpo ensanguentado, que Buck apostando estarem mortos, ele forçou a chegada ao balcão.

— Com licença, senhora, estou procurando esta mulher.

Ele ergueu uma cópia da foto de Chloe.

— Se ela estivesse com essa aparência, não estaria aqui — ladrou a mulher. — Ela tem nome?

— O nome está na foto — disse Buck. — Você precisa que eu leia?

O que eu não preciso é do seu sarcasmo, meu caro. Para falar a verdade, eu preciso, *sim*, que você leia para mim.

Buck leu.

— Não reconheço o nome, mas já tratei de centenas de pessoas hoje.

— Quantas sem nome?

— Cerca de um quarto. Encontramos a maioria dessas pessoas dentro ou debaixo das casas, então cruzamos com as informações dos endereços. As pessoas fora de casa, a maioria, carregavam a identidade.

— Digamos que ela estivesse longe de casa, sem identidade nenhuma e sem condição de dizer quem era.

— Então, seu chute é tão bom quanto o meu. Nós não temos uma ala especial para os não identificados.

— Importa-se se eu olhar por aí?

— O que você vai fazer? Conferir todos os pacientes?

— Se for preciso, sim.

— Não pode fazer isso, a menos que seja um funcionário da Comunidade Global e...

— Eu sou! — disse Buck, mostrando a identidade.

— ... fique fora do caminho para não atrapalhar.

Buck percorreu o primeiro hotel, parando em toda cama que tivesse um paciente sem cartão identificador. Ignorou os vários corpos enormes e não perdeu tempo com pessoas de cabelos grisalhos ou brancos. Se uma pessoa parecesse pequena, magra ou feminina o suficiente para ser Chloe, ele dava uma boa olhada.

Estava a caminho do segundo hotel, quando um homem negro e alto saiu de um quarto, trancando a porta. Buck cumprimentou-o com a cabeça e continuou andando, mas, aparentemente, o homem notou a foto em sua mão.

— Procurando por alguém?

— Minha esposa.

Buck levantou a folha.

— Não a vi, mas você talvez queira verificar aqui.

— Mais pacientes?

— Este é nosso necrotério, senhor. Você não precisa, se não quiser, mas eu tenho a chave.

Buck franziu os lábios.

— Acho que seria melhor.

Buck estava um passo atrás do homem, que abria a porta. Quando a empurrou, no entanto, a porta travou um pouco e Buck esbarrou no funcionário.

— Desculpe.

— Sem problema...

Ele parou e olhou para o rosto de Buck.

— Você está bem, senhor? Eu sou médico.

— Ah, minha bochecha está bem. Eu só caí. Parece bem, não parece?

O médico curvou a cabeça para ver mais de perto.

— Ah, isso parece superficial. Pensei ter visto um hematoma em sua testa, logo abaixo do cabelo.

— Não. Não bati aí, até onde eu saiba.

— As batidas podem causar hemorragia subcutânea. Não é perigoso, mas, em um ou dois dias, você pode estar parecendo um guaxinim. Posso dar uma olhada?

Buck deu de ombros.

— Estou com um pouco de pressa. Mas vá em frente.

O médico pegou um par de luvas de borracha em uma caixa no bolso e vestiu-as.

— Ah, por favor, não precisa fazer uma grande cena por causa disso — disse Buck. — Eu não tenho nenhuma doença nem outra coisa.

— Talvez seja um sintoma — disse o médico, tirando o cabelo de Buck do caminho. — Não posso dizer a mesma coisa sobre todos os corpos com os quais eu lido.

Eles estavam em uma sala enorme, e quase não havia o espaço de um pé no chão que não estivesse ocupado por cadáveres cobertos com lençol.

— Você tem, *sim*, uma marca aqui — disse o médico. Apertou o local e ao redor dele. — Sente dor?

— Não. Sabe — disse Buck —, você também tem alguma coisa na testa. Parece uma mancha de sujeira.

O médico passou a mão na própria testa.

— Posso ter tocado em algum jornal.

O médico mostrou a Buck como retirar a mortalha de cima da cabeça de cada corpo. Ele teria uma visão clara do rosto e poderia apenas deixar o pano cair novamente.

— Ignore essa fileira. São todos homens.

Buck deu um pulo quando o primeiro corpo mostrou-se o de uma mulher idosa com dentes à mostra, olhos abertos e assustados.

— Sinto muito, senhor — disse o médico. — Eu não mexi nos corpos. Alguns parecem estar dormindo. Outros estão desse jeito. Desculpe assustá-lo.

Buck foi mais cauteloso e murmurava uma oração de desespero antes de cada desvelamento. Ficou horrorizado com a exibição de morte, mas agradecido toda vez que não encontrava Chloe. Quando terminou, Buck agradeceu ao médico e encaminhou-se à porta. O médico olhava com curiosidade para ele e, em tom de desculpa, esticou a mão para a "sujeira" de Buck, esfregando-a levemente com o polegar, como se pudesse tirá-la dali. Ele encolheu os ombros.

— Desculpe.

Buck abriu a porta.

— A sua ainda está aí também, doutor.

Na primeira sala do outro hotel, Buck viu duas mulheres de meia-idade que pareciam ter passado por uma guerra. Ao sair, viu seu reflexo em um espelho. Segurou seu cabelo, afastando-o da testa. Não percebeu nada.

Buck esperou tanto tempo por um elevador, que quase desistiu e subiu pelas escadas. Mas, quando finalmente sobrou espaço em um deles, Cameron entrou, mantendo a foto de Chloe pendurada entre os dedos. No terceiro andar, um médico mais velho e corpulento entrou e ficou olhando para ela. Buck levantou a foto à altura dos olhos.

— Posso? — perguntou o médico, estendendo a mão para a foto.

— Alguma conhecida sua?

— Minha esposa.

— Eu a vi.

Buck sentiu um nó na garganta.

— Onde ela está?

— Você não quer saber *como* ela está?

— Ela está bem?

— Quando a vi pela última vez, estava viva. Desça no quarto andar para que possamos conversar.

Buck tentou esconder sua animação. Chloe estava viva, isso era tudo que importava. Ele seguiu o médico para fora do elevador, e o homem grande indicou-lhe um canto.

— Eu os alertei de que ela precisava de cirurgia, mas não estamos operando aqui. Se seguiram o meu conselho, agendaram a ida dela para Milwaukee, Madison ou Mineápolis.

— O que havia de errado com ela?

— No começo, pensei que ela tivesse sido atropelada. Seu lado direito estava muito machucado, do tornozelo à cabeça. Ela tinha o que pareciam ser pedaços de asfalto no corpo ossos quebrados e é possível que tenha fraturado completamente o crânio, tudo do mesmo lado. Mas, se tivesse sido atropelada sobre o asfalto, teria lesões do outro lado também. E não havia nada além de uma leve abrasão no quadril.

— Ela vai sobreviver?

— Não sei. Não conseguimos fazer radiografia ou ressonância aqui. Não faço ideia da extensão das lesões nos ossos e nos órgãos internos. Levantei, no entanto, algumas hipóteses do que poderia ter acontecido. Acredito que ela tenha sido atingida por uma parte de teto. Provavelmente isso a derrubou no chão, causando aquela abrasão. Ela foi trazida aqui por uma *van* trabalhando como ambulância. Entendo que estava inconsciente; eles não tinham ideia de quanto tempo a moça ficou deitada lá.

— Ela recuperou a consciência?

— Sim, mas não conseguiu comunicar-se.

— Ela não conseguia falar?

— Não. E não apertou minha mão, nem piscou os olhos, nem acenou, nem sacudiu a cabeça.

— Você tem certeza de que ela não está aqui?

— Eu ficaria desapontado se ainda estivesse, senhor. Estamos enviando todos os casos graves para uma daquelas três cidades com M, como eu falei.

— Quem pode saber para onde ela foi enviada?

O médico apontou o corredor.

— Pergunte àquele homem sobre a transferência da Mamãe Ninguém.

— Muito obrigado — falou Buck.

Correu pelo corredor, depois parou e se virou.

— *Mamãe* Ninguém?

— Nós já tínhamos usado o alfabeto todo, várias vezes, com todas as pessoas não identificadas. Quando sua esposa chegou, estávamos usando termos descritivos.

— Mas ela não é...

— Não é o quê?

— Mãe.

— Bem, se ela e o bebê sobreviverem a isso, ela *será*, em mais ou menos sete meses.

O médico marchou para longe; Buck quase desmaiou.

* * *

Naquela manhã, Rayford e Mac sentaram-se para o café planejando a longa turnê no Condor 216, que começaria na sexta-feira.

— Então, o que Sua Excelência queria ontem à noite?

— Sua Excelência?

— Você não foi informado de que é assim que devemos chamá-lo a partir de agora?

— Era só o que me faltava!

— Fui informado diretamente por Leon! Ou será que devo dizer "supremo comandante Leonardo Fortunato"?

— Esse é o novo apelido dele?

Rayford assentiu. Mac sacudiu a cabeça.

— Esses caras ficam cada vez mais parecidos com aquela série pastelão dos policiais, Keystone Kops. Tudo o que Carpathia queria saber era por quanto tempo eu achava que você ainda ficaria com ele. Falei que isso dependia dele próprio, mas Carpathia discordou; ele sentia que você estava ficando inquieto. Pedi que esquecesse aquele pequeno incidente perto do aeroporto, e ele disse que já tinha esquecido. Falou que realmente havia pegado pesado e esperava que você ficasse por mais tempo, pois não tinha sido a intenção dele.

— Quem sabe... — disse Rayford. — Algo mais?

— Ele queria saber se eu conhecia o seu genro. Falei que sabia quem era, mas que nunca o tinha conhecido.

— Por que ele perguntou isso? O que você acha?

— Não sei. Ele estava tentando se entender comigo, por alguma razão. Talvez quisesse sondar você. Ele comentou que achava estranho ter recebido um relatório informativo dizendo que o sr. Williams, como ele gosta de chamá-lo, havia sobrevivido, mas não se apresentado. Contou também que ele era editor do *Semanário Comunidade Global*, como se eu não soubesse...

— Buck ligou hoje de manhã. Tenho certeza de que eles sabiam, provavelmente até gravaram. Se queriam tanto falar com ele, por que não interromperam e fizeram isso aquela hora?

— Talvez estejam tentando deixá-lo se enforcar sozinho. Quanto tempo você acha que Carpathia vai confiar em um cristão numa posição daquelas?

— A festa já acabou. Você tem de fazer o que tem de fazer. Mas, se eu fosse você, Mac, não me apressaria em me declarar um novo cristão. Ficou óbvio que ninguém, além dos também cristãos, consegue ver essa marca.

— É, mas e a história daquele versículo sobre confessar com a boca?

— Não faço ideia. As regras ainda valem em um momento como este? Você deveria confessar sua fé ao anticristo? Eu simplesmente não sei.

— Bem, eu já confessei a você. Não sei se isso conta, mas, por enquanto, você está certo. Serei mais útil assim. O que eles não sabem não vai feri-los; quanto a nós, só vai ajudar.

\* \* \*

Com um nó na garganta, Buck orava em silêncio, conforme se aproximava do médico na outra ponta do corredor. "Senhor, mantenha-a viva. Não importa onde ela esteja, desde que o Senhor cuide dela e do nosso bebê."

Um momento depois, ele estava dizendo:

— Mineápolis?! Isso deve ficar a quase quinhentos quilômetros daqui!

— Semana passada, eu dirigi até lá em seis horas — falou o médico. — Mas imagino que o sopé que torna a borda oeste de Wisconsin tão bonita, cercando Tomah, deva ter virado alguns minimontes depois do terremoto.

# CAPÍTULO 10

Rayford e Mac estavam a caminho do Condor 216 para confirmar que a aeronave estava em condições de voo. Rayford passou o braço pelo ombro de Mac e o trouxe para perto.

— Também há algo que eu preciso mostrar a bordo — sussurrou. — Instalado apenas para mim, por um velho amigo que não está mais conosco.

Rayford ouviu passos atrás dele. Era uma jovem uniformizada, com uma mensagem que dizia: "Comandante Steele, por favor, venha encontrar-se rápido com o dr. Chaim Rosenzweig, de Israel, e comigo em meu escritório, imediatamente. Eu não o segurarei por muito tempo. Assinado: Supremo comandante Leonardo Fortunato."

— Obrigado, oficial — disse Rayford. — Diga-lhes que estou a caminho.

Ele se virou para Mac e encolheu os ombros.

\* \* \*

— Alguma chance de eu conseguir chegar a Minnesota dirigindo? — perguntou Buck.

— Claro, mas você vai levar a vida toda — respondeu o médico.

— Qual seria então a chance de eu pegar uma carona com um dos aviões que transportam os feridos?

— Está fora de questão.

Buck mostrou a identidade.

— Eu trabalho para a Comunidade Global.
— Praticamente todo mundo trabalha, não?
— Como faço para descobrir se ela chegou lá?
— Nós saberíamos se ela não tivesse. Ela está lá.
— E se ela teve uma piora ou se...? Você sabe...
— Nós também somos informados quanto a isso, senhor. Está tudo no sistema, para que todos fiquem atualizados.

Buck desceu quatro lances de escada e emergiu no fim do segundo hotel. Olhou para o estacionamento e viu Ben-Judá onde o havia deixado. Dois oficiais uniformizados da Comunidade Global conversavam com ele. Buck prendeu a respiração. De alguma forma, a conversa não parecia um confronto, mas um papo amigável.

Tsion virou-se e começou a afastar-se, virando-se novamente após alguns passos para dar um tímido aceno de mão. Os dois oficiais acenaram, e ele continuou andando. Buck perguntava-se para onde o amigo estaria indo. Iria direto para o Range Rover ou para o ponto de encontro?

Buck permaneceu na penumbra, enquanto Ben-Judá passava pela frente dos hotéis e entrava em uma área rochosa, escavada pelo terremoto. Quando estava quase fora de vista, os homens da Comunidade Global começaram a segui-lo. Buck suspirou. Orou, esperando que Tsion tivesse a sabedoria de não guiá-los ao Range Rover. "Basta ir até o ponto de encontro, amigo", pensou, "e manter-se uns cem metros à frente desses caipiras."

Buck pulou e movimentou o corpo para relaxar e bombear o sangue. Correu pelos fundos do segundo hotel, continuou na parte de trás do primeiro e saiu pelo estacionamento. Fez um amplo arco, uns 45 metros à esquerda da dupla da Comunidade Global, e manteve um ritmo descontraído, enquanto corria pela noite. Se aqueles homens o notaram, não deixaram transparecer. Estavam concentrados no homenzinho mais velho. Buck esperava que, se Tsion o notasse, não gritasse nem o seguisse.

Fazia muito tempo que Buck não corria mais de um quilômetro, com o agravante do medo terrível. Arfou e ofegou quando chegou à área onde havia deixado o Range Rover. Uma nova seção de carros havia estacionado depois dele, então Buck teve de procurar o veículo.

Tsion andava vagarosamente, fazendo sua própria trilha ao longo de um percurso difícil. Os homens da Comunidade Global ainda estavam a uns cem metros ou mais atrás dele. Buck imaginou que Tsion sabia estar sendo seguido. Ele não estava indo para o Rover, mas em direção ao ponto combinado.

Quando Buck ligou o motor e acendeu os faróis, Tsion levou a mão ao nariz e aumentou o ritmo. Buck correu pelos espaços abertos, saltando e batendo, mas no tempo da marcha para cruzar com Tsion. O rabino começou a trotar, e os homens da Comunidade Global agora corriam. Buck estava a quase cinquenta quilômetros por hora, rápido demais para o terreno irregular. Enquanto pulava no banco, preso apenas pelo cinto de segurança, inclinou-se e puxou a maçaneta da porta do passageiro. Ao derrapar, parando na frente de Tsion, a porta se abriu, o rabino agarrou a maçaneta interna, e então Buck pisou no acelerador. A porta voltou e bateu no traseiro de Tsion, mandando-o para a outra ponta do banco e quase no colo de Buck. Tsion ria de modo histérico.

Buck olhou para ele, confuso, e puxou a roda para a esquerda. Colocou distância suficiente entre o carro e os homens da Comunidade Global, de modo que eles nem teriam conseguido ver a cor do veículo, quanto mais o número da placa.

— O que é tão engraçado? — perguntou ao amigo, que chorava de rir.

— Eu sou Joe Padeiro — disse Tsion num sotaque americano ridiculamente improvisado. — Tenho uma padaria e asso pãezinhos para você, porque eu sou Joe Padeiro! — Ele ria e ria, cobrindo o rosto e deixando as lágrimas caírem.

— Você enlouqueceu? — perguntou Buck. — Que é isso?

— Aqueles oficiais! — disse Tsion, apontando por cima do ombro. — Aqueles cães de caça brilhantes e altamente treinados! — Ele ria tanto, que mal conseguia respirar.

O próprio Buck teve de rir. Ele pensava se algum dia sorriria novamente.

Tsion manteve uma mão sobre os olhos e ergueu a outra, como que indicando a Buck que, se conseguisse ficar calmo, poderia contar a história. Finalmente, conseguiu.

— Eles me cumprimentaram de um jeito amigável. Eu agi com cautela. Camuflei meu sotaque hebreu e não falei muito, esperando que eles ficassem entediados e fossem embora. Mas continuaram a me observar ali, sob a luz fraca. Por fim, perguntaram quem eu era. — Ele começou a rir de novo e precisou recompor-se. — Foi aí que eu disse: "Meu nome é Joe Padeiro, eu sou um padeiro. Eu tenho uma padaria."

— Você não fez isso! — exclamou Buck.

— Eles me perguntaram de onde eu era; pedi que adivinhassem. Um deles disse Lituânia, aí eu apontei para ele e sorri, falando: "Isso! Isso! Eu sou Joe, o padeiro, da Lituânia!"

— Você é louco!

— É — concordou. — Mas não sou um bom soldado?

— Sim, você é.

— Eles me perguntaram se eu tinha documento. Falei que estava na padaria. Eu tinha acabado de sair para dar uma volta e ver o estrago. Minha padaria sobreviveu, você sabe.

— É, fiquei sabendo — disse Buck.

— Sugeri que eles passassem lá uma hora dessas, para comer rosquinhas grátis. Disseram que talvez aparecessem mesmo; perguntaram onde ficava a padaria do Joe. Falei para seguirem a oeste até o único estabelecimento na Rota 50 que ainda estava de pé. Eu disse que Deus devia gostar de rosquinhas, e eles riram. Quando fui embora, acenei, mas logo eles começaram a me seguir. Pensei que você saberia onde me procurar se eu não estivesse onde devia estar. Mas fiquei preocupado, porque, se você ficasse nos hotéis por muito mais tempo, eles me alcançariam. Deus estava cuidando de nós, como de costume.

\* \* \*

— Conhece o dr. Rosenzweig, acredito — disse Fortunato.

— De fato, comandante — concordou Rayford, apertando a mão de Chaim.

Rosenzweig exibia sua habitual personalidade entusiasta, um homem septuagenário, baixo, com traços largos, o rosto profundamente enrugado e mechas de cabelo branco e encaracolado, alheias ao seu controle.

— Comandante Steele! É uma honra vê-lo de novo. Eu vim para perguntar sobre o seu genro, Cameron.

— Falei com ele esta manhã. Ele está bem. — Rayford olhava diretamente nos olhos de Rosenzweig, esperando comunicar a importância da confidencialidade. — *Todos* estão bem, doutor.

— E o dr. Ben-Judá? — continuou Rosenzweig.

Rayford sentiu os olhos de Fortunato sobre si.

— Dr. Ben-Judá? — perguntou.

— Certamente você o conhece. Um antigo aluno meu. Cameron o ajudou a escapar dos fanáticos em Israel, com a ajuda do sobe..., quero dizer, de Sua Excelência Carpathia.

Leon pareceu satisfeito quando Rosenzweig usou o título adequado. Disse:

— O senhor sabe o quanto Sua Excelência o estima, doutor. Havíamos prometido fazer tudo o que pudéssemos.

— E, então, para onde Cameron o levou? — perguntou Rosenzweig. — E por que ele não informou nada à Comunidade Global?

Rayford lutou para manter a compostura.

— Se o que você diz é verdade, dr. Rosenzweig, isso foi feito sem o meu envolvimento. Acompanhei as notícias sobre a desgraça do rabino e a sua fuga, mas eu estava aqui.

— Certamente o seu genro lhe contaria...

— Como eu disse, doutor, não tenho conhecimento direto da operação. Eu não sabia que a Comunidade Global estava envolvida.

— Quer dizer que ele não levou Tsion quando voltou aos Estados Unidos?

— Não sei do paradeiro do rabino. Meu genro está nos Estados Unidos, mas, se está com ele, não sei dizer.

O semblante de Rosenzweig caiu, e ele cruzou os braços.

— Oh, isso é horrível! Eu ansiava tanto ouvir que ele estava em segurança! A Comunidade Global poderia oferecer uma ajuda enorme para protegê-lo. Cameron tinha dúvidas quanto à preocupação de Sua Excelência Carpathia por Tsion, mas claramente Sua Excelência provou ser confiável quando ajudou a encontrar Tsion e o tirou do país!

O que será que Fortunato e Carpathia haviam contado para o dr. Rosenzweig?

Fortunato falou:

— Como eu lhe disse, doutor, providenciamos mão de obra e equipamento para escoltar o sr. Williams e o rabino Ben-Judá até a fronteira entre Israel e Egito. Depois dali eles fugiram, parece que de avião, de Al Arish, no Mediterrâneo. Naturalmente, esperávamos ser atualizados dos acontecimentos, se não por outro motivo, pelo menos por uma módica gratidão. Se o sr. Williams sente que dr. Ben-Judá está a salvo, onde quer que o tenha escondido, está bom para nós. Simplesmente queremos ser úteis, até que você entenda não ser mais necessário.

Rosenzweig inclinou-se para a frente e gesticulou, abrindo os braços.

— Esse é o ponto! Odeio deixar isso nas mãos de Cameron. Ele é um homem ocupado, importante para a Comunidade Global. Quando

Sua Excelência promete auxiliar, cumpre. Sei disso. E com a história pessoal que acabou de me contar, comandante Fortunato, bem, por certo há muito, muito mais em meu jovem amigo Nicolae, perdoe a referência familiar, do que o olho vê!

\* \* \*

Já passava da meia-noite no centro-oeste americano. Buck deixou Tsion a par de Chloe. Agora, ele estava ao telefone com o Hospital Memorial Arthur Young, em Palatine.

— Eu entendi isso — disse Buck. — Diga a ele que é Buck, um velho amigo.

— Senhor, o paciente permanece estável, mas dormindo. Não vou dar recado algum a ele esta noite.

— É urgente que eu fale com ele.

— Você já disse isso, senhor. Por favor, tente novamente amanhã.

— Ouça...

*Clique.*

Buck mal notou a obra na estrada à frente. Derrapou até parar. Um diretor de trânsito o abordou.

— Desculpe, senhor, mas terei de segurá-lo um minutinho. Estamos preenchendo uma fissura.

Buck colocou o Rover em ponto morto e repousou a cabeça no encosto do banco.

— Então, o que acha, padeiro Joe? Devemos deixar Ritz voar até Mineápolis antes que nos leve de volta a Israel?

Tsion sorriu à menção de Joe, o padeiro, mas, subitamente, ficou sério.

— O que é isso aí? — perguntou Buck.

— Espere um pouco — disse Tsion.

À frente, uma escavadeira virou-se, suas luzes brilhavam através do Range Rover.

— Eu também não tinha notado que você machucou a testa — disse Tsion.

Buck endireitou-se no assento com rapidez e olhou para o espelho retrovisor.

— Não estou vendo nada. Você é a segunda pessoa, esta noite, que diz ver algo na minha testa. — Ele afastou o cabelo. — Agora, onde? O quê?

— Olhe para mim — disse Tsion. Ele apontou para a testa de Buck.

Buck retrucou:

— Bem, olhe quem fala! Tem uma coisa na sua também.

Tsion puxou o espelho da viseira.

— Nada — murmurou. — Você só está provocando.

— Certo — disse Buck frustrado. — Deixe-me olhar de novo. Ok, sua marca ainda está aí. A minha ainda está aqui?

Tsion assentiu.

— A sua parece algum tipo de coisa 3D. Como é a minha?

— A mesma coisa. Como uma sombra, um machucado ou... Como é que se diz? Um alto-relevo?

— Sim — respondeu Buck. — Ei! É como um daqueles quebra-cabeças que parecem um monte de pauzinhos, até que você o inverte na sua mente e vê o fundo como se fosse o primeiro plano e vice-versa. É uma cruz na sua testa.

Tsion parecia fitar Buck desesperadamente. De repente, disse:

— Sim! Cameron! Nós temos o selo, visível apenas para outros cristãos!

— Do que você está falando?

— O sétimo capítulo de Apocalipse fala dos "servos do nosso Deus" sendo selados na testa. Só pode ser isso!

Buck não notou o funcionário sinalizando para ele. O homem aproximou-se do carro.

— O que há com vocês? Andem logo!

Buck e Tsion se entreolharam, sorrindo de modo bobo. Eles riram, e Buck seguiu dirigindo. De repente, pisou no freio.

— O que foi? — disse Tsion.

— Eu conheci outro cristão lá atrás!

— Onde?

— No hospital! Um médico negro, encarregado do necrotério, tinha o mesmo sinal. Ele enxergou a minha marca e eu enxerguei a dele, mas nenhum de nós sabia o que estava vendo. Tenho de ligar para ele.

Tsion encontrou o número.

— Ele vai ficar muito encorajado, Cameron.

— Se eu conseguir fazer contato com ele. Talvez eu precise dirigir de volta para encontrá-lo.

— Não! E se aqueles homens da Comunidade Global descobriram quem eu sou? Mesmo que pensem que eu sou o padeiro Joe, vão querer saber por que eu corri para longe.

— Está chamando!

— Hospital CG, Kenosha.

— Alô, sim. Eu preciso falar com o médico responsável pelo necrotério.

— Ele tem o próprio celular, senhor. Aqui vai o número.

Buck anotou e ligou logo em seguida.

— Necrotério. Aqui é Floyd Charles.

— Dr. Charles! Foi você quem me deixou entrar no necrotério para procurar minha esposa hoje à noite?

— Sim, teve sorte?

— Sim, acho que sei onde ela está, mas...

— Maravilhoso! Fico feliz por voc...

— Mas não é por isso que estou ligando. Lembra-se daquela marca na minha testa?

— Sim... — dr. Charles falou lentamente.

— Aquilo é o sinal dos servos selados de Deus! Você também tem um, então eu sei que você é um cristão. Certo?

— Louvado seja Deus! — disse o médico. — Eu sou, mas não acho que eu tenha a marca.

— Não conseguimos ver a nossa! Somente os outros conseguem.

— Uau! Oh, ei, escute! Sua esposa não é a Mamãe Ninguém?

Buck recuou.

— Sim, por quê?

— Então, eu sei quem você é. E eles também sabem. Você está dirigindo para Mineápolis. Isso dará tempo a eles para tirarem sua esposa de lá.

— Por que eles fariam isso?

— Porque você tem algo ou alguém que eles querem... Ainda está aí, senhor?

— Estou. Ouça, de irmão para irmão, diga-me o que você sabe. Quando eles vão tirá-la de lá e para onde a levariam?

— Não sei. Mas ouvi algo sobre voarem com alguém da Estação Aérea Naval de Glenview... Você sabe, a velha base inutilizada que...

— Eu sei.

— Amanhã de noite.

— Tem certeza?

— Foi o que eu ouvi.

— Vou passar meu número particular, doutor. Se souber de algo mais, por favor, avise. E, se você precisar de alguma coisa, quero dizer, qualquer coisa, é só dizer.

— Obrigado, sr. Ninguém.

* * *

Rayford mostrou a Mac McCullum o dispositivo de escuta que conectava o fone de ouvido do piloto à cabine dos passageiros. McCullum assobiou por entre os dentes.

— Ray, quando eles descobrirem isso e o condenarem pelo resto da vida, eu vou negar qualquer conhecimento.

— Combinado. Mas, no caso de algo acontecer comigo antes que descubram, você sabe onde fica.

— Não sei, não — disse Mac, sorrindo.

— Invente uma desculpa que nos leve para fora daqui. Preciso falar com Buck no meu telefone pessoal.

— Eu preciso de ajuda com os ganchos naquele helicóptero — pediu Mac.

— Com o quê?

— Os ganchos. Aqueles do equipamento que ergue o helicóptero do chão, quando eu preciso trabalhar embaixo dele.

— Oh, *esses* ganchos! Sim, vamos ver isso.

*  *  *

Já passava da meia-noite quando Buck e Tsion se arrastaram para dentro da casa.

— Não sei o que vou encontrar em Mineápolis — disse Buck —, mas preciso ir até lá em melhor estado do que estou agora. Ore para Ken Ritz esteja em condições. Não sei nem se eu devia esperar por isso.

— Nós não esperamos — falou Tsion. — Nós oramos.

— Então, ore por isto: primeiro, para que Ritz tenha saúde o bastante. Segundo, para que ele tenha um avião que funcione. Terceiro, para que esteja em um aeroporto de onde consiga decolar.

Buck estava no topo da escada. O telefone tocou.

— Rayford!

Rayford rapidamente despejou sobre Buck o fiasco de Rosenzweig.

— Eu amo aquele corvo velho — disse Buck —, mas ele, com certeza, é ingênuo. Insisti que ele não devia confiar em Carpathia, mas ele adora o cara!

— Mais que isso, Buck. Ele acredita que o cara é divino.

— Ah, não!

Rayford e Buck conversaram sobre tudo o que aconteceu naquele dia.

— Mal posso esperar para conhecer Mac — disse Buck.

— Se você está com tantos problemas quanto parece, Buck, talvez nunca o conheça.

— Bem, talvez não deste lado do céu.

Rayford mencionou Amanda.

— Você acredita que Carpathia tentou fazer Mac achar que ela estava trabalhando para ele, o senhor soberano?

Buck não sabia o que dizer.

— Trabalhando para Carpathia? — falou sem jeito.

— Pense só! Eu a conheço como eu *me* conheço. E digo mais: estou convencido de que ela está viva. Tenho orado, pedindo que você consiga chegar até Chloe antes da Comunidade Global. Ore também para que eu encontre Amanda.

— Ela não estava naquele avião que caiu?

— Minha esperança é que não — disse Rayford. — Se estava, ela se foi. Mas vou checar isso também.

— Como?

— Conto mais tarde. Agora, não quero saber onde Tsion está. Apenas me diga: você não vai levá-lo para Minnesota, vai? Se algo der errado, em nenhuma hipótese você vai querer ser forçado a trocá-lo por Chloe.

— Claro que não. Ele acha que sim, mas vai entender. Penso que ninguém sabe onde estamos, e tem aquele abrigo do qual lhe falei.

— Perfeito.

Na manhã de quarta-feira, Buck precisou dissuadir Tsion de ir com ele até Palatine. O rabino entendeu o perigo de acompanhá-lo a Minnesota, mas insistia que poderia ajudar Buck a tirar Ken Ritz do hospital.

— Se você precisar que eu distraia alguém, posso ser o Joe Padeiro de novo.

— Eu adoraria ver isso, Tsion, mas nós simplesmente não sabemos quem nos apanhou. Nem sei se alguém descobriu que foi Ritz quem me levou a Israel e nos trouxe de volta. Quem sabe se eles não cercaram aquele hospital? Ken talvez nem esteja lá. Pode ser tudo uma armação.

— Cameron! Nossas preocupações reais não são suficientes? Você ainda precisa inventar outras?

Tsion, relutantemente, ficou. Buck pediu que ele preparasse o abrigo, para o caso de as coisas em Mineápolis saírem do controle e as forças da Comunidade Global começarem a segui-lo para valer. Tsion iria transmitir, pela internet, seus ensinamentos e seu encorajamento para as 144 mil testemunhas e para quaisquer outros cristãos clandestinos em todo o mundo. Isso irritaria Carpathia, sem falar em Peter Mathews, e ninguém sabia se eles estavam empenhados em rastrear tais mensagens.

O passeio, normalmente curto, de Mount Prospect a Palatine era, agora, uma árdua jornada de duas horas. De alguma forma, o Hospital Memorial Arthur Young havia escapado de danos graves, embora, com poucas exceções, o resto de Palatine houvesse sido destroçado. Parecia quase tão ruim quanto Mount Prospect. Buck estacionou perto de umas árvores caídas, a cerca de cinquenta metros da entrada. Não vendo nada suspeito, entrou direto. O hospital estava cheio. Funcionários atarefados. Com a fonte auxiliar de energia, e pelo fato de o lugar não ser apenas um hotel adaptado, como aqueles da noite anterior, tudo parecia funcionar de modo muito mais eficiente.

— Estou aqui para ver Ken Ritz.

— E você seria...? — perguntou uma jovem voluntária de roupa listrada.

Buck hesitou.

— Herb Katz — disse ele, usando um codinome que Ken Ritz reconheceria.

— Posso ver uma identificação?

— Não, não pode.

— Como é?

— Perdi minha identidade com minha casa em Mount Prospect, agora somente destroços do terremoto, entende?

— Mount Prospect? Eu perdi uma irmã e um cunhado lá. Parece que foi o lugar mais atingido.

— Palatine não parece muito melhor.

— Estamos com falta de pessoal, mas vários de nós tiveram sorte. Bata na madeira!

— Pois é. E então? Posso ver Ken?

— Vou tentar. Minha supervisora é mais durona do que eu. Ela não deixa ninguém entrar sem identificação. Mas vou contar a ela a sua situação.

A garota saiu da mesa e enfiou a cabeça por uma porta atrás dela. Buck ficou tentado a simplesmente seguir hospital adentro e encontrar Ritz, ainda mais quando ouviu a conversa.

— De jeito nenhum. Você conhece as regras.

— Mas ele perdeu a casa, a identidade e...

— Se você não consegue dizer "não" a ele, eu terei de dizer!

A voluntária virou e encolheu os ombros, desculpando-se. Ela se sentou, enquanto a supervisora, uma mulher atraente de cabelos escuros, com seus quase trinta anos, apareceu em cena. Buck viu a marca na testa da mulher e sorriu, imaginando se ela já tinha consciência disso. Ela sorriu timidamente, ficando logo séria quando a garota se virou para olhar.

— Quem você gostaria de ver, senhor?

— Ken Ritz.

— Tiffany, por favor, mostre ao cavalheiro o quarto de Ken Ritz.

Ela encarou Buck, depois se virou e voltou para o escritório. Tiffany sacudiu a cabeça.

— Ela sempre teve uma queda por loiros.

A garota caminhou com Buck até a enfermaria.

— Preciso verificar se o paciente quer receber visitas.

Buck esperou no corredor, enquanto Tiffany batia à porta e entrava no quarto de Ken.

— Sr. Ritz, você tem disposição para receber visitas?

— Na verdade, não — veio a voz grave, mas fraca, que Buck reconheceu. — Quem é?

— Sr. Herb Katz.

— Herb Katz, Herb Katz — Ritz parecia buscar o nome em sua mente. — Herb Katz! Mande-o entrar e feche a porta.

Quando eles ficaram sozinhos, Ken fez uma careta ao sentar-se. Estendeu a mão entubada e apertou com fraqueza a de Buck.

— Raios, Herb Katz, como você está?

— Eu ia perguntar o mesmo. Você parece terrível.

— Obrigado por nada. Eu me machuquei do jeito mais estúpido possível, mas, por favor, diga que tem um trabalho para mim. Preciso sair deste lugar e fazer alguma coisa. Estou pirando! Eu queria ligar para você, mas perdi todos os meus contatos de telefone. Ninguém sabe como achá-lo.

— Eu tenho alguns serviços, Ken, mas você tem condições?

— Vou estar novinho em folha amanhã — respondeu. — Eu só acabei batendo a cabeça num dos meus pequenos aviões.

— Quê?

— O maldito terremoto chegou quando eu estava no ar. Fiquei circulando e circulando, esperando a coisa parar. Quase colidi quando o sol sumiu e finalmente desci aqui, em Palwaukee. Não vi a cratera. Na verdade, acho que ela não estava lá até a hora em que atingi o chão. De qualquer forma, eu estava quase parado, rodando só alguns quilômetros por hora, e o avião caiu direto dentro daquela coisa. O pior de tudo é que eu fiquei bem, mas o avião não estava estabilizado como achei. Eu saltei para fora, preocupado com o combustível e tal, querendo ver como estavam minhas outras aeronaves e todo o mundo, então disparei pela lataria e corri para a asa, tentando sacá-la do buraco. Pouco antes de dar o último passo, meu peso fez aquela belezinha virar, então a outra asa bateu forte na parte de trás da minha cabeça. Fiquei pendurado lá, na beira do buraco, tentando subir tudo de novo, sabendo que tinha um corte profundo. Coloquei a mão lá e senti a grande tampa de couro cabeludo pendurada, aí comecei a ficar tonto. A outra mão acabou perdendo as forças e se soltou, e eu deslizei para debaixo daquele avião. Estava com medo de que aquilo caísse em mim de novo, então só fiquei parado, até que alguém me tirasse. Caramba, sangrei quase até a morte!

— Você parece um pouco pálido.
— E você não está muito encorajador hoje.
— Desculpe.
— Quer ver?
— Ver o quê?
— Minha ferida!
— Claro, eu acho.

Ritz virou-se para que o amigo pudesse ver a parte de trás de sua cabeça. Buck fez uma careta. Era a ferida mais feia que ele já tinha visto. A enorme aba costurada havia sido raspada com uma borda extra de uns três centímetros ao redor da área.

— Nenhum dano cerebral, eles me disseram, então eu ainda não tenho desculpa para ser louco.

Buck contou-lhe tudo sobre o próprio dilema e disse que precisava chegar a Mineápolis antes de a Comunidade Global fazer algo estúpido com Chloe.

— Vou precisar que me recomende alguém, Ken. Não posso esperar até amanhã.

— Uma ova que vou recomendar outra pessoa! — disse Ritz.

Ele puxou o acesso intravenoso e arrancou a fita adesiva.

— Calma, Ken. Não posso deixá-lo fazer isso! Você precisa de um atestado de saúde antes de...

— Só me deixe. Talvez eu precise ir devagar, mas a gente sabe que, se não houve trauma cerebral, há pouco perigo de eu me machucar ainda mais. Vou sentir algum desconforto, só isso. Agora, venha! Ajude-me a vestir algo e sair daqui.

— Agradeço a intenção, mas, sério...

— Williams, se não me deixar fazer isso, vou odiá-lo pelo resto da vida.

— Eu, com certeza, não gostaria de ser responsável por isso.

Não havia como fugir. Buck colocou o braço em torno de Ken e enfiou a mão debaixo de sua axila. Eles se moveram o mais rápido possível, mas um enfermeiro veio correndo.

— Ei! Ele não está autorizado a sair da cama! Ajudem! Alguém chame o médico dele!

— Isto não é uma prisão! — gritou Ken. — Eu dei a entrada e agora estou dando a saída!

Eles seguiam pelo saguão quando um médico apressou-se na direção deles. A moça da recepção chamou a supervisora. Buck implorava com os olhos. A supervisora olhou para ele, mas entrou diretamente na frente do médico, que tropeçou, tentando evitar esbarrar nela.

— Eu vou cuidar disso — falou ela.

O médico saiu com um olhar desconfiado, e a voluntária foi enviada para a farmácia, a fim de pegar as receitas de Ken. A supervisora sussurrou:

— Ser um cristão não garante que você não seja estúpido. Vou permitir isso, mas é melhor que haja necessidade.

Buck assentiu com gratidão.

Uma vez no Rover, Ken ficou quieto, segurando gentilmente a cabeça entre os dedos.

— Você está bem? — perguntou Buck.

Ritz assentiu.

— Corra para Palwaukee. Tenho um saco de coisas que estão guardando para mim. E temos de ir até Waukegan.

— Waukegan?

— Sim. Meu Learjet foi arrastado por lá, mas está bem. O único problema é que os hangares se foram. Os tanques de combustível estão bem, disseram. Mas tem um problema.

— Dou um jeito.
— As pistas.
— O que é?
— Ao que parece, elas não existem mais.

Buck estava dirigindo o mais rápido que conseguia. A vantagem de não haver estrada é que ele podia ir de um lugar a outro como se estivesse voando; direto e reto.

— Você consegue decolar em um Learjet sem estrada?
— Nunca me preocupei com isso antes. Vamos descobrir, não vamos?
— Ritz, você é mais louco do que eu.
— Este vai ser o dia! Toda vez que estou com você, tenho certeza de que me matará!

Ritz ficou em silêncio por um momento. Então, falou:

— Falando em ser morto, sabe, eu não pretendia ligar para você só porque eu precisava de trabalho.
— Não?
— Eu li o seu artigo. Aquela coisa de "ira do Cordeiro", na sua revista.
— O que achou?
— Pergunta errada. Não é o que eu achei quando li, o que, francamente, não foi grande coisa. Quero dizer, sempre fiquei impressionado com o seu jeito de escrever.
— Não sabia disso.
— Nossa, desculpe aí! Eu não queria que você se sentisse o máximo. Enfim, não gostei de nenhuma das teorias que você criou. E não, eu não acreditei que iríamos sofrer a ira do Cordeiro. Assim, você devia perguntar o que eu acho disso *agora*.
— Tudo bem. Mande!
— Bem, só um idiota pensaria que o primeiro terremoto global na história da humanidade era uma coincidência depois de você ter previsto tudo no seu artigo.
— Ei, eu não previ aquilo. Fui totalmente objetivo.

— Eu sei. Mas nós conversamos sobre essas coisas antes, então eu sabia do que você estava falando. Você me pareceu aqueles estudiosos da Bíblia, que ficam dando opinião sobre alienígenas e conspirações malucas. Então, *pimba*! *Bum*! Minha cabeça se abriu! De repente, o único cara que eu conheço mais louco do que eu é quem já tinha sacado a coisa toda!

— Então, você queria saber onde me achar. Estou aqui.

— Boa. Porque me dei conta de que, se o planeta tinha acabado de enfrentar a ira do Cordeiro, então seria melhor eu fazer amizade com esse Cordeiro.

Buck sempre achou que Ritz era esperto demais para não perceber os sinais.

— Posso ajudá-lo nisso — disse ele.

— Eu meio que achei que você pudesse.

Era quase meio-dia quando Buck saiu da vala onde costumava ficar a estrada Green Bay e dirigiu devagar por cima da cerca caída e ao redor das luzes de aterrissagem amassadas, no Aeroporto de Waukegan. As pistas não tinham apenas afundado ou se retorcido; de ponta a ponta, elas se partiram em enormes pedaços.

Lá, em um dos poucos espaços abertos, estava o Learjet de Ken Ritz; aparentemente, nada mal, considerando-se tudo o que havia passado.

Ritz foi devagar, mas conseguiu taxiar com cuidado o jato, desviando-o de qualquer possível perigo, até a bomba de combustível.

— Com o tanque cheio, ele nos leva a Mineápolis e nos traz de volta mais de uma vez.

— A questão é: em quanto tempo? — perguntou Buck.

— Menos de uma hora.

Buck olhou para o relógio.

— De onde você vai decolar?

— É íngreme, mas da cabine de pilotagem eu vi um trecho em Wadsworth, no campo de golfe, que parece ser nossa melhor aposta.

— Como vai fazer para atravessar a estrada e aquele matagal?

— Ah, vamos conseguir. Mas vai demorar mais do que o voo para Mineápolis. Você fará a maior parte do trabalho. Eu vou conduzir o jato, e você vai limpar o caminho. Não será fácil.

— Se for preciso, eu abro caminho de foice até Mineápolis! — disse Buck.

# CAPÍTULO 11

Rayford estava aprendendo a ter alegria em meio à tristeza. Seu coração dizia-lhe que Amanda estava viva. Sua mente dizia que ela estava morta. Quanto à hipótese de Amanda ter traído ele, bem como o Comando Tribulação e, em última instância, o próprio Deus, isso nem a cabeça e nem o coração de Rayford aceitavam.

Mesmo, no entanto, com as emoções conflitantes e a agitação de espírito, Rayford estava tão grato pela conversão de Mac quanto esteve por sua própria, pela de Chloe e pela de Buck. E que momento Deus escolheu para colocar sua marca nos que são seus! Rayford estava ansioso para saber a opinião de Tsion Ben-Judá sobre isso.

Era final da noite de quarta-feira na Nova Babilônia. Rayford e Mac haviam trabalhado lado a lado o dia todo. Rayford contou-lhe toda a história do Comando Tribulação e o relato de cada um sobre a própria conversão. Mac parecia especialmente intrigado com o fato de Deus ter-lhes preparado um pastor/professor/mentor logo no início, com Bruce Barnes. E, então, após a morte dele, Deus enviou um novo líder espiritual com ainda mais conhecimento bíblico!

— Deus tem-se mostrado a nós de um jeito pessoal, Mac — disse Rayford. — Ele nem sempre responde às nossas orações da maneira como achamos que responderia, mas temos aprendido que ele sabe o que é melhor. E precisamos ser cuidadosos, para que nem tudo o que sentimos no mais íntimo seja necessariamente tido como verdade.

— Não entendi — falou Mac.

— Por exemplo, não consigo deixar de pensar que Amanda ainda está viva. Mas não posso jurar que isso vem de Deus. — Rayford hesitou, vencido, de súbito, pela emoção. — Quero ter certeza de não ficar contra Deus caso eu esteja errado.

Mac assentiu.

— Não consigo imaginar ter algo contra Deus, mas entendo o que quer dizer.

Rayford estava entusiasmado com a fome de aprender do amigo. Mostrou a Mac como pesquisar na internet os ensinamentos de Tsion, os sermões, os comentários sobre as mensagens de Bruce Barnes e, especialmente, o gráfico do fim dos tempos feito pelo rabino, indicando onde ele acreditava que a Igreja se encontrava naquela sequência de sete anos de tribulação.

Mac ficou fascinado com as evidências que apontavam Nicolae Carpathia como o anticristo.

— Mas essa ira do Cordeiro e a lua virando sangue, cara, se nada mais me convencesse, com certeza isso convenceria!

Assim que os planos de rota ficaram prontos, Rayford mandou seu itinerário para Buck. Depois de pegar Peter Mathews em Roma, Ray e Mac voariam com ele e Leon até Dallas para buscar um ex-senador do Texas, que era o mais novo embaixador inserido na Comunidade Global da parte dos Estados Unidos da América do Norte.

— É de se perguntar, Mac, se esse cara, quando entrou na política, alguma vez sonhou que, um dia, seria um dos dez reis preditos na Bíblia.

Pouco mais da metade dos aeroportos da região metropolitana de Dallas/Fort Worth ainda estava operando, e o resto começava a ser rapidamente reconstruído. Para Rayford, a reconstrução ao redor do mundo corria a um ritmo impressionante. Era como se Carpathia houvesse estudado as profecias e, embora insistisse que os acontecimentos não eram o que pareciam, já estivesse preparado para começar a reconstrução de imediato.

Rayford sabia que Carpathia era mortal. Contudo, ele se perguntava se, em algum momento, aquele homem dormia. Via Nicolae ao redor do complexo a toda hora, sempre de terno e gravata, sapatos polidos, rosto barbeado e cabelos aparados. Era incrível! Apesar de todo o tempo que passava de vigília, ele só ficava mal-humorado quando isso servia aos seus propósitos. Normalmente, era sociável, sorridente e confiante. Nos momentos apropriados, fingia pesar e empatia. Bonito e charmoso, era fácil ver como conseguia enganar tantas pessoas.

Mais cedo, naquela noite, Carpathia havia transmitido, ao vivo, um programa global por rádio e televisão.

*Irmãos e irmãs da Comunidade Global, falo a vocês da Nova Babilônia. Como todos, perdi, na tragédia, muitos entes queridos, amigos estimados e associados leais. Por favor, aceitem meus profundos e sinceros pêsames por suas perdas, em nome da administração da Comunidade Global. Ninguém poderia prever esse ato aleatório da natureza, o pior da história a atingir o mundo. Estávamos nos estágios finais de nosso esforço de reconstrução após a guerra contra uma minoria resistente. Agora, como acredito que todos podem testemunhar, onde quer que estejam, a reconstrução já começou uma vez mais. A Nova Babilônia será, em breve, a cidade mais magnífica que o mundo já conheceu. Seu novo capitólio internacional será o centro do setor bancário e comercial, a sede de todas as agências governamentais da Comunidade Global e, por fim, a nova Cidade Santa, para onde a Fé Mundial Unificada do Mistério de Babilônia será realocada. Será uma alegria recebê-los nesse lindo lugar! Deem-nos alguns meses para terminar e, então, façam planos para sua peregrinação. Todo cidadão deve fazer disto o objetivo de sua vida: experimentar a nova utopia e ver o protótipo de cada cidade.*

Com algumas centenas de outros funcionários da Comunidade Global, Rayford e Mac assistiram ao discurso em uma televisão no canto do refeitório. Nicolae, em um pequeno estúdio ao final do corredor, rodou uma gravação de realidade virtual que levava o espectador pela nova e brilhante cidade, como se já estivesse completa. Aquilo era vertiginoso e impressionante!

Carpathia mostrou todas as conveniências de última geração, a mais alta tecnologia conhecida pelo homem, e tudo isso harmonizado à nova e bela metrópole. Mac sussurrou:

— Com essas torres de ouro, isso lembra aquelas imagens antigas retratando o céu, que víamos nas escolas dominicais.

Rayford assentiu.

— Tanto Bruce quanto Tsion dizem que o anticristo apenas falsifica o que Deus faz.

Carpathia encerrou com uma conversa comovente e encorajadora.

*Como vocês são sobreviventes, eu tenho uma inabalável confiança em sua motivação, em sua determinação e em seu compromisso de trabalharem juntos, sem nunca desistir, atuando ombro a ombro para a reconstrução de nosso mundo. Sinto-me honrado em poder servi-los e prometo que darei tudo de mim, enquanto vocês me concederem esse privilégio. Agora, permitam-me apenas acrescentar que estou ciente de que, devido ao relato especulativo em uma de nossas publicações da Comunidade Global, muitos foram confundidos por acontecimentos recentes. Embora possa parecer que o terremoto global tenha coincidido com a chamada "ira do Cordeiro", deixem-me esclarecer. Aqueles que acreditam que o desastre foi obra de Deus são os mesmos que acreditam que os desaparecimentos que ocorreram há quase dois anos foram o resultado de pessoas sendo arrastadas para o céu. É claro que todo cidadão da Comunidade Global é livre para acreditar no que quiser e exercer essa fé de qualquer maneira, desde que não infrinja a mesma liberdade dos outros. Os objetivos da Fé Mundial Unificada do Mistério de Babilônia são a liberdade religiosa e a tolerância. Por essa razão, sou relutante em criticar a crença de outros. Defendo, entretanto, o bom senso. Não nego a ninguém o direito de acreditar em um deus pessoal.*

*Mas não entendo como esse deus, decrito como justo e amoroso, decidiria, caprichosamente, quem seria ou não digno do céu; e, ainda, como efetivaria tamanha decisão em "um piscar de olhos". E esse mesmo deus amoroso, por acaso, voltou dois anos depois para jogar sal na ferida? Ele expressa sua raiva pelos infelizes que deixou para trás devastando-lhes o mundo e matando grande parte deles?*

*Peço, com humildade, aos devotos que acreditam em tal ser supremo que me perdoem se eu tiver descaracterizado o deus deles. Mas qualquer cidadão pensante percebe que essa figura simplesmente não faz sentido. Assim, meus irmãos e minhas irmãs, não culpem a Deus pelo que estamos enfrentando. Vejam isso apenas como uma experiência de provação da vida, um teste para nosso espírito e nossa vontade, uma oportunidade para que olhemos dentro de nós mesmos e façamos valer a profunda fonte de bondade com a qual nascemos. Vamos trabalhar juntos para tornar nosso mundo uma fênix global, surgindo das cinzas da tragédia para tornar-se a maior sociedade jamais conhecida. Fiquem com o meu adeus e a minha benevolência, até a nossa próxima comunicação!*

Os funcionários da Comunidade Global, no refeitório, colocaram-se de pé em um salto, aplaudindo e ovacionando Nicolae Carpathia. Rayford e Mac levantaram-se somente para não chamar a atenção. Rayford notou Mac olhando para a esquerda.

— O que foi? — perguntou Rayford.

— Só um minuto — disse Mac.

Rayford estava prestes a sair quando todos se acomodaram de novo, ainda vidrados na TV.

— Percebi que alguém demorou para se colocar de pé — sussurrou Mac. — Um rapaz jovem. Trabalha nas comunicações, eu acho.

Todos se sentaram novamente, pois uma mensagem na tela dizia: "Por favor, aguardem o supremo comandante Leonardo Fortunato."

Fortunato não era uma figura tão impressionante quanto Carpathia, mas seu desempenho na televisão era dinâmico. Ele se apresentava como alguém amigável e acessível, humilde, mas direto, parecendo olhar o espectador nos olhos. Contou a história de sua morte no terremoto e a subsequente ressurreição por Nicolae.

— Lamento, somente — acrescentou —, não ter havido testemunhas. Mas eu sei o que experimentei e acredito, de todo o coração, que o dom que nosso supremo soberano possui será usado publicamente no futuro. Um homem agraciado com esse poder é digno de um novo título. Estou sugerindo que, daqui por diante, ele seja chamado de Sua Excelência Nicolae Carpathia. Já instituí essa política dentro da administração da Comunidade Global e convido todos os cidadãos que respeitam e amam nosso líder a fazer o mesmo. Como devem saber, Sua Excelência nunca exigiria, nem mesmo solicitaria, tal título. Apesar de relutantemente empurrado para a liderança, ele manifestou a vontade de dar a vida pelos seus concidadãos. E, embora nunca demande tal consideração apropriada, eu insisto a vocês. Não consultei Sua Excelência sobre o que estou prestes a dizer-lhes, e só espero que ele o aceite no espírito em que o ofereço, sem ficar envergonhado. A maioria de vocês talvez não saiba que ele está passando por uma dor pessoal intensa.

— Não acredito no rumo que essa conversa está tomando — murmurou Rayford.

— Nosso líder e sua noiva, o amor de sua vida, aguardam, com alegria, o nascimento de seu filho para os próximos meses. Mas a futura sra. Carpathia encontra-se desaparecida. Ela estava prestes a voltar dos Estados Unidos da América do Norte depois de uma visita à sua família, quando o terremoto impossibilitou as viagens internacionais. Se alguém souber o paradeiro da srta. Hattie Durham, por favor, encaminhe essa informação ao seu representante local da Comunidade Global o mais rápido possível. Obrigado.

Mac seguiu direto e reto até o rapaz que ele esteve observando. Rayford voltou para o Condor 216. Estava perto dos degraus quando Mac o alcançou.

— Rayford, aquele garoto tinha a marca na testa. Quando eu disse que sabia que ele era um cristão, ficou branco. Mostrei-lhe a minha marca, contei-lhe sobre você e sobre mim, e ele quase chorou. Seu nome é David Hassid. Ele é um judeu da Europa Oriental que se juntou à Comunidade Global porque ficou impressionado com Carpathia. Há uns seis meses ele tem navegado na internet e... Saca só! Ele considera Tsion Ben-Judá seu mentor espiritual.

— Quando ele se tornou cristão?

— Há apenas algumas semanas, mas não está pronto para tornar isso público. Ele estava convencido de que era o único aqui. Disse que Tsion colocou algo na *web* chamado "Estrada de Romanos" para a salvação. Acho que todos os versículos são de Romanos. Enfim, ele quer ver você. Nem vai acreditar que você conhece Ben-Judá pessoalmente!

— Uau! Talvez eu consiga um autógrafo para o garoto...

\* \* \*

Fazer o Learjet de Ken Ritz atravessar o devastado Aeroporto de Waukegan, até chegar à bagunça antes conhecida como estrada Wadsworth, foi fácil. Buck andava ao lado de Ken, que taxiava lentamente, então chegaram a uma pilha de lixo, com pedaços de concreto e uma fenda na terra, e tudo isso teria de ser movido, quebrado ou preenchido. As ferramentas que Buck havia encontrado não foram pensadas para o uso que ele fazia delas, mas seus músculos doloridos e as mãos calejadas diziam-lhe que ele estava progredindo.

A parte complicada era atravessar a estrada Wadsworth até o campo de golfe. Para começar, havia a valeta.

— Não é a melhor coisa a se fazer com um Learjet — disse Ken —, mas acho que posso rolar para lá, e para cima, e para fora. Vai precisar ser no momento certo, e terei de parar em poucos metros.

O pavimento tinha sido curvado pelo menos uns dois metros e meio, íngreme demais para que um carro conseguisse o ângulo certo para atravessá-lo.

— Aonde vamos depois dali? — perguntou Buck.

— Toda ação tem uma reação, certo? — disse Ritz de modo enigmático. — Se há uma curva para o alto, deve haver uma parte afundada em algum lugar. Quanto mais vamos precisar ir para o leste até conseguirmos atravessar?

Buck correu por uns 180 metros antes de ver uma enorme divisão no pavimento. Se Ritz conseguisse levar o avião por aquela distância toda, sem deixar a asa esquerda tocar o pavimento curvado e a roda direita entrar na valeta, poderia virar à esquerda, para o outro lado da estrada. Depois de guiar Ken para dentro e para fora da valeta daquele lado, Buck teria de livrar-se de uma cerca e de um arbusto que bloqueavam o campo de golfe.

Ritz venceu a primeira valeta facilmente, mas, enquanto tentava parar antes do afloramento da pavimentação, rolou de volta para baixo. No limiar da vala, não conseguia voltar nem ir para a frente. Por fim, conseguiu, mas, ao saltar para fora do jato, descobriu que tinha dobrado o trem de pouso dianteiro.

— Não deve afetar nada, mas eu preferiria não pousar nele muitas vezes — explicou.

Buck não se sentiu muito tranquilizado. Ele andava à frente, e Ritz taxiava para o leste por debaixo do ombro. Ken ficou de olho na asa esquerda, mantendo-a a centímetros da saliência na estrada, enquanto Buck observava o pneu direito, garantindo que ele não escorregasse até a valeta.

Uma vez do outro lado da estrada, Ken desceu até a próxima valeta e subiu para sair, apertando os freios de novo para fugir da cerca. Então, passou a ajudar Buck a tirar as coisas do caminho, mas, quando começaram a arrancar o arbusto, teve de sentar-se.

— Poupe suas forças — disse Buck. — Eu consigo fazer isso.

Ritz olhou para o relógio.

— É melhor se apressar. Que horas pretende estar em Mineápolis?

— Não muito depois das quinze. Minha fonte disse que os caras da Comunidade Global devem ir de Glenview para lá no fim da tarde.

\* \* \*

Quando Rayford e Mac terminaram no Condor, Rayford disse:

— Deixe-me ir primeiro. Nós dois não podemos ser vistos juntos constantemente. Você precisa ter alguma credibilidade com a chefia.

Rayford estava cansado, mas ansioso para deixar a longa viagem para trás e voltar à expedição de mergulho. Ele orava, esperando que seu palpite estivesse certo, que não encontraria Amanda naquele avião submerso. Depois, exigiria saber o que Carpathia fez com ela. Desde que estivesse viva e ele conseguisse chegar até ela, as alegações ridículas contra a esposa não o preocupavam.

Quando Rayford chegou a seus aposentos, um oficial o cumprimentou.

— Sua Excelência gostaria de vê-lo, senhor.

Rayford agradeceu e disfarçou seu desgosto. Ele havia desfrutado com prazer de um dia sem Carpathia. Sua decepção foi dobrada quando descobriu Fortunato no escritório do homem. Os dois, aparentemente, não sentiram necessidade da habitual cordialidade bajuladora, tampouco se levantaram para cumprimentar Rayford ou apertar-lhe a mão. Carpathia apontou para uma cadeira e mencionou uma cópia do itinerário de Rayford.

— Vejo que programou uma escala de 24 horas na América do Norte.

— Precisamos de um tempo de descanso para o avião e para os pilotos.

— Vai ver sua filha e seu genro?

— Por quê?

— Não estou insinuando que seu tempo pessoal seja da minha conta — disse Carpathia. — Mas eu preciso de um favor.

— Estou ouvindo.

— É o mesmo assunto que discutimos antes do terremoto.

— Hattie.

— Sim.

— Sabe onde ela está, então? — disse Rayford.

— Não, mas suponho que você saiba.

— Como eu saberia, se você não?

Carpathia ficou de pé.

— Está querendo mostrar as garras, comandante Steele? Realmente acha que eu administraria o governo internacional e não teria olhos e ouvidos por todos os lugares? Tenho fontes que você nem poderia imaginar! Acha que não sei que você e a srta. Durham estavam no mesmo voo da última vez que seguiram para a América do Norte?

— Eu não a vejo desde então, senhor.

— Mas ela interagiu com o seu pessoal. Vai saber o que podem ter enfiado na cabeça dela! Hattie deveria ter voltado muito antes. Você tinha sua incumbência. Seja lá o que ela estivesse fazendo, isso a fez perder seu voo original, e sabemos que ela estava viajando com a sua esposa.

— Era o que eu tinha entendido também.

— Hattie não embarcou naquele avião, comandante Steele. Se tivesse, como você sabe, ela não seria mais um problema.

— Ela é um problema de novo?

Carpathia não respondeu. Rayford continuou:

— Vi sua transmissão. Tive a impressão de que você estava desesperado por sua noiva.

— Eu não disse isso.

— Eu disse — interveio Fortunato. — Falei por mim mesmo lá.

— Oh! — disse Rayford. — Está certo. Sua Excelência não imaginava que você pretendia conferir divindade ao nome dele e, depois, exagerar seu desassossego quanto à noiva desaparecida.

— Não seja ingênuo, comandante Steele — disse Carpathia. — Tudo o que quero saber é daquela conversa com a srta. Durham.

— A conversa na qual digo que ela pode ficar com o anel, morar na Nova Babilônia e, depois... O que ia acontecer com o bebê mesmo?

— Suponho que ela já tenha tomado a decisão certa, e você pode garantir-lhe que eu cobrirei todas as despesas.

— Ao longo de toda a vida da criança?

— Essa não é a decisão a que me referia — disse Carpathia.

— Só para ver se eu entendi: então, você vai pagar o assassinato da criança?

— Não seja sentimental, Rayford. É um procedimento simples e seguro. Apenas passe minha mensagem. Ela vai entender.

— Acredite ou não, eu não sei onde Hattie está. Mas, se eu conseguir transmitir sua mensagem, não posso garantir que ela fará a escolha que você deseja. E se ela escolher manter o bebê?

Carpathia sacudiu a cabeça.

— Eu devo pôr fim a esse relacionamento, mas não vai acabar bem se houver uma criança envolvida.

— Entendo — disse Rayford.

— Então, concordamos.

— Eu não disse isso. Falei que entendia.

— Vai falar com ela, então?

— Não faço ideia do seu paradeiro nem do seu estado atual.

— Será que ela se perdeu no terremoto? — disse Carpathia, os olhos brilhando.

— Não seria essa a melhor solução? — sugeriu Rayford com desgosto.

— Na verdade, seria, sim — disse Carpathia —, mas meus contatos acreditam que ela esteja escondida.

— E você acha que eu sei onde.

— Ela não é a única pessoa exilada com a qual você tem contato, comandante Steele. Essa vantagem o está mantendo fora da prisão.

Rayford se divertia. Carpathia o superestimava. Se Rayford imaginasse que abrigar Hattie e Tsion lhe daria prerrogativas, poderia ter feito isso de propósito. Mas Hattie estava por conta própria. E Tsion era obra de Buck.

Seja como for, ele deixou o escritório de Carpathia, naquela noite, com uma vantagem temporária, de acordo com o próprio inimigo.

\* \* \*

Buck estava suado e exausto quando finalmente afivelou o cinto ao lado de Ken Ritz. O avião encontrava-se no extremo sul do campo de golfe, que havia sido partido e despedaçado pelo terremoto. Diante deles havia um longo trecho de gramado ondulado.

— Acho que realmente devíamos andar ali e ver se é tão sólido quanto parece — disse Ken. — Mas não temos tempo.

Contrariando seu bom senso, Buck não protestou. Ken ficou ali, contemplando o terreno.

— Eu não gosto disso — comentou, por fim. — Parece comprido o suficiente, e logo saberemos se é sólido. A questão é: será que eu consigo ganhar velocidade suficiente para levantar voo?

— Você consegue abortar a operação nesse caso?

— Posso tentar.

A tentativa de Ken Ritz era melhor do que a promessa feita por qualquer outra pessoa. Buck disse:

— Então, vamos!

Ritz acelerou e aumentou gradualmente a velocidade. Buck sentia a pulsação disparar conforme eles subiam as colinas do campo, com os motores gritando. Ken chegou ao trecho plano e aumentou a aceleração por todo o caminho. A força pressionava Buck contra o assento, mas, quando ele se preparava para a decolagem, Ritz desacelerou.

O piloto sacudiu a cabeça.

— Precisamos estar em velocidade máxima na planície. Eu só estava com uns três quartos dela. — Ritz fez a volta e retomou do começo. — Só preciso começar mais rápido. É como soltar a embreagem. Se perder o momento, não vai acelerar rápido. Se soltá-la gentilmente para conseguir força suficiente, aí teremos alguma chance.

A largada foi lenta novamente, mas, desta vez, Ken acelerou o mais rápido possível. Eles quase saíram do chão, enquanto deslizavam nas ladeiras e saltavam sobre os montes. Atingiram a área plana com o dobro da velocidade de antes, ao que parecia. Ken gritou por cima do barulho:

— Agora, sim, gracinha!

O Learjet decolou como um tiro, e Ken manobrou de tal modo, que pareciam subir em um ângulo de noventa graus. Buck estava colado ao banco de trás, incapaz de se mover. Ele mal podia recuperar o fôlego, mas, quando conseguiu, soltou um grito, e Ritz riu.

— Se eu não morrer desta dor de cabeça, vou levá-lo para a igreja a tempo!

O telefone de Buck estava tocando. Ele se esforçou para levantar a mão, tão agressiva era a força contrária.

— Aqui é Buck! — gritou.

Era Tsion.

— Vocês ainda estão no avião?

— Acabamos de decolar. Mas vamos chegar logo.

Buck contou a Tsion sobre o ferimento de Ken e como fez para tirá-lo do hospital.

— Ele é incrível — disse Tsion. — Escute, Cameron, acabei de receber uma mensagem de Rayford. Ele e o copiloto descobriram que uma das testemunhas judias trabalha lá, no próprio abrigo. É um jovem. Eu mesmo vou enviar uma mensagem a ele. Acabei de colocar num BBS o resultado de vários dias estudando e escrevendo. Dê uma olhada quando puder. Chamei de "A chegada da colheita de almas", e trata das 144 mil testemunhas, de como ganham muitos milhões para Cristo, do selo visível e do que podemos esperar quanto aos julgamentos ao longo do próximo ano, mais ou menos.

— O que podemos esperar?

— Leia quando voltar. E, por favor, fale com Ken sobre nossa ida a Israel.

— Isso parece impossível agora — disse Buck. — Rayford não lhe contou que o pessoal de Carpathia está alegando tê-lo ajudado a escapar, para que agora eles consigam chegar até você?

— Cameron! Deus não deixará nada acontecer comigo por enquanto. Eu sinto uma grande responsabilidade pelas outras testemunhas. Leve-me a Israel e deixe minha segurança nas mãos do Senhor!

— Você tem mais fé do que eu, Tsion — disse Buck.

— Então, comece a cuidar da sua, meu irmão!

— Ore por Chloe! — pediu Buck.

— O tempo todo — disse Tsion. — Por todos vocês.

Menos de uma hora depois, Ritz contatou Mineápolis por rádio, solicitando instruções de pouso, e pediu que o transferissem para uma agência de aluguel de carros. Com a escassez de funcionários e veículos, os preços haviam dobrado. No entanto, havia carros disponíveis, e ele recebeu instruções para chegar ao hospital da Comunidade Global.

Buck não fazia ideia do que poderia encontrar lá. Não achava que seria fácil ter acesso a Chloe ou tirá-la de lá. O esperado era que os funcionários da Comunidade Global tomassem a custódia dela só depois do fim da tarde, mas Chloe, certamente, já estava sob a guarda deles. Desejou ter alguma pista sobre a saúde dela. Seria sensato removê-la? Mesmo que conseguisse, deveria raptá-la?

— Ken, se topar, eu posso usar você e essa sua cabeça rachada como distração. Talvez eles estejam procurando por mim, espero que não tão cedo, mas, de qualquer forma, acho que ninguém nunca ligou você a nós.

— Espero que esteja falando sério, Buck — disse Ken —, porque eu adoro bancar o ator! Além disso, você é um dos mocinhos. Alguém está cuidando de você e dos seus amigos.

Perto de entrar em Mineápolis, Ritz foi informado de que o tráfego aéreo estava mais intenso do que o esperado e que ele seguiria com o procedimento padrão de pouso em dez minutos.

— Positivo — disse ele. — Eu tenho uma leve emergência aqui. Não é vida ou morte, mas um passageiro neste avião está com uma ferida grave na cabeça.

— Positivo, Lear. Vamos ver se conseguimos encaixá-lo para antes disso. Informe-nos caso a situação mude.

— Muito astuto — disse Buck.

Quando, por fim, foi liberado para descer o Learjet, Ken levantou a traseira do jato e precipitou-o sobre o terminal, aparentemente alvo de grande estrago. A reconstrução havia começado, mas toda a operação, dos guichês às agências de aluguel de carros, estava agora em unidades móveis. Buck ficou perplexo com o volume de atividades em um aeroporto com apenas duas pistas funcionando.

O requisitado gerente de controle terrestre desculpou-se por não ter espaço no hangar para o Learjet. Ele aceitou a palavra de Ritz de que o avião não ficaria ali por mais de 24 horas.

— Espero que não — sussurrou Buck.

Ritz taxiou perto de uma das antigas pistas, onde o equipamento pesado removia quantidades enormes de terra. Estacionou o Learjet alinhado aos outros, de Piper Cubs monomotores até Boeings 727. Nenhum lugar no aeroporto era tão longe das agências de aluguel de carros quanto esse onde eles pararam.

Ken, tremendo, ofegante e movendo-se devagar, insistiu que Buck se apressasse à frente, mas Buck temia que Ken desabasse no chão.

— Não comece, ainda, a interpretar o velhote ferido — brincou Buck. — Espere até chegarmos ao hospital, pelo menos.

— Se você me conhecesse — disse Ritz —, saberia que não é encenação.

— Não é possível! — falou Buck quando finalmente chegaram à área de aluguel de carros e se viram no fim de uma longa fila. — Parece que estão mandando as pessoas ao outro lado do estacionamento para pegar o carro.

Ken, alguns centímetros mais alto que Buck, ficou na ponta dos pés e olhou ao longe.

— Tem razão — disse. — Você terá de pegar o carro e vir até aqui me buscar. Já não aguento mais andar.

Quando se aproximaram do começo da fila, Buck pediu a Ritz que alugasse o carro no cartão de crédito dele, e que o reembolsaria.

— Não quero meu nome aparecendo no Estado todo, caso a Comunidade Global pense em checar por aí.

Ritz bateu o cartão sobre o balcão. Uma jovem o verificou.

— Agora só temos subcompactos. Será adequado?

— E se eu disser que não, querida? — respondeu ele.

Ela fez uma careta.

— É tudo o que temos.

— Então, que diferença faz se é adequado?

— O senhor vai querer, então?

— Eu não tenho escolha. Quão subcompacto é esse veículo?

Ela deslizou um cartão brilhante sobre o balcão e apontou para o menor carro da foto.

— Minha nossa — disse Ritz —, mal há espaço para mim nesse negócio, que dirá para o meu filho!

Buck lutou para conter um sorriso. A jovem, já claramente cansada de Ritz e de suas brincadeiras, começou a preencher a papelada.

— Essa coisa pelo menos tem banco traseiro?

— Na verdade, não. Mas há um pouco de espaço atrás dos assentos. Você coloca a bagagem ali.

Ritz olhou para Buck, que sabia o que ele estava pensando. Os dois, naquele carro, teriam de ficar mais próximos do que gostariam. Adicionar a isso uma mulher adulta, em condições frágeis, exigia mais imaginação do que Buck possuía.

— O senhor tem preferência de cor? — perguntou a garota.

— Posso escolher? — disse Ritz. — Só sobrou um modelo, mas ele está disponível em cores diferentes?

— Geralmente, sim — respondeu ela. — Estamos, agora, apenas com os vermelhos.

— Mas eu posso escolher?

— Desde que escolha vermelho.

— Está certo, então. Dê-me um segundo. Sabe de qual eu gostaria? Será que você tem algum vermelho?

— Sim.

— Vou ficar com o vermelho. Espere um minuto. Filho, vermelho está bom para você?

Buck apenas fechou os olhos e sacudiu a cabeça.

Assim que pegou as chaves, Buck correu para o carro. Jogou suas malas e as de Ritz atrás dos bancos, empurrou os dois assentos o máximo possível, enfiou-se atrás do volante e correu de volta para o local onde Ritz esperava. Buck ficou longe por apenas alguns minutos, mas, ao que parece, ficar ali estava sendo demais para Ken. Ele se sentou com os joelhos para cima, as mãos cruzadas à frente.

Ritz esforçou-se para ficar de pé e pareceu estar zonzo, cobrindo os olhos. Buck abriu a porta para sair, mas Ken falou:

— Fique aí. Estou bem.

Ele se apertou para entrar, joelhos empurrando o painel, a cabeça pressionada contra o teto. Riu.

— Meu camarada, eu preciso ficar encolhido para conseguir enxergar lá fora.

— Não tem muito para ver — disse Buck. — Tente relaxar.

Ritz bufou.

— Aposto que você nunca foi atingido na parte de trás da cabeça por um avião.

— Nao posso negar — disse Buck, indo para o acostamento e passando por vários carros.

— Relaxar não é o mais importante. Sobreviver é. Por que me deixou sair daquele hospital? Eu precisava de mais um ou dois dias com os olhos fechados.

— Não jogue isso na minha conta. Tentei dissuadi-lo de sair.

— Eu sei. Só me ajude a encontrar meu remédio. Onde está minha mala?

As vias expressas das cidades gêmeas estavam relativamente conservadas, em comparação com a área de Chicago. Serpenteando por fechamentos e desvios na pista, Buck movia-se a um ritmo constante. Com os olhos na estrada e uma das mãos no volante, alcançou o espaço ao fundo, do lado de Ken, e pegou a grande sacola de couro. Puxou com força, arrancando-a de trás do assento de Ritz, e, no processo, arrastou-a com ímpeto pela nuca do piloto, fazendo-o gritar.

— Oh, Ken! Desculpe! Você está bem?

Ken ficou com a mala no colo, lágrimas escorrendo. Fez uma careta tão feia, que seus dentes se arreganharam.

— Se eu suspeitar que fez isso de propósito, mato você!

# CAPÍTULO 12

Rayford Steele experimentava uma fome da Palavra de Deus desde o dia em que aceitou a Cristo. Mas percebeu que, enquanto o mundo começava, aos poucos, a voltar ao normal após os desaparecimentos, ele ficava mais ocupado do que nunca. Era cada vez mais difícil passar o tempo de que gostaria com a Bíblia.

Seu primeiro pastor, o falecido Bruce Barnes, havia incutido em todos do Comando Tribulação a importância de eles "buscarem as Escrituras diariamente". Rayford tentou entrar nesse ritmo, mas, durante várias semanas, ficou frustrado. Tentou levantar mais cedo, mas se via envolvido em tantas discussões e atividades até tarde da noite, que isso se tornava impraticável. Tentou ler a Bíblia durante os intervalos de seus voos, mas isso acabou virando motivo de tensão entre ele e seus vários copilotos e primeiros-oficiais.

Finalmente, encontrou uma solução. Não importava em que parte do mundo estivesse, nem o que fizesse durante o dia ou a noite, em algum momento ele teria de ir para a cama. Independentemente da localização ou da situação, antes de apagar a luz, ele faria seu estudo bíblico diário.

Bruce, a princípio, estava cético, insistindo que ele desse a Deus os primeiros minutos do dia, não os últimos.

— Você também precisa levantar-se de manhã — disse Bruce. — Não preferiria dar a Deus seus momentos de mais vigor e energia?

Rayford via a sabedoria disso, mas, quando pareceu não funcionar, voltou ao próprio plano. Sim, às vezes ele adormecia enquanto lia ou orava, mas, geralmente, era capaz de ficar alerta, e Deus sempre lhe mostrava algo.

Desde que perdeu sua bíblia no terremoto, Rayford estava frustrado. Agora, nas horas da madrugada, ele queria ficar *on-line*, fazer o *download* do texto bíblico e ver se Tsion Ben-Judá havia postado alguma coisa. Estava grato por ter deixado o *notebook* na mala de voo. Se, ao menos, tivesse mantido sua bíblia lá, agora ele a teria também.

Com a camiseta de baixo, calça e meias, Rayford levou o computador até o centro de comunicações, encontrou o lugar perfeito e sentou-se num ponto de onde conseguia ver a porta do seu quarto, ao final do corredor.

Enquanto as informações começavam a aparecer na tela, ele se distraiu com passos. Baixou a tela e olhou com atenção para o corredor. Um jovem de cabelos escuros parou à porta de Rayford e bateu discretamente. Ao não obter resposta, ele tentou a maçaneta. Rayford se perguntava se alguém teria sido designado para roubá-lo ou para procurar pistas sobre o paradeiro de Hattie Durham ou Tsion Ben-Judá.

O jovem bateu de novo. Os ombros lhe caíram, e ele se virou. Então, ocorreu a Rayford que poderia ser Hassid. Ele soltou um "*psiu!*" alto.

O jovem parou e olhou na direção de onde veio o som. Rayford estava no escuro, então levantou a tela do computador. O rapaz parou, claramente tentando entender se a figura com o computador era quem ele queria ver. Rayford imaginou-se inventando uma história para o caso de encontrar um oficial superior.

Rayford fez sinal para o jovem, que se aproximou. Sua placa de identificação dizia "David Hassid".

— Posso ver sua marca? — sussurrou Hassid.

Rayford colocou o rosto perto da tela e puxou o cabelo para trás.

— Como dizem os jovens do Ocidente, isso é tão maneiro!

— Estava procurando por mim? — perguntou Rayford.

— Eu só queria conhecê-lo — disse Hassid. — A propósito, trabalho aqui nas comunicações.

Rayford assentiu.

— Não temos telefones nos quartos — continuou —, mas temos conexão sem fio.

— Eu não. Já olhei.

— Está coberta por uma chapa de inox.

— Eu vi isso — falou Rayford.

— Então, não precisa se arriscar a ser pego aqui, comandante Steele.

— Bom saber disso! Não me surpreenderia se eles soubessem por onde eu naveguei na *web*.

— Eles sabem. Também conseguem rastreá-lo pelas linhas do seu quarto, mas o que encontrarão?

— Estou apenas tentando descobrir o que meu amigo Tsion Ben-Judá está dizendo nestes dias.

— Eu poderia dizer-lhe de cor — disse Hassid. — Ele é meu pai espiritual.

— Meu também.

— Ele levou você a Cristo?

— Bem, não — admitiu Rayford. — Isso foi alguém antes dele. Mas ainda vejo o rabino como meu pastor e mentor.

— Deixe-me escrever para você o endereço do BBS em que encontrei a mensagem dele de hoje. É longa, mas muito boa. Ele e um irmão também descobriram, ontem, que possuem a marca. É tão emocionante! Sabe que eu, provavelmente, sou uma das 144 mil testemunhas?

— Bem, seria razoável, não? — perguntou Rayford.

— Mal posso esperar para descobrir minha tarefa. Sinto-me tão novo nisso, tão ignorante da verdade! Conheço o evangelho, mas parece que preciso saber muito mais, se é para ser um evangelista corajoso, pregar como o apóstolo Paulo.

— Se você parar para pensar, todos nós somos novos nisso, David.

— Mas eu sou mais novo que a maioria. Espere até ver todas as mensagens no BBS. Milhares e milhares de cristãos já responderam. Não sei como o dr. Ben-Judá terá tempo para ler tudo. Eles estão implorando, de vários países, que o doutor os visite, ensine e treine cara a cara. Eu daria tudo que tenho por esse privilégio!

— Você sabe, claro, que o dr. Ben-Judá é um fugitivo.

— Sim, mas ele acredita que é um dos 144 mil também. Tem ensinado que estamos selados, pelo menos por um tempo, e que as forças do mal não podem vir contra nós.

— Sério?

— Sim. Essa proteção não é, aparentemente, para todos que têm a marca, senão para os evangelistas judeus convertidos.

— Em outras palavras, eu talvez esteja em perigo, mas você, não, pelo menos por um tempo.

— Parece ser isso o que ele está ensinando. Estou ansioso para saber o que você vai achar de tudo.

— Mal posso esperar para descobrir.

Rayford desconectou a máquina, e os dois caminharam pelo corredor, sussurrando. Descobriu que Hassid tinha apenas 22 anos de idade, e que era um graduado da faculdade que havia almejado o serviço militar na Polônia.

— Mas eu estava tão fascinado com Carpathia, que imediatamente me candidatei ao serviço na Comunidade Global. Não demorou muito, descobri a verdade na internet. Agora, estou alistado nas linhas inimigas, mas não planejei assim.

Rayford aconselhou o rapaz, concordando não ser inteligente expor-se, até que fosse a hora certa.

— Ser um cristão já vai ser perigoso o bastante, mas você será de grande ajuda para a causa, agora, se permanecer em silêncio sobre isso, como o oficial McCullum está fazendo.

À porta de Rayford, Hassid tomou-lhe a mão com veemência e apertou-a com força.

— É tão bom saber que não estou sozinho! — disse. — Gostaria de ver minha marca?

Rayford sorriu.

— Claro.

Ainda apertando a mão de Rayford, Hassid estendeu a mão desimpedida e afastou o cabelo para trás.

— Sem dúvida é um de nós — disse Rayford. — Bem-vindo à família!

\* \* \*

Buck achou o estacionamento do hospital semelhante ao que viu no aeroporto. O pavimento original havia afundado e um ponto de retorno foi escavado por entre a pilha de terra na parte da frente. Cada pessoa havia arrumado, por si só, um local para estacionar, e o único lugar que Buck arranjou ficava a várias centenas de metros da entrada. Largou Ken e a mala dele na frente do hospital, pedindo-lhe que esperasse.

— Só se você prometer não me bater na cabeça de novo — disse Ken. — Cara, sair deste carro é como nascer!

Buck estacionou em uma fila desordenada de veículos e pegou alguns artigos de higiene em sua bolsa. Enquanto se dirigia ao hospital, enfiou a camisa para dentro, aprumou-se, penteou o cabelo e passou umas borrifadas de desodorante. Quando chegou perto da entrada, viu Ken no chão, usando a sacola como travesseiro. Ficou pensando se foi uma boa ideia pressioná-lo com aquele serviço. Algumas pessoas olhavam para ele. Ken parecia em coma. "Ah, não!", pensou Buck.

Ele se ajoelhou ao lado de Ritz.

— Você está bem? — sussurrou. — Deixe-me levantá-lo.

Ken falou sem abrir os olhos:

— Ah, Buck! Cara, eu fiz algo totalmente estúpido.

— O quê?

— Lembra quando você me deu o remédio? — Ken tinha a fala arrastada. — Joguei na boca sem água.

— Eu perguntei se queria algo para beber.

— O negócio não é esse. Eu devia tomar um de um pote e três do outro, a cada quatro horas. Eu tinha deixado de tomar a dose anterior, então tomei dois de um e seis do outro.

— E?

— Mas eu confundi os potes.

— O que eles fazem?

Ritz deu de ombros, e sua respiração ficou profunda e regular.

— Não vá dormir aqui, Ken. Preciso levá-lo para dentro.

Buck vasculhou a bolsa de Ken e encontrou os potes. A dose maior recomendada era de um que servia para dor local. A menor parecia ser de uma combinação de morfina, Demerol e Prozac.

— Você tomou *seis* destes?

— *Aham*.

— Vamos, Ken. Levante-se. Agora, vá.

— Ah, Buck. Deixe-me dormir.

— De jeito nenhum! Vá, agora, temos de ir.

Buck não achava que Ken corresse algum perigo ou que precisasse de uma lavagem estomacal, mas, se não o levasse para dentro, seria um peso morto e inútil. Pior, ele provavelmente seria levado embora.

Buck ergueu uma das mãos de Ken e passou a própria cabeça por sob o braço dele. Quando tentou endireitar-se, Ken não ajudava, era pesado demais.

— Vamos lá, cara. Você precisa ajudar.

Ken apenas resmungava.

Buck segurou gentilmente a cabeça de Ken e puxou a mala que estava debaixo dele.

— Vamos, vamos!

— Você *hum-hum*...

Buck temia que a cabeça de Ken fosse a única parte ainda sã nele, mas poderia ficar entorpecida em breve. Para evitar contaminar a ferida, Buck procurou um ponto inflamado, não o machucado aberto. Abaixo de onde Ken havia sofrido o corte, o contorno do couro cabeludo estava vermelho. Buck afastou os pés e se preparou, depois pressionou bem aquele ponto. Ritz pôs-se de pé como se tivesse sido atingido por uma arma. Virou-se para Buck, que se encolheu e colocou o braço ao redor das costas de Ken, pegou a sacola com a outra mão e levou o piloto até a entrada.

Ken parecia e soava como o homem ferido e em delírio que de fato era no momento. As pessoas saíam do caminho.

Dentro do hospital, as coisas estavam piores. Tudo que Buck podia fazer era segurar Ritz de pé. As filas no balcão da recepção se estendiam para os lados e para trás. Buck arrastou Ken até a sala de espera, onde todos os bancos estavam ocupados e várias pessoas permaneciam de pé. Cameron procurou alguém que pudesse ceder o lugar. Finalmente, uma atarracada mulher de meia-idade se levantou. Buck agradeceu e levou Ken ao assento. O piloto curvou-se todo torto, ergueu os joelhos, apoiou a bochecha nas mãos coladas e descansou no ombro de um senhor sentado ao lado. O homem recuou ao ver a ferida; depois, aparentemente concordou em servir de travesseiro para Ritz.

Buck enfiou a sacola de Ken debaixo do banco, desculpou-se com o senhor e prometeu voltar assim que pudesse.

Quando tentou aproximar-se do balcão da recepção, as pessoas em duas filas recusaram deixar. Ele gritou:

— Desculpe, mas eu tenho uma emergência!

— Todos nós temos! — gritou alguém de volta.

Ele ficou numa fila uns bons minutos, mais preocupado com Chloe do que com Ken. Ritz ia dormir até tudo isso acabar. O único problema era que Buck ainda estava parado. A menos que...

Buck saiu da fila e entrou apressadamente em um banheiro. Lavou o rosto, enxugou-o bem, alisou o cabelo para trás e certificou-se de que suas roupas estivessem em ordem o máximo possível. Tirou do bolso o crachá de identificação e prendeu-o à camisa, virando-o de modo que a foto e o nome ficassem escondidos. Tirou o que havia sobrado das lentes de seus óculos escuros quebrados, mas a armação parecia tanto ser de brinquedo, que ele a colocou no alto da cabeça. Olhou para o espelho e concebeu uma expressão severa, dizendo a si mesmo:

— Você é um médico. Um médico objetivo, ativo, enérgico e dono de um enorme ego.

Saiu do banheiro como se soubesse para onde estava indo. Precisava de alguém ingênuo. Os dois primeiros médicos por quem passou pareciam muito velhos e maduros para caírem no seu golpe. Mas lá vinha um médico jovem, magro, com cara de crédulo e deslocado. Buck colocou-se na frente dele.

— Doutor, eu não lhe disse para examinar o trauma na emergência dois?

O jovem ficou sem palavras.

— Então? — insistiu Buck.

— Não! Não, doutor. Deve ter sido outra pessoa.

— Tudo bem, então! Ouça! Preciso de um estetoscópio (um esterilizado desta vez!), um jaleco grande e recém-lavado e o prontuário da Mamãe Ninguém. Entendeu?

O residente fechou os olhos e repetiu:

— Estetoscópio, jaleco, prontuário.

Buck continuou ladrando:

— Esterilizado, grande, Mamãe Ninguém!

— É pra já, doutor!

— Vou estar perto dos elevadores.

— Sim, senhor.

O novato virou-se e foi embora. Buck gritou para ele:

— Para hoje ainda, doutor!

O residente correu.

Agora, Buck precisava achar os elevadores. Voltou à área da recepção, encontrando Ken ainda cochilando na mesma posição, o velho homem ao lado tão intimidado como antes. Perguntou a uma mulher hispânica se ela sabia onde ficavam os elevadores. Ela apontou para o corredor. Enquanto se apressava naquela direção, viu o seu residente atrás do balcão, pressionando as recepcionistas.

— Apenas faça! — dizia ele.

Poucos minutos depois, o jovem médico correu para Cameron com tudo o que ele havia pedido. Segurou o jaleco aberto, no qual Buck enfiou-se apressadamente, colocou o estetoscópio ao redor do pescoço e pegou o prontuário.

— Obrigado, doutor. De onde você é?

— Daqui mesmo! — disse o residente. — Deste hospital.

— Oh, ora, então, muito bem. Muito bom. Eu sou do... — Buck hesitou um segundo. — Memorial Young. Obrigado pela ajuda.

O estagiário pareceu intrigado, como se estivesse tentando lembrar onde ficava o Memorial Young.

— Às ordens — respondeu.

Buck saiu da área dos elevadores e correu para o banheiro. Trancou-se em um dos repartimentos e abriu a ficha de Chloe. As fotografias o fizeram explodir em lágrimas. Buck pôs a prancheta no chão e curvou-se. "Deus", orou em silêncio, "como o Senhor pôde deixar isso acontecer?"

Cerrou os dentes e estremeceu, desejando acalmar-se. Não queria ser ouvido. Depois de um minuto, abriu o prontuário novamente. Encarando-o, do meio daquelas fotografias, estava o rosto quase irreconhecível de sua jovem esposa. Se ela estivesse inchada daquele jeito ao ser levada para Kenosha, nenhum médico a teria reconhecido na foto que Buck mostrou.

Como o médico em Kenosha havia dito, o lado direito do corpo dela foi, ao que parece, atingido com força total por uma parte do teto. Sua pele, que costumava ser macia e pálida, agora tinha manchas vermelhas e amarelas, além de piche, asfalto e cascalho. Pior do que isso, seu pé direito estava como se alguém tivesse tentado dobrá-lo. Um osso projetava-se de sua canela. Os hematomas começavam ao redor do joelho e chegavam até a rótula, que parecia gravemente danificada. Pela posição do corpo, parecia que a coxa direita tinha sido arrancada da junta. Contusões e inchaços no meio do tronco evidenciavam costelas quebradas. O cotovelo direito estava aberto, e, acima, o ombro parecia deslocado. A clavícula direita forçava a saída pela pele. O lado direito do rosto parecia alisado, e havia danos na mandíbula, nos dentes, na maçã do rosto e nos olhos. Sua face estava tão disforme, que Buck mal aguentava olhar. O olho muito inchado e fechado. A única abrasão em seu lado esquerdo, perto do quadril, lembrava uma amora; assim, o médico deve ter acertado ao deduzir que ela foi derrubada por um golpe no lado direito.

Buck determinou-se a não recuar quando a visse pessoalmente. Lógico, ele queria que ela sobrevivesse. Mas... Será que era o melhor para ela? Chloe conseguiria se comunicar? Ela o reconheceria? Folheou o resto da ficha, tentando interpretar as anotações. Parecia que ela havia escapado de lesões nos órgãos internos. Sofreu várias fraturas, incluindo três no pé, uma no tornozelo, no joelho, no cotovelo e duas nas costelas. Deslocou quadril e ombro. Também apresentava fraturas na mandíbula, na maçã do rosto e no crânio.

Buck esquadrinhou o resto rapidamente, procurando uma palavra-chave. Lá estava: "Batimento cardíaco fetal detectado."

— Oh, Deus! Guarde os dois!

Buck não entendia de medicina, mas os sinais vitais dela pareciam bons para alguém que sofreu tamanho trauma. Embora não houvesse recuperado a consciência quando o relatório foi feito, o pulso, a respiração, a pressão sanguínea e até as ondas cerebrais estavam normais.

Olhou para o relógio. O contingente da Comunidade Global deveria chegar em breve e ele precisava de tempo para pensar e se recompor. Não conseguiria ajudar Chloe se chegasse despreparado. Memorizou o máximo que conseguiu do prontuário, viu que ela estava no quarto 335A e enfiou a prancheta embaixo do braço. Deixou o banheiro com os joelhos trêmulos, mas exibiu uma passada larga e decidida ao chegar ao corredor. Enquanto ponderava as opções, voltou à área da recepção. O velho homem havia ido embora. Ken Ritz não se apoiava em mais ninguém; sua estrutura gigantesca estava enrolada em posição fetal, como uma criança crescida, a parte saudável da cabeça repousando no encosto do banco. Parecia ser capaz de dormir por uma semana.

Buck pegou o elevador até o terceiro andar, procurando situar-se. Quando as portas se abriram, no entanto, algo lhe veio à mente. Abriu o prontuário. "335A." Ela estava em um quarto duplo. E se ele fosse o médico do outro paciente? Mesmo que não estivesse em uma lista de segurança, eles teriam de deixá-lo entrar, não? Faria um escarcéu, se fosse preciso, mas entraria.

Dois guardas uniformizados da Comunidade Global mantinham-se na porta 335, um de cada lado. Eram um moço jovem e uma mulher um pouco mais velha. Duas tiras de fita adesiva branca estavam coladas à porta, ambas escritas em tinta preta. A de cima dizia: "A: Mamãe Ninguém, sem visitas." A outra: "B: A. Ashton."

Buck estava fraco pela ânsia de ver Chloe. Com o relógio trabalhando contra, queria entrar lá antes das autoridades da Comunidade Global. Passou pelo quarto e, no fim do corredor, virou-se e voltou diretamente para o 335.

* * *

Rayford não estava preparado para o que encontrou na internet. Tsion se superou. Como David Hassid contou, milhares e milhares já haviam respondido. Muitos colocaram mensagens no BBS, identificando-se como parte dos 144 mil. Rayford percorreu as mensagens por mais de uma hora, sem ainda chegar ao fim. Centenas testemunharam que haviam recebido a Cristo depois de ler a mensagem de Tsion e os versículos de Romanos que mostravam a sua necessidade de Deus.

Era tarde. Rayford estava com os olhos cansados. Não foi sua pretensão passar mais do que uma hora na internet, mas havia passado isso e muito mais, ocupando-se apenas da mensagem de Tsion. "A chegada da colheita de almas" era um estudo fascinante da profecia bíblica. Tsion tornou-se tão compreensível e bem-apessoado, que Rayford não se admirava com os milhares que se consideravam seus protegidos, mesmo sem nunca o terem conhecido. Pelo que indicava o BBS, no entanto, isso teria de mudar. Eles clamavam que Tsion fosse aonde pudessem encontrá-lo, a fim de se colocarem sob sua tutela.

Tsion respondeu aos pedidos contando sua própria história, explicando como ele, um estudioso da Bíblia, havia sido encarregado, pelo Estado de Israel, de estudar as referências sobre a vinda do Messias. O rabino explicou que, à época do arrebatamento da Igreja, ele havia chegado à conclusão de que Jesus de Nazaré preenchia todos os pré-requisitos do Messias profetizado no Antigo Testamento. Mas, antes de ser convencido pelo arrebatamento, ele não tinha recebido a Cristo como seu Salvador.

Tsion manteve essa crença em segredo, até lhe pedirem para, em rede internacional de televisão, revelar os resultados de seu longo estudo. Tsion ficou surpreso que os judeus ainda se recusassem a acreditar que Jesus era quem a Bíblia afirmava. Ele revelou sua descoberta no fim do programa, gerando um protesto tremendo, especialmente entre os ortodoxos. Mais tarde, sua esposa e os dois filhos adolescentes foram assassinados, e ele escapou por pouco. Falou ao seu público, na internet, que estava agora escondido, mas que "continuaria a ensinar e a proclamar que Jesus Cristo é o único nome debaixo do céu, entre os homens, pelo qual alguém pode ser salvo".

Rayford esforçou-se para ficar acordado, debruçando-se sobre os ensinamentos de Tsion. Um marcador na tela mostrava o número de respostas à medida que eram adicionadas ao BBS. Pensou que o marcador estivesse com defeito. Corria tão rápido, que ele nem conseguia ver os números individualmente. Pinçou algumas das respostas. Não apenas muitos judeus convertidos afirmavam estar entre as 144 mil testemunhas, mas também judeus e gentios passaram a confiar em Cristo. Milhares de pessoas encorajavam-se mutuamente a pedir à Comunidade Global proteção e asilo a esse grande estudioso.

Rayford sentiu um arrepio atrás dos joelhos e que correu para a cabeça. A opinião pública tinha um pouquinho de influência sobre Nicolae Carpathia. Não ficaria surpreso se o homem arranjasse um jeito de ter Tsion Ben-Judá assassinado ou "acidentalmente" morto, fazendo parecer que aquilo foi trabalho de outras forças. Mas, com milhares de pessoas ao redor do mundo apelando a Nicolae em favor de Tsion, ele seria forçado a provar que faria como desejavam. Rayford queria que houvesse alguma maneira de também coagi-lo a fazer a coisa certa com Hattie Durham.

Nesse dia, a principal mensagem de Tsion baseava-se em Apocalipse 8 e 9. Esses capítulos sustentavam sua alegação de que o terremoto, a predita ira do Cordeiro, dava início aos próximos 21 meses da tribulação.

> São sete anos, ou 84 meses, no total. Então, meus queridos amigos, vocês podem ver que, agora, estamos a um quarto do caminho. Infelizmente, por mais que as coisas venham mostrando-se ruins, elas ficarão cada vez piores, à medida que nos precipitarmos em direção ao fim, à gloriosa manifestação de Cristo.
>
> O que vem depois? Em Apocalipse 8:5, um anjo toma um incensário, enche-o com fogo do altar de Deus e lança-o na terra. Isso resulta em trovões, vozes, relâmpagos e um terremoto.
>
> Esse mesmo capítulo segue falando sobre sete anjos, com sete trombetas, preparando-se para tocá-las. Esta é a conjuntura em que nos encontramos agora. Em algum momento, nos próximos 21 meses, o primeiro anjo soará a trombeta; em seguida, granizo e fogo, misturados com sangue, serão lançados à terra. Isso queimará um terço das árvores e de toda a grama verde.

Depois, um segundo anjo soará a segunda trombeta, e a Bíblia diz que um grande monte ardendo em fogo será lançado ao mar. Isso transformará um terço de suas águas em sangue, matará um terço das criaturas marítimas e afundará um terço dos navios.

O som da trombeta do terceiro anjo resultará em uma grande estrela caindo do céu, queimando como tocha. Ela, de alguma forma, cairá sobre uma área extensa e pousará sobre um terço dos rios e das fontes. Essa estrela tem até nome, nas Escrituras. O livro de Apocalipse chama-a de Absinto. Onde ela cai, a água se torna amarga e as pessoas morrem ao bebê-la.

Como alguém ajuizado poderá ver tudo isso acontecer e não temer o que estará por vir? Se ainda houver algum incrédulo após o juízo da terceira trombeta, o da quarta deve convencer todos. Qualquer um que resista às advertências de Deus, na ocasião, provavelmente já terá decidido servir ao inimigo. O juízo da quarta trombeta ferirá o sol, a lua e as estrelas, de modo que um terço do sol, da lua e das estrelas ficará escurecido. Nunca mais veremos o sol tão brilhante quanto antes. O dia de verão mais brilhante, com o sol bem no meio do céu, terá apenas dois terços do brilho de antes. Como conseguirão explicar?

Em meio a tudo isso, o escritor de Apocalipse diz que viu e ouviu uma águia "que voava pelo meio do céu". Ela dizia em voz alta: "Ai, ai, ai dos que habitam na terra, por causa do toque das trombetas que está prestes a ser dado pelos três outros anjos!"

Em minha próxima lição, cobrirei os três últimos juízos das trombetas dos segundos 21 meses da tribulação. Contudo, meus amados irmãos e irmãs em Cristo, a vitória também está chegando. Permitam-me lembrá-los, com algumas passagens selecionadas da Escritura, de que o resultado já foi determinado. Nós venceremos! Mas devemos partilhar a verdade, expor as trevas e levar Cristo a tantos quantos for possível nestes últimos dias.

Quero mostrar-lhes a razão pela qual acredito que uma grande colheita de almas está chegando. Mas, primeiro, considerem estas declarações e promessas.

No livro de Joel 2:28-32, no Antigo Testamento, Deus está falando. Ele diz: "E, depois disso, derramarei do meu Espírito sobre todos os povos. Seus filhos e suas filhas profetizarão, os velhos terão sonhos, os jovens terão visões. Até sobre os servos e as servas derramarei do meu Espírito naqueles dias. Mostrarei maravilhas no céu e na terra: sangue, fogo e nuvens de fumaça. O sol se tornará em trevas, e a lua em sangue, antes que venha o grande e temível dia do Senhor. E todo aquele que invocar o nome do Senhor será salvo, pois, conforme prometeu o Senhor, no monte Sião e em Jerusalém haverá livramento para os sobreviventes, para aqueles a quem o Senhor chamar."

Não é maravilhosa e muitíssimo abençoada essa promessa? Apocalipse 7 indica que os juízos das trombetas que acabei de mencionar não virão antes que os servos de Deus tenham sido selados na testa. Não haverá mais dúvida sobre quem são os verdadeiros crentes. Aqueles quatro primeiros anjos, aos quais foi concedido realizar os primeiros quatro juízos das trombetas, foram instruídos: "Não danifiquem, nem a terra, nem o mar, nem as árvores, até que selemos as testas dos servos do nosso Deus." Assim, fica claro que esse selo vem em primeiro lugar. Precisamente nas últimas horas, tornou-se claro, para mim e para outros irmãos e irmãs em Cristo, que o selo na testa do verdadeiro cristão já é visível, mas, ao que tudo indica, só para outros cristãos. Essa foi uma descoberta emocionante, e aguardo ansioso o relato de muitos de vocês detectando a marca uns nos outros.

A palavra "servos", do grego doulos, é a mesma usada pelos apóstolos Paulo e Tiago ao se referirem a si mesmos como servos de Jesus Cristo. A principal função de um servo de Cristo é anunciar o evangelho da graça de Deus. Seremos inspirados pela compreensão do livro de Apocalipse, que foi dado por Deus, de acordo com o primeiro versículo do primeiro capítulo: "[...] para mostrar aos seus servos o que em breve há de acontecer." O terceiro versículo diz: "Feliz aquele que lê as palavras desta profecia e felizes aqueles que ouvem e guardam o que nela está escrito, porque o tempo está próximo."

Embora tenhamos de passar por grande perseguição, podemos consolar-nos porque, durante a tribulação, aguardamos ansiosos os surpreendentes acontecimentos descritos em Apocalipse, o último livro no plano de Deus revelado para o homem.

Agora, permitam-me ler mais um versículo de Apocalipse 7, e concluirei dizendo por que antecipo a grande colheita de almas. Apocalipse 7:9 traz a revelação dada a João: "Depois disso olhei, e diante de mim estava uma grande multidão que <u>ninguém podia contar</u> [ênfase minha], de todas as nações, tribos, povos e línguas, em pé, diante do trono e do Cordeiro, com vestes brancas e segurando palmas."

Trata-se dos santos da tribulação. Agora, acompanhem-me atentamente. Em um versículo posterior, Apocalipse 9:16, o escritor enumera o exército de cavaleiros em batalha, e eram 200 milhões. Se era possível enumerar um exército tão vasto, o que as Escrituras pretendiam quando se referiram aos santos da tribulação, aqueles que vêm a Cristo durante esse período, como "uma grande multidão que <u>ninguém podia contar</u>" [ênfase minha]?

Vocês veem por que eu acredito que temos justificativa para confiar em Deus? Que teremos mais de um bilhão de almas durante esse período? Vamos orar por essa grande colheita! Todos os que tomam a Cristo como seu Redentor podem participar disto, a maior tarefa já atribuída à humanidade. Estou ansioso para interagir novamente com vocês, em breve.

Com amor, no incomparável nome do Senhor Jesus Cristo, nosso Salvador,

Tsion Ben-Judá

Rayford mal conseguia manter os olhos abertos, mas ficou emocionado com o entusiasmo sem limites e o ensino elucidativo do amigo. Voltou para o BBS e piscou. O número no topo da tela estava na casa das dezenas de milhares e não parava de crescer. Rayford queria aumentar essa avalanche, mas estava exausto.

Nicolae Carpathia havia falado a todo o mundo por rádio e televisão. Sem dúvida, a resposta seria monumental. Mas poderia concorrer com a reação a esse rabino convertido, falando do exílio a uma nova e crescente família?

\* \* \*

Buck buscava lembrar-se de que, no momento, ele era não apenas um médico, mas também um egomaníaco. Dirigiu-se a passos largos para o quarto 335; nem sequer um aceno de cabeça para os dois guardas da Comunidade Global. Ao abrir a porta, eles se puseram em seu caminho.

— Com licença! — falou com desagrado. — O alarme da srta. Ashton tocou. Então, a menos que queiram ser responsáveis pela morte de minha paciente, vocês me deixarão passar.

Os guardas se entreolharam, parecendo inseguros. A mulher fez menção de pegar o crachá de identificação de Buck. Ele empurrou a mão dela e entrou no quarto, trancando a porta. Hesitou antes de se virar, preparado para responder caso começassem a esmurrar a porta. Não o fizeram.

Cortinas escondiam ambas as pacientes. Buck puxou a primeira, revelando sua esposa. Prendeu a respiração, enquanto seus olhos seguiam o lençol dos pés ao pescoço. A sensação era de que seu coração literalmente se partia. A pobre e doce Chloe não tinha ideia de onde se enfiou quando aceitou casar-se com ele. Buck mordeu o lábio com força. Não havia tempo para emoções. Ficou grato de ver que ela parecia dormir tranquilamente. O braço direito de Chloe estava engessado do pulso ao ombro. O esquerdo repousava imóvel ao lado dela, com uma agulha intravenosa nas costas da mão.

Buck colocou a prancheta sobre a cama e deslizou a mão por sob a dela. Ao sentir a pele macia de bebê, que ele amava, almejou tomá-la em seus braços, confortá-la, aliviar sua dor. Inclinou-se e roçou os lábios nos dedos dela, lágrimas caindo entre eles. Deu um pulo quando sentiu um aperto fraco, então olhou. A esposa o fitava.

— Estou aqui! — sussurrou ele desesperadamente. Posicionou-se de modo a poder acariciar a bochecha dela. — Chloe, querida, aqui é Buck.

Ele se inclinou para perto. O olhar dela o seguia. Buck evitava encarar a parte direita dilacerada. Era sua doce e inocente esposa de um lado, e um monstro do outro. Tomou-lhe a mão novamente.

— Você me ouve? Chloe, aperte minha mão de novo.

Nenhuma resposta.

Buck apressou-se para o outro lado e puxou a cortina, a fim de espiar o segundo leito. A srta. A. Ashton tinha quase sessenta anos e parecia em coma. Buck retornou, pegou a prancheta e estudou o rosto de Chloe. O olhar dela ainda o seguia. Será que conseguia ouvir? Estaria consciente?

Destrancou a porta e moveu-se rapidamente para o corredor.

— Ela está fora de perigo no momento — falou —, mas temos um problema. Quem disse a vocês que a srta. Ashton estava na cama B?

— Perdão, doutor — respondeu a guarda —, mas não temos nada a ver com os pacientes. Nossa responsabilidade é a porta.

— Então, vocês não são responsáveis por essa confusão?

— Absolutamente não — falou a mulher.

Buck puxou as fitas adesivas da porta e inverteu-as.

— Minha senhora, consegue dar conta deste posto enquanto o jovem arranja para mim uma caneta permanente?

— Com certeza, senhor. Craig, pegue uma caneta para ele.

# CAPÍTULO 13

Buck voltou ao quarto de Chloe, desesperado para fazê-la saber que ele estava ali e ela, segura.

Mal conseguia olhar seu rosto preto e roxo, o olho tão inchado! Gentilmente, tomou a mão dela e aproximou-se.

— Chloe, estou aqui e não vou deixar nada acontecer com você, mas preciso da sua ajuda. Aperte minha mão. Pisque. Mostre que está comigo.

Nenhuma resposta. Buck pousou a bochecha no travesseiro, os lábios a centímetros do ouvido dela. "Oh, Deus!", orou, "por que não deixou que isso acontecesse *comigo*? Por que com ela? Ajude-me a tirá-la daqui, Deus, por favor!"

A mão de Chloe parecia uma pena, e seu aspecto era frágil como o de um recém-nascido. Que contraste com a mulher forte que ele amava e conhecia! Chloe não era apenas destemida, mas também inteligente. Ah, quanto ele desejava tê-la como aliada nisso tudo!

A respiração de Chloe ficou acelerada, e Buck abriu os olhos a tempo de ver uma lágrima escorrendo por sua orelha. Ele a encarou. Chloe piscava furiosamente, e ele se perguntava se estaria tentando comunicar-se.

— Estou aqui! — disse repetidas vezes. — Chloe, aqui é Buck.

O guarda da Comunidade Global tinha saído há muito tempo. Buck orava, pedindo que ele estivesse ali fora, esperando com a caneta, mas intimidado demais para bater à porta; caso contrário, sabe-se lá quem ele poderia trazer consigo e o que poderia anular qualquer possibilidade de Buck proteger Chloe.

Ele falou rapidamente:

— Amor, não sei se você me ouve, mas concentre. Estou trocando seu nome pelo da mulher na outra cama. O nome dela é Ashton. Estou fingindo ser o seu médico, ok? Consegue entender isso?

Buck aguardou, esperançoso. Finalmente, uma luz.

— Eu que dei a você — sussurrou ela.

— O quê? Chloe, o quê? Sou eu, Buck. Você me deu o quê?

Ela passou a língua pelos lábios e engoliu a saliva.

— Eu lhe dei, e você quebrou.

Buck concluiu que ela estava delirando. Eram coisas sem sentido. Balançou a cabeça e sorriu para ela.

— Fique comigo, pequena, e vamos dar um jeito.

— Dr. Buck — murmurou ela, tentando um sorriso torto.

— Sim! Chloe! Você me reconhece.

Ela apertava os olhos e piscava devagar agora, denotando esforço para ficar acordada.

— Você precisa cuidar melhor dos presentes.

— Não sei do que está falando, querida, e acho que você também não. Mas, o que quer que eu tenha feito, desculpe.

Pela primeira vez, ela se virou para encará-lo.

— Você quebrou seus óculos, dr. Buck.

Buck tocou, por reflexo, a armação no alto da cabeça.

— Sim! Chloe, escute. Estou tentando protegê-la. Eu troquei os nomes na porta. Você é...

— Ashton — completou ela.

— Sim! E seu primeiro nome começa com "A". Que nome com "A" seria bom?

— Annie — disse ela. — Sou Annie Ashton.

— Perfeito. E quem sou eu?

Ela apertou os lábios e começou a formar um "B", então mudou:

— O meu médico — falou.

Buck virou-se para ver se Craig, o guarda, havia trazido a caneta.

— Doutor — chamou Chloe —, as pulseiras.

Ela estava pensando! Como ele não imaginou que qualquer um poderia facilmente checar a identificação hospitalar presa ao pulso?

Buck tirou a pulseira de Chloe, tomando cuidado para não remover o acesso. Enfiou-se atrás da cortina de A. Ashton. Ainda parecia estar dormindo. Removeu com cuidado a pulseira e notou que ela nem parecia respirar. Colocou o ouvido perto do nariz da senhora, mas não ouviu nem sentiu nada. Não conseguiu encontrar pulsação. Trocou as pulseiras.

Buck sabia que isso apenas lhe daria algum tempo. Não demoraria muito até alguém descobrir que aquela mulher morta, na pós-menopausa, não era uma grávida de 22 anos. Mas, por enquanto, ela era a Mamãe Ninguém.

Quando Buck apareceu, os guardas conversavam com um médico mais velho. Craig, com a caneta preta na mão, dizia:

— ... não sabíamos ao certo o que fazer.

O médico, alto, grisalho e de óculos, carregava três prontuários. Ele fez uma careta para Buck, que deu uma espiada no nome bordado no bolso do jaleco.

— Dr. Lloyd! — exclamou, estendendo a mão.

O médico relutantemente a apertou:

— Eu conheço...?

— Ora, eu não vejo você desde aquele, *ah*, aquele...

— O simpósio?

— Isso! Aquele em, *hum*...

— Bemidji?

— Sim, você estava fantástico.

O médico pareceu desorientado, como se estivesse tentando lembrar-se de Buck, mas não desperdiçou o elogio:

— Bem, eu...

— E um de seus filhos estava fazendo alguma coisa. O que era mesmo?

— Oh, eu talvez tenha mencionado meu filho, que acabou o período de residência.
— Isso! A propósito, como ele está indo?
— Maravilhosamente bem. Estamos muito orgulhosos dele. Agora, doutor...

Buck interrompeu:
— Aposto que estão. Ouça — disse, sacando o frasco de comprimidos de Ken Ritz do bolso —, queria saber se o senhor poderia aconselhar-me...
— Certamente posso tentar.
— Obrigado, dr. Lloyd. — Buck ergueu o frasco de tranquilizante. — Prescrevi isto a um paciente com um ferimento grave na cabeça, e ele, inadvertidamente, excedeu a dosagem. Qual é o melhor antídoto?

Dr. Lloyd estudou a embalagem.
— Nada muito sério. Ele ficará com muito sono por algumas horas, mas vai passar. Traumatismo craniano? Foi o que você disse?
— Sim, por isso prefiro que ele não durma.
— Claro. Para mais segurança, você neutraliza isso com uma injeção de benzedrina.
— Não sou da equipe deste hospital — disse Buck —, por isso não consigo nada da farmácia...

Dr. Lloyd escreveu-lhe uma receita.
— Se me permite, doutor...?
— Cameron — disse Buck antes de pensar.
— Claro, dr. Cameron. Bom vê-lo de novo.
— O senhor também, dr. Lloyd, e obrigado.

Buck aceitou a caneta do agora terrivelmente envergonhado Craig e mudou as letras das fitas, na porta, de "B" para "A" e de "A" para "B".
— Voltarei logo, Craig — disse, batendo a caneta na palma do guarda.

Buck saiu apressado, fingindo saber para onde estava indo, mas olhando rapidamente os diretórios e seguindo as placas. A receita do dr. Lloyd foi como ouro na farmácia, e Buck logo voltou ao saguão procurando Ken Ritz. No caminho, apropriou-se de uma cadeira de rodas.

Encontrou Ken curvado para a frente, cotovelos nos joelhos, queixo nas mãos, roncando. Grato por seu treinamento, nas vezes em que era sua função aplicar a injeção de insulina na mãe, Buck habilmente abriu o pacote, levantou a manga de Ken sem derrubá-lo, limpou a área e arrancou a tampa da agulha hipodérmica com os dentes. Enquanto injetava a ponta nos bíceps de Ken, a tampa caiu de sua boca e estalou no chão. Alguém murmurou:

— Ele não deveria estar usando luvas?

Buck encontrou a tampa, recolocou-a e pôs tudo no bolso. De frente para Ken, passou os pulsos por baixo das axilas daquele grande homem e puxou-o do assento. Girou-o 45 graus e tentou acomodá-lo na cadeira de rodas, mas se esqueceu de acionar o freio. Quando Ken sentou-se na cadeira, ela começou a correr de costas, e Cameron não teve como tirar suas mãos. Montando nas pernas compridas de Ritz e com o rosto no peito dele, Buck seguiu aos tropeções pela sala de espera, enquanto os espectadores voavam para sair do caminho. Com a cadeira acelerando, a única opção de Buck era usar os pés como freio. Ele acabou esparramado sobre o piloto esguio, que despertou de imediato e bradou:

— Charlie Bravo Alfa para base!

Buck conseguiu sair. Acionou o apoio para os pés e levantou os joelhos de Ritz para colocar-lhe os pés no lugar. Depois, saíram à procura de uma maca. Sua esperança era que Ritz respondesse rápido o bastante à benzedrina a fim de ajudá-lo a levar o corpo da srta. Ashton, com a pulseira da Mamãe Ninguém, para o necrotério. Se conseguisse convencer, ao menos temporariamente, a delegação da Comunidade Global de que sua potencial refém havia morrido, ele poderia ganhar tempo.

Enquanto Buck o empurrava até os elevadores, os braços de Ken continuavam escapando da cadeira e agindo como freios nas rodas.

Buck os pegava e ajeitava de volta, desviando do fluxo de pessoas. Quando entraram de costas no elevador, Buck já havia, por fim, conseguido prender os braços de Ken, que escolheu justamente aquela hora para deixar o queixo cair sobre o peito, expondo a ferida no couro cabeludo a todos a bordo.

Quando Ritz começou a sair do torpor, Buck conseguiu tirá-lo da cadeira e colocá-lo em uma maca com a qual Buck havia escapado. Aquele movimento repentino, no entanto, deixou Ken zonzo. Ele desabou de costas, e sua cabeça ferida roçou no lençol.

— Tá! — gritou como um bêbado. — Tudo bem!

Ken rolou para o lado, e Buck cobriu-o até o pescoço, depois o empurrou para perto da parede, onde ficou esperando que ele despertasse por completo. Por duas vezes, enquanto o tráfego por ali estava intenso, Ken sentou-se espontaneamente, olhou à volta e deitou-se de novo.

Quando finalmente conseguiu sentar-se, sem tontura, ainda estava desorientado.

— Cara, que dormida boa! Eu devia fazer isso mais vezes.

Buck explicou que queria encontrar um jaleco para Ken; ele o ajudaria a desempenhar o papel de um sistemático e prestativo dr. Cameron. Buck repassou tudo várias vezes, até se convencer de que o amigo estava acordado e havia compreendido.

— Espere bem aqui — disse Buck.

Perto de uma unidade cirúrgica, viu um médico pendurar o jaleco num gancho antes de ir para o outro lado. Parecia limpo; assim, Buck pegou-o. Mas, quando foi entregar a Ken, ele havia partido. Encontrou-o no elevador.

— O que está fazendo?

— Tenho de pegar minha sacola — disse Ken. — A gente deixou lá fora.

— Ela está debaixo de uma cadeira na sala de espera. Pegamos depois. Agora, coloque isto.

As mangas eram dez centímetros mais curtas. Ken parecia o último locatário de uma loja de fantasias.

Empurrando a maca, os dois correram ao quarto 335 o mais rápido que Ken conseguia. A guarda disse:

— Doutor, acabamos de receber um telefonema de nossos superiores. Eles dizem que uma delegação está a caminho do aeroporto e que...

— Sinto muito, senhora — disse Buck —, mas a paciente que vocês estão guardando morreu.

— Morreu? Bem, com certeza não foi culpa nossa. Nós...

— Ninguém está dizendo que é culpa de vocês. Agora, eu preciso levar o corpo para o necrotério. Pode informar à sua delegação ou a quem quer que seja onde encontrá-la.

— Então, não precisamos ficar aqui, precisamos?

— Claro que não. Obrigado pelo seu serviço.

Quando Buck e Ken estavam prestes a entrar na sala, Craig avistou a cabeça de Ritz.

— Cara, você é encarregado ou paciente?

Ken volveu-se.

— Você tem preconceito contra os deficientes?

— Não, senhor, sinto muito. É só que...

— Todo mundo precisa de um trabalho! — falou Ken.

Chloe tentou sorrir ao ver Ken, que ela conheceu em Palwaukee, depois do voo de Buck e Tsion, vindo do Egito. Buck olhou diretamente para Ritz.

— Essa é Annie Ashton — disse. — Eu sou o médico dela.

— Dr. Buck — falou Chloe baixinho. — Ele quebrou os óculos.

Ritz sorriu.

— Pelo visto, estamos tomando a mesma medicação.

Buck puxou o lençol até a cabeça da mulher morta, empurrou o leito para fora e substituiu-o pela maca. Conduziu o leito até a porta e pediu que Ken ficasse com Chloe.

— Só para o caso...

— Para o caso de quê?
— Caso aqueles caras da Comunidade Global apareçam.
— Eu vou bancar o médico?
— De certa forma. Se conseguirmos convencê-los de que a mulher que eles querem está no necrotério, podemos ganhar tempo para esconder Chloe.
— Não quer amarrá-la no teto do nosso carro alugado?

Buck empurrou o leito pelo corredor até os elevadores, de onde saíam quatro pessoas, dentre as quais três homens em ternos pretos. O crachá no casaco identificava-os como agentes da Comunidade Global. Um deles falou:

— Qual estamos procurando mesmo?
— 335 — respondeu o outro.

Buck virou o rosto para o outro lado, sem saber se sua foto estava circulando. Ao entrar com o leito no elevador, um médico apertou o botão de parada de emergência. Uma meia dúzia de pessoas estava no elevador com Buck e o corpo.

— Sinto muito, senhoras e senhores — disse o médico. — Só um momento, por favor.

Então, sussurrou no ouvido de Buck:
— Você não é residente aqui, é?
— Não.
— Há regras estritas sobre transportar cadáveres nos outros elevadores que não os de serviço.
— Eu não sabia.

O médico voltou-se para os outros.
— Sinto muito, mas vocês vão ter de tomar outro elevador.
— Com prazer — disse alguém.

O médico acionou o elevador de novo, e os demais desceram. Apertou o botão do subsolo.

— Primeira vez neste hospital?
— Sim.
— Vire à esquerda e vá até o final.

No necrotério, Buck pensou em deixar o corpo do lado de fora da porta e torcer para que ele fosse identificado como Mamãe Ninguém, mesmo que temporariamente. No entanto, ele foi visto por um homem atrás do balcão, que disse:

— Você não devia trazer leitos para cá. Não nos responsabilizamos por isso. Terá de levá-lo de volta.

— Estou com o horário meio apertado.

— Problema seu. Não nos responsabilizamos por um leito de quarto aqui embaixo.

Dois encarregados transferiram o corpo para uma maca, e o homem falou:

— Papéis?

— Como?

— Papéis! Certidão de óbito. Assinatura do médico.

Buck disse:

— A pulseira diz Mamãe Ninguém. Mandaram-me trazê-la até aqui. Isso é tudo que eu sei.

— Quem é o médico dela?

— Não faço ideia.

— Que sala?

— 335.

— Vamos ver isso aí. Agora, tire esse leito daqui!

Buck correu de volta ao elevador, orando que o esquema funcionasse e que o contingente da Comunidade Global estivesse a caminho do necrotério para conferir Mamãe Ninguém, mas não cruzou com eles na volta.

Estava quase no quarto 335 quando eles surgiram. Olhou para o outro lado e continuou andando.

Um deles disse:

— Onde está Charles, afinal?

A mulher falou:

— Devíamos ter esperado. Ele estava estacionando o carro. Como vai nos achar agora?

— Não deve estar longe. Assim que ele chegar, vamos tirar isso a limpo.

Quando já estavam fora de vista, Buck empurrou a cama de volta para o 335.

— Sou eu — disse, ao passar pela cortina de Chloe.

Encontrou Chloe ainda mais pálida e, agora, tremendo. Ken estava sentado perto da cama, as mãos descansando levemente no alto da cabeça.

— Está com frio, amor? — perguntou Buck.

Chloe sacudiu a cabeça. Sua descoloração se espalhou. As feias estrias, causadas pelo sangramento sob a pele, quase lhe alcançavam a têmpora.

— Ela está um pouco passada, só isso — disse Ritz. — Também estou, embora eu mereça um Oscar.

— Dr. Avião — falou Chloe.

Ritz riu.

— Foi o que ela disse. Foi tudo o que conseguiriam tirar dela, além do próprio nome.

— Annie Ashton — sussurrou ela.

— Baguncei a cabeça daqueles caras pra valer. Eles entraram reclamando, especialmente a mulher, sobre não haver guardas vigiando, conforme tinham pedido. "Nós não pedimos" — falou Ken, imitando a voz da moça. — "Foi uma ordem."

Chloe assentiu. Ken continuou:

— Passaram por nós, relando na cortina, falando que a moça estava na cama B, muito orgulhosos porque conseguiram ler uma fita adesiva na porta... Eu avisei: "Dois visitantes por vez, por favor, e agradeço se vocês falarem baixo. Estou com uma paciente *intoxicante* aqui." Eu quis dizer que ela tinha algo contagioso, mas dá na mesma, não? Claro que eles viram logo que só tinha uma maca vazia ali. Um dos caras enfiou a cabeça aqui, então eu levantei na ponta dos pés, como um médico, e falei: "Se não quiser uma febre tifoide, é melhor sumir daqui."

— Febre tifoide?

— Pareceu bom para mim. E serviu direitinho.

— Isso os afugentou?

— Bem, quase. Ele fechou a cortina e, atrás dela, disse: "Doutor, podemos falar com o senhor em particular, por favor?" Eu respondi: "Não posso deixar minha paciente. E eu teria de limpar-me bem antes de conversar com outra pessoa. Sou imune, mas posso transmitir a doença."

Buck levantou as sobrancelhas.

— Eles caíram nessa?

Chloe confirmou com a cabeça, parecendo divertir-se.

Ken disse:

— Ei, foi boa! Perguntaram quem era minha paciente. Eu poderia ter dito que era Annie Ashton, mas achei que seria mais realista se eu parecesse insultado com a pergunta. Falei: "O nome dela não é tão importante quanto o prognóstico! De qualquer forma, está na porta." Ouvi uns murmúrios, e um deles perguntou: "Ela está consciente?" Respondi: "A menos que seja um médico, não é da sua conta." A mulher mencionou algo sobre um médico que ainda não havia chegado, e eu disse: "Pode perguntar o que precisa saber." Um deles falou: "Sabemos o que está escrito na porta, mas nos disseram que a Mamãe Ninguém está nessa cama." Falei: "Não vou ficar aqui discutindo. Minha paciente não é a Mamãe Ninguém." Um dos caras falou: "Você se importa se perguntarmos a *ela* como se chama?" Respondi: "Na verdade, eu me importo. Ela precisa se concentrar em melhorar." O cara disse: "Senhora, se puder ouvir, diga-me o seu nome." Assenti com a cabeça, para que Chloe dissesse o nome, mas fiquei batendo o pé perto da cortina, como se estivesse bravo. Ela hesitou, não sabia direito o que eu estava tramando, mas, por fim, disse, fingindo-se de fraquinha: "Annie Ashton."

Chloe levantou a mão.

— Fingindo não! — disse ela. — E por que me chamam de Mamãe Ninguém?

— Você não sabe? — perguntou Buck, pegando-lhe a mão.

Ela balançou a cabeça.

— Deixe-me terminar minha história — falou Ritz. — Eles devem estar voltando. Eu abri a cortina e encarei-os de cima. Acho que não esperavam que eu fosse tão grande. Falei: "Pronto! Satisfeito? Agora você aborreceu nós dois!" A mulher começou: "Com licença, doutor, ãh...", e Chloe disse: "Dr. Avião." Eu tive de morder a língua. Falei: "A medicação está mexendo com ela", e está mesmo. Continuei: "Eu sou o dr. Galvão, mas é melhor não darmos as mãos, considerando as circunstâncias." O resto deles ficou amontoado à porta. A mulher espiou através da cortina e perguntou: "Você tem alguma ideia do que aconteceu com a Mamãe Ninguém?" Respondi: "Uma paciente deste quarto foi levada ao necrotério." Ela ironizou: "Oh, é mesmo?" Seu tom dizia que ela não estava acreditando em nada daquilo. Muito sarcástica, falou: "O que causou os ferimentos dessa jovem? Febre tifoide?" Eu não estava preparado para aquilo; enquanto tentava pensar numa resposta inteligente e doutoresca, ela disse: "Vou providenciar para que o nosso médico a examine." Eu respondi: "Não sei como isso é feito lá, de onde você veio, mas, neste hospital, apenas o médico responsável ou o paciente podem pedir uma segunda opinião." Mesmo sendo uns trinta centímetros menor do que eu, ela, não sei como, me olhou de cima para baixo. E falou: "Nós somos da Comunidade Global, estamos aqui sob ordens de Sua Excelência. Então, prepare-se para perder!" Perguntei: "Quem diachos é Sua Excelência?" Ela reclamou: "Por onde você tem andado? No mundo da lua?" Bem, eu não podia dizer a ela que era bem isso mesmo; afinal, eu tinha tomado uma dose absurda de tranquilizantes... Nem sabia direito onde eu estava, aí respondi: "Servindo à humanidade, tentando salvar vidas, dona!" Ela saiu bufando, e, uns minutos depois, você entrou. Agora, sinta-se atualizado!

— E eles estão trazendo um médico. Maravilha... — disse Buck ironicamente. — É melhor nos esconderemos em algum lugar e ver se conseguimos sumir com ela do sistema.

— Responde — sussurrou Chloe.
— O quê?
— Buck, eu estou grávida?
— Sim.
— O bebê está bem?
— Até agora...
— E eu?
— Você foi seriamente machucada, mas está fora de perigo.
— Sua febre tifoide está quase passando — disse Ritz.

Chloe franziu a testa.

— Dr. Avião! — ela o repreendeu. — Buck, preciso melhorar rápido! O que essas pessoas querem?

— É uma longa história. Basicamente, querem trocá-la por Tsion, Hattie ou os dois.

— Não! — disse ela, a voz mais forte.

— Não se preocupe — falou Buck. — Mas é melhor irmos embora. Não vamos enganar um médico de verdade por muito tempo, apesar do ator aqui.

— Para você, é Dr. Avião! — disse Ken.

Buck ouviu pessoas à porta. Jogou-se no chão e arrastou-se para debaixo de duas cortinas, agachado no espaço já abarrotado com leito e maca.

— Dr. Galvão — disse um dos homens —, este é nosso médico de Kenosha. Agradeceríamos se ele pudesse examinar a paciente.

— Não estou entendendo — respondeu Ritz.

— Claro que não — retrucou o médico —, mas, ontem, ajudei a tratar uma paciente não identificada que correspondeu a essa descrição. Por isso, convidaram-me para vir.

Buck fechou os olhos. A voz soava familiar. Se esse era aquele último médico com quem havia conversado em Kenosha, o que tirou as fotos de Chloe, toda a esperança se foi. Mesmo que Buck surpreendesse todos e saísse batendo e chutando, não havia jeito de tirar Chloe daquele lugar.

Ritz disse:

— Eu já falei a essas pessoas quem a paciente é.

— E já conferimos que sua história é falsa, doutor — disse a mulher. — Perguntamos pela Mamãe Ninguém no necrotério. Não demorou muito para determinar que aquela era a verdadeira sra. Ashton.

Buck ouviu um envelope sendo aberto, algo sendo retirado.

— Olhe estas fotos — falou a mulher. — Pode não ser uma cópia idêntica, mas se parece. Acho que é ela.

— Há uma maneira de sabermos com certeza — disse o médico. — Minha paciente tinha três pequenas cicatrizes no joelho esquerdo, de uma cirurgia artroscópica feita na adolescência, e, também, uma cicatriz de apendicectomia.

Buck estava confuso. Nada disso dizia respeito a Chloe. O que estava acontecendo?

Ouviu sons indefinidos de cobertor, lençol e avental.

— Sabe, na verdade, isso não me surpreende — disse o médico. — Achei mesmo que o rosto dessa garota era um pouco redondo demais, e as escoriações estavam muito grandes.

— Bem — disse a mulher —, mesmo que ela não seja quem estamos procurando, não é Annie Ashton e, certamente, não tem febre tifoide.

— Ninguém neste hospital tem febre tifoide — disse Ken. — Eu falo isso para manter o nariz das pessoas longe dos meus pacientes.

— Quero prestar queixa contra esse homem — disse a mulher. — Como ele não sabe o nome da própria paciente?

— Há muitos pacientes agora — disse Ken. — De qualquer forma, disseram-me que essa era Annie Ashton. É o que diz na porta.

— Vou conversar com o chefe de equipe, aqui, sobre o dr. Galvão — disse o médico. — Sugiro que o resto de vocês verifique novamente as admissões, à procura da Mamãe Ninguém.

— Doutor... — disse Chloe, a voz fraca. — Você está com algo na testa.

— Estou? — perguntou ele.

— Não vejo nada — disse a mulher. — Essa menina está dopada!

— Não, não estou — retrucou Chloe. — Você tem uma coisa aí, doutor.

— Bem — falou ele de modo agradável, mas com desdém —, provavelmente você terá algo em sua testa também, assim que se recuperar.

— Vamos indo — disse um dos homens.

— Encontro vocês depois de conversar com o chefe de equipe — falou o médico.

Os outros saíram. Assim que a porta se fechou, o médico disse:

— Eu sei quem *ela* é. Quem é *você*?

— Eu sou o doutor...

— Nós dois sabemos que você não é médico.

— Ele é, sim — pronunciou Chloe de modo arrastado. — É o dr. Avião.

Buck saiu de trás da cortina.

— Dr. Charles, conheça meu piloto, Ken Ritz. Você, alguma vez, já foi a resposta de uma oração?

— Não foi fácil ser designado para cá — disse Floyd Charles. — Mas achei que viesse bem a calhar!

— E veio! Não sei como agradecer — disse Buck.

— Mantenha contato — falou o médico. — Posso precisar de você um dia. Sugiro transferir sua esposa daqui. Eles virão olhar mais de perto quando não encontrarem a Mamãe Ninguém.

— Consegue arranjar transporte para o aeroporto e tudo o que vamos precisar para cuidar dela? — perguntou Buck.

— Claro. Assim que eu suspender a licença médica do dr. Avião.

Ken arrancou o jaleco.

— Para mim, já chega de medicina! — disse. — Estou voltando para a batalha nas nuvens!

— Vou conseguir cuidar dela em casa? — perguntou Buck.

— Ela vai sentir muita dor por um longo tempo. Talvez nunca mais se sinta como antes, mas não há risco de vida. O bebê está bem, até onde sabemos.

— Eu não sabia dele até hoje — disse Chloe. — Eu suspeitava, mas não sabia.

— Você quase me entregou com aquele comentário sobre minha testa — disse dr. Charles.

— É... — concordou Ken. — O que era aquilo?

— Conto a vocês dois no avião — falou Buck.

\* \* \*

Quinta-feira pela manhã, na Nova Babilônia, Nicolae Carpathia e Leon Fortunato encontraram-se com Rayford.

— Comunicamos seu itinerário aos dignitários — disse Carpathia. — Eles providenciaram acomodações adequadas para o supremo comandante, mas você e seu primeiro-oficial devem arranjar as suas.

Rayford assentiu. Esse encontro, como outros tantos, era desnecessário.

— Agora, um assunto pessoal — acrescentou Carpathia. — Embora eu entenda sua posição, foi decidido que os destroços do voo da Pancontinental não serão dragados do rio Tigre. Eu sinto muito, mas foi confirmado que sua esposa estava a bordo. Devemos considerar aquele o seu lugar de descanso final, ao lado dos outros passageiros.

Rayford acreditava, com todas as suas entranhas, que Carpathia mentia. Amanda estava viva e, certamente, não era traidora da causa de Cristo. Ele e Mac tinham um equipamento de mergulho chegando, e, mesmo sem ter ideia de onde Amanda poderia estar, ele começaria provando que ela não estava a bordo daquele 747 submerso.

Duas horas antes do voo na sexta-feira, Mac disse a Rayford que havia substituído a aeronave de asa fixa no compartimento de carga.

— Já estamos preparando o helicóptero — falou. — Levar aquele pequeno bimotor não vale a pena. Troquei pelo Challenger 3.

— Onde você o achou?

O Challenger era do tamanho de um Learjet, mas quase duas vezes mais rápido. Ele foi desenvolvido nos últimos seis meses.

— Achei que tínhamos perdido tudo, a não ser o helicóptero, o outro de asa fixa e o Condor. Mas, depois daquela elevação no meio da pista, encontrei o Challenger. Precisei instalar uma antena nova e um novo sistema de leme, mas ele está novinho em folha.

— Gostaria de conseguir pilotá-lo — comentou Rayford. — Talvez eu pudesse ver minha família enquanto Fortunato estivesse no Texas.

— Encontraram sua filha?

— Acabei de saber. Ela está muito machucada, mas bem. E eu vou ser vovô!

— Isso é ótimo, Ray! — disse Mac, dando um tapinha no ombro de Rayford. — Vou ensiná-lo a pegar o Challenger. Vai saber pilotá-lo num piscar de olhos!

— Preciso terminar as malas e falar com Buck — disse Rayford.

— Você não está usando o sistema daqui para enviar ou receber mensagens, está?

— Não. Buck enviou uma mensagem codificada avisando quando meu telefone particular deveria tocar. Eu me certifiquei de estar fora na ocasião.

— Precisamos conversar com Hassid sobre a segurança da internet aqui. Você, ele, eu... Todos usamos a internet para acompanhar o seu amigo Tsion. Estou preocupado que a chefia consiga saber quem esteve *on-line*. Carpathia vai ficar furioso sobre o lance de Tsion. Nós todos talvez estejamos em apuros.

— David disse que, se ficarmos no BBS, não conseguem rastrear.

— Ele gostaria de ir com a gente, você sabe — disse Mac.

— David? Eu sei. Mas precisamos dele exatamente onde está.

# CAPÍTULO 14

O voo até Waukegan foi difícil para Chloe. A viagem de carro de Waukegan a Wheeling, para deixar Ken Ritz, e, depois, a Mount Prospect, foi pior. Ela dormiu nos braços de Buck praticamente o voo todo, mas no Range Rover estava sendo torturada.

O melhor que Buck podia fazer era deixá-la deitada no banco de trás, mas um dos fixadores que prendiam o assento no piso soltou-se durante o terremoto, então ele precisava dirigir ainda mais devagar que o normal. Mesmo assim, Chloe parecia pular o caminho todo. Por fim, Ken ajoelhou-se, de costas, e tentou segurar o assento com as mãos.

Quando chegaram ao Aeroporto Palwaukee, Buck acompanhou Ken até um barracão militar Quonset, onde conseguiu um canto para ficar.

— Sempre uma aventura — disse Ken, cansado. — Um dia desses, você ainda me mata.

— Foi estupidez pedir-lhe para voar logo depois da cirurgia, Ken, mas você salvou algumas vidas. Vou recompensá-lo por isso!

— Você sempre recompensa. Mas também quero saber mais sobre todos vocês... Quero dizer, sobre sua crença e tudo o mais.

— Ken, já falamos disso antes. Está ficando bem claro agora, não acha? Falta pouco mais de cinco anos, depois acabou. Consigo compreender por que as pessoas, antes do arrebatamento, não entendiam o que estava acontecendo. Eu era uma delas. Mas agora é contagem regressiva. O negócio é: de que lado você está? Ou está servindo a

Deus, ou ao anticristo. Você tem prestado serviços para os mocinhos. Chegou a hora de se juntar ao time.

— Eu sei, Buck. Nunca vi nada parecido com a maneira como vocês cuidam uns dos outros. Seria bom ver tudo isso mais uma vez, preto no branco, sabe? Tipo, em uma folha de papel, prós e contras. Esse é o meu jeito. Eu entendo e tomo uma decisão.

— Posso conseguir uma bíblia para você.

— Tenho uma bíblia em algum lugar. Haveria, sei lá, uma ou duas páginas que descrevem o negócio todo?

— Leia João. E, depois, Romanos. Você vai ver as coisas das quais falamos. Somos pecadores e estamos separados de Deus. Ele nos quer de volta e providenciou o caminho para isso.

Ken parecia desconfortável. Buck sabia que ele estava zonzo e com dor.

— Você tem *e-mail*?

— Tenho, claro.

— Então me passe, vou cadastrá-lo numa *newsletter*. O cara que você trouxe comigo do Egito é o que há de mais quente na internet. Você falou sobre colocar tudo em uma página... Ele coloca. Aí, quando eu me juntar a vocês, recebo a marca secreta na testa?

— Com certeza.

Depois que Ken desceu, Buck reclinou o banco do carona e moveu Chloe para lá. Contudo, ele não era inclinado o suficiente, e ela logo voltou para a parte de trás. Quando Buck finalmente entrou no quintal de Donny, Tsion correu para saudar Chloe. Assim que a viu, ele começou a chorar.

— Oh, pobre criança! Bem-vinda a seu novo lar! Você está segura.

Tsion ajudou Buck a tirá-la do banco de trás e abriu a porta da casa para que ele a levasse para dentro. Buck dirigiu-se às escadas, mas Tsion o deteve.

— Aqui, Cameron. Viu? — Tsion havia descido a cama para Chloe. — Ela não vai conseguir usar as escadas ainda.

Buck sacudiu a cabeça.

— Suponho que, em seguida, vem a sopa de frango.

Tsion sorriu e apertou um botão no micro-ondas.

— Só preciso de sessenta segundos.

Mas Chloe não comeu. Ela dormiu a noite toda e o dia seguinte.

— Você precisa de uma meta — disse Tsion a ela. — Aonde gostaria de ir assim que conseguisse sair?

— Quero ver a igreja. E a casa de Loretta.

— Isso não seria...

— Vai ser doloroso. Mas Buck disse que, se eu não tivesse corrido, nunca teria sobrevivido. Preciso saber por que. E quero ver onde Loretta e Donny morreram.

Quando se arrastou até a mesa da cozinha e sentou-se por conta própria, pediu apenas seu computador. Doeu em Buck vê-la "catando milho" com uma mão só. Quando tentou ajudar, ela o repeliu.

— Amor, eu sei que você só quer ajudar — disse ela ao perceber que ele havia ficado magoado. — Você me procurou até me encontrar, e ninguém poderia pedir mais do que isso. Mas, por favor, não faça nada por mim, a menos que eu peça.

— Você nunca pede.

— Não sou uma pessoa dependente, Buck. Não quero ser servida. Isto é guerra, e não há tempo a ser desperdiçado. Assim que estas mãos voltarem a trabalhar, vou pegar um pouco do encargo de Tsion. Ele está no computador dia e noite.

Buck enviou uma mensagem para Ken Ritz falando sobre a possibilidade de ir a Israel. Não conseguia imaginar, de jeito nenhum, que lá fosse seguro para Tsion, mas o rabino estava tão determinado a ir, que Buck temia não haver outra escolha. Suas segundas intenções com Ken eram, claro, ver se ele havia chegado a uma decisão espiritual. Enquanto enviava a mensagem, Chloe chamou da cozinha.

— Oh, céus! Buck! Você precisa ver isto!

Ele correu para espiar por cima do ombro dela. A mensagem na tela era de vários dias. Tinha vindo de Hattie Durham.

\*\*\*

Rayford temia que Leon Fortunato ficasse entediado durante a viagem a Roma e pudesse importunar Mac e ele na pilotagem. Mas, toda vez que Rayford apertava o interfone secreto para monitorar a cabine dos passageiros, Leon estava assobiando, cantarolando, falando ao telefone ou se movendo ruidosamente.

Uma vez, Rayford colocou Mac no comando, inventando uma desculpa para ir à área dos passageiros. Leon estava arrumando a mesa de mogno, ao redor da qual ele, o sumo pontífice Peter Mathews e os dez reis se reuniriam antes de ver Carpathia.

Leon parecia animado o suficiente para deixar escapar:

— Assim que nossos hóspedes se juntarem a nós, você vai ficar na sua cabine, correto?

— Claro — disse Rayford.

Ficou evidente que Leon não precisava de companhia.

Rayford não esperava descobrir nenhum segredo ao ouvir Leon e Mathews, mas amava as possibilidades de entretenimento. Fortunato era um tiete de Carpathia, e Mathews sentia-se tão superior e independente, que os dois eram como óleo e água. Mathews estava acostumado a ser tratado como realeza. Fortunato tratava Carpathia como o rei do mundo que ele era, mas se demorava a servir qualquer outra pessoa e, com frequência, era rude com aqueles que o serviam.

Quando embarcou, em Roma, Mathews imediatamente tratou Fortunato como um de seus criados. E ele já tinha dois. Um rapaz e uma mulher levaram suas coisas a bordo e ficaram conversando com ele. Enquanto Rayford ouvia, foi-lhe exposto, uma vez mais, o descaramento de Mathews. Toda vez que Fortunato sugeria que era hora de zarpar, Mathews interrompia.

— Pode me trazer uma bebida gelada, Leon? — perguntou Mathews.

Houve uma longa pausa.

— Certamente — disse Fortunato de forma categórica. — E para a sua equipe? — completou com sarcasmo.

— Sim, algo para eles também.
— Tudo bem, pontífice Mathews. E, depois, acredito que realmente deve...
— E alguma coisa para mastigar. Obrigado, Leon.

Após dois encontros assim, o silêncio de Fortunato era ensurdecedor. Por fim, ele disse:

— Pontífice Mathews, eu realmente acredito que está na hora de...
— Quanto tempo vamos ficar aqui parados, Leon? O que acha de "pôr o pé na estrada"?
— Não podemos sair com pessoal não autorizado dentro do avião.
— Quem não está autorizado?
— O seu pessoal.
— Eles foram apresentados, Leon. São meus assistentes pessoais.
— Alguém deu a entender que eles foram convidados?
— Não vou a lugar nenhum sem eles.
— Vou ter de verificar com Sua Excelência.
— Como é?
— Eu terei de verificar com Nicolae Carpathia.
— Você disse "Sua Excelência".
— Eu intencionava falar com o senhor sobre isso no caminho.
— Fale agora.
— Pontífice, agradeceria se o senhor se dirigisse a mim pelo meu título. É pedir demais?
— Títulos, é sobre isso que estamos conversando. Que audácia de Carpathia adotar um "Sua Excelência"!
— Não foi escolha dele. Eu que...
— Sim, e suponho que "soberano" tampouco tenha sido escolha dele. O "secretário-geral" jamais faria algo assim, não é?
— Como disse, quero discutir o novo título com você durante o voo.
— Então, vamos indo!
— Não estou autorizado a transportar visitantes não convidados.
— Sr. Fortunato, eles *foram* convidados. Eu os convidei.

— Meu título não é "senhor".

— Oh, então o soberano é, agora, Sua Excelência, e você é o quê? Soberano? Não, deixe-me adivinhar. Você é "alguma coisa supremo". Acertei?

— Preciso verificar com Sua Excelência a possibilidade de...

— Ora, rápido! E diga a *Sua Excelência* que o sumo pontífice achou muito atrevimento a mudança de um título real, que já era um exagero, para outro sagrado.

Rayford só ouviu o final da conversa de Fortunato com Nicolae, mas, claro, Leon teve de engolir o sapo.

— Pontífice — disse, por fim —, Sua Excelência pediu-me que lhe transmitisse as boas-vindas e assegurasse que será uma honra, para ele, ter a bordo qualquer um que o senhor ache necessário para tornar seu voo confortável.

— Sério? — disse Mathews. — Então, insisto em ter uma tripulação de bordo.

Fortunato riu.

— Estou falando sério, Leon... Ou, quero dizer, qual é o seu título, afinal?

— Eu exerço o cargo de comandante.

— Comandante? Agora, fale a verdade, comandante... É, de fato, *supremo* comandante?

Fortunato não respondeu, mas Mathews deve ter percebido algo em seu rosto.

— É, não é? Bem, mesmo que não seja, eu insisto nisso. Se devo chamá-lo de comandante, será, então, supremo comandante. Está melhor assim?

Fortunato suspirou alto.

— O título atual é supremo comandante, sim. O senhor pode me chamar das duas maneiras.

— Oh, não, eu não posso. É supremo comandante. Agora, supremo comandante Fortunato, levo muito a sério o serviço de bordo em um voo longo como este, e estou chocado que você não tenha se adiantado em providenciar isso.

— Temos todas as comodidades, pontífice. Achamos mais necessário ter uma equipe de serviço completa apenas quando os embaixadores regionais começassem a se juntar a nós.

— Vocês estavam errados. Não quero que levantemos do solo até que o avião esteja devidamente equipado. Se tiver de verificar isso com Sua Excelência, sinta-se à vontade.

Houve um longo silêncio. Rayford presumiu que os dois se encaravam.

— Está falando sério? — perguntou Fortunato.

— Sério como um terremoto.

O botão de chamada soou na pilotagem.

— Cabine de voo — disse Mac. — Prossiga.

— Senhores, decidi contratar uma equipe de serviço de bordo para nossa viagem daqui a Dallas. Vou fechar contrato com uma das companhias aéreas locais. Por favor, comuniquem à torre que nos atrasaremos no máximo duas ou três horas. Obrigado.

— Perdão, senhor — disse Mac —, mas nosso atraso aqui já nos custou quatro posições para a decolagem. Eles estão sendo flexíveis por sermos quem somos, mas...

— Houve alguma coisa que você não entendeu? — disse Leon.

— De maneira nenhuma, senhor. Confirmo o atraso.

\* \* \*

A mensagem de Hattie dizia:

Cara CW, não sabia mais a quem recorrer. Bem, na verdade tentei falar com AS, mas não obtive resposta no número que ela me deu. Ela disse que carrega o celular o tempo todo, então estou preocupada com o que possa ter-lhe acontecido.

Preciso de sua ajuda. Eu menti para o meu ex-chefe e disse que os meus familiares eram de Denver. Quando mudei meu voo de Boston para ir a oeste, em vez de a leste, esperava que ele pensasse que fui ver minha família. Na verdade, eles moram em Santa Mônica. Estou em Denver por um motivo completamente diferente.

Estou em uma clínica de reprodução aqui. Agora, sem histeria. Sim, eles fazem abortos e tentam me convencer a isso. Na verdade, é basicamente o que eles fazem. Mas eles também perguntam a toda mãe se ela considerou as opções, e, de vez em quando, um bebê é mantido. Alguns são colocados para adoção; outros são criados pela mãe. Outros, ainda, são criados pela clínica.

Este lugar também serve como um abrigo, e estou aqui anonimamente. Meu cabelo está curto, pintei-o de preto. Estou usando lentes de contato coloridas. Tenho certeza de que ninguém me reconheceu.

Eles nos dão acesso aos computadores algumas horas por semana. Em outros momentos, escrevemos, desenhamos e nos exercitamos. Eles também nos encorajam a escrever para amigos e entes queridos e fazer as pazes. Às vezes, nos estimulam a escrever para o pai da criança.

Eu não podia fazer isso. Mas podia falar com você. Tenho um telefone privado via satélite. Você tem um número como o da AS? Estou assustada. Confusa. Há dias em que o aborto parece a solução mais fácil, mas estou ficando apegada à criança. Talvez eu consiga entregá-la a alguém, mas não acho que conseguiria dar fim a essa vida. Contei a uma conselheira que sentia-me culpada por engravidar sem estar casada. Ela nunca tinha ouvido nada parecido. Disse que eu devia parar de ficar obcecada com o certo e o errado e começar a pensar no que era melhor para mim.

Sinto-me mais culpada por considerar o aborto do que pelo que vocês chamariam de imoralidade. Não quero cometer um erro e não quero continuar vivendo assim. Invejo você e seus amigos próximos. Espero, de verdade, que todos tenham sobrevivido ao terremoto. Suponho que seu pai e seu marido acreditem que isso foi a ira do Cordeiro. Talvez tenha sido. Não ficaria surpresa.

Se eu não tiver notícias suas, vou assumir o pior. Então, por favor, responda-me, se puder. Mande um oi a todos. Lembranças a L.

Com amor,

H.

— Agora, Buck — disse Chloe —, não me importo se você me ajudar. Responda para ela o mais rápido possível, dizendo que eu fui ferida , que estive incomunicável todos esses dias, mas que vou ficar bem. E passe meu número para ela também.

Buck já estava digitando.

* * *

Rayford tirou o *notebook* da mala de voo e saiu do avião. No caminho, passou por dois jovens entediados, um Leon suado e de rosto vermelho, ao telefone, e Mathews. O sumo pontífice do Mistério de Babilônia olhou de relance para Rayford e desviou o olhar. "Quanto interesse pastoral!", pensou Rayford. Os pilotos eram apenas adereços no palco desse sujeito.

Sentou-se próximo a uma janela no terminal. Com seu incrível computador, alimentado por energia solar, conseguia comunicar-se de qualquer lugar. Conferiu o BBS em que Tsion mantinha contato com sua igreja crescente. Em apenas uns poucos dias, centenas de milhares de pessoas haviam respondido às mensagens dele. Mensagens abertas a Nicolae Carpathia suplicavam anistia a Tsion Ben-Judá. Uma delas, pungente, resumia o consenso: "Certamente, um amante da paz como o senhor, soberano Carpathia, que auxiliou o rabino Ben-Judá a fugir de fanáticos ortodoxos na terra natal dele, tem o poder de devolvê-lo em segurança a Israel, onde ele pode comunicar-se com tantos de nós que o amamos. Contamos com você."

Rayford sorriu. Muitos eram ainda tão novos na fé, que não conheciam a verdadeira identidade de Carpathia. "Quando", perguntava-se ele, "o próprio Tsion terá de expor Carpathia ostensivamente?"

Verificando suas mensagens, Rayford ficou perplexo com o contato feito por Hattie. Havia uma estranha mistura de emoções. Ficou feliz em saber que ela e o bebê estavam seguros, mas queria tanto uma mensagem de Amanda, que sentiu ciúme. Ele se ressentia de que Chloe tivesse recebido notícias de Hattie antes de ele ter notícias de Amanda. "Deus, perdoe-me", orou para si mesmo.

Algumas horas depois, o Condor 216 finalmente decolou de Roma com uma tripulação de bordo completa, cortesia da Alitalia Airlines.

Quando não estava planejando o mergulho no rio Tigre, Rayford, da cabine, escutava em segredo os passageiros.

— Isto que é vida, supremo comandante Fortunato! — dizia Mathews. — Não é melhor do que o bufê de comidas que você planejou? Admita.

— Todo mundo gosta de ser servido — admitiu Fortunato. — Agora, Sua Excelência pediu-me que lhe adiantasse alguns problemas.

— Pare de chamá-lo assim! Isso me deixa louco. Eu ia guardar esta notícia, mas também posso contar a você agora. A resposta à minha liderança foi tão avassaladora, que minha equipe planejou um festival de uma semana, no mês que vem, para celebrar minha posição. Embora eu não sirva mais à Igreja Católica, que foi incorporada à nossa fé muito maior, pareceu apropriado, a alguns, que meu título também mudasse. Acredito que terá um impacto mais imediato, e será mais facilmente compreendido pelas massas, se eu for apenas Pedro II.

— Isso soa como o título de um papa — disse Fortunato.

— Claro que é. Embora alguns possam considerar minha posição a de um papado, eu, francamente, vejo-a como algo muito mais abrangente.

— Você prefere Pedro II a sumo pontífice?

— Menos é mais. O som disso é encantador, não?

— Teremos de ver o que Sua... ãh, o soberano Carpathia acha disso.

— O que o soberano da Comunidade Global tem a ver com a Fé Mundial?

— Oh, ele se sente responsável pela ideia e pela sua elevação a esse posto.

— Ele precisa lembrar-se de que a democracia não era tão ruim. Pelo menos havia uma separação entre Igreja e Estado.

— Pontífice, o senhor perguntou o que Sua Excelência tem a ver com você. Preciso perguntar: onde o Mistério de Babilônia estaria sem o financiamento da Comunidade Global?

— Eu poderia perguntar o contrário. As pessoas precisam de algo em que acreditar. Elas precisam de fé. Precisam de tolerância. Devemos estar unidos e livrar o mundo daqueles que incitam o ódio. Os desaparecimentos tomaram conta daqueles fundamentalistas bitolados e fanáticos intolerantes. Você viu o que está acontecendo na internet? Aquele rabino que blasfemou a própria religião, e em seu próprio país, agora está conseguindo um grande número de seguidores. Cabe a mim competir com isso. Eu tenho um pedido aqui...

Rayford ouviu o som de papéis.

— ... de maior apoio financeiro da Comunidade Global.

— Sua Excelência temia isso.

— Uma ova! Nunca ouvi dizer que Carpathia tivesse medo de alguma coisa. Ele sabe que temos despesas enormes. Estamos fazendo jus a nosso nome. Somos uma fé mundial. Influenciamos todos os continentes em nome da paz, da unidade e da tolerância. Todo embaixador deveria ser obrigado a aumentar sua parcela de contribuição para o Mistério de Babilônia.

— Pontífice, ninguém jamais enfrentou os problemas fiscais que Sua Excelência enfrenta agora. A balança do poder pendeu para o Oriente Médio. A Nova Babilônia é a capital do mundo. Tudo será centralizado. Só a reconstrução dessa cidade fez com que o soberano propusesse aumentos significativos de impostos em todos os setores. Mas ele também está reconstruindo o mundo inteiro. As forças da Comunidade Global estão trabalhando em todos os continentes, restabelecendo comunicações e transporte, engajando-se na limpeza, no resgate, na assistência, no saneamento, tudo o que o senhor puder imaginar. Será solicitado ao líder de cada região que conclame seus súditos ao sacrifício.

— E você fica com o trabalho sujo, não é, supremo comandante?

— Não considero trabalho sujo, pontífice. Para mim, é uma honra promover a visão de Sua Excelência.

— Você ainda insistindo nesse negócio de *Excelência*.

— Permita-me contar uma história pessoal que compartilharei com cada embaixador durante esta viagem. Só me dê essa chance, e o senhor verá que o soberano é um homem profundamente espiritual, com um quê de divino.

— Carpathia como clero? Essa eu preciso ouvir! — disse Mathews, rindo. — Agora tem até uma história!

— Juro que cada palavra é verdadeira. Isso mudará para sempre a maneira como o senhor enxerga o nosso soberano.

Rayford desligou o aparelho de escuta.

— Leon está contando sua história de Lázaro — murmurou.

— Haja paciência... — disse Mac.

Passado algumas horas, o Condor voava sobre o Atlântico no meio da noite, e Rayford cochilava. O intercomunicador o despertou.

— Quando for conveniente, comandante Steele — disse Fortunato —, gostaria de um momento com o senhor.

— Detesto satisfazer os caprichos — Rayford comentou com Mac. — Mas vou tirar isso do meu caminho logo — apertou o botão. — Pode ser agora?

Fortunato encontrou-o no meio do avião e chamou-o para os fundos, longe de onde Mathews e seus dois jovens encarregados dormiam.

— Sua Excelência me pediu para abordar um assunto delicado. Está cada vez mais embaraçoso não conseguir mostrar o rabino Tsion Ben-Judá, de Israel, aos seus seguidores.

— Como?

— Sua Excelência acredita que você é um homem de palavra. Quando nos diz que não sabe onde Ben-Judá está, tomamos isso como verdade. A questão, então, é: você tem acesso a alguém que sabe onde ele está?

— Por quê?

— Sua Excelência preparou-se para garantir pessoalmente a segurança do rabino. Qualquer ameaça a ele terá sérias consequências.

— Então, por que não divulgar isso e ver se Ben-Judá vem até vocês?

— Muito arriscado. Você pode achar que sabe como Sua Excelência o enxerga. No entanto, como aquele que mais o conhece, posso afirmar que ele confia em você. Admira sua integridade.

— E ele está convencido de que tenho acesso a Ben-Judá.

— Não vamos fazer joguinhos, comandante Steele. A Comunidade Global tem, agora, longo alcance. Nós sabemos, de mais fontes além de o falante dr. Rosenzweig, que seu genro ajudou o rabino a escapar.

— Rosenzweig é um dos maiores admiradores de Carpathia, mais leal do que Nicolae merece que alguém seja. Chaim não procurou a ajuda de Carpathia, no caso de Ben-Judá, logo que ele se tornou importante?

— Fizemos tudo o que podíamos...

— Isso não é verdade. Se você espera que eu seja um homem de palavra, não insulte a minha inteligência. Se meu próprio genro auxiliou Ben-Judá na fuga de Israel, será que eu não saberia se ele recebeu assistência da Comunidade Global ou não?

Fortunato não respondeu.

Rayford estava sendo cuidadoso para não revelar nada que tivesse ouvido apenas pelo dispositivo de escuta. Ele nunca se esqueceria de quando Fortunato repassou o pedido de ajuda de Rosenzweig a favor do amigo sitiado. A família de Ben-Judá havia sido exterminada e ele estava escondido, mas Carpathia riu disso e falou, com todas as letras, que talvez entregasse Ben-Judá aos fanáticos.

— Os que estão perto da situação sabem a verdade, Leon. Carpathia alega ter méritos no bem-estar de Tsion Ben-Judá, mas isso é falso! Não tenho dúvidas de que ele poderia proteger o rabino, e de que seria capaz de fazê-lo na época, mas ele não o fez.

— Você pode estar certo, comandante Steele. Não tenho conhecimento pessoal dessa situação.

— Leon, você conhece qualquer detalhe de tudo o que acontece.

Leon pareceu gostar de ouvir isso, pois não contestou.

— De qualquer modo, seria contraproducente, do ponto de vista de relações públicas, corrigir nossa posição agora. Acreditam que nós o ajudamos a escapar, e perderíamos credibilidade se admitíssemos que não tivemos nada a ver com isso.

— Mas, sabendo eu disso — disse Rayford —, não me é permitido um pouco de ceticismo?

Leon recostou-se e juntou as pontas dos dedos. Suspirou.

— Tudo bem — disse. — Sua Excelência me autorizou a perguntar o que você precisa para prestar-lhe esse favor.

— E o favor seria?

— Entregar Tsion Ben-Judá.

— Para?

— Israel.

O que Rayford queria era limpar o nome de sua esposa, mas não podia trair a confiança de Mac.

— Então, agora querem saber o meu preço, em vez de me obrigarem a trocar minha própria filha?

Não pareceu surpreender Fortunato Rayford ter ouvido sobre o fiasco em Mineápolis.

— Aquilo foi um erro de comunicação — disse ele. — Você tem a palavra de Sua Excelência! Ele pretendia que a esposa de um dos seus funcionários fosse reunida ao marido e recebesse os melhores cuidados.

Rayford queria rir em voz alta ou cuspir no rosto de Fortunato; não conseguia decidir-se.

— Deixe-me pensar nisso — falou.

— Por quanto tempo? Sua Excelência sofre pressão para fazer algo a respeito de Ben-Judá. Estaremos nos Estados Unidos amanhã. Será que não podemos fechar algum acordo?

— Você quer que eu o leve de volta no Condor, com todos os embaixadores?

— Claro que não. É só que, como estaremos naquela região, faz sentido cuidarmos disso agora.

— Assumindo que Tsion Ben-Judá esteja lá.

— Acreditamos que, se conseguirmos localizar Cameron Williams, teremos localizado Tsion Ben-Judá.

— Então, você sabe mais do que eu.

Rayford começou a levantar-se, mas Fortunato ergueu a mão.

— Tem mais uma coisa.

— Deixe-me adivinhar. As iniciais são H e D?

— Sim. É importante para Sua Excelência que o relacionamento seja rompido de modo decoroso.

— Apesar do que ele disse ao mundo?

— Na verdade, eu disse. Ele não sancionou aquilo.

— Eu não acredito.

— Acredite no que quiser. Você está ciente das exigências da opinião pública. Sua Excelência não quer constrangimentos da parte da srta. Durham. Você deve lembrar que os dois foram apresentados pelo seu genro.

— Quando eu ainda nem o conhecia — disse Rayford.

— Fato. O desaparecimento dela foi um incômodo. Fez parecer que Sua Excelência era incapaz de controlar a própria casa. O terremoto forneceu uma explicação lógica para a separação deles. É crucial que, enquanto estiver por conta própria, a srta. Durham não faça nem diga nada embaraçoso.

— E o que espera que eu faça? Que diga a ela para se comportar?

— Francamente, comandante, você não estaria exagerando se dissesse a ela que acidentes acontecem. Ela não pode permanecer invisível por muito tempo. Se for necessário eliminar o risco, temos a capacidade de fazer isso com conveniência, de uma maneira que não reflita em Sua Excelência, mas lhe permita ganhar simpatia.

— Posso repetir-lhe o que acabei de ouvir, para ficar claro?

— Certamente.

— Quer que eu diga a Hattie Durham para ficar de boca fechada; do contrário, vocês vão matá-la e negar tudo.

Fortunato pareceu ofendido. Depois, suavizou sua expressão e olhou para o teto.

— Estamos entendidos — disse ele.

— Pode ter certeza de que, se eu fizer contato com a srta. Durham, vou transmitir sua ameaça.

— Suponho que pretende lembrá-la de que repetir essa mensagem daria motivos...

— Ah, entendi. É uma ameaça generalizada.

— Vai cuidar das duas tarefas, então?

— Não vê a ironia? Eu preciso transmitir uma ameaça de morte para a srta. Durham e ainda confiar em você para proteger Tsion Ben-Judá.

Exato.

— Bem, isso pode ser exato, mas não está certo.

Rayford marchou até a cabine, onde encontrou o olhar ciente de Mac.

— Ouviu aquilo?

— Ouvi — disse Mac. — Queria ter gravado.

— A quem você mostraria?

— Camaradas cristãos.

— Estaria chovendo no molhado. Antigamente, você podia levar um DVD desses para as autoridades. Mas *eles* são as autoridades.

— Qual será o seu preço, Ray?

— Como assim?

— Ben-Judá pertence a Israel. E Carpathia tem de garantir a segurança dele, não é?

— Você ouviu Fortunato. Eles podem causar um acidente e, no fim, ter a simpatia do povo.

— Mas, se ele oferecer uma garantia pessoal, Ray, vai manter Tsion a salvo.

— Não se esqueça do que Tsion pretende fazer em Israel. Ele não vai apenas conversar com as duas testemunhas ou procurar velhos amigos. Ele quer treinar os 144 mil evangelistas que conseguirem chegar lá. Vai ser o pior pesadelo de Nicolae.

— Como eu disse, qual é o seu preço?

— Que diferença faz? Você espera que o anticristo cumpra um acordo? Eu não apostaria nem um centavo no futuro de Hattie Durham, quer ela ande na linha, quer não. Talvez, se eu esticar isso por tempo suficiente, consiga descobrir algo sobre Amanda com Fortunato. Estou dizendo, Mac, ela está viva em algum lugar.

— Se ela está viva, Ray, por que não fez contato? Não quero ofendê-lo, mas existe a possibilidade de ela ser quem eles dizem que é?

# CAPÍTULO 15

Buck foi despertado, pouco depois da meia-noite, pelo som do celular de Chloe, no andar de baixo. Ela costumava mantê-lo sempre ao alcance do braço, mas continuava tocando. Estranhando, sentou-se. Concluiu que o toque não deva tê-la acordado por conta do efeito da medicação, e, assim, apressou-se a descer.

Somente pessoas essenciais ao Comando Tribulação tinham o número do telefone particular dos membros. Todas as chamadas recebidas eram potencialmente importantes. No escuro, Buck não conseguia achar o aparelho, e não queria acender a luz. Seguiu o som até a prateleira acima de Chloe. Apoiou com cuidado um joelho no colchão, tentando não acordá-la, pegou o telefone e sentou-se em uma cadeira ao lado da cama.

— Aqui é do celular de Chloe — sussurrou.

Tudo o que ouviu foi um choro.

— Hattie? — tentou ele.

— Buck!

— Chloe está dormindo e não ouviu o celular tocar. Não queria acordá-la.

— Por favor, não mesmo — disse ela por entre os soluços. Desculpe ligar tão tarde.

— Não se preocupe, ela realmente queria falar com você. Tem alguma coisa que eu possa fazer?

— Oh, Buck! — respondeu, perdendo o controle mais uma vez.

— Hattie, sei que você não sabe onde estamos, mas não é perto o bastante para ajudar caso esteja em perigo. Precisa que eu ligue para alguém?

— Não!

— Então, acalme-se. Sem pressa. Eu posso esperar. Não vou a lugar nenhum.

— Obrigada — conseguiu dizer.

Enquanto esperava, seus olhos se acostumavam com a escuridão. Pela primeira vez desde que havia chegado em casa, Chloe não estava apoiada em seu lado esquerdo para evitar o peso sobre as inúmeras fraturas, contusões, tensões, entorses, além de arranhões do seu outro lado. Todas as manhãs, ela passava meia hora massageando partes adormecidas do corpo. Buck orava, esperando que, em breve, ela desfrutasse uma noite de sono tranquila. Talvez estivesse fazendo isso agora. Mas será mesmo que alguém conseguiria estar num sono tão profundo, que nem o telefone tocando a poucos metros de distância incomodaria? Esperava que fosse benéfico ao corpo dela, bem como ao seu espírito. Chloe estava imóvel, deitada de costas, o braço esquerdo repousado ao seu lado, o destroçado pé direito curvado, como um pezinho de pombo, à esquerda, e o braço engessado apoiado sobre o estômago.

— Seja paciente comigo — foi o que Hattie conseguiu falar.

— Não se preocupe, Hattie, está tudo bem — disse Buck, coçando a cabeça e espreguiçando-se.

Ficou sensibilizado pela figura de Chloe em repouso. Que presente de Deus era! E como estava grato por sua sobrevivência! O lençol e o cobertor estavam amontoados. Ela, muitas vezes, adormecia descoberta, depois acordava aninhada sob os cobertores.

Buck pressionou as costas da mão sobre a bochecha dela. Estava fria. Ainda ouvindo Hattie, Buck puxou o lençol e o cobertor até o pescoço de Chloe, temendo que houvesse roçado em seu pé, sua lesão mais sensível. Mas ela não se mexeu.

— Hattie, você está aí?

— Estou. Buck, esta noite eu recebi a notícia de que perdi minha mãe e minhas irmãs no terremoto.

— Oh, Hattie, eu sinto muito! Que perda terrível!

— Quando Los Angeles e São Francisco foram bombardeadas, Nicolae e eu ainda estávamos próximos. Ele me alertou de que elas deveriam deixar a área e me fez jurar segredo. Seu pessoal de inteligência temia um ataque da milícia, e estavam certos.

Buck não disse nada. Rayford falou-lhe que tinha ouvido, pelo aparelho de escuta do Condor 216, o próprio Carpathia dar a ordem para os bombardeios de São Francisco e de Los Angeles.

— Hattie, de onde você está ligando?

— Eu falei para você no *e-mail*.

— Sim, mas você não está usando o telefone deles, está?

— Não! Por isso estou ligando tão tarde. Tive de esperar até poder escapar aqui para fora.

— E a notícia sobre sua família... Como chegou até você?

— Eu tive de informar às autoridades em Santa Mônica onde podiam me encontrar. Dei a eles meu número particular e o número da clínica aqui.

— Lamento dizer isto num momento tão difícil para você, Hattie, mas essa não foi uma boa ideia.

— Eu não tive escolha. Demorou muito tempo para conseguir contato com Santa Mônica, e, quando finalmente consegui, minha família não tinha paradeiro conhecido. Eu precisei deixar os telefones! Estava louca de preocupação.

— Você provavelmente levou a Comunidade Global ao seu encontro.

— Não me importo mais.

— Não diga isso.

— Eu não quero voltar para Nicolae, mas quero que ele assuma a responsabilidade pelo nosso bebê. Não tenho emprego, não tenho renda e, agora, não tenho família.

— Nós nos importamos com você e a amamos, Hattie. Não se esqueça disso.

Ela teve um colapso novamente.

— Hattie, você chegou a considerar que as notícias sobre sua família podem ser falsas?

— O quê?

— Vindo da Comunidade Global, eu não duvidaria. Uma vez que saibam onde você está, podem apenas querer dar-lhe um motivo para permanecer aí. Se você acha que sua família se foi, não haverá razão para ir até a Califórnia.

— Mas eu disse a Nicolae que minha família se mudou para cá depois dos atentados.

— Ele não demoraria a descobrir que é mentira.

— Por que ele desejaria que eu ficasse aqui?

— Talvez ele presuma que, quanto mais tempo ficar aí, maior a probabilidade de você fazer um aborto.

— Isso é verdade.

— Não diga isso.

— Eu não vejo nenhuma outra opção, Buck. Não posso criar uma criança em um mundo como este, com as minhas perspectivas.

— Não quero que se sinta pior, Hattie, mas não acho que esteja segura aí.

— O que está dizendo?

Buck queria que Chloe despertasse e o ajudasse a falar com Hattie. Ele teve uma ideia, mas preferia consultá-la antes.

— Hattie, eu conheço essas pessoas. Elas prefeririam mil vezes tirá-la de cena a lidar com você.

— Sou uma zé-ninguém, vinda de lugar nenhum. Não posso causar dano algum a ele.

— Se algo acontecesse com você, isso poderia resultar em uma tremenda simpatia por ele. Mais do que tudo, ele quer atenção, e não se importa se isso vier por medo, respeito, admiração ou pena.

— Então é simples: eu faço o aborto, assim não o deixo machucar a mim nem ao meu bebê!

— Isso não faz sentido. Você mataria o bebê para que ele não o matasse?

— Você falou como Rayford agora.

— Falei porque nós concordamos nisso — disse Buck. — Por favor, não faça nada! Ao menos vá para algum lugar onde não esteja em perigo e possa pensar sobre o assunto.

— Eu não tenho para onde ir!

— Se eu fosse pegá-la, você ficaria com a gente?

Silêncio.

— Chloe precisa de você. Seria bom ter sua ajuda. E ela pode auxiliá-la durante a gravidez. Chloe também está grávida.

— Sério? Oh, Buck, eu não posso sobrecarregá-los. Eu me sentiria tão em dívida, seria tanto incômodo!

— Ei, a ideia foi minha.

— Não sei como funcionaria.

— Hattie, diga-me onde você está. Vou buscá-la até o meio-dia de amanhã.

— Você quer dizer meio-dia de hoje?

Buck olhou para o relógio.

— Acho que é.

— Não deveria falar com Chloe antes?

— Eu não ousaria incomodá-la agora. Se houver algum problema, entro em contato com você; caso contrário, esteja pronta para sair.

Sem resposta.

— Hattie?

— Ainda estou aqui, Buck. Estava só pensando. Lembra quando nos conhecemos?

— Claro. Foi um dia muito importante.

— No 747 de Rayford, a noite dos desaparecimentos.

— O arrebatamento — disse Buck.

— Se você diz... Veja o que passamos desde então.

— Vou ligar para você quando estivermos a uma hora daí — disse Buck.

— Nunca serei capaz de retribuir.

— E quem sugeriu isso?

Buck pôs o telefone de lado, endireitou as cobertas de Chloe e ajoelhou-se para beijá-la. Ela ainda parecia fria. Foi pegar-lhe uma manta, mas parou no meio do caminho. Chloe não estava quieta demais? Será que estava respirando? Correu de volta e encostou o ouvido no nariz dela. Não conseguia saber. Pôs o polegar e o indicador sob a mandíbula dela para verificar a pulsação. Antes que conseguisse detectar qualquer coisa, ela se afastou. Estava viva. Ele caiu de joelhos.

— Obrigado, Deus!

Chloe murmurou alguma coisa. Ele tomou a mão dela entre as suas.

— O que foi, amor? De que precisa?

Ela parecia tentar abrir os olhos.

— Buck.

— Sou eu.

— Que foi?

— Acabei de desligar o telefone, era Hattie. Volte a dormir.

— Estou com frio.

— Vou pegar uma manta.

— Queria falar com Hattie. O que ela disse?

— De manhã eu conto.

— Tá bom.

Buck encontrou uma colcha e esticou-a sobre Chloe.

— Está bom assim?

Ela não respondeu. Quando Buck começou a sair na ponta dos pés, Chloe disse alguma coisa. Ele se voltou.

— O que foi, amor?

— Hattie.

— Amanhã — disse ele.

— Hattie está com meu coelhinho.

Buck sorriu.

— Seu coelhinho?

— Meu cobertor.

— Certo.

— Obrigada pelo cobertor.

Buck imaginou se ela se lembraria disso.

\* \* \*

Mac estava na cabine. Rayford dormia em seus aposentos quando seu telefone pessoal tocou. Era Buck.

Rayford sentou-se na cama e eles atualizaram sobre as últimas notícias.

— Você está certo em tirar Hattie de lá. Depois do que Leon disse, como eu já contei, você não concorda que ela está em perigo?

— Sem dúvida — disse Buck.

— E Tsion está disposto a ir para Israel?

— Disposto? Eu tenho de amarrá-lo ao pé da mesa para impedi-lo de ir para lá à pé mesmo! Mas ele vai ficar desconfiado se o grandão quiser os créditos por levá-lo.

— Não vejo de que outra forma ele poderia ir, Buck. A vida dele estaria em risco.

— Ele se consola com as profecias de que as 144 mil testemunhas, incluindo ele próprio, estão seladas e protegidas, pelo menos por ora. Entende que pode entrar na toca do inimigo e sair ileso.

— Ele é o especialista.

— Quero ir com ele. Estar no mesmo país das duas testemunhas, no Muro das Lamentações, faria esta colheita de almas, que ele está prevendo, simplesmente explodir!

— Buck, você entrou em contato com a sede? Tudo que ouço dos grandões é que você está em terreno perigoso, que não tem mais segredos.

— Engraçado ter perguntado... Acabei de transmitir uma longa mensagem para o chefão.

— Terá sido uma boa ideia?

— Parece que você sobreviveu sendo direto, Rayford. Estou fazendo o mesmo. Disse a eles que estou muito ocupado resgatando amigos e enterrando pessoas para me preocupar com minhas publicações. Além disso, uns 90% da equipe se foi; assim, praticamente toda a capacidade de produção da revista. Estou propondo continuar a revista *on-line* até Carpathia decidir se vai reconstruir as gráficas e tudo o mais.

— Engenhoso.

— Bem, o fato é que pode haver duas revistas publicadas na internet ao mesmo tempo, se é que me entende.

— Já existem dezenas.

— Quero dizer que pode haver duas saindo simultaneamente, editadas pela mesma pessoa.

— Mas apenas uma delas financiada e sancionada pelo rei do mundo?

— Exato. A outra não seria financiada. Essa diria a verdade. E ninguém saberia de onde vem.

— Gosto do seu jeito de pensar, Buck. Fico feliz por tê-lo em minha família.

— Não tem sido tedioso, posso garantir.

— Então, o que digo a Leon sobre o que vou fazer com Hattie e Tsion?

— Diga a ele que você transmitirá a mensagem à moça. Quanto a Tsion, negocie o que quiser, e nós o levaremos para Israel dentro de um mês.

— Acha que o Oriente Médio tem tudo isso de paciência?

— É importante ganhar o máximo de tempo. Torne isso um grande acontecimento. Mantenha o controle do momento. Isso também vai enlouquecer Tsion, mas nos dará tempo de convocar todo mundo pela internet, para que possam comparecer.

— Como eu disse, gosto do seu jeito de pensar. Você devia ser editor de revista.

— Em breve, todos seremos apenas fugitivos.

\* \* \*

Buck estava certo. Pela manhã, Chloe não se lembrava de nada da noite anterior.

— Eu acordei quentinha e soube que alguém tinha trazido um cobertor — disse ela. — Não me surpreende que tenha sido um dos caras do andar de cima.

Ela pegou o telefone e usou uma bengala para chegar até a mesa. Teclou os números com a mão direita inchada.

— Vou ligar para ela agora e dizer que não vejo a hora de ter uma companhia feminina por aqui.

Chloe permaneceu sentada com o telefone ao ouvido por alguns minutos.

— Nenhuma resposta? — perguntou Buck. — É melhor não insistir, amor. Se ela estiver num lugar onde não pode falar, deve ter desligado ao primeiro toque. Você pode tentar mais tarde, mas não a coloque em risco.

Uma gargalhada veio de Tsion, no andar de cima.

— Vocês não vão acreditar! — gritou.

Buck ouviu os passos no assoalho. Chloe desligou o celular e olhou para cima, com expectativa.

— Tsion se entretém tão facilmente — disse ela. — Que festa! Todo dia eu aprendo alguma coisa com ele.

Buck assentiu, e o rabino emergiu da escada. Sentou-se à mesa, com avidez no rosto.

— Estou dando uma olhada em algumas das inúmeras mensagens que recebi no BBS. Não sei quantas eu deixo de ler para cada uma das poucas que realmente leio. Presumo ter visto cerca de 10% do total, que continua crescendo. Sinto-me mal por não poder responder individualmente, mas vocês entendem a impossibilidade. De qualquer forma, recebi, esta manhã, uma mensagem anônima de "Aquele Que Sabe". Claro, não posso ter certeza de que ele, de fato, *seja* alguém que sabe, mas pode ser. É um mistério interessante, não é? Correspondência anônima pode ser falsa. Como saber? Alguém poderia passar-se por mim e começar a ensinar mentiras. Preciso bolar alguma coisa que comprove minha autenticidade, não?

— Tsion! — falou Chloe. — O que Aquele Que Sabe escreveu, que tanto o divertiu?

— Ah, sim. Foi por isso que vim até aqui, não é? Desculpe.

Ele olhou para a mesa, então deu um tapinha no bolso da camisa.

— Oh! — disse, verificando os bolsos da calça. — Eu imprimi, mas acabei deixando na impressora. Não vão embora.

— Tsion? — chamou Chloe. — Só queria dizer que estarei aqui quando você voltar.

Ele pareceu confuso.

— Oh, bem, sim. Claro.

— Ele vai ficar extasiado por voltar para casa — disse Buck para Chloe assim que Tsion saiu.

— E você vai com ele?

— Eu não perderia isso por nada — falou Buck. — Será uma ótima história.

— Eu vou com vocês.

— Ah, não, você não vai! — retrucou Buck, mas Tsion estava de volta.

Pôs a folha sobre a mesa e leu:

— "Rabino, devo dizer-lhe que uma pessoa, designada para monitorar cuidadosamente todas as suas transmissões, é o principal conselheiro militar da Comunidade Global. Isso pode não significar muito para você, mas ele está principalmente interessado na sua interpretação das profecias sobre coisas caindo na terra e causando grandes danos nos próximos meses. O fato de você considerar essas profecias literalmente o fez trabalhar em defesas nucleares contra tais catástrofes. Saudações, Aquele Que Sabe."

Tsion ergueu o rosto, os olhos brilhando.

— O engraçado é que deve ser verdade! Carpathia, que continuamente tenta explicar como fenômeno natural qualquer coisa que corrobore a profecia bíblica, tem seu conselheiro militar sênior planejando o quê? Atirar contra uma montanha ardente vinda do céu? É como um mosquito agitando seu pequeno punho no olho de um elefante. De qualquer forma, essa não é uma admissão secreta, da parte dele, de que pode haver algo nessas profecias?

Buck imaginou se Alguém Que Sabe seria o novo irmão de Rayford e Mac dentro da sede da Comunidade Global.

— Intrigante! — disse Buck. — Agora, você está pronto para umas boas notícias?

Tsion pousou a mão no ombro de Chloe.

— A melhora diária desta preciosa pequenina já é boa notícia suficiente para mim. A menos que esteja falando sobre Israel.

Chloe disse:

— Vou perdoá-lo por essa observação paternalista, Tsion, pois tenho certeza de que não foi sua intenção me insultar.

Tsion não entendeu nada.

— Perdão por ela — disse Buck. — Chloe está enfrentando a fase dos 22 anos com o politicamente correto.

Chloe ergueu os olhos para Buck.

— Desculpe-me por dizer na frente de Tsion, Cameron, mas isso me ofendeu mesmo.

— Ok — disse Buck rapidamente —, errei. Sinto muito. Mas estou prestes a contar a Tsion que ele vai conseguir o que tanto deseja...

— Isso! — celebrou Tsion.

— E, Chloe, eu não tenho energia para impedi-la de ir.

— Então, não precisamos brigar. Eu vou!

— Ah, não! — falou Tsion. — Você não pode ir! Não está nem perto de ter condições para isso.

— Tsion! É só daqui a um mês. Até lá eu...

— Um mês? — perguntou Tsion. — Por que vai demorar tanto? Estou pronto agora. Preciso ir logo! As pessoas estão clamando por isso, e acredito que Deus me quer lá.

— Estamos preocupados com a segurança, Tsion — disse Buck.

— Um mês também nos permitirá obter o maior número possível de testemunhas de todo o mundo.

— Mas... Um mês?

— Para mim, está bom! — disse Chloe. — Até lá, já vou estar andando por conta própria.

Buck sacudiu a cabeça. Tsion estava em seu próprio mundo.

— Você não precisa se preocupar com segurança, Cameron. Deus me protegerá, e também as testemunhas. Desconheço sobre os outros crentes. Eu sei que estão selados, não tenho ideia se também ficarão sobrenaturalmente protegidos durante o tempo de colheita.

— Se Deus pode protegê-lo — disse Chloe —, ele pode me proteger.

Buck falou:

— Chloe, você sabe que, de coração, eu só quero o seu bem. Adoraria que fosse. Nunca sinto tanto a sua falta como quando estou longe de você em Jerusalém.

— Então, diga por que eu não posso ir.

— Eu nunca me perdoaria se algo acontecesse com você. Não posso arriscar.

— Estou igualmente vulnerável aqui, Buck. Todo dia é um risco. Por que podemos arriscar a sua vida e não a minha?

Buck não teve resposta. Esforçou-se para ter.

— Hattie vai estar bem mais perto de ganhar a criança. Ela vai precisar de você. E quanto ao nosso bebê?

— Nem terei barriga, Buck! Vou estar de três meses. Você vai precisar de mim. Quem cuidará da logística? Ficarei em contato com milhares de pessoas pela internet, organizando esses encontros. Faz todo sentido eu aparecer.

— Você não se pronunciou sobre Hattie.

— Hattie é mais independente do que eu. Ela desejaria que eu fosse. E pode cuidar de si mesma.

Buck estava perdendo, sabia disso. Desviou o olhar, pouco disposto a ceder tão cedo. Sim, ele estava sendo protetor.

— É só que, recentemente, eu quase perdi você.

— Escute a si mesmo, Buck. Eu fui inteligente o bastante para sair daquela casa antes de ela me esmagar. Você não pode me culpar por aquele teto voador.

— Vamos ver como estará sua saúde nas próximas semanas.

— Vou começar a fazer as malas.

— Não tire conclusões precipitadas.

— Não dê uma de pai, Buck. Sério, eu não tenho problema em submeter-me a você, porque sei o quanto me ama. Estou disposta a obedecer, mesmo quando você estiver errado. Mas não seja irracional. E não se engane sem necessidade. Sabe que eu farei o que você decidir, e até posso superar a perda de um dos maiores eventos da história por sua causa. Mas não faça isso por um sentimento antiquado e machista de proteger a pequenina mulher. Vou aguentar sua piedade e ajuda só por algum tempo; depois, quero voltar ao jogo integralmente. Achei que essa era uma das coisas que você apreciasse em mim.

E era. O orgulho impediu-o de concordar naquele momento. Ele levaria um ou dois dias, então diria que havia tomado uma decisão. O olhar de Chloe era penetrante. Estava claro que ela almejava ganhar esta. Tentou encará-la, mas falhou. Então, olhou para Tsion.

— Ouça-a — disse Tsion.

— Fique fora disso — falou Buck, sorrindo. — Não precisam unir-se contra mim. Achei que você estivesse do *meu* lado, Tsion. Achei que fosse concordar que lá não é lugar para...

— Para o quê? — interrompeu Chloe. — Uma garota? A pequenina? Uma mulher grávida ferida? Ainda sou membro do Comando Tribulação ou já fui rebaixada para mascote?

Buck havia entrevistado chefes de Estado com mais facilidade.

— Não pode rebater essa, Buck — ela acrescentou.

— Você quer que eu me sinta culpado — disse Buck.

— Não vou dizer nem mais uma palavra — concluiu ela.

Buck riu.

— Hoje vai chover.

— Se os dois chauvinistas me derem licença, quero tentar ligar para Hattie de novo. Vamos ter uma reunião do "Clube das Mulheres Coitadinhas" por telefone.

Buck fez uma careta.

— Ei! Você não ia dizer nem mais uma palavra.

— Bem, então saia daqui para não ouvir.

— Eu tenho de ligar para Ritz mesmo. Quando você falar com Hattie, seja cautelosa e descubra com que nome ela está internada lá.

Buck foi seguir Tsion pelas escadas, mas Chloe o intimou.

— Venha aqui um minuto, grandão.

Ele se virou. Chloe fez sinal para que chegasse mais perto.

— Venha aqui — disse ela.

Chloe ergueu o braço, aquele com gesso do ombro ao pulso, e enganchou-o ao redor do pescoço de Buck. Puxou-lhe o rosto até o seu e beijou-o demorada e calorosamente. Ele se afastou e sorriu timidamente.

— Você é tão facinho! — sussurrou ela.

— Quem é que ama você, hein? — disse ele, indo para as escadas de novo.

— Ei — falou ela —, se encontrar meu marido lá em cima, diga a ele que estou cansada de dormir sozinha.

\* \* \*

Rayford escutava pelo dispositivo secreto, enquanto Peter Mathews e Leon Fortunato passavam a última hora e meia do voo discutindo sobre o protocolo de chegada em Dallas. Mathews, é claro, prevaleceu em quase todos os pontos.

O embaixador regional, ex-senador do Texas, havia providenciado limusines, tapete vermelho, recepção, saudações oficiais e até uma banda marcial. Fortunato passou meia hora ao telefone com a equipe do embaixador, observando atentamente o pronunciamento oficial e a apresentação dos convidados de honra, os quais seriam lidos enquanto ele e Mathews desembarcassem. Embora Rayford tenha conseguido ouvir apenas a fala de Fortunato, estava claro que o pessoal do embaixador mal tolerava essa presunção toda.

Depois que Fortunato e Mathews tomaram banho e se arrumaram para a ocasião, Leon apareceu na cabine.

— Eu gostaria que os senhores cavalheiros auxiliassem a equipe de solo com as escadas de saída assim que parássemos.

— Antes da checagem pós-voo? — perguntou Mac, olhando para Rayford como se essa fosse uma das coisas mais idiotas que ele já havia escutado.

Rayford deu de ombros.

— Sim, antes da checagem pós-voo — disse Fortunato. — Certifiquem-se de que tudo está em ordem e digam à tripulação de bordo que espere até o fim da cerimônia de recepção para deixar a aeronave. Vocês dois devem ser os últimos a sair.

Mac desligou o comunicador.

— Se adiarmos as verificações pós-voo, com certeza seremos os últimos a sair. Você não acha que a prioridade seria garantir que este negócio esteja em condições de voo para a viagem de volta?

— Ele acha que, se temos 36 horas, podemos fazer isso a qualquer momento.

— Fui treinado para verificar as coisas importantes enquanto o negócio ainda está quente.

— Eu também — disse Rayford. — Mas vamos fazer o que nos mandam quando nos mandam. Sabe por quê?

— Diga-me, oh, supremo excelente piloto!
— Porque o tapete vermelho não é para nós.
— Isso não parte o seu coração? — disse Mac.

Rayford atualizava o controle de solo, enquanto Mac seguia as instruções do agente de circulação até a pista e a pequena arquibancada onde o público, a banda e os dignitários aguardavam. Rayford demorou-se olhando para os músicos desorganizados.

— Pergunto-me onde arranjaram esse bando — comentou. — Em quantos eles seriam antes do terremoto?

O agente direcionou Mac até a beira do tapete e cruzou os bastões luminosos para indicar uma parada lenta.

— Veja isso — disse Mac.
— Cuidado, seu malandro! — disse Rayford.

No último instante, Mac passou a roda sobre a ponta do tapete vermelho.

— Eu fiz mesmo? — perguntou ele.
— Você é mau.

Com as escadas no lugar, a apresentação da banda encerrada e os dignitários situados, o embaixador da Comunidade Global dirigiu-se ao microfone.

— Senhoras e senhores — anunciou com grande solenidade —, representando Sua Excelência, o soberano da Comunidade Global, Nicolae Carpathia, está aqui o supremo comandante Leonardo Fortunato!

A multidão explodia em aclamação e aplausos, enquanto Leon acenava e descia os degraus.

— Senhoras e senhores, os assistentes pessoais a serviço do sumo pontífice da Fé Mundial Unificada do Mistério de Babilônia!

A reação foi contida. A multidão parecia questionar se aqueles dois jovens teriam nome e, se tinham, por que não mencionaram.

Depois de uma longa pausa, suficiente para que as pessoas se perguntassem se mais alguém estava a bordo, Mathews aproximou-se da porta, mas permaneceu fora de vista. Rayford estava em pé, ao lado da cabine, esperando para começar a verificação pós-voo quando aquela bobagem terminasse.

— Estou esperando — cantarolou Mathews para si mesmo. — Não vou pisar lá fora até ser anunciado.

Rayford ficou tentado a colocar a cara para fora e gritar: "Anunciem o Pete!", mas se conteve. Finalmente, Fortunato trotou de volta pelos degraus. Não entrou o suficiente para ver Mathews, do outro lado da porta. Parou quando viu Rayford, então murmurou:

— Ele está pronto?

Rayford assentiu. Leon desceu saltitante pela escada e sussurrou algo ao embaixador.

— Senhoras e senhores, da Fé Mundial Unificada do Mistério de Babilônia, o sumo pontífice Pedro II!

A banda começou a tocar, a multidão irrompeu ovacionando e Mathews caminhou até a porta, deixando a música soar por um pouco. Aparentou estar constrangido com a reação generosa. Desceu solenemente, gesticulando uma bênção no trajeto.

Enquanto os discursos de boas-vindas ecoavam, Rayford pegou sua prancheta e acomodou-se na cabine. Mac disse:

— Senhoras e senhores! O primeiro-oficial do Condor 216, que, em sua carreira, atingiu uma média de...

Rayford bateu-lhe no ombro com a prancheta.

— Pare com isso, seu besta!

*  *  *

— Como se sente, Ken? — perguntou Buck por telefone.

— Já estive melhor. Em certos dias, o hospital parece muito bom. Mas minha aparência melhorou muito desde a última vez que vi você. Devo tirar os pontos na segunda-feira.

— Tenho outro serviço para você, se topar.

— Eu sempre topo. Para onde vamos?

— Denver.

— *Hmm.* O antigo aeroporto de lá está aberto, disseram. O novo provavelmente nunca mais voltará a funcionar.

— Encontro você em uma hora. Eu disse a minha cliente que a pegaria lá pelo meio-dia.

— Outra donzela em perigo?

— Para falar a verdade, sim. Tem uma caranga?

— Tenho.

— Desta vez, preciso que me pegue no caminho. Terei de deixar o carro aqui.

— Eu queria mesmo dar uma olhada em Chloe — disse Ken. — Como ela está?

— Venha ver por si mesmo.

— É melhor eu começar a ir para que você não perca o compromisso. Você nunca agenda nada com tempo de sobra, não, Buck?

— Desculpe. Ei, Ken, você checou o *site* que eu lhe passei?

— Sim. Gastei um bom tempo nele.

— Chegou a alguma conclusão?

— Preciso falar com você sobre isso.

— Teremos tempo durante o voo.

\* \* \*

— Estou gostando que tenha me deixado pilotar bastante na viagem — falou Mac, enquanto ele e Rayford deixavam o avião.

— Tenho meus motivos. Sei que as normas da Administração Federal de Aviação foram por água abaixo agora que Carpathia é a própria lei, mas ainda sigo as regras de limite de horas de voo.

— Eu também. Está indo a algum lugar?

— Assim que você me ensinar a mexer no Challenger. Gostaria de visitar minha filha e fazer uma surpresa. Buck disse-me como chegar.

— Bom para você!

— O que vai fazer, Mac?

— Ficar um pouco por aqui. Tenho alguns amigos que talvez eu procure, umas centenas de quilômetros a oeste. Se eu conseguir achá-los, uso o helicóptero.

\* \* \*

O Suburban de Ken Ritz surgiu roncando nos fundos da casa pouco antes das nove.

— Tem alguém querendo vê-la, enquanto você ainda está só meio acordada — disse Buck.

— Veja se ele quer tirar uma queda de braço — respondeu Chloe.

— Está ficando saidinha, hein?

Tsion descia as escadas quando Buck encontrou Ken na porta dos fundos. Ritz usava chapéu e botas de caubói, *jeans* azul e camisa cáqui de mangas longas.

— Sei que estamos com pressa, mas onde está a paciente?

— Bem aqui, dr. Avião — respondeu Chloe.

Ela foi mancando até a porta da cozinha. Ken tirou o chapéu.

— Você pode fazer melhor que isso, caubói — disse ela, abrindo o braço ileso para receber um abraço.

Ele correu até Chloe.

— Você com certeza parece muito melhor do que na última vez que a vi.

— Obrigada. Você também.

Ele riu.

— Eu estou muito melhor. Perceberam alguma coisa diferente em mim?

— Sua cor está melhor, eu acho — respondeu Buck. — E talvez tenha engordado um pouco nestes últimos dias.

— Falo de algo nunca visto neste corpinho — disse Ritz.

— Há quanto tempo, sr. Ritz! — saudou Tsion.

Ritz apertou a mão do rabino.

— Ei, todos nós estamos com uma cara mais saudável do que da última vez, não é?

— Realmente precisamos ir — disse Buck.

— Então, ninguém percebeu nada diferente em mim? — reclamou Ken. — Não conseguem ver na minha cara? Não dá para ver?

— O quê? — perguntou Chloe. — Você também está grávido?

Enquanto os outros riam, Ken tirou o chapéu e passou a mão pelos cabelos.

— É o primeiro dia que consigo colocar um chapéu nesta cabeça dolorida.

— Então, é isso que está diferente? — perguntou Buck.

— É, e isto aqui — Ken passou a mão pelo cabelo novamente, mas, desta vez, parou com ela no topo da cabeça, deixando a franja fora de vista. — Talvez apareça na minha testa. Eu consigo ver a de vocês. Conseguem ver a minha?

# CAPÍTULO 16

Rayford fez a aproximação para mais um pouso do Challenger 3.
— Eles devem estar cansados do tanto que monopolizo esta pista. Se eu não conseguir acertar, talvez você tenha de me levar para Illinois.

— Torre de Dallas para Charlie Tango, câmbio.

Rayford ergueu uma sobrancelha.

— Viu só?

— Eu cuido disso — disse Mac. — Aqui é Charlie Tango, câmbio.

— Mensagem de Tango X-ray para o comandante Condor 216, câmbio.

— Prossiga com a mensagem de TX, torre, câmbio.

— O assunto é: ligue para o supremo comandante no seguinte número...

Mac anotou.

— O que será agora? — perguntou Rayford em voz alta.

Ele conduziu o jato gritante para o pouso mais suave daquela manhã.

— Por que não sobe com ele de volta? — disse Mac. — Depois eu assumo, enquanto você liga para o Capitão Caverna.

— É supremo comandante Caverna para você, amigo — disse Rayford.

Alinhou o Challenger e rodou pela pista a quase quinhentos quilômetros por hora. Uma vez que estava no ar e estabilizado, Mac assumiu os controles.

Rayford contatou Fortunato, que estava na residência do embaixador.

— Eu esperava uma ligação imediata — disse Leon.

— Estou no meio de uma manobra de treinamento.

— Tenho uma tarefa para você.

— Já tenho planos para hoje, senhor. Eu tenho escolha?

— Ordens diretamente de cima.

— Minha pergunta permanece.

— Não, você não tem escolha. Se isso atrasar nosso retorno, informaremos os respectivos embaixadores. Sua Excelência pede que você voe para Denver hoje.

"Denver?"

— Não estou pronto para pilotar isto aqui sozinho ainda — disse Rayford. — É algo que meu primeiro-oficial possa fazer?

— Informantes da inteligência localizaram o indivíduo com o qual pedimos que você se comunicasse. Compreende?

— Compreendo.

— Sua Excelência gostaria que aquela mensagem fosse entregue o mais breve possível, e pessoalmente.

— Qual é a pressa?

— O indivíduo está em uma instalação da Comunidade Global que pode ajudar a determinar as consequências da resposta.

— Ela está em uma clínica de aborto?

— Comandante Steele! Esta transmissão não é segura!

— Talvez eu tenha de voar comercialmente.

— Apenas chegue lá hoje. O pessoal da Comunidade Global está atrasando o indivíduo.

* * *

— Antes de irem, Cameron — disse Tsion —, devemos agradecer ao Senhor o nosso novo irmão.

Buck, Chloe, Tsion e Ken amontoaram-se na cozinha. Tsion pôs a mão nas costas de Ken e olhou para cima.

— Senhor Deus, Todo-poderoso, sua Palavra diz que os anjos alegram-se conosco por causa de Ken Ritz. Acreditamos na profecia de uma grande colheita de almas. Agradecemos ao Senhor, pois Ritz é apenas um dos primeiros de muitos milhões que serão levados ao seu Reino nos próximos anos. Sabemos que muitos sofrerão e morrerão nas mãos do anticristo, mas seu destino eterno está selado. Oramos especialmente por nosso novo irmão, para que ele desenvolva fome da sua Palavra, para que ele tenha a ousadia de Cristo diante da perseguição e seja usado para adicionar outros à família. E, agora, que o próprio Deus da paz santifique-nos completamente! E que nosso espírito, nossa alma e nosso corpo sejam preservados irrepreensíveis na vinda de nosso Senhor Jesus Cristo! Cremos que aquele que nos chamou é fiel, e ele também o fará. Nós oramos no incomparável nome de Jesus, o Messias e nosso Redentor.

Ken enxugou as lágrimas e colocou o chapéu, puxando-o para cobrir os olhos.

— Uh, rapaz! Isso é que eu chamo de orar!

Tsion correu escada acima e voltou com um livro de bolso, cheio de orelhas, chamado *Como começar a vida cristã*.

Entregou a Ken, que pareceu vibrar.

— Você vai autografar?

— Ah, não — disse Tsion —, não fui eu que escrevi. Esse foi contrabandeado da biblioteca do pastor Bruce Barnes, na igreja. Sei que ele gostaria que você ficasse com o livro. Devo esclarecer que as Escrituras não se referem a nós, que nos tornamos crentes depois do arrebatamento, como cristãos. Somos chamados de santos da tribulação. Mas as verdades desse livro ainda se aplicam.

Ken segurou-o com as duas mãos, como se fosse um tesouro.

Tsion, quase trinta centímetros mais baixo que Ken, passou o braço em torno da cintura dele.

— Como novo ancião deste pequeno bando, permita-me dar-lhe as boas-vindas ao Comando Tribulação! Agora somos seis, e dois são pilotos.

Ritz saiu para ligar o Suburban. Tsion lançou um "Deus abençoe" a Buck e voltou para o andar de cima. Buck puxou Chloe e envolveu-a como a uma frágil bonequinha de porcelana.

— Chegou a falar com Hattie? Sabe o nome que ela está usando?

— Não. Vou continuar tentando.

— Continue seguindo as ordens do dr. Tsion também, ouviu?

Ela assentiu.

— Sei que vai voltar logo, Buck, mas não gosto de me despedir. Da última vez que você me deixou, eu acordei em Minnesota.

— Na semana que vem, vamos trazer o dr. Charles aqui para tirar os seus pontos.

— Anseio o dia em que não terei mais pontos, gesso, bengala, nem estarei mancando. Não sei como você aguenta olhar para mim!

Buck segurou-lhe o rosto entre as mãos. O olho direito ainda estava preto e roxo; a testa, vermelha. A bochecha direita estava afundada onde lhe faltavam os dentes; na maçã do rosto, o osso permanecia quebrado.

— Chloe — sussurrou —, quando eu olho para você, vejo o amor da minha vida.

Ela começou a protestar, mas Buck a deteve.

— Se eu tivesse perdido você, teria dado qualquer coisa para tê-la de volta, mesmo que só por um minuto. Eu poderia olhá-la até Jesus voltar e, ainda, desejaria compartilhar a eternidade com você.

Buck ajudou-a a sentar-se em uma cadeira. Inclinou-se e beijou Chloe entre os olhos. Então, seus lábios se encontraram.

— Queria que você fosse comigo — sussurrou ele.

— Quando eu estiver bem, você vai querer que eu pare em casa de vez em quando.

\* \* \*

Rayford esperou o maior tempo possível, até se sentir confortável com o Challenger 3, mas também para garantir que Buck e Ken Ritz chegassem a Hattie antes dele. Queria poder dizer a Fortunato que ela já tinha ido embora quando chegou lá. Logo mais, ligaria para Buck, avisando que a Comunidade Global tentaria impedi-la de fugir.

Rayford não gostou das instruções. Fortunato não confiou a ele um destino final específico. Disse que as forças locais da Comunidade Global dariam tal informação. Rayford não se importava em saber para onde deveria levar Hattie. Se tudo funcionasse como esperava, ela voaria para a região de Chicago com Buck e Ken, e as ordens que recebeu seriam irrelevantes.

Buck teria de voar mais de 1.500 quilômetros até Denver; Rayford, menos de 1.300. Ele desacelerou, nem de perto usando o potencial do poderoso jato. Uma hora depois, Rayford estava ao telefone com Buck. Enquanto conversavam, algumas chamadas chegavam ao rádio, mas, sem ouvir as letras ou o nome de quem ligava, ele as ignorou.

— Nossa previsão é chegar meio-dia a Stapleton — disse Buck. — Para Ken, fui ousado demais ao prometer que a veríamos tão cedo. Ela ainda precisa nos explicar como chegar lá, e não conseguimos contatá-la. Nem sei que nome está usando!

Rayford contou-lhe do próprio dilema.

— Não gosto disso — falou Buck. — Não confio em nenhum deles com ela.

— A coisa toda é estranha.

— Albie para Mergulhador, câmbio — chiou o rádio.

Rayford ignorou.

— Estou muito atrás de você, Buck. Vou assegurar-me de não chegar antes das duas da tarde.

— Albie para Mergulhador, câmbio — repetiu o rádio.

— Isso vai fazer sentido para Leon — continuou Rayford. — Ele não pode esperar que eu chegue lá mais rápido do que isso.

— Albie para Mergulhador, você me ouve, câmbio?

Finalmente lhe caiu a ficha.

— Espere um minuto, Buck.

Rayford sentiu arrepios nos braços ao agarrar o microfone.

— Aqui é Mergulhador. Prossiga, Albie.

— Preciso de sua posição, Mergulhador, câmbio.

— Espere.

— Buck, depois retorno. Tem alguma coisa com Mac.

Rayford verificou os marcadores.

— Wichita Falls, Albie, câmbio.

— Desça em Liberal. Câmbio, desligo.

— Albie, espere. Eu...

— Fique lá, que eu o encontro. Albie desliga.

Por que Mac teve de usar nomes codificados? Ray posicionou o curso para Liberal, Kansas, e pelo rádio pediu à torre as coordenadas de pouso. Mac certamente não estava voando para Liberal no Condor. E de helicóptero levaria horas.

Voltou-se para o rádio.

— Mergulhador para Albie, câmbio.

— Aguardando, Mergulhador.

— Só pensando... Será que eu posso voltar e encontrá-lo no meio do caminho? Câmbio.

— Negativo, Mergulhador. Câmbio, desligo.

Rayford ligou para Buck e o atualizou.

— Estranho — disse Buck. — Mantenha-me informado.

— Manterei.

— Quer uma boa notícia?

— Com prazer.

— Ken Ritz é o mais novo membro do Comando Tribulação.

* * *

Pouco antes do meio-dia, pelo fuso horário da região das Montanhas Rochosas, Ritz pousou o Learjet no Aeroporto de Stapleton, em Denver. Buck ainda não tinha resposta de Chloe. Ligou para ela.

— Nada, Buck, sinto muito. Vou continuar tentando. Liguei para vários centros de reprodução daí, mas aqueles com quem falei disseram que faziam apenas cirurgias de mesmo dia, sem internação. Perguntei se também faziam partos. Disseram que não. Não sei mais o que fazer.

— Somos dois. Continue tentando.

* * *

Para tranquilizar os desconfiados encarregados da torre no minúsculo aeroporto que havia em Liberal, Rayford decidiu completar o tanque. O operador de base ficou surpreso que ele precisasse de tão pouco combustível.

Próximo à janela da cabine, ficou navegando na internet, sentado na pista. Encontrou o BBS de Tsion, que se tornou assunto mundial. Centenas de milhares de respostas apareciam diariamente. Tsion continuava voltando a atenção de seu crescente rebanho para o próprio Deus. Adicionou à sua mensagem pessoal diária um estudo bíblico bastante profundo destinado às 144 mil testemunhas. O coração de Rayford se aqueceu ao ler aquilo. Ficou impressionado que um estudioso fosse tão sensível ao seu público. Além das testemunhas, havia entre seus leitores curiosos, assustados, interessados e novos convertidos. Tsion tinha algo para cada um deles, e o mais impressionante era sua habilidade, como Bruce Barnes costumava dizer, de "colocar os biscoitos na prateleira mais baixa".

A escrita de Tsion reproduzia o modo como ele parecia a Rayford pessoalmente, quando o Comando Tribulação sentava-se com ele e discutia o que Tsion chamava de "as riquezas insondáveis de Cristo Jesus".

A habilidade de Tsion com as Escrituras não era fruto apenas de sua facilidade com idiomas e textos, Rayford sabia. Ele foi ungido por Deus, capacitado para ensinar e evangelizar. Naquela manhã, ele fez a seguinte convocação na internet:

> Bom dia a você, meu querido irmão ou minha querida irmã no Senhor! Venho com o coração cheio de tristeza, mas também cheio de alegria. Entristeço-me, pessoalmente, pela perda de minha preciosa esposa e de meus adolescentes. Lamento por tantos que morreram desde que Cristo veio arrebatar sua Igreja. Lamento pelas mães, em todo o mundo, que perderam seus filhos e choro por um mundo que perdeu uma geração inteira!
>
> Quão estranho é não ver o rosto sorridente nem ouvir o riso das crianças! Por mais que desfrutássemos da presença delas, não tínhamos consciência do quanto nos ensinavam e do quanto acrescentavam à nossa vida, até que se foram.
>
> Também estou melancólico, esta manhã, pelos resultados da ira do Cordeiro. Deve estar claro para qualquer pessoa pensante, até mesmo para os não crentes, que a profecia foi cumprida. O grande terremoto parece ter extinguido 25% da população que havia restado. Por gerações, as pessoas têm chamado os desastres naturais de "atos divinos". Esse era um termo equivocado. Tempos atrás, Deus, o Pai, concedeu o controle do clima da Terra ao próprio Satanás, o príncipe e a potestade dos ares. Deus permitiu destruição e mortes por fenômenos naturais, sim, por causa da queda do homem. E, sem dúvida, algumas vezes, por causa das fervorosas orações de seu povo, Deus interveio contra tais ações do maligno.
>
> Mas o recente terremoto foi, sim, um ato de Deus. Foi tristemente necessário, e escolho discutir isso hoje em razão de algo que aconteceu enquanto eu estava escondido, exilado. Uma ocorrência por demais

esquisita e impressionante, a qual poderia ser creditada às incríveis habilidades organizacionais, motivacionais e industriais da Comunidade Global. Nunca escondi minha crença de que a própria ideia de um governo ou moeda mundial, ou, sobretudo, uma fé mundial — ou, devo dizer, "não fé? — vem do abismo do inferno. Isso não quer dizer que tudo o que resulta dessas alianças profanas será necessariamente maléfico.

Hoje, em meu recanto secreto do mundo, soube, via rádio, que a surpreendente rede Celular-Solar possibilitou o retorno da televisão a certas áreas. Um amigo e eu, curiosos, ligamos a TV e ficamos estarrecidos. Eu esperava uma rede de notícias ou, talvez, uma estação de emergência local. Mas, como acredito que já tenham notado, nos lugares em que a televisão está de volta, ela voltou com força total.

Nossa televisão acessa centenas de canais do mundo todo, transmitidos por satélite. Cada imagem, em cada canal, representando todas as estações e redes disponíveis, é transmitida para nossas casas de forma tão nítida e clara, que dá a impressão de que podemos esticar a mão e tocar o que vemos! Que maravilha da tecnologia!

Mas isso não me empolga. Admito que nunca fui ávido por TV. Eu entediava os outros com a minha insistência em acompanhar programas educacionais ou o noticiário e, de outra forma, criticava o que era transmitido. Todo mês, mais ou menos, era um novo choque para mim ver como a televisão ficava pior.

Não vou mais me desculpar por sentir horror ao que esse meio de entretenimento se tornou. Hoje, enquanto meu amigo e eu testávamos as centenas de estações, eu sequer podia prestar atenção à maioria das programações, de tão abertamente malignas que eram! Assistir, nem que fosse para criticá-las, teria sujeitado meu cérebro ao envenenamento. Reconheço que 5% dos programas, aproximadamente, eram tão inofensivos quanto o noticiário. Claro, até mesmo o noticiário pertence à Comunidade Global, é controlado por ela e carrega suas peculiaridades. Mas, pelo menos, não fui submetido à linguagem vil ou às imagens lascivas. Em praticamente todos os outros canais, no entanto, eu via, naquela fração de segundo antes de mudar o sinal, a prova cabal de que a sociedade chegou ao fundo do poço.

Não sou ingênuo nem puritano. Mas, hoje, vi coisas que nunca pensei que veria. Todas as restrições, as fronteiras, os limites, foram erradicados. Aquilo foi uma partícula do que motivou a ira do Cordeiro. Sexualidade, sensualidade e nudez têm feito parte da indústria há muitos anos. Mas até mesmo aqueles que costumavam defendê-las, baseados na liberdade de expressão ou contrários à censura, disponibilizavam esses conteúdos somente às pessoas que sabiam o que estavam escolhendo.

Talvez a própria perda das crianças tenha sido o que nos levou a este ponto: não se esquecer de Deus, mas reconhecê-lo da pior maneira possível, mostrando a língua, erguendo os punhos e cuspindo no rosto dele. Ver não apenas a perversão simulada, mas os retratos reais de todos os pecados capitais listados nas Escrituras, deixou-nos impuros.

Meu amigo saiu da sala. Eu chorei. Não me surpreende que muitos se tenham voltado contra Deus. Mas ser exposto às profundezas do resultado de se abandonar o Criador é algo deprimente e doloroso. Violência, torturas e assassinatos reais são orgulhosamente anunciados como disponíveis 24 horas por dia em alguns canais. Feitiçaria, magia negra, clarividência, adivinhação, sessões mediúnicas são oferecidas como meras alternativas a qualquer coisa normal e, por que não dizer, positiva.

Isso é equilibrado? Existe uma estação que veicule histórias, comédias, shows de variedades, entretenimento musical, educação ou qualquer coisa de cunho religioso além da Fé Mundial Unificada do Mistério de Babilônia? Com todo o barulho da Comunidade Global sobre a chegada da liberdade de expressão, é exatamente isso que tem sido negado àqueles de nós que conhecem a verdade de Deus e acreditam nela.

Pergunte a si mesmo se a mensagem que escrevo hoje seria permitida em uma, que fosse, das centenas de canais de TV do mundo todo. Claro que não. Temo o dia em que a tecnologia possibilitará à Comunidade Global silenciar até mesmo a presente forma de expressão, a qual, sem dúvida, em breve será considerada crime contra o Estado. Nossa mensagem coloca-se em aberta oposição à Fé Mundial, que nega a crença no único Deus verdadeiro, um Deus de justiça e juízo.

E, portanto, eu sou um dissidente, assim como você, caso se considere parte da família do Reino. Crer em Jesus Cristo como Filho unigênito do Deus Pai, Criador do céu e da terra, confiar naquele que ofereceu sua vida como sacrifício pelo pecado do mundo, é algo, em última instância, contrário a tudo o que é ensinado pelo Mistério de Babilônia. Aqueles que se orgulham da tolerância e nos chamam de exclusivistas, julgadores, desamorosos e incisivos são ilógicos, chegando ao absurdo. O Mistério de Babilônia acolhe, em suas fileiras, todas as religiões organizadas, com a condição de que todas sejam aceitas e nem uma, discriminada. No entanto, os próprios dogmas de muitas dessas religiões tornam isso impossível. Quando tudo é tolerado, nada é limitado.

Há quem pergunte: Por que não cooperar? Por que não amar e aceitar? Amando nós estamos. Aceitando, não podemos. É como se Mistério de Babilônia fosse uma organização das religiões "únicas-e-exclusivamente-verdadeiras". Pode ser que muitos desses sistemas de crenças tenham, com entusiasmo, desistido de suas pretensões de exclusividade, porque nunca fizeram sentido.

A crença em Cristo, porém, é única e, de fato, exclusiva, à primeira vista. Aqueles que se orgulham de "aceitar" Jesus Cristo como um grande homem, talvez um deus, um grande mestre ou um dos profetas, expõem a própria tolice. Fiquei contente em ler muitos comentários gentis sobre o meu ensino. Agradeço a Deus o privilégio e peço, em minhas orações, que eu sempre busque sua orientação e exponha sua verdade com apreço. Imaginem, contudo, se eu anunciasse que não apenas sou um crente, mas também o próprio Deus. Isso não negaria todas as coisas positivas que já ensinei? Pode ser verdade que devemos amar a todos e viver em paz. Ser bondosos com o próximo. Fazer aos outros o que queremos que façam a nós. Os princípios são sadios, mas o professor ainda seria admirável e aceitável, caso também alegasse ser Deus?

Jesus era um homem que também era Deus. "Bem", você diz, "é aí que divergimos. Você o considera simplesmente um homem." Mas, se isso é tudo o que ele foi, então ele era um egomaníaco, um desajustado ou um mentiroso. Há alguma possibilidade de você dizer em voz alta que Jesus era um grande mestre, exceto no quesito de afirmar ser o Filho de Deus e o único caminho para o Pai, e não perceber o vazio disso?

Um argumento contra um profundo e sincero compromisso com a fé costumava ser o seguinte: tantas crenças religiosas eram tão semelhantes, que não parecia fazer muita diferença escolher qualquer delas. Viver uma vida moral e espiritual, supunha-se, implicava fazer o melhor que se conseguisse, tratando bem as pessoas e esperando que suas boas ações superassem as más.

De fato, esses dogmas são comuns a muitas das religiões que se uniram para formar a Fé Mundial. Como membros cooperantes, deixaram de lado todas as outras distinções e desfrutam a harmonia da tolerância.

Francamente, isso esclarece o assunto. Não preciso mais comparar a fé em Cristo com qualquer outro sistema de crenças. Eles todos são um agora, e a diferença entre o Mistério de Babilônia e o Caminho, a Verdade e a Vida é tão clara, que ficou fácil escolher.

O Mistério de Babilônia, sancionado pela própria Comunidade Global, não acredita no único Deus verdadeiro. Acredita em qualquer deus, ou deus nenhum, ou deus como um conceito. Não há certo ou errado; existe apenas o relativismo. O eu é o centro dessa religião criada por homens, e dedicar a vida para a glória de Deus está em absoluto contraste.

Meu desafio para você, hoje, é escolher um dos lados. Junte-se a uma equipe. Se um lado está certo, o outro está errado. Ambos não podem estar certos. Atente à mensagem que o leve a entender, passo a passo, como as Escrituras esclarecem a condição do homem. Conscientize-se de que você é um pecador, separado de Deus, mas pode ser reconciliado com ele ao aceitar o dom da salvação que ele oferece. Como eu disse anteriormente, a Bíblia prenuncia um exército de 200 milhões de cavaleiros, mas a multidão dos santos da tribulação, aqueles que se tornam cristãos durante este período, não se pode enumerar.

Embora isso indique claramente que haverá centenas de milhões de pessoas como nós, eu não o convoco a uma vida fácil. Durante os próximos cinco anos, antes do glorioso retorno de Cristo para estabelecer seu Reino na terra, morrerão três quartos da população que restou após o arrebatamento. Enquanto isso, devemos dedicar nossa vida à causa. Atribui-se a Jim Elliot, um grande mártir missionário do século 20, uma das sumas mais comoventes sobre o compromisso com Cristo já escritas: "Não é tolo aquele que abre mão do que não pode reter [a vida temporal] para ganhar o que não pode perder [vida eterna com Cristo]".

E, agora, uma palavra aos meus companheiros judeus convertidos de cada uma das doze tribos: planejem-se para uma reunião em Jerusalém daqui a um mês, de comunhão, ensino e unção, a fim de evangelizar com o fervor do apóstolo Paulo e conduzir a grande colheita de almas, que é nossa tarefa.

E, por fim, àquele que é poderoso para impedi-los de cair, a Cristo, o grande pastor das ovelhas, sejam o poder, o domínio e a glória, agora e para todo o sempre, pelos séculos dos séculos, amém!

Seu servo,

Tsion Ben-Judá.

Rayford e Amanda amavam ler esse tipo de mensagem de Bruce Barnes e, depois, de Tsion. Era possível que Amanda estivesse escondida em algum lugar, com acesso a tudo isso? Será que estavam lendo ao mesmo tempo? Será que, algum dia, uma mensagem de Amanda apareceria na tela de Rayford? Cada novo dia sem notícias dela tornava mais difícil para ele acreditar que a esposa ainda estivesse viva, e, ainda assim, ele não podia aceitar que ela houvesse partido. Não cessaria de procurar. Mal podia esperar pelo equipamento que lhe permitiria mergulhar e provar que Amanda não estava naquele avião.

— Albie para Mergulhador, câmbio.

— Aqui é Mergulhador, prossiga — disse Rayford.

— Previsão de chegada em três minutos. Aguente firme. Câmbio, desligo.

\* \* \*

Buck e Chloe combinaram que ele continuaria tentando o número de Hattie, enquanto ela seguiria ligando para os centros médicos em Denver. Buck sentiu um pouco da frustração de Chloe quando ele começou a apertar, a cada minuto, o botão da rediscagem para o celular de Hattie. Mesmo um mero sinal de ocupado teria sido encorajador.

— Não aguento mais ficar aqui sentado — disse Buck. — Estou com vontade de sair a pé procurando por ela.

— Está com seu *note* aí? — perguntou Ritz.

— Sempre — disse Buck.

Ken ficou vidrado no computador por algum tempo.

— Tsion está conectado, reunindo as tropas. Ele deve estar tirando Carpathia do sério. Sei que tem mais um monte de gente que ainda o ama, mas que, como nós, vai finalmente ver a luz. Olhe só isto!

Ritz virou o *notebook* para Buck, que observou os números disparando, indicando quantas respostas chegavam ao BBS a cada minuto. E com a nova mensagem lançada há pouco, o total voltava a ampliar-se.

"Ritz estava certo, claro", pensou Buck. Carpathia devia estar enfurecido com o retorno que Tsion tinha. Não era de admirar que ele quisesse crédito pela fuga do rabino e também por, eventualmente, trazê-lo de volta ao público. Mas por quanto tempo isso o satisfaria? Quanto tempo até o ciúme tomar posse dele?

— Buck, se é verdade que a Comunidade Global quer patrocinar o retorno de Tsion a Israel, ela devia dar uma olhada no que ele está dizendo sobre o Mistério de Babilônia.

— Carpathia tem Mathews no comando do Mistério de Babilônia agora — disse Buck —, e ele se arrepende. Mathews enxerga a si mesmo e à fé como coisas maiores e mais importantes do que a própria Comunidade Global. Segundo Tsion, a Bíblia ensina que Mathews só vai durar algum tempo.

O telefone tocou. Era Chloe.

— Buck, onde você está?

— Estamos os dois parados aqui na pista.

— Aluguem um carro. Explico enquanto vocês andam.

— O que aconteceu? — perguntou Buck, saindo e fazendo sinal para Ken o seguir.

— Consegui falar com um hospital pequeno, privado. Uma mulher disse que eles fechariam em três semanas, pois era melhor vender para a Comunidade Global do que pagar aqueles impostos ridículos.

Buck apressou-se em direção ao terminal, mas logo diminuiu o passo, quando percebeu que Ken havia ficado para trás.

— Então, é onde Hattie está?

— Não, mas essa mulher contou que há um grande laboratório de testes da Comunidade Global em Littleton. Está instalado em uma igreja enorme, assumida pelo Mistério de Babilônia e, depois, vendida para Carpathia, quando o público ficou reduzido. Uma clínica reprodutiva, na antiga ala das escolas dominicais daquela igreja, recebe pacientes para longa estadia. A mulher não gostava disso. A clínica e o laboratório trabalham de mãos dadas, e, aparentemente, há muita pesquisa sobre clonagem e tecido fetal acontecendo por lá.

— E você achou Hattie lá?

— Acho que sim. Eu liguei e descrevi Hattie, mas a recepcionista ficou desconfiada quando eu não soube o nome que ela devia estar usando. Disse-me que, se uma pessoa decidiu adotar um nome falso, significava que ela não queria ser contatada. Eu falei que era importante, mas ela não engoliu. Perguntei se ela, ao menos, poderia passar a todos os pacientes o recado de que um deles deveria ligar para CW, mas tenho certeza de que ela ignorou. Liguei um pouco depois e disfarcei minha voz. Disse que meu tio era o faxineiro e pedi que o colocassem ao telefone. Logo em seguida o cara veio, e eu expliquei que uma amiga de lá havia se esquecido de me passar o pseudônimo que estava usando. Falei que meu marido estava a caminho com um presente, mas que ele precisava saber por quem procurar para conseguir entrar. Ele não sabia se devia ajudar, até que eu sugeri que meu marido daria a ele cem dólares. O rapaz ficou tão animado, que me passou o nome dele antes mesmo de passar os nomes das quatro mulheres que estão lá agora.

Buck chegou ao balcão para alugar o carro. Ken, sabendo do esquema, bateu com a carteira de motorista e o cartão de crédito no balcão.

— Você me deve uma tonelada — disse. — Espero que tenham um carro de tamanho decente.

— Passe-me os nomes, amor — pediu Buck, tirando uma caneta.

— Vou passar os quatro, só para o caso de precisar — disse Chloe —, mas você vai saber de cara qual é o dela.

— Não me diga que ela escolheu algo como "Pantera do Charlie".

— Nada tão criativo. É só que os nomes das mulheres já falam tudo... Tivemos sorte de apenas um deles combinar com ela. Conchita Fernandez, Suzie Ng, Mary Johnson e Li Yamamoto.

— Dê-me o endereço e mande o tio faxineiro dizer a Mary que estamos a caminho.

\* \* \*

Mac colocou o helicóptero perto do Challenger e subiu a bordo com Rayford.

— Não sei tudo que está acontecendo, Ray, mas eu não o deteria assim, sem motivo. Fico arrepiado de pensar que quase perdi isso... Bem, depois que você me largou lá, eu taxiei o Condor naquele hangar ao sul, como você falou. Aí, estava saindo de lá, indo até a fila de táxi, quando Fortunato me manda uma mensagem da casa do embaixador. Ele perguntou se podia voltar ao Condor, porque precisava fazer uma ligação sigilosa e o único telefone seguro estava a bordo. Eu disse a ele: "Claro, mas terei de destrancar a aeronave e ligá-la, para que tenha energia para a chamada, e, depois que você usar, tranco tudo de novo." Ele falou que estava tudo bem, desde que eu ficasse no alojamento ou na cabine de pilotagem e lhe desse privacidade. Eu disse que tinha umas coisas para fazer na cabine. Olhe só, Ray!

Mac tirou do bolso um pequeno aparelho de gravação.

— Sou precavido ou não? Eu me enfiei lá, saquei o fone de ouvido e liguei o intercomunicador. Enfiei o aparelhinho em um dos fones e coloquei para gravar. Ouça.

Rayford ouviu o barulho da discagem e, depois, Fortunato dizendo:

— Certo, Vossa Excelência, estou no Condor, então é seguro... Sim, estou sozinho... O oficial McCullum me deixou entrar... Na cabine. Sem problemas... A caminho de Denver... Vão fazer lá mesmo?... É um lugar tão bom quanto qualquer um. Só que isso mudará nossa viagem de volta... Um piloto sozinho simplesmente não tem condições físicas de fazer essa viagem inteira. Eu não me sentiria seguro... Sim, comece a explicar aos embaixadores que precisaremos de mais tempo para voltarmos. Quer que eu tente contratar um piloto aqui para irmos até Dallas?... Entendo. Falo com você mais tarde.

— O que você conclui disso, Mac?

— Está bem claro, Ray. Eles querem tirar vocês dois de cena de uma vez só. Comigo, o que aconteceu foi que Leon apressou-se até a cabine e bateu de um jeito impaciente. Ele parecia corado e abalado. Perguntou se eu faria o favor de acompanhá-lo e me sentar. Aparentou estar nervoso, passando a mão sobre a boca e olhando para longe, totalmente diferente do habitual, você sabe. Ele falou: "Acabei de receber notícias do comandante Steele, e há uma chance de ele se atrasar. Gostaria que você planejasse nosso retorno e cuidasse de descansar bastante, para o caso de precisar pilotar." Eu perguntei: "O trajeto *todo*? Todo o caminho de volta e todas as paradas durante a viagem?" Falou que eu deveria ajustar o cronograma, de modo que ficasse fácil para mim, e que, com bastante repouso, eles tinham plena confiança de que eu conseguiria fazê-lo. E acrescentou: "Você encontrará Sua Excelência muito em dívida com você."

Rayford não achou graça no esquema todo.

— Então, ele recrutou você como o novo comandante.

— Praticamente.

— E eu vou me atrasar... Bem, não é uma maneira muito legal de dizer que estou frito.

# CAPÍTULO 17

Do momento em que Buck e Ken pegaram o carro — com espaço de sobra — e foram informados dos atalhos em torno da destruição, foram quase 45 minutos até Littleton. Encontrar uma igreja adaptada para ser um laboratório de testes e uma clínica reprodutiva foi fácil. Ela ficava na única rua trafegável num raio de 25 quilômetros. Todos os veículos que eles viam estavam empoeirados e cobertos de lama.

Buck entrou sozinho para ver se conseguia tirar Hattie daquele lugar. Ken esperou na frente, com o motor em marcha lenta, monitorando o telefone de Cameron.

Buck aproximou-se da recepcionista.

— Oi! — disse alegremente. — Vim aqui ver Mary.

— Mary?

— Johnson. Ela está esperando.

— E quem devo dizer que está procurando por ela?

— Só diga a ela que é B.

— Você é parente?

— Nós logo seremos, eu acho. Espero.

— Um momento.

Buck sentou-se e procurou uma revista, como se tivesse todo o tempo do mundo. A recepcionista pegou o telefone.

— Sra. Johnson, você estava esperando visita?... Não?... Um jovem que se identificou como B... Vou verificar.

A recepcionista fez sinal para Cameron.

— Ela está perguntando de onde você a conhece.

Buck sorriu, como se estivesse indignado.

— Diga-lhe que nos conhecemos num avião. Ela se lembrará.

— Ele disse que vocês se conheceram num avião... Muito bem.

A recepcionista desligou.

— Sinto muito, senhor, mas ela acredita que você deve tê-la confundido com outra pessoa.

— Você pode dizer se ela está sozinha?

— Por quê?

— Talvez por isso ela não esteja admitindo que me conhece. Deve precisar de ajuda, e não sabe como me dizer.

— Senhor, ela está em recuperação de um procedimento médico. Tenho certeza de que está sozinha e sendo bem cuidada. Sem a permissão dela, não tenho liberdade de contar mais nada a você.

Pelo canto do olho, Buck viu uma pequena figura escura, em um roupão longo, movendo-se lentamente. A minúscula mulher asiática, de cabelos compridos e aparência severa, olhou com curiosidade para Buck, depois rapidamente desviou o olhar e desapareceu no corredor.

O telefone da recepcionista tocou. Ela sussurrou:

— Sim, Mary?... Você não o reconhece mesmo? Obrigada.

* * *

— Então, Mac, eu estou paranoico ou parece que estão usando Hattie como isca para que consigam nos pegar?

— É o que me parece — disse Mac. — E nenhum de vocês vai escapar.

Rayford pegou o telefone.

— É melhor dizer a Buck onde ele se enfiou antes mesmo que eu decida o que fazer.

* * *

Buck teve a impressão de que a recepcionista estava chamando os seguranças. Não adiantaria ser levado ou, pior, detido por eles. Seu primeiro pensamento foi de fugir. Mas ainda havia uma chance de enganar a recepcionista e conseguir passar. Talvez Ken pudesse distraí-la. Ou, talvez, Buck pudesse convencê-la de que ele não sabia o nome usado por sua amiga ali e que ele estava apenas chutando.

A recepcionista o surpreendeu, entretanto, quando subitamente desligou o telefone e perguntou:

— Você, por acaso, não trabalha para a Comunidade Global, trabalha?

Como ela sabia disso era tão intrigante quanto o fato de Hattie usar um pseudônimo de etnia diferente, enquanto uma garota asiática tinha recebido o nome de Mary Johnson ou, ainda, *ela mesma* ter escolhido esse pseudônimo. Se negasse trabalhar para a Comunidade Global, Buck talvez nunca descobrisse por que ela perguntou.

— Bom, na verdade, trabalho, sim.

A porta da frente abriu-se atrás dele. Ken estava esbaforido, com o celular de Buck na mão.

A recepcionista disse:

— E o seu nome é Rayford Steele?

— *Hmm...*

Ken gritou:

— Senhor? Aquele carro com as luzes acesas é seu?

Buck sabia que não devia hesitar. Deu a volta e falou por sobre o ombro:

— Já volto.

— Mas, senhor! Comandante Steele!

Buck e Ken estavam a alguns passos do carro.

— Eles pensaram que eu era Rayford! Eu estava quase conseguindo!

— Você não quer entrar lá, Buck. Armaram para Rayford. Ele tem certeza de que era uma emboscada.

Ken tentou engatar a marcha, mas o carro não se mexeu.

— Achei que eu tivesse deixado este negócio ligado. As chaves sumiram.

Do nada, um oficial de segurança com o uniforme da Comunidade Global surgiu ao lado da janela.

— Aqui, senhor — disse, entregando as chaves para Ken. — Qual de vocês é o comandante Steele?

Buck notou que Ken estava tentado a zarpar. Ele se inclinou por sobre Ken e falou:

— No caso, sou eu. Vocês me esperavam?

— Sim, esperávamos. Quando seu motorista largou o carro, achei bom desligá-lo e levar as chaves para ele. Comandante Steele, sua encomenda está lá dentro. Queira nos acompanhar.

Voltando-se para Ken, perguntou:

— Você também é da Comunidade Global?

— Eu? Não. Trabalho para a empresa de aluguel. O comandante aqui não tinha certeza se conseguiria levar o carro de volta, então eu dirigi. Ele ainda paga por uma viagem de ida e volta, é claro.

— Claro. E, se não houver nada que o senhor precise no carro, então, comandante, pode me acompanhar.

Para Ken, disse:

— E nós providenciaremos o transporte da volta, então você pode levar o carro.

— Deixe-me acertar as contas com ele — disse Buck. — Já vou com você.

Ken fechou a janela.

— É só dar a ordem, Buck, e eles nunca nos pegarão. Mas, se você entrar lá como Rayford Steele, nem você nem Hattie sairão.

Buck encenou dar algumas notas para Ken.

— Eu tenho de entrar — disse ele. — Eles pensam que eu sou Rayford; se acharem que eu desconfiei de alguma coisa e fugi, a vida de Hattie acabou. Ela está carregando uma criança e ainda não é convertida. Não vou entregá-la à Comunidade Global. — Buck relanceou o guarda na calçada. — Preciso ir.

— Vou ficar por perto — disse Ritz. — Se você não sair logo dali, eu vou entrar.

\* \* \*

— Estou tentado a voar direto para Bagdá e provar a mim mesmo que Amanda não está sepultada no rio Tigre. O que Carpathia vai fazer quando eu aparecer? Ficar com os créditos pela minha ressurreição?

— Você sabe onde sua filha está, certo? Se eles encontraram um esconderijo, esse é o lugar certo para ir. Até que relatem a Carpathia que você não apareceu em Denver, já estará escondido.

— Não é do meu feitio ficar escondido, Mac. Eu sabia que esse bico com Carpathia era temporário, mas é estranho ter virado um alvo. Provavelmente, nenhum de nós vai durar até a gloriosa manifestação, mas esse era o meu objetivo desde o começo. Que chances temos agora?

Mac sacudiu a cabeça.

O telefone de Rayford tocou. Ritz contou o que estava acontecendo.

— Oh, não! — disse Rayford. — Você não devia ter deixado Buck voltar lá. Talvez só descubram que ele não sou eu depois de matá-lo. Tire-o de lá!

— Não tive como impedi-lo, Rayford. Ele acha que, se fizermos algo suspeito, a Hattie já era. Confie em mim, se ele não sair em alguns minutos, eu vou entrar.

— Essas pessoas têm todo tipo de armas — disse Rayford. — Você está armado?

— Sim, mas eles não arriscariam atirar lá dentro, arriscariam?

— Por que não? Eles não se importam com mais ninguém além deles mesmos. O que você tem?

— Buck não sabe, e eu nunca tive de usar, mas carrego uma Beretta sempre que voo a serviço dele.

* * *

Buck e o guarda da Comunidade Global foram recebidos por uma recepcionista descontente.

— Se tivesse apenas me dito quem era, comandante Steele, e usado o nome apropriado para a pessoa que estava procurando, eu facilmente lhe teria atendido.

Buck sorriu e encolheu os ombros. Um guarda mais jovem surgiu.

— Ela vai vê-lo agora. Depois, nós todos preenchemos uma pequena papelada e levamos vocês dois para Stapleton.

— Oh — disse Buck —, sabe, no fim acabamos não pousando em Stapleton.

Os guardas se entreolharam.

— Não?

— Disseram-nos que o percurso de Stapleton até aqui estava pior do que o do Aeroporto Internacional de Denver, então nós...

— Eu achei que o aeroporto de Denver estivesse fechado.

— Fechado para voo comercial, sim — disse Buck, confundindo-os. — Se puderem nos levar até lá, seguimos de volta.

— De volta para onde? Ainda não lhe demos suas ordens.

— Ah, é. Eu sei. Só supus que fosse a Nova Babilônia.

— Ei — disse o guarda mais jovem —, se o Denver está fechado para voo comercial, onde você conseguiu o carro?

— Tinha uma companhia ainda aberta — disse Buck. — Acho que eles estão servindo aos militares da Comunidade Global.

O guarda mais velho olhou para a recepcionista.

— Diga a ela que estamos a caminho.

Enquanto a recepcionista pegava o telefone, os guardas pediram que Buck os seguisse pelo corredor. Entraram em uma sala com a placa "Yamamoto" na porta. Buck teve medo de que Hattie dissesse seu nome assim que o visse. Ela encontrava-se voltada para a parede, por isso não conseguia saber se Hattie estava acordada.

— Ela vai ficar surpresa ao ver seu antigo comandante — disse Buck. — Costumava chamar-me pelo apelido, Buck. Mas, na frente da tripulação e dos passageiros, era sempre "comandante Steele". É, ela foi minha comissária de bordo na Pancontinental por muitos anos. Sempre fez um bom trabalho.

O guarda mais velho pôs a mão no ombro dela.

— Hora de ir, querida.

Hattie virou-se, parecendo confusa, os olhos semicerrados por conta da luz.

— Para onde estamos indo? — perguntou ela.

— O comandante Steele está aqui para pegar você, senhora. Ele vai levá-la a um outro lugar primeiro e, depois, de volta à Nova Babilônia.

— Oh! Oi, comandante Steele — disse ela, meio grogue. — Eu não quero ir para a Nova Babilônia.

— Apenas seguindo ordens, srta. Durham — respondeu Buck. — Você sabe bem como é isso.

— Eu só não quero ir tão longe — disse ela.

— Vamos por etapas. Você vai conseguir.

— Mas e...

— Vamos indo, senhora — falou o guarda mais velho. — Temos um cronograma a cumprir.

Hattie sentou-se. Sua gravidez começava a ficar evidente.

— Eu agradeceria se os senhores me dessem licença enquanto eu me visto.

Buck seguiu os guardas até o corredor. O mais novo disse:

— Então, o que você usou para voar até aqui?

— Ah, um dos pequenos jatos que sobreviveram ao terremoto.

O outro perguntou:

— Como foi o voo de Bagdá?

Buck ouviu de Rayford que o Aeroporto de Bagdá estava inutilizável, algo assim. Aliviado por não ser mais questionado sobre o avião, ele imaginava se estaria sendo testado.

— Voamos da Nova Babilônia — disse ele. — Você não acreditaria na rapidez com que a reconstrução está indo.

— Voo longo?

— Muito. Mas, é claro, paramos a cada tantas horas para pegar um dignitário.

Buck não fazia ideia de quantos, quando ou onde, e esperava que eles não perguntassem.

— E como é? Com todos aqueles figurões no mesmo avião?

— O mesmo trabalho de sempre — disse Buck. — Os pilotos, de qualquer modo, ficam na cabine ou nos aposentos. Nós não nos envolvemos na pompa.

Buck sabia que já estava dando tempo o bastante para Ken Ritz preocupar-se. De jeito nenhum esses caras levariam Hattie ou ele a qualquer um dos aeroportos, ainda que Buck conseguisse enganá-los. Ficou surpreso que não tivessem oferecido a ambos uma bebida envenenada. Ao que parecia, os guardas receberam ordens para fazer tudo de modo limpo, fácil e discreto. Não podia haver testemunhas.

Quando o guarda mais velho bateu à porta de Hattie, Buck avistou Ken com um faxineiro no final do corredor, ambos carregando vassouras. Buck puxou conversa com os guardas, esperando que Ken saísse de vista rapidamente. Embora ele estivesse usando um boné da clínica, tal qual o faxineiro, não havia como esconder as suas feições.

— Então, em que tipo de veículo mandaram vocês? — perguntou Buck. — Qualquer coisa que nos faça atravessar esse terreno mais depressa do que em meu *sedan* alugado?

— Na verdade, não. Uma *minivan*. Tração só nas rodas traseiras, infelizmente. Mas conseguimos levá-los até o aeroporto sem problemas.

— Para onde nos enviarão, afinal? — perguntou Buck.

O guarda mais novo tirou um papel do bolso.

— Vou entregar-lhe isto em alguns minutos, na outra sala, mas diz Washington Dulles.

Buck fitou o homem. De uma coisa ele sabia com certeza: não havia planos para a reconstrução do Aeroporto Dulles. Ele foi apagado do mapa na guerra, e o terremoto acabou com o outro que estaria mais próximo, o Reagan National. Este tinha uma ou duas pistas operáveis, Rayford disse, mas Dulles era uma pilha de destroços.

— Eu quero mais um segundo — gritou Hattie.

O guarda suspirou.

— O que tem na outra sala? — perguntou Buck.

— Um espaço para acertarmos os detalhes sobre a missão. Passamos as ordens a vocês, garantimos que tenham tudo de que precisam e, depois, seguimos para o aeroporto.

Buck não gostou de pensar na outra sala. Ele queria poder conversar com Ritz. Não sabia dizer se os homens da Comunidade Global estavam armados, mas o esperado era que tivessem Uzis em coldres presos ao tronco, sob o braço. Ele imaginava se morreria tentando salvar Hattie Durham.

\* \* \*

Rayford não queria que Fortunato soubesse que ele ainda não estava em Denver, para o caso de as forças da Comunidade Global já terem relatado sua chegada lá. Se Denver fosse avisado de que o verdadeiro comandante Steele ainda estava em voo, Buck seria exposto; então, nem ele nem Hattie teriam chance alguma. Rayford estava parado na pista de decolagem no Kansas, tão impotente quanto jamais se sentiu.

— É melhor voltar, Mac. Fortunato acha que você está visitando uns amigos, certo?

— E estou, não estou?

— Como ele contata você?

— Pede que a torre me ligue, depois mudamos para a frequência onze, para uma conversa em particular.

Rayford assentiu.

— Boa viagem.

\* \* \*

— Certo, senhora — disse o guarda para Hattie, atrás da porta. — Acabou o tempo. Agora, vamos.

Buck não ouviu nada do quarto de Hattie. Os guardas se entreolharam. O mais velho virou a maçaneta. Estava trancada. Ele praguejou. Ambos arrancaram as armas de sob a jaqueta e bateram ruidosamente na porta, ordenando que Hattie saísse. Outras mulheres espiavam de seus quartos, incluindo uma em cada ponta do corredor. O guarda jovem acenou com a Uzi para elas, que se recolheram para dentro. O mais velho descarregou quatro tiros na porta de Hattie, mandando trinco e fechadura ao chão e provocando gritos pelo corredor. A recepcionista veio correndo, mas, quando apareceu no corredor, o guarda mais jovem disparou uma fuzilaria que a estraçalhou da cintura ao rosto. Ela desabou no chão de mármore num estrondo.

O outro guarda correu para o quarto de Hattie, enquanto o jovem virava-se rápido para segui-lo. Buck estava entre eles. Queria ter tido algum treinamento para se defender ou para fazer resistência a ataques. Devia haver algum modo estratégico de reagir a um homem carregando uma Uzi bem na sua cara.

Sem nada no repertório, ele firmou o pé direito, pisou rapidamente com o esquerdo e enfiou o punho fechado no nariz do jovem, com toda a força que conseguiu reunir. Sentiu a cartilagem sendo esmagada, os dentes quebrando e a carne rasgando. O guarda devia estar no meio do caminho quando Buck o atingiu, porque a parte de trás da cabeça bateu no chão primeiro.

A Uzi fez um barulho ao cair no mármore, mas a alça que a segurava ficou presa sob o homem. Buck virou-se e correu em direção ao último quarto à esquerda, de onde viu, momentos antes, um rosto em pânico dar uma espiada. Em sua mente, as cenas rodavam em câmera lenta: as cortinas soprando da janela aberta no quarto de Hattie, o corpo crivado da recepcionista e o branco dos olhos do guarda quando Buck fez-lhe o nariz afundar na cabeça, ficando vermelho, como o resto do rosto.

Buck começou a correr. Sangue escorria de sua mão. Olhou para trás no trajeto até o último quarto. Ainda nenhum sinal do guarda mais velho. Uma mulher hispânica grávida soltou um berro quando ele entrou. Buck sabia que estava com a aparência horrível, a ferida na bochecha ainda inflamada, sua mão e a camisa cobertas com o sangue do rosto do jovem. A mulher cobriu os olhos e tremia.

— Tranque a porta e fique debaixo da cama! — disse Buck.

Ela não se moveu inicialmente.

— Agora! Ou você vai morrer!

Buck abriu a janela e viu que teria de colocar-se de lado para sair. A tela não se moveu. Recuou e levantou a perna, empurrando a tela. A velocidade do movimento levou-o para fora, com o pé em uns arbustos. Quando recuperou o equilíbrio, balas atravessavam a porta atrás dele, e Buck viu a mulher encolhida debaixo da cama. Correu pela lateral do prédio, passando pela janela aberta de Hattie. Ao longe, Ken Ritz a ajudava a entrar pela porta de trás do carro. A *minivan* da Comunidade Global postava-se entre Buck e o *sedan*.

Buck sentia como se estivesse em um sonho, incapaz de mover-se mais rápido. Cometeu o erro de prender a respiração ao correr;

assim, logo teve de tragar o ar, o coração batendo contra as costelas. Quando se aproximou da *van*, deu uma olhada para trás, avistando o guarda que saltava da janela pela qual ele havia escapado. Buck foi para o outro lado da *van*, buscando proteção, enquanto as balas perfuravam o chassi. Um quarteirão à frente, Ritz esperava atrás do volante. Buck podia ficar ali parado, sendo massacrado ou mantido como refém, ou podia arriscar-se e correr até o carro.

Ele correu. A cada passo, temia que o próximo som seria o de uma bala colidindo com sua cabeça. Hattie estava fora de vista, no banco ou no chão do carro, e Ken, curvado para a direita, desapareceu também. A porta do passageiro se abriu e acenou como uma fonte no deserto. Quanto mais corria, mais Buck sentia-se vulnerável, mas não ousava olhar para trás.

Ele ouviu um som, mas não um disparo de arma. Mais seco. A porta da *minivan*. O guarda havia saltado para dentro do veículo. Buck estava a pouco menos de cinquenta metros do carro.

* * *

Rayford ligou para o celular de Buck. Tocou várias vezes, e ele não queria desistir. Se um homem da Comunidade Global atendesse, Rayford blefaria até descobrir o que queria saber. Se Buck atendesse, deixaria que ele falasse em código, caso estivesse diante de pessoas que não podiam saber quem estava do outro lado. O telefone continuava tocando.

Rayford odiava a condição de impotência e de inércia mais do que qualquer coisa. Estava cansado de joguinhos com Nicolae Carpathia e a Comunidade Global. Aquela falsa santidade e simpatia o levavam à loucura! "Deus", orou em silêncio, "deixe-me ser um inimigo absoluto de Carpathia, por favor."

Uma voz feminina petrificada atendeu ao telefone.

— O quê? — gritou ela.

— Hattie? Não deixe transparecer, mas aqui é Rayford.

— Rayford! O piloto de Buck quase me matou de susto do lado de fora da minha janela, mas, depois, me ajudou a sair! Estamos esperando por Buck! Temos medo de que ele seja morto!

— Dê-me esse telefone! — ouviu Rayford. Era Ritz. — Ray, ele parece bem, mas tem um cara atirando. Assim que ele chegar ao carro, vou embora. Se eu desligar na sua cara, já sabe...

— Apenas cuide deles! — disse Rayford.

\* \* \*

Poucos passos adiante do carro, esperando ser abatido, Buck não ouvia mais nada. Nem tiros nem *van*. Atreveu-se a uma última olhadela; viu o homem da Comunidade Global sair do veículo. Ele se agachou e começou a atirar. Buck ouviu uma enorme explosão ao seu lado, quando o pneu traseiro direito estourou. Mergulhou para alcançar a porta aberta, pegando a alça e procurando colocar um pé para dentro. O para-brisa traseiro estilhaçava-se pelo carro.

Buck tentou manter o equilíbrio. O pé esquerdo estava no assoalho; o direito, no asfalto. A mão esquerda segurava o chassi, e a direita, a maçaneta da porta. Ken recostou-se novamente no assento do carona para escapar dos tiros, e, antes que Buck tivesse conseguido entrar, ele pisou cegamente no acelerador. A porta escancarou-se, e, para não voar, Buck virou-se e sentou na cabeça de Ken, que gritava enquanto o carro disparava, o pneu estourado agitando-se e a borracha dos pneus bons descascando. Buck também tentava ficar fora da linha de fogo, mas precisava sair de cima da cabeça dolorida de Ken.

Ritz soltou o volante e usou as duas mãos para conseguir escapar de debaixo de Buck. Aprumou-se no banco, para orientar-se, e puxou a roda para a esquerda, não a tempo de se esquivar da esquina de um prédio. O painel do canto direito rasgou-se e ficou bem amassado. Ken endireitou o carro e tentou ganhar distância do atirador.

O carro não estava cooperando. Por pouco, mais balas não atingiram Ritz, e Buck viu o comportamento do amigo mudar. Ken foi do medo à loucura em um piscar de olhos.

— Já chega! — berrou Ritz. — Esta foi a última vez que atiraram em mim!

Para o horror de Buck, Ritz girou o carro e zarpou em direção ao guarda. Buck espiava por sobre o painel. Ritz puxou de um coldre no tornozelo a pistola automática de 9 mm, apoiou o pulso esquerdo entre o retrovisor lateral e o chassi, então disparou.

O guarda apressou-se para o outro lado da *van*. Gritando, Buck pediu a Ken que fosse para o aeroporto.

— De jeito nenhum! — respondeu Ken. — Esse cara é meu!

Ele derrapou até parar a cerca de quinze metros da *van* e saltou do carro. Agachou-se, a Beretta nas duas mãos, mandando bala pouco acima do nível do solo.

Buck, aos gritos, pedia que Ritz voltasse ao carro, enquanto o homem da Comunidade Global virava-se e corria em direção ao prédio. Ritz disparou mais três tiros, e um acertou o pé do guarda, levando a perna atingida para a frente dele e tombando-o de costas.

— Eu vou matar você, seu...

Buck saiu correndo do carro e agarrou Ritz, arrastando-o de volta.

— Não espere que ele esteja sozinho! — disse Buck. — Temos de ir!

Pularam para o carro, e Ken girou rapidamente a roda, acelerando. Uma enorme nuvem de poeira levantou-se atrás deles, enquanto saltavam e deslizavam pelo terreno, devastado pelo terremoto, em direção a Stapleton.

— Se conseguirmos despistá-los, vão achar que estamos indo ao Aeroporto Internacional de Denver. Por que ele não conseguiu fazer a *van* ligar?

Ritz enfiou a mão debaixo do assento e tirou uma tampa de distribuidor, com fios pendurados.

— Talvez tenha alguma coisa a ver com isto — respondeu ele.

O carro protestava ruidosamente. Buck colocou uma mão no teto para evitar bater a cabeça enquanto balançavam. Com a outra, esticou-se sobre Ritz e prendeu-lhe o cinto. Depois, prendeu o próprio cinto e viu o telefone deslizar por entre seus pés. Pegou-o e notou que estava em uso.

— Alô?
— Buck! É o Ray! Você está bem?
— A caminho do aeroporto! Estamos com um pneu traseiro estourado, mas só nos resta continuar até que isso nos impeça.
— Também temos um vazamento de combustível! — disse Ritz. — O medidor está caindo muito rápido!
— Como está Hattie? — perguntou Rayford.
— Aguentando firme! — disse Buck.

Queria prender-lhe o cinto também, mas sabia que seria impossível na condição dela, especialmente com o carro chacoalhando. Ela estava deitada no banco de trás, os pés pressionados contra a porta, uma mão segurando o estômago, a outra empurrando o encosto do banco. Ela estava pálida.

— Segurem-se! — gritou Ritz.

Buck olhou para cima em tempo de ver um alto monte de terra que eles não conseguiriam evitar. Ritz não diminuiu nem tentou parar. Manteve o pedal afundado e dirigiu-se para o centro do monte. Buck apoiou-se nos pés e esticou a mão para trás, tentando impedir que Hattie voasse para a frente com o impacto. Quando o carro mergulhou na pilha de terra, Hattie bateu nas costas do banco do carona e quase deslocou o ombro de Buck. O telefone voou da mão dele, quebrando-se no para-brisa e escorregando para o piso.

*  *  *

— Ligue quando puder! — gritou Rayford, desligando.
Ele taxiou o Challenger 3 no final da pista.

— Scuba para Albie — disse ele. — Albie, na escuta?

— Prossiga, Scuba.

— Volte para a base e descubra o que eles sabem. A carga está temporariamente segura, mas vou precisar de algum tipo de história quando eu aparecer.

— Positivo, Scuba. Considere um Minot.

Rayford fez uma pausa.

— Boa, Albie. Vou, sim. Preciso de tudo o que você puder conseguir, o mais rápido possível.

— Positivo.

"Brilhante", pensou Rayford. Há muito tempo, ele havia contado a Mac uma experiência de quando esteve em Minot, Dakota do Norte. Seu caça a jato apresentou mau funcionamento, e ele teve de abortar uma missão de treinamento. Rayford diria a Fortunato que foi o que aconteceu com o Challenger, e Leon não teria como julgar. Mac confirmaria tudo o que Rayford dissesse. O maior problema era que, até sua volta, Leon já saberia do fiasco em Denver e suspeitaria do envolvimento de Rayford.

Ele precisava de uma vantagem para continuar vivo. Será que Hattie era importante o suficiente para que Carpathia mantivesse Rayford por perto até saber onde ela estava? Rayford tinha de voltar a Bagdá para descobrir o que aconteceu com Amanda. Não havia garantia de que Carpathia não o mataria como exemplo para o resto do Comando Tribulação.

\*\*\*

— O carro está esquentando! — disse Ritz.

— Eu também estou esquentando! — gemeu Hattie.

Ela se sentou e apoiou uma mão em cada encosto da frente. O rosto estava vermelho; a testa, suada.

— Não temos escolha, precisamos continuar — disse Buck.

Ele e Ken lutavam para segurar-se no tremor violento do veículo danificado. A agulha de temperatura estava fincada no vermelho, o vapor subia sob o capô, o medidor de combustível estava perigosamente baixo, e Buck viu chamas saindo do pneu traseiro.

— Se você parar, a gasolina vai atingir as chamas. Mesmo que cheguemos ao aeroporto, tenha certeza de que estamos vazios antes de parar!

Hattie gritou:

— E daí se o pneu queimar o carro?

— Espero que você esteja acertada com Deus! — gritou Ritz.

— Tirou as palavras da minha boca! — disse Buck.

\* \* \*

Disparando como um foguete em direção a Dallas, a algumas centenas de quilômetros por hora, Rayford receava ultrapassar Mac no helicóptero. Ele tinha de cronometrar sua chegada apropriadamente. Alguns minutos depois, ouviu Fortunato entrar em contato com Mac.

— Torre de Dallas para Golf Charlie Nove Nove, câmbio.

— Aqui é Golf Charlie. Prossiga, torre.

— Mude para a frequência alternativa, câmbio.

— Entendido.

Rayford mudou para a frequência onze e ficou atento.

— Mac, aqui é o supremo comandante.

— Prossiga, senhor.

— Qual é a sua localização?

— Duas horas a oeste de você, senhor. Estou acabando uma visita.

— Você estava voltando?

— Não, senhor. Mas eu posso.

— Isso, por favor. Houve uma grande sujeira ao norte de nós, entende?

— O que aconteceu?

— Ainda não temos certeza. Precisamos encontrar nosso agente e, em seguida, voltar ao cronograma o mais rápido possível.

— Estou a caminho, senhor.

* * *

Buck orava, desejando que o carro ficasse logo sem gasolina, mas não sabia como conseguiriam levar Hattie pelo terreno destroçado. As chamas lambiam a parte traseira direita do carro, e a única coisa que os impedia de explodir era Ken mantendo a coisa em movimento.

O fogo estava mais próximo de Hattie, e, mesmo com o carro balançando de um lado para o outro, ela conseguiu arrastar-se até o banco da frente, entre os dois.

— O motor vai explodir antes de ficarmos sem gasolina! — gritou Ken. — Talvez a gente tenha de pular!

— Fácil falar! — disse Hattie.

Buck teve uma ideia. Encontrou seu telefone e digitou o código de emergência.

— Avise a torre de Stapleton! — berrou. — Automóvel pequeno em chamas aproximando-se!

A pessoa do outro lado da linha tentou perguntar alguma coisa, mas Buck desligou. O motor sacudia e se debatia, a traseira do carro era uma tocha, e Ken cuidou de uma última subida em direção ao fim da pista. Um caminhão com jato de espuma colocava-se em posição.

— Continue rodando, Ken! — disse Buck.

O motor, por fim, parou. Ken colocou em ponto morto, e os dois homens seguraram a maçaneta das portas. Hattie agarrava o braço de Buck com as duas mãos. O carro quase parou de rodar por completo, até que o caminhão chegou e descarregou a espuma, sufocando o veículo e apagando o fogo. Ken disparou de um lado; Buck, do outro, com Hattie a tiracolo. Cambaleando cegamente através da espuma, Buck ergueu Hattie nos braços, chocado com seu ganho de peso. Fraco depois de toda aquela prova, ele ficou atrás de Ken, seguindo-o até o Learjet. Ken baixou os degraus, então pediu a Buck que lhe passasse Hattie e subisse a bordo, depois a carregou, e Buck ajudou-a a sentar-se. Ken fechou a porta, os motores gritando, o Learjet rodando em questão de minuto.

Enquanto voavam, a equipe de combate ao incêndio já havia terminado com o carro e olhava o avião em fuga.

Buck afastou os joelhos e deixou as mãos penderem. Suas juntas estavam doendo. Ele não conseguia apagar de sua mente as imagens da recepcionista, morta antes mesmo de cair no chão, o guarda que ele socou e a mulher tremendo ao trancar a porta.

— Ken, se descobrirem quem somos, você e eu vamos virar fugitivos.

— O que aconteceu ao meio-dia? — disse Hattie, a voz fina.

— O que aconteceu com o seu telefone? Chloe e eu tentamos falar com você a manhã toda.

— Eles pegaram. Falaram que tinham de repará-lo ou algo assim.

— Você está bem de saúde? — perguntou Buck. — Quero dizer, além da sua condição?

— Sinto-me melhor — disse ela. — Ainda estou grávida, se quer saber.

— Calculei que sim, enquanto carregava você.

— Desculpe.

— Ficaremos escondidos — disse Buck. — Está disposta?

— Quem mais está lá?

Buck lhe contou.

— E quanto a cuidados médicos?

— Eu tenho uma ideia, também — disse Buck. — Sem promessas, mas vamos ver o que podemos fazer.

Ken ainda parecia agitado.

— Não consegui acreditar na minha sorte quando paguei aquele faxineiro e ele me levou para fora, onde eu conseguia ver direitinho através da janela.

— Quando me disse que estava com Buck — falou Hattie —, tive de confiar em você.

— Como, por tudo que há no mundo, você saiu de lá, Buck? — perguntou Ken.

— Eu me pergunto a mesma coisa. Aquele guarda assassinou a recepcionista.

Hattie ficou chocada.

— Claire? — perguntou ela. — Claire Blackburn está morta?

— Eu não sabia o nome dela — disse Buck —, mas ela morreu.

— Isso é o que eles queriam fazer comigo — falou Hattie.

— Você está certa — disse Ken.

— Vou ficar com vocês o tempo que me aceitarem.

Buck pegou o telefone, atualizou Rayford e Chloe, depois digitou o número do dr. Floyd Charles, em Kenosha.

\* \* \*

Rayford bolou uma história que achou ser convincente. O único problema, ele sabia, era que, provavelmente, não demoraria muito até que Buck fosse identificado como o Ray impostor.

# CAPÍTULO 18

Antes de voltar para Dallas, Rayford esperava descobrir o que Leon sabia ou acreditava saber sobre o que aconteceu em Denver. Mas ele não conseguia contatar Mac. Será que Buck foi reconhecido? Ninguém acreditaria que Rayford não teve participação na fuga de Hattie se soubessem que o genro dele esteve lá. Ele aceitaria as consequências de suas ações no que considerava uma guerra santa. No entanto, queria ficar fora da prisão tempo suficiente para encontrar Amanda e limpar-lhe o nome.

Se Tsion estivesse certo, as 144 mil testemunhas haviam sido seladas por Deus e estavam protegidas contra o mal por um certo período. Embora Rayford não fosse uma delas, ele era cristão; tinha a marca de Deus na testa e confiava que ele o protegeria. Se Deus não o fizesse, então, como disse o apóstolo Paulo, morrer seria "lucro".

Rayford não teve notícias de Mac e não conseguia contatá-lo. Ou McCullum não conseguiu livrar-se de Leon a tempo de entrar em contato, ou alguma coisa tinha dado errado. Rayford precisava se mexer. Se fosse para avisar que havia abortado a missão, fazia mais sentido mandar um rádio a Leon antes de aparecer de novo em Dallas.

\* \* \*

Buck ficou abalado com o pensamento de que podia ter matado alguém. Quando o dr. Charles os encontrou no Aeroporto Waukegan, antes de segui-los até Mount Prospect, Buck sussurrou-lhe seu medo.

— Preciso saber quão seriamente eu machuquei aquele guarda.

— Conheço um cara nas instalações de emergência da Comunidade Global fora de Littleton — disse Charles. — Posso descobrir.

Dr. Charles ficou no carro, ao telefone, depois de Ken entrar com o Suburban no quintal. Chloe e Tsion exigiram saber todos os detalhes. Chloe movia-se pelas escadas com a bengala, insistindo que Hattie ficasse com a cama no andar de baixo. Hattie parecia exausta. Ken e Tsion ajudaram-na a subir as escadas e pediram-lhe que os chamasse após o banho, para que pudessem ajudá-la a descer.

Buck e Chloe conversaram em particular:

— Você podia ter sido morto — disse ela.

— Estou surpreso de não ter sido. Só sei que eu matei aquele guarda. Não posso acreditar. Mas ele tinha acabado de trucidar a recepcionista, e eu sabia que faria o mesmo com a gente. Reagi instintivamente. Se tivesse parado para pensar, talvez eu ficasse congelado.

— Não tinha mais nada que você pudesse fazer, Buck. Mas... Não dá para matar um homem com um soco, dá?

— Espero que não. Mas ele se virou e vinha na minha direção quando o acertei. Não estou exagerando, amor. Acho que eu não conseguiria ter batido mais forte, ainda que estivesse correndo para cima dele. Senti como se meu punho entrasse na cabeça dele. Destroçei tudo, e ele caiu de costas, bem de cabeça. O barulho foi como de uma bomba.

— Foi legítima defesa, Buck.

— Não sei o que vou fazer se descobrir que ele está morto.

— O que a Comunidade Global fará se descobrir que foi você?

Buck se perguntava quanto tempo demoraria para isso. O guarda jovem havia dado uma boa olhada nele, mas provavelmente estava morto. O outro guarda tinha assumido que ele era Rayford Steele. A menos que alguém lhe mostrasse uma foto de Rayford, talvez ele ainda acreditasse nisso. Mas será que ele conseguiria descrever Buck?

Buck foi até um espelho no corredor. O rosto estava encardido; a bochecha, vermelha e roxa quase até o nariz; o cabelo, desgrenhado e escuro de suor. Precisava de um banho. E como estava sua aparência naquela clínica? O que o guarda sobrevivente poderia dizer sobre ele?

\*\*\*

— Charlie Tango para torre de Dallas, câmbio.
— Torre. Prossiga, Charlie Tango.
— Transmitir mensagem urgente ao supremo comandante da Comunidade Global. Missão abortada por falha mecânica. Verificando o equipamento antes de voltar à base. Previsão, mais duas horas.
— Positivo, Charlie Tango.

Rayford aterrissou em uma pista de pouso sem vigilância e aparentemente abandonada, a leste de Amarillo, e esperou pelo telefonema de Leon Fortunato.

\*\*\*

Buck ficou preocupado quando dr. Charles finalmente entrou na casa e não fez contato visual. O médico concordou em ver Chloe, Ken e Hattie antes de voltar para Kenosha. Parecia mais preocupado com Hattie e o bebê. Ela devia permanecer em repouso completo, a não ser para atender a necessidades fisiológicas. Ele disse aos outros como cuidar dela e quais sinais monitorar.

O médico removeu os pontos de Ken e aconselhou-o a ir com calma por alguns dias.

— O quê? Sem tiroteios? Acho que não vou poder trabalhar para Buck por um tempo.

O doutor disse mais uma vez a Chloe que o tempo era seu aliado. O gesso do braço e o do pé não podiam ser removidos ainda, mas ele prescreveu exercícios que a ajudariam a recuperar-se mais rapidamente.

Buck esperou, observando. Se dr. Charles o ignorasse completamente, isso significava que Buck havia matado o homem, e o médico não sabia como lhe dizer.

— Você poderia ver minha bochecha? — perguntou Buck.

Sem uma palavra, dr. Charles se aproximou. Segurou o rosto de Buck com as mãos e virou-o de um lado para o outro na luz.

— Preciso limpar isso. Você corre o risco de pegar uma infecção se não passarmos um pouco de álcool.

Os outros saíram, enquanto o médico cuidava de Buck.

— Você se sentirá melhor depois de um banho também.

— Ficarei melhor quando você me disser o que descobriu. Ficou naquele telefone um tempão...

— O homem está morto — disse o doutor.

Buck fixou os olhos nele.

— Não vejo nada que você possa fazer, Buck.

— Eles virão me procurar. Havia câmeras por toda a parte.

— Se você estava com a aparência de agora, até as pessoas que o conhecem talvez não o identificassem.

— Eu tenho de me entregar.

Dr. Charles deu um passo para trás.

— Se atirasse em um soldado inimigo durante uma batalha, você se entregaria?

— Eu não queria matá-lo.

— Mas, se não tivesse feito, ele teria matado você. Ele matou uma pessoa bem na sua frente. Você sabe que a missão dele era acabar com você e Hattie.

— Como um soco o matou?

O médico aplicou um curativo para fechar o corte e sentou-se sobre a mesa.

— Meu colega em Littleton disse-me que qualquer uma das duas pancadas, a no rosto ou a na parte de trás da cabeça, poderia matar.

Mas a combinação das duas tornou isso inevitável. O guarda sofreu um traumatismo facial severo, que devastou cartilagem e osso ao redor do nariz, e fez parte dele afundar no crânio. Ambos os nervos ópticos foram destruídos. Vários dentes foram quebrados, a mandíbula superior estava fraturada. Talvez só esse dano já o tenha matado.

— *Talvez?*

— Meu conhecido está mais inclinado a acreditar no dano craniano posterior como causa da morte. A parte posterior da cabeça batendo diretamente no chão fez com que o crânio se quebrasse como uma casca de ovo. Vários fragmentos de tecido craniano estavam cravados no cérebro. A morte foi instantânea.

A cabeça de Buck pendeu. Que tipo de soldado ele era? Como podia esperar lutar nesta batalha cósmica do bem contra o mal, se não conseguia lidar com o fato de matar o inimigo?

O médico começou a guardar suas coisas.

— Nunca conheci alguém que tivesse causado a morte de outra pessoa sem ficar mal por um tempo — disse. — Conversei com pais que mataram alguém ao proteger o próprio filho, mas que, ainda assim, continuavam assombrados e melancólicos. Pergunte a si mesmo onde Hattie estaria se não fosse pelo que você fez. Onde *você* estaria?

— Eu estaria no céu. Hattie estaria no inferno.

— Então você conseguiu um pouco mais de tempo para ela.

\* \* \*

Rayford finalmente recebeu um telefonema da torre de Dallas, pedindo-lhe que informasse quando estivesse a meia hora de tocar o solo.

— O supremo comandante aguarda sua chegada.

Ele disse que estava prestes a começar o trajeto. Meia hora antes de entrar em Dallas, avisou-os pelo rádio e, quarenta minutos depois, taxiava até o hangar, que também abrigava o Condor 216. Desembarcava para encarar um carrancudo Leon Fortunato; Mac McCullum atrás dele, com um olhar perspicaz. Rayford mal podia esperar para conversar com o amigo em particular.

— O que aconteceu, comandante Steele?

— Estava vagaroso, comandante, e é, no mínimo, prudente verificar. Consegui fazer um ajuste, mas eu estava tão atrasado no cronograma, que achei melhor fazer contato.

— Você não sabe o que aconteceu, então?

— Com o avião? Não inteiramente, mas parecia instável e...

— Quero dizer, sobre o que aconteceu em Denver!

Rayford olhou de relance para Mac, que balançou a cabeça de modo quase imperceptível.

— Em Denver?

— Como eu disse, comandante — começou Mac —, eu simplesmente não consegui contatá-lo.

— Siga-me — disse Fortunato.

Leon conduziu Rayford e Mac a um escritório, onde abriu, em um computador, um vídeo e um *e-mail* do escritório da Comunidade Global em Denver. Os três se debruçaram sobre o monitor e viram Fortunato narrar:

— Sabíamos que a srta. Durham não estava disposta a voltar para a Nova Babilônia, mas Sua Excelência acreditava que seria o melhor para ela e para a segurança global. A fim de proteger a noiva e o filho, designamos dois oficiais de segurança, que deveriam encontrar-se com você e com ela, além de transmitir a você as ordens. A prioridade máxima era deixar a srta. Durham com você, para que fosse transportada até o Oriente Médio. Eles deviam assegurar-se de que ela ainda estaria em Denver quando você chegasse. Como o laboratório e a clínica não foram danificados pelo terremoto, pensamos que o sistema de vigilância havia sido destruído. No entanto, o agente de segurança sobrevivente checou o sistema, só para garantir, e encontrou uma imagem do impostor.

— Impostor? — perguntou Rayford.

— O homem que alegava ser você.

Rayford ergueu as sobrancelhas.

— Eles eram profissionais, comandante Steele.

— Eles?

— Pelo menos dois. Talvez mais. As câmeras na frente do prédio e na área da recepção não estavam operando. Havia câmeras em ambas as pontas do corredor principal e uma no meio. A ação que você verá aconteceu no meio, mas a única câmera funcionando era a da ponta norte do corredor. Quase toda a visão que temos do impostor está bloqueada por um dos seguranças, ou o impostor está de costas para a câmera. O vídeo começa aqui, com os guardas de segurança e o criminoso saindo pela porta da srta. Durham, enquanto ela se vestia para a viagem.

Estava claro que Buck era o homem entre os dois guardas, mas seu rosto estava indistinguível, o cabelo, desaprumado, e ele tinha um ferimento horrível na bochecha.

— Agora, observem, cavalheiros. Quando o guarda mais velho bate à porta da srta. Durham, o outro também se vira para a porta, mas o suspeito olha para o corredor. Esse é o melhor ângulo que temos do rosto dele.

Rayford ficou aliviado mais uma vez, pois a imagem não estava clara.

— O guarda mais velho acredita que o criminoso se distraiu com os dois zeladores que aparecem anteriormente na fita. Ele vai entrevistá-los hoje, mais tarde. Agora, aqui, poucos momentos depois, ele perdeu a paciência com a srta. Durham. Ele a chama, e os dois guardas batem à porta. O mais jovem ordena que as pacientes curiosas voltem aos seus quartos. O suspeito recua alguns passos quando o guarda mais velho abre a porta. Isso faz a recepcionista vir. Enquanto o guarda jovem está distraído, o criminoso, de alguma forma, o desarma e... Viram? Viram a rajada de tiros? Ele mata a recepcionista ali mesmo. Quando o jovem tenta desarmá-lo, ele lhe esmurra o rosto com tanta força, usando a extremidade da Uzi, que o guarda morre antes de cair no chão!

Mac e Rayford se entreolharam e se aproximaram para estudar o vídeo. Rayford imaginou se Fortunato achava que tinha o poder de Carpathia, o de convencer as pessoas de terem visto algo que não viram. Ele não podia deixar passar.

— Não é isso o que eu estou vendo, Leon.

Fortunato olhou bruscamente para ele.

— O que você está dizendo?

— O guarda mais jovem fez o disparo.

Fortunato voltou a fita.

— Viu? — perguntou Rayford. — Aí! Ele está atirando. O suspeito recua. O guarda vira-se para trás, e o criminoso avança, enquanto o guarda parece escorregar sobre os cartuchos que ele próprio disparou. Viu? Ele perde o equilíbrio, aí a pancada manda a cabeça dele para o chão.

Fortunato pareceu zangado. Repassou o vídeo mais algumas vezes. Mac disse:

— O criminoso nem tentou pegar a arma.

— Digam o que quiserem, senhores, mas esse impostor assassinou a recepcionista e o guarda.

— O guarda? — perguntou Rayford. — Ele podia ter caído de cabeça, mesmo que não tivesse levado um soco.

— De qualquer forma — continuou Fortunato —, o cúmplice puxou a srta. Durham pela janela e mandou-a para o carro da fuga. Assim que o guarda mais velho abriu a porta, o cúmplice atirou nele.

Claro que não foi essa a história que Rayford tinha ouvido.

— Como ele escapou, se foi morto?

— Ele *quase* foi. Está com um ferimento grave no calcanhar.

— Achei que você tivesse dito que ele estava *entrando* no quarto quando recebeu o tiro...

— Correto.

— Ele teria de estar correndo para *fora* do quarto para ser baleado no calcanhar.

O computador apitou, e Fortunato pediu ajuda a um assessor.

— Chegou outra mensagem — disse ele.

— Mostre-me.

O assessor apertou alguns botões, e uma nova mensagem do guarda sobrevivente brilhou. Dizia: "Pé sendo tratado. Cirurgia necessária. Cúmplice era o segundo faxineiro na primeira cena na fita. Faxineiro de verdade foi encontrado com maço de dinheiro. Alega que o cúmplice obrigou-o a pegar, fazendo parecer suborno. Diz que ele colocou uma faca em sua garganta até obter informações."

O assessor de Fortunato voltou o vídeo até o ponto em que os dois faxineiros entraram no corredor e caminharam em direção à câmera. Rayford, que nunca conheceu Ritz, adivinhou quem ele era só pela falta do uniforme completo da zeladoria. A única coisa a lembrar um uniforme era o boné, que ele aparentemente pediu emprestado ao faxineiro. Carregava uma vassoura, mas a roupa era típica do oeste americano.

— É possível que ele fosse daquela região — disse Fortunato.

— Bem pensado — concordou Rayford.

— Ora, não precisa um olho treinado para identificar roupas regionalistas.

— Mesmo assim, comandante, essa foi uma observação perspicaz.

— Eu não vejo a faca — falou Mac, enquanto os elementos se aproximavam da câmera.

O boné de Ritz estava puxado para baixo, cobrindo-lhe os olhos. Rayford prendeu a respiração quando Ken ergueu o boné para arrumar as notas sob ele. Ele levantou o boné e o recolocou na cabeça, mostrando o rosto mais claramente. Rayford e Mac entreolharam-se atrás de Fortunato.

— Depois que passaram por essa câmera — disse Fortunato —, o cúmplice conseguiu as informações de que precisava e despachou o zelador. Ele fugiu com a srta. Durham e abriu fogo contra o nosso guarda. E aqueles guardas estavam lá apenas para proteger a srta. Durham.

O guarda, convenientemente, havia deixado de fora detalhes que o teriam feito parecer um idiota. Até que alguém pudesse investigar minuciosamente a cena, a Comunidade Global não tinha nenhum pingo de evidência que incriminasse Rayford.

— Ela vai fazer contato com você — disse Fortunato. — Sempre faz. É melhor que você não tenha tido nada a ver com isso. Sua Excelência consideraria alta traição, punível com morte.

— Você suspeita de *mim*?

— Eu não tirei conclusões.

— Estou voltando para a Nova Babilônia como suspeito ou como piloto?

— Como piloto, é claro.

— Você me quer nos controles do Condor 216?

— Claro. Você não poderia nos matar sem matar a si mesmo, e calculo que não seja um suicida. Ainda.

\* \* \*

Buck passou mais de três semanas trabalhando na versão do *Semanário Comunidade Global* para a internet. Esteve em contato com Carpathia quase todos os dias. Nada foi dito sobre Hattie Durham, mas Carpathia frequentemente lembrava Buck de que o "amigo" deles, o rabino Tsion Ben-Judá, seria protegido pela Comunidade Global a qualquer momento que escolhesse retornar à Terra Santa. Buck não contou a Tsion. Limitou-se a manter viva sua promessa de que o rabino retornaria a Israel dentro de um mês.

O sobrado de Donny Moore mostrava-se mais ideal a cada dia. Nada mais no bairro havia sobrevivido. Praticamente nenhum tráfego por ali.

Ken Ritz, agora plenamente recuperado, saía da minúscula cabana Quonset, que lhe foi oferecida em Palwaukee, e ficava para lá e para cá entre Wheeling e Waukegan, em suas novas escavações no porão do abrigo. O Dr. Charles fazia uma visita todos os dias, e, em cada oportunidade surgida, o Comando Tribulação se reunia para receber o ensinamento de Tsion.

Não era por acaso que eles se encontravam ao redor da mesa da cozinha, com Hattie a menos de dois metros de distância, em sua cama. Muitas vezes, Hattie se virava de lado, de costas para eles, fingindo dormir, mas Buck estava convencido de que ela ouvia cada palavra.

Eles tinham o cuidado de não dizer nada que pudesse incriminá-los diante de Carpathia, sem ideia do que o futuro reservava para Nicolae e Hattie. Mas juntos choravam, oravam, riam, cantavam, estudavam e compartilhavam suas histórias. Dr. Charles frequentemente estava presente.

Tsion repassava o plano inteiro de salvação em quase todas as reuniões. Podia ser na forma de uma de suas histórias ou, simplesmente, expondo uma passagem das Escrituras. Hattie tinha muitas perguntas, mas ela só as fazia depois, para Chloe.

O Comando Tribulação queria que dr. Charles se tornasse um membro efetivo, mas ele recusou, temeroso de que viagens mais frequentes até a casa pudessem atrair pessoas erradas para lá. Ritz passava muitos dias mexendo no abrigo subterrâneo, colocando-o em ordem, caso alguém, ou todos eles, precisasse de isolamento completo. Esperavam não chegar a esse ponto.

*** 

O voo de Dallas até a Nova Babilônia, com várias paradas, a fim de pegar os embaixadores regionais de Carpathia, foi atormentador para Rayford. Ele e Mac estavam preocupados com a possibilidade de Fortunato recrutar Mac para eliminá-lo. Rayford sentia-se vulnerável, asumindo que Fortunato acreditava em seu envolvimento no resgate de Hattie Durham.

O dispositivo que permitia a Rayford ouvir o que acontecia na cabine principal produzia uma escuta fascinante durante toda a viagem. Um dos transmissores, estrategicamente colocados, ficava perto do assento que o próprio Nicolae Carpathia costumava usar. É claro que Leon se apropriou dele, o que era favorável a Rayford. Ele descobriu em Leon um incrível mestre da falsidade, perdendo apenas para Nicolae.

Cada embaixador subia a bordo com a fanfarra de assessores, e Fortunato imediatamente buscava cair nas graças de todos. Ordenava à tripulação de cabine que os esperasse, sussurrava coisas para eles, lisonjeava-os, fazia confidências. Cada um deles ouviu a história de Fortunato sobre ter sido ressuscitado por Carpathia. Parecia a Rayford que todos estavam realmente impressionados. Ou disfarçavam muito bem.

— Entendo que seja do seu conhecimento que o senhor está entre os dois soberanos regionais favoritos de Sua Excelência — dizia Fortunato em particular a cada rei.

As respostas eram variações de: "Eu não sabia ao certo, mas não posso dizer que me surpreende. Dou todo o apoio ao regime de Sua Excelência."

— Isso não passou despercebido — respondia Fortunato. — Ele aprecia muito a sua sugestão sobre a exploração dos oceanos. Sua Excelência acredita que isso resultará em benefícios enormes para o mundo inteiro. Ele pede que a sua região divida a renda equitativamente com a administração da Comunidade Global, e ele redistribuirá a parte da Comunidade Global para as regiões menos privilegiadas.

Se isso fizesse o rei empalidecer, Fortunato entrava em ação:

— Claro, Sua Excelência percebe o fardo disso sobre o senhor. Mas... é como o velho ditado: "A quem muito é dado, muito é cobrado."

O soberano acredita que o senhor tem governado com tamanho brilhantismo e vigor, que pode ser considerado um dos grandes benfeitores do mundo. Em troca, ele me deu a liberdade de mostrar-lhe esta lista e estes planos para seu encorajamento e conforto pessoais.

Enquanto desenrolava papéis, que Rayford presumia serem desenhos arquitetônicos elaborados e listas de benefícios, Fortunato dizia:

— Como Sua Excelência em pessoa solicitou-me, asseguro-lhe que ele não acredita, de nenhum modo, que isto seja menos do que o adequado a uma pessoa de sua estatura e posição social. Embora possa parecer opulento, beirando a ostentação, ele me pediu para dizer-lhe, pessoalmente, que acredita ser o senhor digno de tais acomodações. Ainda que seu novo domicílio, que será construído e equipado nos próximos seis meses, pareça promovê-lo ainda mais do que Sua Excelência, ele insiste que o senhor não rejeite os seus planos.

Seja lá o que Fortunato lhes mostrava, parecia impressioná-los.

— Bem — diziam —, eu jamais pediria isso, mas, se Sua Excelência insiste...

Fortunato guardava na manga sua abordagem mais asquerosa. Pouco antes de terminar sua conversa oficial com cada rei, ele acrescentava:

— Agora, Sua Excelência pediu que eu tratasse de um assunto delicado, que deve permanecer confidencial. Posso contar com o senhor?

— Certamente!

— Obrigado. Ele está coletando informações confidenciais sobre o funcionamento da Fé Mundial Unificada do Mistério de Babilônia. Tendo o cuidado de não influenciar o senhor, tampouco querendo agir sem o seu parecer, ele está curioso: como o senhor se sente ao ver o sumo pontífice Peter Mathews trabalhando em proveito próprio? Não, isso é pejorativo... Deixe-me colocar de outra maneira. Vou tentar outra vez, tomando o cuidado de não induzi-lo. O senhor compartilha a hesitação de Sua Excelência sobre, digamos, a independência do pontífice em relação ao resto da administração da Comunidade Global?

Sem exceção, todos os reis expressavam revolta com as maquinações de Mathews. Consideravam-no uma ameaça. Um deles disse:

— Nós fazemos nossa parte. Pagamos os impostos. Somos leais a Sua Excelência. Com Mathews, é só receber, receber, receber. Nunca é o bastante. Eu, por exemplo, e fique à vontade para transmitir isto a Sua Excelência, adoraria ver Mathews fora do cargo.

— Então, permita-me abordar uma questão ainda mais sensível, se eu puder.

— Absolutamente.

— Se fosse o caso de tomar medidas extremas contra o próprio pontífice, Sua Excelência poderia contar com o senhor?

— Você quer dizer...?

— O senhor me entende.

— Pode contar comigo.

Um dia antes do estabelecido para o Condor 216 deixar os dignitários na Nova Babilônia, Mac recebeu notícias de Albie:

— Sua encomenda está adiantada e pronta para a coleta.

Rayford passou quase uma hora programando o tempo dele e o de Mac na pilotagem e nos dormitórios, para que ambos estivessem o mais descansados possível no fim da viagem. Rayford escalou-se para o último trecho de pilotagem. Mac dormiria e, então, estaria disponível para, com o helicóptero, retirar o pacote e pagar Albie. Enquanto isso, Rayford dormiria em seus aposentos no abrigo. Ao anoitecer, Rayford e Mac escapariam e pilotariam até o Tigre.

Funcionou quase como planejado. Rayford não havia previsto a ânsia de David Hassid em interrogá-lo sobre tudo o que havia acontecido enquanto ele esteve fora.

— Carpathia tem, de fato, mísseis apontados para o espaço sideral, antecipando-se aos meteoros do juízo.

Rayford hesitou.

— Ele acredita nas profecias? Que Deus derramará mais juízos?

— Ele jamais admitiria — disse David —, mas parece que tem medo disso.

Rayford agradeceu a David. Por fim, disse-lhe que precisava descansar. No caminho para os quartos, Hassid compartilhou mais uma notícia, e Rayford se esforçou para ficar longe da internet.

— Carpathia tem estado fora de si nos últimos dias — falou David.

— Ele descobriu um *site* no qual você pode acessar uma câmera ao vivo do Muro das Lamentações. Passou dias carregando o *notebook* para todos os lados, assistindo e ouvindo os dois pregadores no muro. Está convencido de que estão falando diretamente com ele, e, claro, estão mesmo. Ah, ele está louco de raiva! Por duas vezes, eu o ouvi gritar: "Eu quero que eles morram! E logo!"

— Isso não acontecerá antes do tempo determinado — disse Rayford.

— Nem precisa dizer. Tenho lido as mensagens de Tsion Ben-Judá sempre que consigo.

Rayford postou notas codificadas em BBS por toda a rede, na tentativa de localizar Amanda. Talvez não estivesse sendo muito claro, mas não ousava deixar a coisa mais óbvia. Acreditava que ela estava viva, e, a menos que fosse provado o contrário, para ele, ela estava. Sabia que, se Amanda pudesse entrar em contato, ela o faria. Quanto às acusações de que ela trabalhava para Carpathia, às vezes ele realmente desejava que fosse verdade. Isso significaria que ela, com certeza, estava viva. Mas, se fosse uma traidora... Não, ele não alimentaria essa linha de pensamento. Acreditava que a única razão de não ter notícias dela era a sua falta de meios para contatá-lo.

Ansioso para provar que Amanda não estava sepultada no Tigre, Rayford não sabia se conseguiria dormir. Inquieto, espiava o relógio quase a cada meia hora. Por fim, cerca de vinte minutos antes da hora prevista para Mac, Rayford tomou banho, vestiu-se e acessou a internet.

A câmera no Muro das Lamentações também transmitia áudio ao vivo. Os pregadores, que, como Rayford sabia, eram as duas testemunhas profetizadas em Apocalipse, estavam discursando. Ele quase podia sentir o cheiro de suas vestes de aniagem. Os pés descalços, escuros e ossudos, e os nós dos dedos, acentuados, faziam-nos parecer ter milhares de anos. Tinham barba longa e grossa, olhos escuros e penetrantes, cabelos compridos e selvagens. Eli e Moishe, como chamavam um ao outro, pregavam com poder e autoridade. E com volume. O vídeo identificava o da esquerda como Eli, e as legendas continham a tradução da mensagem. Ele estava dizendo:

— Acautelem-se, homens de Jerusalém! Vocês estão, agora, sem as águas do céu desde a assinatura do pacto maligno. Permaneçam blasfemando o nome de Jesus Cristo, o Senhor e Salvador, e continuarão a ver sua terra árida e suas gargantas secas. Rejeitar a Jesus como Messias é cuspir na face do Deus Todo-poderoso. Ele não será zombado. Ai daquele que se assenta no trono desta terra! Se ousar colocar-se no caminho das testemunhas seladas e ungidas de Deus, 12 mil de cada uma das doze tribos, que peregrinarão aqui com a finalidade de preparação, ele certamente sofrerá por isso!

Então, Moishe assumiu:

— Sim, havendo qualquer tentativa de impedir o mover de Deus entre os selados, suas plantas murcharão e morrerão, a chuva permanecerá nas nuvens e a sua água, toda ela, será transformada em sangue! O Senhor dos Exércitos jurou: "Certamente, como planejei, assim acontecerá, e, como pensei, assim será."

Rayford queria gritar. Esperava que Buck e Tsion estivessem assistindo. As duas testemunhas alertaram Carpathia para que ficasse longe daqueles, dentre os 144 mil, que vêm a Israel em busca de inspiração. Não é de admirar que ele estivesse fervendo de raiva. Por certo, Carpathia se via como aquele que se assentava no trono da terra.

Agora, Rayford apreciava não ter sido dissuadido por Mac de sua missão. Nunca esteve tão determinado a completar uma tarefa! Ele e Mac prenderam os equipamentos nos suportes, preparando-se para o curto trajeto da Nova Babilônia até o rio Tigre. Rayford colocou o cinto e apontou para Bagdá. Quando chegaram, o céu estava escuro.

— Não precisa ir comigo, você sabe — disse Rayford. — Sem ressentimentos, caso queira só ficar de olho em mim.

— Sem chance, irmão. Eu vou lá com você.

Desembarcaram em um banco de areia íngreme. Rayford tirou a roupa, vestiu o traje de mergulho e os pés de pato, então esticou a touca de borracha sobre a cabeça. Se o traje fosse um pouco menor, não teria servido.

— Será que peguei o seu? — perguntou.

— Albie disse que é tamanho único.

— Formidável.

Depois de completamente equipados, com cilindros de ar, dispositivos de controle de flutuabilidade (BCDs[3]), cintos de pesos e aletas, cuspiram nas máscaras para evitar embaçamento e, por fim, colocaram-nas.

— Acredito, em meu coração, que ela não está lá embaixo — desabafou Rayford.

— Eu sei — disse Mac.

Eles inspecionaram o equipamento um do outro, inflaram os BCDs, colocaram o bocal, depois deslizaram pelo banco de areia até a água fria e agitada, escorregando para o fundo.

Rayford apenas imaginava onde, no rio, o 747 havia caído. Embora concordasse com os funcionários da Pancontinental, quando disseram a Carpathia que o avião era pesado demais para ser muito empurrado pela correnteza, ele acreditava que a nave poderia ter seguido rio abaixo por alguns metros antes de se fixar ao fundo. Como não havia vestígios do avião, Rayford estava convencido de que a fuselagem tinha buracos nas partes dianteira e traseira. Isso faria o avião alcançar o fundo, em vez de ficar flutuando por bolsas de ar.

A água estava turva. Rayford era um bom mergulhador, mas, ainda assim, sentiu claustrofobia quando se viu incapaz de enxergar

---

[3] Do inglês *buoyancy control devices*. [N. do T.]

mais do que uns poucos metros, mesmo com a poderosa luz presa ao pulso. Ela parecia não iluminar mais de três metros à sua frente. A luz de Mac estava ainda mais fraca e, de repente, desapareceu.

Será que os equipamentos de Mac estariam ruins? Ou ele os teria desligado por algum motivo? Não fazia sentido. A última coisa que Rayford queria era perder seu parceiro de vista. Talvez eles gastassem muito tempo procurando pelos destroços, com pouco tempo para investigá-los.

Rayford viu nuvens de areia passando e percebeu o que havia acontecido. Mac foi puxado rio abaixo. Ele estava longe o bastante para que nenhum dos dois conseguisse ver a luz do outro.

Rayford tentou aprumar-se. Fazia todo o sentido que, quanto mais fundo fosse, menos a correnteza o puxaria. Deixou que mais ar saísse de seu BCD e bateu os pés com violência para mergulhar, forçando os olhos para ver além de seu feixe. À frente, uma luz fraca e intermitente parecia estática. Como Mac teria conseguido parar?

Quando o raio piscante ficou maior e mais brilhante, Rayford chutou forte, esforçando-se para ficar alinhado à luz de Mac. Ele estava indo rápido; de repente, o alto de sua cabeça bateu violentamente nos cilindros de McCullum. Mac enganchou o braço no de Rayford e segurou firme. Mac teve problemas com uma raiz de árvore. Sua máscara estava meio deslocada, o bocal do regulador para fora. Com um braço ao redor de Rayford e o outro agarrando a raiz, ele não conseguia sair de lá.

Rayford pegou a raiz, e Mac se soltou. Ele reinseriu o regulador e limpou a máscara. Oscilando na correnteza, cada um com uma mão na raiz, eles não conseguiam comunicar-se. Rayford sentiu a cabeça doendo no local da batida. Um retalho de borracha subia de sua touca; um pedaço de pele e cabelo, no mesmo lugar, havia sido arrancado de seu couro cabeludo.

Mac iluminou a cabeça de Rayford e sinalizou-lhe que se inclinasse. Ray não entendia o que o colega via, mas Mac fez sinal para a superfície. O amigo balançou a cabeça, e isso fez sua ferida pulsar.

Mac livrou-se da raiz, inflou o BCD e subiu até a superfície. Rayford, com relutância, o seguiu. Naquela correnteza, não conseguiria fazer nada sem ele. Rayford saltou da água a tempo de ver Mac chegar a uma formação rochosa na margem. Esforçou-se para acompanhá-lo. Após erguerem as máscaras e os *snorkels*, Mac falou rapidamente.

— Não estou tentando dissuadir você de sua missão, Ray. Mas, quero dizer, precisamos trabalhar juntos. Viu o quanto já nos distanciamos do helicóptero?

Rayford ficou perplexo ao ver o contorno pouco distinguível do helicóptero rio acima.

— Se não encontrarmos o avião logo, significa que, provavelmente, já passamos por ele. As luzes não ajudam muito. Vamos precisar de sorte.

— Vamos precisar orar — disse Rayford.

— E você precisa tratar essa cabeça. Está sangrando.

Rayford sentiu a cabeça doer novamente e iluminou seus dedos.

— Não é nada sério, Mac. Agora, vamos voltar.

— Temos uma chance. Precisamos ficar perto da margem até que estejamos prontos para procurar no meio do rio. Quando chegarmos, teremos de agir com rapidez. Se o avião estiver lá, podemos entrar logo nele. Se não estiver, teremos de voltar à margem. Vou deixá-lo liderar, Ray. Você me segue, enquanto eu navego pela beira do rio. Eu o sigo quando você sinalizar que é hora de nos aventurarmos.

— Como é que *eu* vou saber?

— *Você* é quem está orando.

# CAPÍTULO 19

Era pouco antes da uma da tarde, em Mount Prospect. Tsion passou a manhã postando outra longa mensagem para os fiéis e para os demais interessados na internet. O número de respostas que recebia continuava a crescer. Ele chamou Buck, que subiu as escadas e olhou, por cima do ombro do rabino, para o marcador de quantidade.

— Então — disse Buck —, finalmente está desacelerando?

— Eu sabia que você diria isso, Cameron — falou Tsion, sorrindo. — Chegou uma mensagem, às quatro da manhã, explicando que o servidor agora mostraria um novo número, e não para cada resposta, mas para cada mil respostas.

Buck sacudiu a cabeça e ficou observando, enquanto o número mudava a cada um ou dois segundos.

— Tsion, é surpreendente!

— É um milagre, Cameron. Eu fico constrangido, contudo me sinto energizado. Deus me enche de amor por todas as pessoas que estão conosco e, especialmente, por todas as pessoas que têm dúvidas. Eu as lembro de que, em quase todos os lugares em que se clica no nosso BBS, encontrarão o plano de salvação. O único problema é que, por não ser o nosso próprio *site*, tudo isso precisa ser postado de novo toda semana.

Buck pôs a mão no ombro do rabino.

— Não demorará muito até que se reúnam as multidões em Israel. Oro que Deus o proteja.

— Sinto-me tão corajoso, não com base na minha própria força, mas nas promessas de Deus, que acredito ser capaz de andar sozinho até o Monte do Templo sem ser ferido!

— Não vou deixá-lo tentar isso, Tsion, mas você deve estar certo.

— Aqui, olhe, Cameron — Tsion clicou no ícone, permitindo-lhe ver as duas testemunhas no Muro das Lamentações. — Anseio conversar de novo com esses dois homens, pessoalmente. Sinto um certo parentesco, mesmo sabendo que são seres sobrenaturais, vindos do céu. Passaremos a eternidade com eles, ouvindo, das próprias pessoas que estiveram lá, as histórias dos milagres de Deus.

Buck ficou fascinado. Os dois pregavam quando queriam e ficavam em silêncio quando decidiam. As multidões sabiam manter distância. Qualquer um que tenha tentado prejudicá-los caiu morto ou foi incinerado pelo fogo de suas bocas. E, no entanto, Buck e Tsion estiveram a poucos metros deles; apenas uma cerca os separava. Os dois pareciam falar por enigmas, mas Deus sempre dava compreensão a Buck. Enquanto Buck assistia, agora, Eli sentava-se na escuridão de Jerusalém, de costas para um quarto abandonado feito de pedra. Parecia já ter sido usado por guardas. Duas pesadas portas de ferro estavam seladas, e uma pequena abertura gradeada servia de janela. Moishe estava em pé, de frente para a cerca que o separava dos espectadores. Ninguém ficava a menos de dez metros. Seus pés estavam afastados; os braços, estendidos, paralelos ao corpo. Ele não se mexia nem piscava. Parecia esculpido em pedra, exceto pela ocasional ondulação dos cabelos pela brisa.

Eli, vez ou outra, transferia o peso do corpo. Massageava a testa, parecendo pensar ou orar.

Tsion olhou para Buck.

— Você está fazendo o que eu faço. Quando preciso de uma pausa, vou a esse *site* e assisto aos meus irmãos. Adoro vê-los pregar. São tão ousados, tão francos! Eles não mencionam o nome "anticristo", mas alertam os inimigos do Messias do que está por vir. Serão tão inspiradores aos 144 mil que conseguirem chegar a Israel! Todos vamos juntar nossas mãos. E vamos cantar. E vamos orar. E vamos estudar. Estaremos motivados a seguir com ousadia e pregar o evangelho de Cristo ao redor do mundo. Os campos estão maduros e purificados para a colheita. Perdemos a oportunidade de encontrar Cristo no céu, mas que privilégio indescritível estarmos vivos durante este tempo! Muitos de nós darão a vida pelo nosso Salvador, e que chamado mais elevado poderia receber um homem?

— Você devia dizer isso a sua congregação virtual.

— Para falar a verdade, eu estava recitando a conclusão da mensagem de hoje. Mas você não precisa ler.

— Eu nunca perco.

— Hoje, estou advertindo crentes e descrentes a ficarem longe das árvores e da grama até que o juízo da primeira trombeta tenha passado.

Buck olhou para ele intrigado.

— E como vamos saber que já passou?

— Será a maior notícia desde o terremoto. Precisamos pedir a Ken e a Floyd que nos ajudem a limpar alguns metros de grama ao redor da casa e, talvez, a cortar algumas árvores.

— Você toma as previsões literalmente, então? — disse Buck.

— Meu querido irmão, quando a Bíblia fala de modo figurado, parece figurado. Quando diz que toda a grama e um terço de todas as árvores serão queimados, não consigo imaginar o que isso possa simbolizar. Se nossas árvores fizerem parte desse um terço, eu quero estar fora do caminho. Você não?

— Onde estão as ferramentas de jardinagem de Donny?

\* \* \*

O rio Tigre não era gélido, mas era desconfortável. Rayford usou músculos que não exercitava há anos. Seu traje molhado estava muito apertado, a cabeça latejava, e evitar ser arrastado rio abaixo tornava o mergulho um sacrifício. Sua pulsação estava mais rápida do que deveria, e ele trabalhava duro para regular a respiração. Preocupava-lhe acabar ficando sem ar.

Discordava de Mac. Talvez tivessem apenas uma chance, mas, se não encontrassem o avião naquela noite, voltaria de novo e de novo. Não pediria a Mac que fizesse o mesmo, apesar de saber que ele nunca o abandonaria.

Enquanto se aproximava de Mac, Rayford orava. O amigo descia lentamente, liberando ar do BCD, e Rayford o acompanhava. Quando ambos estavam há mais de três metros sem nada em que se segurar, a correnteza ameaçou afastá-los da margem.

Rayford esforçava-se arduamente para ficar perto de Mac. "Por favor, Deus, ajude-me a terminar isto. Mostre-me que ela não está lá e, depois, guie-me até ela. Se estiver em perigo, deixe-me salvá-la." Lutava para manter longe da mente a possibilidade de Carpathia ter dito a verdade sobre a lealdade de Amanda. Ele não queria acreditar, nem por um segundo, mas o pensamento incomodava-o mesmo assim.

Considerando que as almas dos corpos afundados no Tigre estavam no céu ou no inferno, Rayford sentia que deveria deixar todos no avião. Isso *se* encontrasse alguém. Esse sentimento que lhe sobreveio seria um sinal de Deus de que estavam perto do local do naufrágio? Rayford pensou em bater na nadadeira de Mac, mas esperou.

O avião devia ter atingido a água com força o bastante para matar instantaneamente todos a bordo; do contrário, os passageiros teriam sido capazes de soltar-se e de sair por buracos na fuselagem ou pelas portas e janelas que se romperam. Mas nenhum cadáver apareceu na superfície.

Rayford sabia que as asas deviam ter sido arrancadas, talvez a cauda também. Esses aviões eram maravilhas da aerodinâmica, mas não indestrutíveis. Ele temia ver o resultado de tal impacto.

Ficou surpreso ao ver Mac a um metro ou menos da margem; ele não se segurava em nada. Aparentemente, eles desceram o suficiente para amenizar a poderosa correnteza. Mac parou e checou o medidor de pressão. Rayford fez o mesmo e deu sinal de positivo. Mac apontou para a cabeça. Rayford sinalizou que estava bem, embora sua cabeça estivesse mais ou menos. Ele seguiu em frente, liderando o caminho. Estavam a menos de dois metros do fundo agora. Rayford sentia que logo encontraria o que procurava. Orou, pedindo que não encontrasse o que não queria encontrar.

Longe da parede lateral do rio, menos sujeira subia com seus movimentos, e as luzes tinham mais alcance. Rayford percebeu alguma coisa e levantou a mão para que Mac não continuasse. Apesar da relativa calma, inclinaram-se para o lado, evitando desviar. Ambas as luzes brilhavam onde Rayford havia indicado. Lá, maior que o mundo, estava a imensa e intacta asa direita de um 747. Ele lutou para manter a serenidade.

Rayford esquadrinhou a área. Não muito longe, encontraram a asa esquerda, também intacta, exceto por uma enorme fenda que ia dos flapes até o ponto em que eles se conectavam ao avião. Rayford supôs que, a seguir, encontrariam a seção da cauda. Testemunhas disseram que o avião caiu de nariz, o que teria feito a traseira descer com tanta força, que a cauda devia ter sido arrancada ou destroçada.

Na horizontal, Rayford moveu-se até aproximadamente meio caminho de onde haviam encontrado as asas. Mac agarrou o tornozelo de Rayford segundos antes de ele quase colidir com a cauda gigantesca do avião. Ela tinha sido arrancada. O avião em si devia estar logo adiante. Rayford nadou seis metros à frente da cauda e colocou-se em pé, quase encostando no fundo. Quando uma das nadadeiras chegou a efetivamente tocar o fundo, ele se deu conta de como era macio e de que seria perigoso ficar preso ali.

\* \* \*

Era a vez de Buck alimentar Hattie, que mal conseguia mexer-se de tão fraca. Dr. Charles estava a caminho.

Buck falava baixinho, enquanto levava sopa à boca dela.

— Hattie, nós todos amamos você e seu bebê. Queremos apenas o melhor. Você já ouviu o ensinamento do dr. Ben-Judá. Sabe o que foi predito e o que já aconteceu. Não tem como negar que as profecias da Palavra de Deus se cumprem desde o dia dos desaparecimentos até agora. O que mais é necessário para convencê-la? De quantas provas mais você precisa? Por pior que sejam estes tempos, Deus deixa claro que há apenas uma escolha. Ou você está do lado dele ou está do lado do mal. Não deixe chegar a ponto de você ou de seu bebê serem mortos em um dos julgamentos que estão por vir.

Hattie cerrou os lábios e recusou a colherada seguinte.

— Eu não preciso de mais nada para ser convencida, Buck — sussurrou.

Chloe aproximou-se, mancando.

— Devo chamar Tsion?

Buck balançou a cabeça, mantendo os olhos em Hattie. Ele se inclinou para ouvi-la.

— Sei que tudo isso só pode ser verdade — esforçou-se para dizer. — Se precisasse de mais alguma coisa para estar convencida, eu seria a maior cética da história.

Chloe afastou o cabelo de Hattie da testa e levantou-lhe a franja.

— Ela está muito quente, Buck.

— Coloque um antipirético nessa sopa.

Hattie parecia ter adormecido, mas Buck se preocupava. Que desperdício se eles, de alguma forma, perdessem-na quando ela estava tão perto de tomar uma decisão por Cristo!

— Hattie, se você sabe que é verdade, se acredita, tudo o que precisa fazer é receber o dom de Deus. Apenas concorde com ele que você é uma pecadora, como todos os outros, e que precisa do perdão dele. Faça isso, Hattie. Garanta isso.

Ela parecia fazer um grande esforço para abrir os olhos. Seus lábios se afastaram, depois se juntaram de novo. Ela segurou a respiração, como se fosse falar, mas não o fez. Finalmente, sussurrou uma vez mais.

— Eu quero isso, Buck. Eu quero mesmo. Mas você não sabe o que eu fiz.

— Não faz nenhuma diferença, Hattie. Mesmo as pessoas que foram arrebatadas com Cristo eram apenas pecadoras salvas pela graça. Ninguém é perfeito. Todos nós fizemos coisas terríveis.

— Não como eu — disse ela.

— Deus quer perdoá-la.

Chloe voltou com uma dose de antipirético esmagado e misturou-a na sopa. Buck esperou, orando em silêncio.

— Hattie — disse ele gentilmente —, você precisa de mais sopa. Colocamos remédio para você.

Lágrimas rolaram pelas bochechas de Hattie, e seus olhos se fecharam.

— Só me deixem morrer — pediu ela.

— Não! — falou Chloe. — Você prometeu ser madrinha do meu bebê.

— Você não quer alguém como eu para ser madrinha — respondeu Hattie.

— Você não vai morrer — disse Chloe. — É minha amiga, e eu quero que seja minha irmã.

— Sou velha demais para ser sua irmã.

— Tarde demais. Não pode escapar agora.

Buck deu-lhe um pouco mais de sopa.

— Você quer Jesus, não é? — sussurrou ele, com os lábios próximos ao ouvido dela.

Ele esperou um bom tempo pela resposta.

— Eu quero, mas ele não poderia me querer.

— Ele quer — disse Chloe. — Hattie, por favor. Você sabe que estamos dizendo a verdade. O mesmo Deus que cumpre profecias há séculos ama e quer você. Não diga "não" a ele!

— Não estou dizendo "não" para ele. Ele está dizendo "não" para mim.

Chloe fez um movimento rápido para segurar o pulso de Hattie. Buck olhou surpreso para ela.

— Ajude-me a fazê-la sentar, Buck.

— Chloe! Ela não pode.

— Ela precisa estar apta a pensar e ouvir, Buck. Não podemos deixá-la partir.

Buck tomou o outro pulso de Hattie, e eles a puxaram até que se sentasse. Hattie pressionou os dedos contra as têmporas e sentou-se, gemendo.

— Escute-me — disse Chloe. — A Bíblia diz que Deus não quer que *ninguém* pereça. Você é a única pessoa da história a fazer algo tão ruim, que nem o Deus do universo poderia perdoá-la? Se Deus só perdoasse os pecados menores, não haveria esperança para nenhum de nós. Seja lá o que tenha feito, Deus é como o pai do filho pródigo, examinando o horizonte. Ele está de braços abertos, esperando por você.

Hattie agitou-se e balançou a cabeça.

— Eu fiz coisas ruins — disse ela.

Buck olhou para Chloe, impotente, pensando.

\* \* \*

Era pior do que Rayford podia imaginar. Ele se deparou com a colossal fuselagem e o nariz da nave. Um quarto de sua extensão enterrado na lama do Tigre, formando um ângulo de 45 graus. O compartimento das rodas havia sumido. Rayford só podia temer o que ele e Mac estavam prestes a ver. Tudo naquele avião, desde equipamentos até bagagens de mão, assentos e encostos, mesas reclináveis, telefones e, até mesmo, passageiros, estaria em uma enorme pilha na frente. Um impacto violento o bastante para arrancar o trem de pouso de um avião quebraria imediatamente o pescoço de qualquer passageiro. Os assentos seriam arrancados do chão e prensados uns sobre os outros como uma sanfona; os passageiros, empilhados como se fossem tocos de lenha. Tudo o que estivesse preso seria solto e empurrado para a frente.

Rayford desejava saber, ao menos, em que assento Amanda deveria estar, então economizaria o tempo de vasculhar os destroços para riscá-la da lista de vítimas. Por onde começar? Rayford apontou para o fim da cauda saliente; Mac seguia-o enquanto subiam.

Rayford agarrou-se à borda de uma janela aberta para não ser puxado pela correnteza. Acendeu a luz na cabine, e seus piores medos foram confirmados. Naquela parte dos fundos, tudo o que conseguiu distinguir foi o piso, estando as paredes e o teto descobertos. Todas as coisas foram empurradas para a outra ponta.

Ele e Mac agarravam-se às janelas enquanto desciam, pelo menos uns quinze metros, até chegarem ao pico do monte de destroços. Lavabos posteriores, compartimentos de armazenamento, paredes e bagageiros superiores estavam no topo de tudo.

\* \* \*

Hattie baixou a cabeça. Buck temia que a estivessem pressionando muito. No entanto, se algo acontecesse com Hattie e ele não tivesse dado a ela todas as oportunidades, jamais se perdoaria.

— Eu preciso contar a ele tudo que eu fiz? — suspirou Hattie.

— Ele já sabe — disse Chloe. — Se você se sentir melhor contando, então conte.

— Não quero falar em voz alta — disse Hattie. — É mais do que casos amorosos com homens. É até mais do que querer fazer um aborto!

— Mas você não chegou a abortar — disse Chloe.

— Nada está além do poder de Deus em perdoar — disse Buck. — Confie em mim, eu sei disso.

Hattie continuava sacudindo a cabeça. Buck ficou aliviado ao ouvir o médico entrar. Floyd examinou Hattie rapidamente e ajudou-a a deitar-se. Ele perguntou sobre medicação, então lhe falaram do antipirético.

— Ela precisa de mais. A temperatura está mais alta do que a relatada por vocês poucas horas atrás. Mais um pouco e ela começa a delirar. Preciso saber o que está causando a febre.

— Está muito ruim?

— Não estou otimista.

Hattie estava gemendo, tentando falar. Dr. Charles ergueu um dedo para manter Buck e Chloe afastados.

— Talvez seja bom que você e Tsion orem por ela agora — disse o médico.

*  *  *

Rayford pensava se seria sábio nadar por entre centenas de cadáveres, especialmente tendo uma ferida aberta. Bem, concluiu ele, o que quer que pudesse contaminá-lo já o teria feito. Ele trabalhava fervorosamente com Mac para começar a remover os detritos. Chutaram uma fenda no casco, entre duas janelas, para abrir um rombo maior, através do qual empurraram meticulosamente pedaços do interior.

Quando chegaram a um painel com um peso fora do comum, Rayford nadou para debaixo dele e o empurrou. Logo percebeu o que fazia aquele peso aumentar. Era o banco traseiro da comissária de bordo. Ela ainda estava com o cinto preso, mãos em punhos, olhos abertos, cabelos longos flutuando livremente. Os homens, de maneira gentil, colocaram o painel de lado. Rayford percebeu que a luz de Mac estava mais fraca.

Aquele painel havia protegido os corpos dos peixes. Rayford imaginou a que estariam submetendo os cadáveres agora. Iluminou a massa de lixo e de assentos emaranhados. Todos estavam afivelados. Todos os assentos pareciam ocupados. Ninguém devia ter sofrido por muito tempo.

Mac bateu em sua lanterna, e o raio ficou mais brilhante. A carnificina foi iluminada. Ele tocou o ombro de Rayford e balançou a cabeça, como a dizer que não deveriam ir mais longe. Rayford não podia culpá-lo, mas ele mesmo não podia desistir. Sabia, sem sombra de dúvida, que a busca o tranquilizaria sobre Amanda. Tinha de passar por esta terrível provação para obter paz de espírito.

Rayford apontou para Mac e, depois, para a superfície. Então, apontou para os corpos e bateu no peito, como se dissesse: você vai, eu fico.

Mac balançou a cabeça lentamente, como se estivesse enjoado. Mas ele não foi a lugar nenhum. Começaram a erguer os corpos, afivelados aos assentos.

\* \* \*

Buck ajudou Chloe a subir as escadas, onde se reuniram com Tsion para orar por Hattie. Quando terminaram, Tsion mostrou a eles que Carpathia era, agora, seu concorrente virtual.

— Ele deve estar com inveja das respostas — disse Tsion com tristeza. — Olhem isto.

Carpathia comunicava-se com as massas por uma série de mensagens curtas. Cada uma delas entoava louvores pelas forças de reconstrução, incentivando as pessoas a mostrarem sua devoção à Fé do Mistério de Babilônia. Algumas notas reiteravam o compromisso da Comunidade Global de proteger o rabino Ben-Judá contra os fanáticos, caso ele decidisse voltar para sua terra natal.

— Vejam como eu respondi — disse Ben-Judá.

Buck examinou a tela. Tsion escreveu: "Soberano Carpathia, aceito com gratidão sua oferta de proteção pessoal e o congratulo, porque isso faz de você um instrumento do único Deus vivo e verdadeiro. Ele prometeu selar e proteger os que são dele durante este tempo, quando somos comissionados a pregar o evangelho ao mundo. Somos gratos a Deus por ter, aparentemente, escolhido você como nosso protetor. Gostaríamos de saber como você se sente a respeito disso. Em nome de Jesus Cristo, o Messias e nosso Senhor e Salvador, rabino Tsion Ben-Judá, do exílio."

— Não vai demorar muito agora, Tsion — disse Buck.

— Só espero que eu possa ir — falou Chloe.

— Achei que você fosse de qualquer jeito.

— Estou pensando em Hattie — respondeu ela. — Não posso deixá-la, a menos que esteja saudável.

Eles voltaram para o andar de baixo. Hattie dormia, mas respirava com dificuldade. Sua face estava vermelha, e a testa, úmida. Chloe refrescou-lhe o rosto com uma toalha fria. Dr. Charles estava na porta dos fundos, olhando através da tela.

— Pode ficar conosco esta noite? — perguntou Buck.

— Bem que eu gostaria. Na verdade, gostaria de poder levar Hattie para receber tratamento. Mas é tão fácil reconhecê-la, que não iríamos muito longe. Depois daquela confusão em Mineápolis, até para mim olham com suspeitas. Estou sendo observado cada vez mais.

— Se você tem de ir, tem de ir.

— Dê uma olhada no céu — disse o médico.

Buck aproximou-se e olhou para fora. O sol ainda estava a pino, mas nuvens escuras se formavam no horizonte.

— Ótimo — disse Buck. — O que uma chuva vai fazer aos buracos que chamamos de estradas?

— É melhor eu ver como Hattie está e ir embora.

— Como conseguiu fazê-la dormir?

— Aquela febre a derrubou. Eu dei a ela antipirético suficiente para baixar a temperatura, mas fiquem atentos à desidratação.

Buck não respondeu. Estava estudando o céu.

— Buck?

Ele se virou.

— Sim.

— Ela estava gemendo e resmungando sobre algo que a faz sentir culpa.

— Eu sei.

— Sabe?

— Estávamos insistindo que ela recebesse a Cristo, mas Hattie disse que não era digna. Ela alega ter feito algumas coisas e não consegue aceitar que Deus ainda a ame.

— Ela contou a vocês que coisas eram essas?

— Não.

— Então, eu não deveria contar.

— Se é algo que você acha que eu deva saber, diga lá!

— É loucura.

— Nada mais me surpreenderia.

— Ela está carregando uma tremenda carga de culpa sobre Amanda e Bruce Barnes. Amanda é a esposa do pai de Chloe?

— É, e eu lhe contei tudo sobre Bruce. O que foi?

— Hattie chorou, dizendo que ela e Amanda voariam juntas de Boston para Bagdá. Quando Hattie falou para Amanda que tinha mudado de planos e que seguiria até Denver, Amanda insistiu em ir com ela. Hattie continuou falando: "Amanda sabia que eu não tinha parentes em Denver. Ela sabia o que eu estava pretendendo. E estava certa." Hattie contou que Amanda chegou a cancelar sua reserva para Bagdá e estava a caminho do balcão para comprar uma passagem para Denver, no mesmo avião que ela. Hattie implorou que não fizesse isso. A única maneira de impedir Amanda foi jurar que ela própria não iria se Amanda tentasse acompanhá-la. Amanda fez Hattie prometer que não faria nada estúpido em Denver. Hattie sabia que não queria, de verdade, fazer um aborto. Ela prometeu a Amanda que não faria.

— Por que ela se sente tão pesarosa?

— Hattie contou que Amanda tentou embarcar no voo original até Bagdá, mas os assentos estavam esgotados. Ela disse a Hattie que não queria ficar na lista de espera e que se sentiria mais feliz em acompanhá-la. Hattie recusou a oferta. Acredita que Amanda embarcou num avião para Bagdá. Ela falou várias e várias vezes que também devia estar naquele voo e que queria ter estado. Eu disse que ela não devia dizer coisas desse tipo, e ela respondeu: "Então, por que não deixei Amanda vir comigo? Ela ainda estaria viva."

— Você ainda não conheceu meu sogro ou Amanda, Floyd, mas Rayford não acredita que ela tenha embarcado naquele avião. Não sabemos o que ela fez.

— Mas, se Amanda não estava naquele avião e não foi com Hattie, onde está? Centenas de milhares morreram no terremoto. Sendo realista, vocês não acham que já teriam notícias dela se tivesse sobrevivido?

Buck observava as nuvens reunidas.

— Eu não sei. É provável que, se não estiver morta, ela esteja ferida. Talvez, como Chloe, não consiga fazer contato com a gente.

— Talvez. *Hum*, Buck, também havia algumas outras questões.

— Pode falar.

— Hattie disse algo sobre Amanda.

Buck congelou. Seria possível? Tentou manter a compostura.

— O que ela acha que sabia?

— Algum segredo que devia ter contado, mas agora não pode.

Buck receava saber do que se tratava.

— Você disse que havia outra coisa?

Agora, o médico parecia nervoso.

— Eu gostaria de atribuir isso ao delírio — disse ele.

— Manda!

— Eu peguei uma amostra de sangue. Vou verificar se houve envenenamento alimentar. Tenho medo de que meus colegas em Denver tenham envenenado Hattie antes do golpe que maquinaram. Perguntei o que ela havia comido lá, e ela entendeu a minha suspeita. Estremeceu e pareceu petrificada. Ajudei-a a deitar-se. Ela agarrou minha camisa e me puxou. Falou: "Se Nicolae me envenenou, serei a segunda vítima dele." Perguntei o que ela queria dizer. Respondeu: "Bruce Barnes. Nicolae o envenenou no exterior. Ele precisou esperar todo o trajeto até os Estados Unidos antes de ser hospitalizado. Todo mundo acha que ele morreu no bombardeio, e talvez tenha. Mas, se é que ele já não estava morto, teria morrido mesmo que o hospital nunca tivesse sido bombardeado. E eu sabia de tudo. Nunca contei a ninguém."

Buck ficou abalado.

— Eu só queria que você tivesse conhecido Bruce — murmurou.

— Teria sido uma honra. Ainda é possível saber o que causou a morte dele. Digo, não é tarde demais para uma autópsia.

— Isso não o traria de volta — disse Buck. — Mas só o fato de saber já me daria um motivo...

— Um motivo?

— Uma desculpa, na verdade. Para matar Nicolae Carpathia.

# CAPÍTULO 20

Embora o efeito da água sobre o peso fosse quase o mesmo de estar no espaço sideral, puxar detritos, empurrá-los para fora e deslocar fileiras de assentos com corpos ainda atados era algo cansativo. A luz de Rayford estava fraca; seu suprimento de ar, baixo. A ferida no couro cabeludo latejava e ele se sentia zonzo. Supunha que Mac estivesse no mesmo estado, mas nenhum deles dava sinal de qualquer intenção de desistir.

Rayford sentia-se péssimo ao vasculhar por entre cadáveres, mas foi dominado por um profundo pressentimento. Que negócio macabro! As vítimas estavam inchadas, terrivelmente desfiguradas, mãos em punho, braços flutuando. Os cabelos ondulavam com o movimento da água. Bocas e olhos abertos, em sua maioria; os rostos tinham cor preta, vermelha ou roxa.

Ele foi tomado por uma sensação de urgência. Mac deu-lhe um tapinha, apontou para o medidor e ergueu dez dedos. Rayford tentou trabalhar mais depressa; tendo verificado, porém, apenas sessenta ou setenta corpos, não havia maneira de terminar sem outro tanque de ar. Conseguiria trabalhar apenas mais cinco minutos.

Logo abaixo, havia uma fileira intacta da seção intermediária. Ela se voltava para a frente do avião, como todas as outras, mas havia girado um pouco mais. Tudo que ele viu, com a luz quase apagada, foi a nuca de cinco cabeças e dez calcanhares. Sete sapatos estavam soltos. Ele nunca havia entendido o fenômeno de contração dos pés humanos em resposta a uma colisão violenta. Estimava que a fileira chegou a ser empurrada quase uns oito metros adiante. Fez sinal para que Mac agarrasse o braço do assento em uma extremidade, enquanto ele o pegava na outra. Mac levantou um dedo, indicando que seria o último esforço antes de voltarem à superfície. Rayford assentiu.

Quando tentavam puxar a fileira para cima, ela se prendeu em alguma coisa, e tiveram de reposicioná-la para dar o puxão de novo. A ponta de Mac veio um pouco antes da de Rayford, mas, quando Rayford começou a empurrar, a fileira finalmente girou. Os cinco corpos agora descansavam de costas. Ray mirou a luz oscilante no rosto em pânico de um homem idoso, que vestia terno completo. As mãos inchadas do homem flutuavam diante do rosto de Rayford. Ele gentilmente as afastou para o lado e direcionou a lanterna para a próxima passageira. Ela tinha cabelos mesclados de cinza e branco. Seus olhos estavam abertos; a expressão, vazia. O pescoço e o rosto estavam descoloridos e inchados, mas seus braços não se erguiam como os dos outros. Ao que parece, ela pegou a maleta do *notebook* e passou o braço pela alça. Com os dedos entrelaçados, morreu com as mãos pressionadas entre os joelhos, a maleta do computador segura ao seu lado.

Rayford reconheceu os brincos, o colar e a jaqueta. Queria morrer. Não conseguia tirar os olhos dos dela. As íris haviam perdido toda a cor, e aquela imagem ele lutaria para esquecer. Mac apressou-se até ele e segurou-lhe um bíceps com cada mão. Rayford sentiu o puxão gentil. Atordoado, virou-se para Mac.

Mac deu umas batidas apressadas nos cilindros de Rayford, que estava à deriva, sem noção do que fazia. Não queria mover-se. De repente, percebeu que seu coração batia forte e que logo ficaria sem oxigênio. Não queria que Mac soubesse. Estava tentado a sugar água o bastante para inundar os pulmões e juntar-se a sua amada.

Era querer demais. Ele deveria saber que Mac não havia usado o próprio suprimento de ar tão rapidamente. Mac afastou os dedos de Amanda e puxou a alça da maleta, passando-a sobre a própria cabeça, para que o *notebook* ficasse atrás de seus cilindros.

Rayford sentiu Mac atrás dele, com os antebraços sob suas axilas. Queria lutar para afastá-lo, mas McCullum, ao que tudo indicava, havia pensado em tudo. Ao primeiro sinal de resistência de Rayford, puxou-lhe as mãos e imobilizou os braços. Nadou vigorosamente, sendo ambos conduzidos para fora da carcaça do 747 até a forte correnteza. Fez uma subida controlada.

Rayford havia perdido a vontade de viver. Quando chegaram à superfície, cuspiu o regulador, e, com ele, rebentaram os soluços. Chorava um lamento feroz e primitivo que perfurava a noite e refletia a agonizante solidão de sua alma. Mac conversou com ele, mas Rayford não o escutava. Mac agarrou-o firmemente, chutando a água com força, enquanto ele apenas flutuava, e arrastou-o para a margem. O sistema de Rayford tragava com avidez o ar vivificante, mas o resto de seu corpo estava entorpecido. Ele pensava se conseguiria nadar, caso quisesse. Mas não queria. Sentiu pena de Mac, esforçando-se tanto para empurrar um homem maior que ele pela encosta lamacenta até a areia.

Rayford continuava a berrar, o som de seu desespero assustando até a si mesmo. Mas não conseguia parar. Mac arrancou a própria máscara e cuspiu o bocal, depois pegou a de Rayford. Desprendeu-lhe os cilindros e colocou-os de lado. Rayford rolou e ficou deitado de costas, imóvel.

Mac tirou a touca rasgada de Rayford, o que expôs o sangue dentro de seu traje. Com a cabeça e o rosto descobertos, seus gritos se transformaram em gemidos. Mac pôs-se de cócoras e inspirou profundamente. Rayford aguardava, esperando conseguir relaxar, ter uma nova perspectiva, acreditar que aquilo estava acabado.

Mas não estava. Rayford realmente acreditou. Realmente sentiu que Amanda havia sobrevivido e que estaria com ela. Passou por tanta coisa nos últimos dois anos, mas sempre houve suprimento suficiente de graça para mantê-lo são. Mas não agora. Nem queria isso. Pedir a Deus que o ajudasse a passar por essa situação? Ele não conseguiria enfrentar os cinco anos restantes sem Amanda.

Mac levantou-se e começou a abrir o zíper da roupa molhada. Rayford ergueu-se lentamente e fincou os calcanhares na areia. Fez tanta força para pôr-se de pé, que sentiu uma enorme tensão nos dois tendões, o impulso levando-o até a borda. Como se estivesse em câmera lenta, Rayford sentiu o ar frio em seu rosto, enquanto caía de cabeça na água. Ouviu Mac xingar e berrar:

— Ah, você não fez isso!

Mac teria de livrar-se dos próprios cilindros antes de pular na água. Rayford só esperava que pudesse esquivar-se dele na escuridão ou tivesse a sorte de Mac bater nele e deixá-lo inconsciente. Seu corpo afundou, cortando a água, depois se virou e começou a subir. Ele não moveu nem um dedo, ansiando que o Tigre o envolvesse para sempre. Mas, de alguma forma, não foi capaz de engolir a água que o mataria.

Sentiu o choque e ouviu Mac passando por ele, as mãos do amigo encostando primeiro em seus pés. Rayford não tinha energia para resistir. Do fundo do coração, veio-lhe uma simpatia por Mac, que não merecia aquilo. Não era justo fazê-lo trabalhar tanto. Rayford carregou o próprio peso no caminho de volta à margem, para mostrar a Mac que estava, afinal, cooperando. Arrastou-se de novo até a areia, caiu de joelhos, pressionando o rosto contra o chão.

— Eu não tenho respostas agora, Ray. Só me ouça. Se você quiser morrer neste rio esta noite, terá de levar-me junto. Entendeu?

Rayford assentiu lastimosamente.

Sem mais palavras, Mac puxou Rayford para colocá-lo em pé. No escuro, examinou a ferida do amigo com os dedos. Removeu-lhe as nadadeiras, empilhou-as com a máscara sobre os cilindros e entregou o conjunto a Rayford. Mac pegou o próprio equipamento e liderou o caminho de volta ao helicóptero.

Chegando lá, pôs o equipamento de lado, ajudou Rayford a tirar o traje de mergulho, como se arrumasse um menino pequeno antes de dormir, e jogou-lhe uma enorme toalha. Vestiram roupas secas.

Sem aviso, parecia que pedras eram jogadas no couro cabeludo perfurado de Rayford. Ele cobriu a cabeça e curvou o tronco, mas, agora, sentia as mesmas ferroadas afiadas nos braços, no pescoço e nas costas. Será que havia forçado demais? Teria sido tolice continuar mergulhando com uma ferida aberta? Deu uma espiada quando Mac cambaleou em direção ao helicóptero.

— Entre, Ray! Está chovendo granizo!

\* \* \*

Buck sempre gostou de tempestades. Pelo menos antes de viver a ira do Cordeiro. Quando menino, sentava-se diante da janela panorâmica de sua casa, em Tucson, no Arizona, e assistia às espetaculares tempestades de raios. Entretanto, alguma coisa no clima, desde o arrebatamento, o assombrava.

Dr. Charles deixou instruções sobre como cuidar de Hattie, depois partiu para Kenosha. À medida que a tarde escurecia, Chloe procurava cobertores extras para Hattie, que cochilava, enquanto Tsion e Buck fechavam as janelas.

— Vou arriscar apenas um pouco — disse Tsion. — Usarei o computador na bateria até passar a tempestade, mas ficarei conectado à internet de um jeito ou de outro.

Buck riu.

— Pela primeira vez, eu posso corrigir o brilhante estudioso. Você esqueceu que estamos usando eletricidade de um gerador a gás, que provavelmente não será afetado pela tempestade. Sua linha telefônica está conectada à parabólica no telhado, o ponto mais alto aqui. Se sua preocupação são os relâmpagos, é melhor desconectar o telefone e conectar a energia.

— Nunca me confundiriam com um eletricista — respondeu Tsion, balançando a cabeça. — A verdade é que, por algumas horas, eu tampouco vou precisar de internet.

Ele subiu as escadas. Buck e Chloe sentaram-se um ao lado do outro, ao pé da cama de Hattie.

— Ela dorme demais — disse Chloe. — E está tão pálida!

Buck estava perdido em seus pensamentos quanto aos segredos sombrios que sobrecarregavam Hattie. O que Rayford acharia da possibilidade de Bruce ter sido envenenado? Rayford sempre disse que era estranho o jeito como Bruce parecia em paz em comparação com as outras vítimas do bombardeio. Os médicos não chegaram a conclusões sobre a doença que ele teria trazido do Terceiro Mundo. Quem sonharia que Carpathia pudesse estar por detrás disso?

Buck também lutava, ainda, com a morte do guarda da Comunidade Global. O vídeo foi exibido várias e várias vezes nos canais de notícias da televisão. Ele não suportaria vê-lo de novo, embora Chloe insistisse que estava claro, pela gravação, que ele não teve escolha.

— Mais pessoas teriam morrido, Buck — dizia ela. — E uma delas teria sido você.

Isso era verdade. Ele não poderia chegar a outra conclusão. Por que, então, não experimentava uma sensação de satisfação ou mesmo de realização com isso? Ele não tinha a mentalidade de um homem de guerra. E, contudo, aqui estava, nas linhas de frente.

Buck tomou a mão de Chloe e puxou-a para perto. Ela pousou a bochecha no peito dele, e Buck afastou-lhe o cabelo do rosto ferido. Seus olhos, ainda inchados e morbidamente descorados, pareciam melhorar. Tocou a testa de Chloe com os lábios e sussurrou:

— Eu amo você de todo o meu coração.

Buck olhou de relance para Hattie. Ela não se movia há uma hora. E o granizo veio.

Buck e Chloe levantaram-se e olharam pela janela, enquanto as minúsculas bolas de gelo saltavam no quintal. Tsion apressou-se a descer as escadas.

— Ah, uau! Olhem isso!

O céu enegreceu-se e as pedras de granizo tornavam-se cada vez maiores. Agora, apenas pouco menores do que bolas de golfe, elas batiam contra o teto, ressoavam nas calhas, trovejavam sobre o Range Rover. A energia falhava. Um chiado de protesto explodiu de Tsion, mas Buck lhe assegurou:

— O granizo acabou de derrubar o cabo, só isso. Fácil de consertar.

Enquanto observavam, porém, o céu se iluminou. Mas não era um raio. As pedras de granizo, pelo menos uma parte, estavam em chamas!

— Oh, meus queridos! — disse Tsion. — Vocês sabem o que é isso, não sabem? Vamos puxar a cama de Hattie para longe da janela, só por precaução! O anjo do juízo da primeira trombeta está lançando saraiva e fogo à terra.

* * *

Rayford e Mac haviam deixado o equipamento de mergulho no chão, próximo ao helicóptero. Agora, protegidos pela bolha de acrílico da minúscula cabine, Rayford sentia-se dentro de uma pipoqueira. Enquanto aumentavam de tamanho, as pedras de granizo caíam sobre os cilindros de oxigênio e perfuravam o helicóptero. Mac ligou o motor e colocou as pás a girar, mas ele não iria a lugar nenhum. Não deixaria o equipamento de mergulho para trás, e helicóptero e tempestade de granizo não eram uma boa combinação.

— Sei que não quer ouvir isso, Ray — gritou por cima do barulho —, mas você precisa deixar aqueles destroços e o corpo de sua esposa exatamente onde estão. Não gosto disso nem entendo mais do que você, mas acredito que Deus vai ajudá-lo a passar por esse momento. Não balance a cabeça, eu sei que ela era tudo para você. Mas Deus o deixou aqui com um propósito. Eu preciso de você. Sua filha e seu genro precisam de você. O rabino, de quem me fala tanto, também precisa de você. Tudo que eu quero dizer é: Não tome nenhuma decisão com as emoções à flor da pele. Nós vamos passar por isso juntos.

Rayford enojava-se consigo mesmo, pois tudo o que Mac — o crente novinho em folha — dizia soava como os muitos chavões vazios. Verdade ou não, aquilo não era o que ele queria ouvir.

— Fale a verdade, Mac. Você checou se havia o sinal na testa dela?

Mac franziu os lábios e não respondeu.

— Checou, não? — pressionou Rayford.

— Sim, chequei.

— E não tinha, tinha?

— Não, não tinha.

— O que eu devo concluir disso?

— Como vou saber, Ray? Eu não era um crente antes do terremoto. Não sei se você tinha uma marca na testa antes daquilo também.

— Eu provavelmente tinha!

— Talvez tivesse, mas dr. Ben-Judá não escreveu, mais tarde, sobre os cristãos começando a perceber o sinal uns nos outros? Isso foi depois do terremoto. Se tivessem morrido no terremoto, tampouco teriam a marca. E, ainda que tivessem, como saber se a marca continua ali quando morremos?

— Se Amanda não era cristã, ela provavelmente trabalhava para Carpathia — disparou Rayford. — Mac, acho que eu não conseguiria lidar com isso.

— Pense em David — disse Mac. — Ele nos procurará por liderança e orientação, e eu sou mais novo nisso do que ele.

Quando línguas de fogo começaram a cair com a saraiva, Rayford apenas observava. Mac disse:

— Uau! — vez após outra. — São como fogos de artifício de primeira!

Enormes pedras de granizo precipitavam-se no rio e flutuavam correnteza abaixo. Elas se acumulavam nas margens e tornavam a areia branca como a neve. Neve no deserto. Dardos flamejantes chiavam e sibilavam ao atingirem a água. Faziam o mesmo som ao se assentarem no granizo, na praia, e não se consumiam de imediato.

As luzes do helicóptero iluminavam uma área de seis metros adiante da nave. Mac, de repente, soltou o cinto e inclinou-se para a frente.

— O que é isso, Ray? Está chovendo, mas é vermelho! Olhe! Sobre a neve toda!

— É sangue — disse Rayford.

Uma paz inundou sua alma. Não dissipou sua dor nem lhe tirou o pavor da verdade sobre Amanda. Mas o espetáculo, esta chuva de fogo, gelo e sangue, lembrou-lhe, uma vez mais, de que Deus é fiel. Ele guarda suas promessas. Mesmo que nossos caminhos não sejam os dele e que, talvez, nunca consigamos entendê-lo deste lado do céu, Rayford teve novamente a certeza de que estava do lado do exército que já venceu esta guerra.

\* \* \*

Tsion apressou-se para os fundos da casa e observou as chamas derretendo o granizo e incendiando a grama, que queimava por alguns instantes; depois, mais granizo vinha e apagava o fogo. O quintal inteiro estava preto. Bolas de fogo caíram nas árvores que o cercavam. Elas explodiram em chamas todas de uma vez, com os galhos mandando um gigantesco cogumelo laranja ao ar. As árvores esfriaram tão rapidamente quanto queimaram.

— Ai vem o sangue — disse Tsion.

E, de repente, Hattie sentou-se. Olhava fixamente pela janela, enquanto o sangue jorrava dos céus. Esforçou-se para se ajoelhar na cama e conseguir enxergar mais ao longe. O quintal ressequido estava, agora, molhado com o granizo derretido e vermelho com o sangue.

Relâmpagos riscavam o céu, trovões caíam. Pedras de granizo maiores do que bolas de tênis batiam no teto, rolando e enchendo o quintal. Tsion exclamava:

— Louvado seja o Senhor Deus Todo-poderoso, Criador do céu e da terra! O que vocês veem diante de si é uma figura de Isaías 1:18: "Embora os seus pecados sejam vermelhos como escarlate, eles se tornarão brancos como a neve; embora sejam rubros como púrpura, como a lã se tornarão."

— Você viu, Hattie? — perguntou Chloe.

Hattie virou-se, e Buck viu as lágrimas. Ela assentiu, mas parecia zonza. Buck a ajudou a deitar-se, e ela logo adormeceu.

Quando as nuvens desvaneceram e o sol voltou, o resultado do espetáculo de luzes tornou-se óbvio. A casca das árvores estava enegrecida; a folhagem, toda queimada. Conforme o granizo derretia e o sangue penetrava o solo, a grama queimada aparecia.

— As Escrituras já diziam que um terço das árvores e toda a grama verde do mundo seriam queimados — falou Tsion. — Mal posso esperar até termos energia elétrica para ver o que os jornalistas de Carpathia vão falar sobre isso.

No entanto, outra ação clara da mão de Deus havia mudado Buck. Ele ansiava que Hattie ficasse saudável para poder descobrir a verdade. Bruce Barnes ter sido envenenado por Nicolae Carpathia ou ter perdido a vida na primeira saraivada de bombas na Terceira Guerra Mundial fazia pouca diferença no escopo mais amplo das coisas. Mas, se Hattie Durham tinha informações sobre Amanda que pudessem confirmar ou negar o que Tsion havia descoberto nos arquivos do computador de Bruce, Buck queria ouvi-la.

* * *

Mac deixou o helicóptero funcionando, mas Rayford estava com frio. Como não havia nada verde para queimar naquela parte do mundo, o fogo e o sangue foram vencidos pelo granizo. O resultado foi a noite mais gelada da história do deserto do Iraque.

— Fique aí — falou Mac. — Vou pegar as coisas.

Rayford esticou-se para segurar a maçaneta da porta.

— Não, tudo bem, vou fazer minha parte.

— Não! Agora estou falando sério. Deixe comigo.

Rayford não admitiria, mas ficou agradecido. Permaneceu lá dentro, enquanto Mac afundava os pés na lama formada pelo granizo derretido. McCullum guardou o equipamento de mergulho atrás dos assentos. Quando voltou, estava com o *notebook* encharcado de Amanda.

— Para que isso, Mac? Essas coisas não são à prova d'água.

— Verdade — respondeu Mac. — A tela está destruída, os painéis solares arruinados, o teclado não vai funcionar, a placa-mãe já era. Aquele tanto de água deve ter detonado qualquer coisa que imaginarmos. Menos o disco rígido. O HD é revestido e à prova d'água. Especialistas podem executar um diagnóstico e copiar todos os arquivos que você quiser.

— Não espero nenhuma surpresa.

— Desculpe ser franco, Rayford — disse Mac —, mas você também não esperava vê-la no Tigre. Se eu fosse você, procuraria provas para confirmar que Amanda era tudo o que pensava que ela era.

Rayford não sentia-se seguro.

— Eu teria de pedir a alguém que conheço, como David Hassid ou outra pessoa em quem eu possa confiar.

— Isso restringe a coisa a David e a mim, claro.

— Se for má notícia, eu não poderia deixar um estranho descobrir antes de mim. Por que você não cuida disso, Mac? Nesse meio-tempo, não quero nem pensar no assunto. Do contrário, vou trair sua confiança e ir direto a Carpathia exigir que ele limpe o nome de Amanda.

— Você não pode fazer isso, Ray.

— Se tiver acesso exclusivo a esse computador, talvez eu não consiga evitar. Só faça isso por mim e me conte o resultado.

— Não sou especialista, Ray. E se eu supervisionar David ou deixar ele me dar as instruções? Não vamos abrir arquivo nenhum, só procurar por qualquer coisa que esteja disponível.

\* \* \*

Nicolae Carpathia anunciou um adiamento das viagens em razão do "estranho fenômeno natural" e do seu efeito na reconstrução do aeroporto. Nas semanas seguintes, enquanto a equipe expandida do Comando Tribulação, em Chicago, se aproximava da data de partida para Israel, Buck ficava boquiaberto com a melhora de Chloe. Floyd Charles tirou-lhe os gessos, e, em poucos dias, os músculos atrofiados começaram a voltar. Ao que parecia, talvez ela ficasse manca para sempre, com uma dor residual, o rosto e o semblante ligeiramente tortos. Mas, para Buck, ela nunca esteve melhor. Chloe só falava em ir para Israel ver a incrível concentração em massa das testemunhas.

As primeiras 25 mil a chegarem se encontrariam com Tsion no estádio Teddy Kollek. O restante se reuniria em locais por toda a Terra Santa, assistindo ao evento em circuito fechado na televisão. Tsion contou a Buck que planejava convidar Moishe e Eli para juntarem-se a ele no estádio.

Após a chuva de granizo, fogo e sangue enviada por Deus, os ainda céticos eram poucos. Não havia mais nenhuma ambiguidade sobre a guerra. O mundo estava tomando partido.

\* \* \*

A cabeça de Rayford curou-se rapidamente, mas seu coração ainda estava ferido. Passava seus dias de luto orando, estudando e acompanhando cuidadosamente os ensinamentos de Tsion na internet, além de manter contato com Buck e Chloe todos os dias.

Também ocupava a mente com os planos do itinerário, orientando David Hassid e ensinando Mac. Nos primeiros dias, é claro, os papéis estiveram invertidos; Mac ajudou Rayford no pior período do luto. Ray tinha de admitir que Deus lhe dava exatamente a força suficiente para cada dia. Nenhuma extra, nenhuma para investir no futuro, mas o suficiente para cada dia.

Quase um mês depois da noite em que Rayford havia descoberto o corpo de Amanda, David Hassid presenteou-o com uma cópia de todos os arquivos do computador de Amanda.

— Estão todos criptografados e são, portanto, inacessíveis sem decodificação — disse-lhe David.

Rayford ficava tão quieto perto de Carpathia e Fortunato, mesmo quando pressionado a levá-los de avião para lá e para cá, que acreditava ser um tédio a ambos. Perfeito. Até que Deus o liberasse dessa responsabilidade, ele simplesmente aguentaria.

Ficou surpreso com o progresso da reconstrução ao redor do mundo. Carpathia tinha tropas ocupadas trabalhando e abrindo estradas, pistas de pouso, cidades, rotas comerciais, tudo. A balança de viagem, comércio e governo pendia, agora, para o Oriente Médio, Iraque, na Nova Babilônia, a capital do mundo.

\* \* \*

Pessoas ao redor do mundo imploravam para conhecer a Deus. Seus pedidos inundavam a internet. Tsion, Chloe e Buck trabalhavam dia e noite, correspondendo-se com novos convertidos e planejando o enorme evento na Terra Santa.

Hattie não melhorou. Dr. Charles procurou uma instalação médica secreta, mas, por fim, disse a Buck que cuidaria dela ali mesmo, enquanto Buck e os outros estivessem em Israel. Seria arriscado para os dois, e ela poderia, ocasionalmente, ficar sozinha mais tempo do que ele gostaria, mas era o melhor que conseguia pensar.

Buck e Chloe oravam por Hattie todos os dias. Chloe confidenciou a Buck:

— A única coisa que me impedirá de ir é Hattie não receber a Cristo antes. Não posso deixá-la nesse estado.

Buck tinha os próprios motivos para desejar que ela revivesse. A salvação dela era de extrema importância, claro, mas ele precisava saber de coisas que só Hattie poderia contar-lhe.

*  *  *

Por sua própria observação e pelas informações de David Hassid, Rayford via como Carpathia estava enfurecido com Tsion Ben-Judá, as duas testemunhas, a conferência iminente e, em especial, a grande onda de interesse por Cristo.

Carpathia sempre foi motivado e disciplinado, mas, agora, se tornou evidente que ele estava em uma missão. Seu olhar era feroz, o rosto, tenso. Acordava cedo todos os dias e trabalhava até tarde todas as noites. Rayford esperava que o homem fosse levado a um frenesi. "Seu dia está chegando", pensava Rayford, "e eu espero que Deus me deixe puxar o gatilho."

*  *  *

Dois dias antes da partida programada para a Terra Santa, o toque do celular despertou Buck. Uma mensagem de Rayford dizia: "Está acontecendo! Liguem a TV. Isso vai ser divertido!"

Buck desceu as escadas na ponta dos pés e ligou a televisão. Assim que viu o que estava acontecendo, acordou todos na casa, exceto Hattie. Disse a Chloe, Tsion e Ken:

— É quase meio-dia na Nova Babilônia, e acabei de receber notícias de Rayford. Venham comigo.

Os jornalistas relatavam aquilo que os astrônomos haviam descoberto apenas duas horas atrás. Um cometa novíssimo em rota de colisão com a Terra. Cientistas da Comunidade Global analisaram dados transmitidos de sondas lançadas às pressas para circundar o objeto. Disseram que *meteoro* era um termo errôneo para aquela formação rochosa, com consistência de giz ou, talvez, de arenito.

Imagens das sondas mostravam um projétil de formato irregular, de cor clara. O apresentador comunicava:

*Senhoras e senhores, eu insisto para que vocês entendam o significado disso. O objeto está prestes a entrar na atmosfera terrestre! Os cientistas não determinaram sua composição exata, mas, se ele for, como parece ser, menos denso que o granito, a fricção resultante de sua entrada em nossa atmosfera fará com que entre em chamas.*

*Uma vez sujeito à força gravitacional da Terra, ele vai acelerar a 9,8 metros por segundo ao quadrado. Como podem ver nestas fotos, ele é imenso. Mas, sem saber a sua medida exata, não é possível compreender plenamente a destruição potencial a caminho. Os astrônomos da Comunidade Global estimam que esse objeto tenha nada menos que a massa de toda a Cordilheira dos Apalaches, e que seja capaz de rachar a Terra ao meio ou arrancá-la de sua órbita.*

*A Administração Espacial e Aeronáutica da Comunidade Global prevê a colisão para, aproximadamente, às nove horas, fuso horário central dos Estados Unidos. A expectativa é pelo melhor cenário possível, que seria uma queda no meio do Oceano Atlântico.*

*Ondas gigantescas devem engolfar as costas dos dois lados do Atlântico por até oitenta quilômetros em direção ao continente. Neste exato momento, as áreas costeiras estão sendo evacuadas, e tripulações de embarcações oceânicas estão sendo recolhidas dos navios por meio de helicópteros, embora não se saiba ao certo quantas pessoas poderão ser removidas para um local seguro a tempo. Especialistas concordam que o impacto na vida marinha será inestimável.*

*Sua Excelência, o soberano Nicolae Carpathia, emitiu uma declaração atestando que não foi possível, ao seu pessoal, ter conhecimento do fenômeno mais cedo. Embora o soberano revele estar confiante de ter o poder de fogo necessário para destruir o objeto, ele foi alertado de que a imprevisibilidade dos fragmentos é um risco muito grande, especialmente considerando que a montanha em queda está a caminho do oceano.*

Diante dessas notícias, o Comando Tribulação logo se encarregou de divulgar que aquele era o juízo da segunda trombeta, predito em Apocalipse 8:8-9. "Será que pareceremos especialistas em previsões quando saírem os resultados?", Tsion escreveu em sua mensagem. "Será que as pessoas no poder ficarão chocadas ao descobrir que, assim como está na Bíblia, um terço dos peixes morrerá, um terço das embarcações no mar afundará e tsunamis causarão estragos no mundo todo? Ou as autoridades reinterpretarão o acontecimento para fazer parecer que a Bíblia estava errada? Não seja enganado! Não adie! Agora é o tempo aceitável. Agora é o dia da salvação. Venha a Cristo antes que seja tarde demais. As coisas só vão piorar. Nós todos fomos deixados para trás da primeira vez. Não esteja em lamento em seu último fôlego de vida."

As forças armadas da Comunidade Global posicionaram estrategicamente uma aeronave para filmar a mais espetacular queda na água da história. Como constataram por fim, a montanha de mais de 1.600 quilômetros quadrados, em grande parte formada de enxofre, explodiu em chamas ao entrar na atmosfera. Ela eclipsou o sol e, com um sopro, desviou as nuvens com ventos de furacão entre ela e a superfície do mar durante a última hora de sua queda dos céus. Quando, finalmente, ressoou na face do abismo, gêiseres, trombas-d'água e tufões foram deslocados a quilômetros de altura, subindo rapidamente do oceano e abatendo muitos aviões da Comunidade Global. Aqueles que foram capazes de filmar o resultado produziram imagens incríveis, que seriam transmitidas pela TV, por todo o globo, durante semanas.

O dano terrestre foi tão grande, que quase todos os meios de viagem foram interrompidos. A concentração israelense das testemunhas judias foi adiada por dez semanas.

As duas testemunhas no Muro das Lamentações entraram na ofensiva, ameaçando continuar com a seca na Terra Santa, a qual mantinham desde o dia da assinatura do pacto entre o anticristo e Israel. Prometeram rios de sangue em retaliação a qualquer ameaça aos evangelistas selados de Deus. Então, numa exibição extravagante de poder, pediram a Deus que deixasse chover apenas no Monte do Templo por sete minutos. De um céu sem nuvens veio uma chuva morna, que transformou a poeira em lama e fez israelenses saírem correndo das casas, levantando as mãos e o rosto, colocando a língua para fora. Riam, dançavam e cantavam sobre o que esse milagre significaria para suas colheitas. Mas, sete minutos depois, a água parou e se evaporou. A lama transformou-se em poeira e dissipou-se.

— Ai de vocês, escarnecedores do único Deus verdadeiro! — bradavam Eli e Moishe. — Até o tempo devido, quando Deus permitir que sejamos derrubados e, depois, devolvidos ao seu lado, vocês não terão poder sobre nós ou sobre aqueles que Deus chamou para proclamar o seu nome em toda a terra!

\* \* \*

Rayford, a princípio, foi confortado pela compaixão de Chloe, Buck e Tsion em seu luto por Amanda. Mas, enquanto buscava exaltar as virtudes dela em memórias enviadas nessas trocas de mensagens, recebia de volta respostas mornas. Será que eles foram expostos às insinuações de Carpathia? Certamente conheceram e amaram Amanda o suficiente para acreditar na sua inocência.

Finalmente, chegou o dia em que Rayford recebeu de Buck uma longa e hesitante mensagem. Ela terminava assim: "Nossa paciente recobrou forças suficientes para conseguir compartilhar os preocupantes segredos do passado que a impediam de dar um passo vital em direção ao Criador. Essa informação é extremamente alarmante e reveladora. Só podemos discuti-la com você pessoalmente, portanto insistimos que você nos encontre assim que possível."

Rayford ficou tão abatido como não ficava há tempos. O que aquilo podia significar além de que Hattie havia esclarecido as acusações sobre Amanda? A menos que ela pudesse provar suas alegações fajutas, Rayford não teria pressa para um encontro cara a cara.

\* \* \*

Apenas uns poucos dias antes da partida remarcada do Comando Tribulação para Israel, a Administração Espacial da Comunidade Global detectou novamente uma ameaça nos céus. Esse objeto era similar, em tamanho, à montanha em chamas de antes, mas tinha consistência de madeira podre. Carpathia, ansioso por tirar as atenções de Cristo e Tsion Ben-Judá e voltá-las a si mesmo, prometeu detonar o objeto dos céus.

Com grande alarde, a imprensa mostrou o lançamento de um colossal míssil nuclear projetado para vaporizar a nova ameaça. Enquanto o mundo inteiro assistia, o meteoro flamejante, que a Bíblia chamou de Absinto, dividiu-se em bilhões de pedaços antes de o míssil chegar até ele. Os resíduos flutuaram no ar por horas e pousaram em um terço de fontes, nascentes e rios da terra, tornando a água um veneno amargo. Milhares morriam ao ingeri-la.

Carpathia, uma vez mais, anunciou sua decisão de adiar a conferência em Israel. Mas Tsion Ben-Judá não quis nem saber. Postou no BBS, na internet, sua resposta. Insistiu que o maior número possível das 144 mil testemunhas se dirigisse para Israel na semana seguinte.

"Sr. Carpathia", escreveu, propositalmente sem usar nenhum outro título, "estaremos em Jerusalém conforme o programado, com ou sem sua aprovação, permissão ou proteção prometida. A glória do Senhor será nossa retaguarda."

* * *

A lista de arquivos criptografados no HD de Amanda evidenciava uma extensa correspondência entre ela e Nicolae Carpathia. E como Rayford temia, seu desejo de decodificar os arquivos estava aumentando. Tsion havia contado sobre o programa de Donny, aquele que decodificou os arquivos de Bruce. Se Rayford conseguisse ir a Israel enquanto o resto do Comando Tribulação estivesse lá, poderia, finalmente, chegar ao fim do horrível mistério.

Sua própria filha e o genro não lhe aliviariam os temores? Todos os dias ele se sentia pior, convencido de que, independentemente da verdade ou de qualquer coisa que pudesse dizer para dissuadi-los, seus entes queridos haviam sido influenciados. Ele não foi até lá perguntar a opinião deles. Não precisava. Se ainda estivessem ao seu lado — e das lembranças de sua esposa —, ele já teria sabido.

Rayford acreditava que a única maneira de inocentar Amanda era decodificando seus arquivos, mas ele também sabia do risco. Teria de enfrentar seja lá o que eles revelassem. Ele só queria a verdade, mas será que a qualquer custo? Quanto mais orava, mais convencido ficava de que não deveria temer.

O que descobrisse afetaria o modo como ele agiria pelo resto da tribulação. Se a mulher com quem compartilhou a vida o tivesse enganado, em quem ele poderia confiar? Se ele foi um avaliador de caráter tão ruim assim, que bem poderia trazer à causa? Dúvidas enlouquecedoras enchiam sua mente, mas Rayford estava obcecado em saber. De um jeito ou de outro, amante ou fingida, companheira ou impostora, ele precisava saber.

Na manhã anterior ao início da reunião em massa mais comentada do mundo, Rayford abordou Carpathia em seu escritório.

— Sua Excelência — começou, engolindo qualquer vestígio de orgulho —, suponho que vá precisar de mim e de Mac para ir a Israel amanhã.

— Não mais, comandante Steele. Como eles estão se reunindo contra a minha vontade, planejei não sancionar o evento com a minha presença.

— Mas sua promessa de proteção...

— Ah, e isso lhe diz respeito, não é?

— Você sabe bem o meu posicionamento.

— E você também sabe que eu lhe digo para onde voar, não o contrário. Você não acha que, se eu quisesse estar em Israel amanhã, não teria dito antes?

— Então, aqueles que se perguntam se você está com medo do estudioso que...

— Medo!

— ... o expôs na internet e o desafiou a provar suas reivindicações de poder diante de uma audiência internacional...

— Você está tentando me fisgar, comandante Steele — disse Carpathia, sorrindo.

— Francamente, acredito que você sabe que será ofuscado em Israel pelas duas testemunhas e pelo dr. Ben-Judá.

— As duas testemunhas? Se aqueles dois não pararem com a magia negra, a seca e o sangue, terão de se ver comigo.

— Eles dizem que você não pode lhes causar dano até o devido tempo.

— Eu vou decidir quando é o devido tempo.

— E, no entanto, Israel foi protegido do terremoto e dos meteoros...

— Você acredita que as testemunhas são responsáveis por isso?

— Acredito que Deus é.

— Diga-me, comandante Steele. Ainda acha que um homem, conhecido por ressuscitar mortos, poderia mesmo ser o anticristo?

Rayford hesitou, desejando que Tsion estivesse na sala.

— O inimigo tem sido conhecido por imitar milagres — respondeu. — Imagine a audiência em Israel, se você fizesse algo desse tipo. Lá estão pessoas de fé, reunindo-se em busca de inspiração. Se você fosse Deus, ou o Messias, será que elas não ficariam extasiadas em encontrá-lo?

Carpathia olhava fixamente para Rayford, parecendo estudar os olhos dele. Rayford acreditava em Deus. Ele tinha fé de que, apesar do seu poder e das suas intenções, Nicolae estaria impotente diante de qualquer uma das 144 mil testemunhas que carregavam o selo do Deus Todo-poderoso na testa.

— Se está sugerindo — falou Carpathia cuidadosamente — que faz todo sentido o soberano da Comunidade Global conceder a esses convidados um majestoso "bem-vindo", talvez tenha razão.

Rayford não disse nada parecido com aquilo, mas Carpathia ouviu o que queria ouvir.

— Obrigado — disse Rayford.

— Comandante Steele, programe esse voo.

# EPÍLOGO

Então vi outro anjo subindo do Oriente, tendo o selo do Deus vivo. Ele bradou em alta voz aos quatro anjos a quem havia sido dado poder para danificar a terra e o mar: "Não danifiquem, nem a terra, nem o mar, nem as árvores, até que selemos as testas dos servos do nosso Deus." Então ouvi o número dos que foram selados: cento e quarenta e quatro mil, de todas as tribos de Israel. (Apocalipse 7:2-4)

## A VERDADE POR TRÁS DA FICÇÃO

### A profecia por trás das cenas

No livro *The Truth Behind Left Behind* [A verdade por trás de *Deixados para trás*] (Multnomah, 2004), Mark Hitchcock e Thomas Ice, especialistas em profecias, falam sobre pessoas questionando a possibilidade de salvação após o arrebatamento. No capítulo que trata do livro *Colheita de almas*, eles discorrem sobre os que acreditam que a série *Deixados para trás* espalha falsas esperanças:

> Um pregador disse, recentemente, ser tolice pensar que alguém como Bruce Barnes (um personagem de *Deixados para trás*) poderia ter sido um pastor não salvo antes do arrebatamento e, então, encontrar salvação *após* o arrebatamento. Esse pregador acredita que Barnes, que teria ouvido o evangelho muitas vezes antes do arrebatamento, ficaria insensível à mensagem da salvação e não seria mais capaz de responder a ela durante

os subsequentes dias da tribulação. Esse pastor segue alertando sobre o perigo da série *Deixados para trás* por causa desse suposto erro (p. 76-77) [tradução nossa].

> **TESTE SEU QI PROFÉTICO***
>
> Qual é o juízo da quinta trombeta e por que ele é significativo?

* Veja a resposta no final desta seção.

No capítulo 21 do livro de não ficção *Estamos vivendo os últimos dias?*, Tim LaHaye e Jerry B. Jenkins abordam essa questão.

### Evangelistas aos milhares

Uma das bem conhecidas promessas de nosso Senhor sobre o fim dos tempos encontra-se em Mateus 24:14: "E este evangelho do Reino será pregado em todo o mundo como testemunho a todas as nações, e então virá o fim."

A maioria dos estudiosos de profecias assume que essa proeza será realizada durante a tribulação, por meio do ministério das 144 mil testemunhas descritas em Apocalipse 7:9, que alcançam uma "grande multidão incapaz de ser contada, de todas as nações, tribos, povos e línguas."

Apocalipse 7 sugere que, antes de o mundo mergulhar nas pragas e nos desastres introduzidos pelo sexto juízo selado, no fim do primeiro trimestre da tribulação, Deus levantará um exército de 144 mil evangelistas judeus, que se espalharão pelo mundo e farão uma colheita de almas de proporções inimagináveis. Cada um desses "servos" de Deus receberá um "selo" na testa. Em *Colheita de almas*, a marca do crente é visível para outros crentes, mas não para o que a possui ou para os incrédulos.

Seja qual for esse selo, ele garante proteção sobrenatural a essas 144 mil testemunhas judias, pelo menos até que a grande colheita de almas seja realizada:

> Depois disso olhei, e diante de mim estava uma grande multidão que ninguém podia contar, de todas as nações, tribos, povos e línguas, em pé, diante do trono e do Cordeiro, com vestes brancas e segurando palmas. E clamavam em alta voz: "A salvação pertence ao nosso Deus, que se assenta no trono, e ao Cordeiro".
>
> — Apocalipse 7:9-10

Alguns intérpretes têm dificuldade em acreditar que a tribulação poderia inaugurar uma enorme colheita de almas, mas estamos convencidos de que esse texto mostra que mais homens e mulheres virão a Cristo nesse período do que em qualquer outra época da história.

## Cristãos no tempo da ira

As Escrituras não retratam muito os crentes em Cristo durante o tempo da tribulação, mas o que elas dizem emociona e arrepia. As profecias sobre milhões de homens e mulheres que virão ao Salvador durante esse período de ira comovem — mas, ao mesmo tempo, um vento frio arrepia a alma quando lemos a respeito da chocante perseguição e do martírio que encherão esses anos. Leia Daniel 7 e Apocalipse 6:9-11, 13:7, 14:13-14 e 17:6.

Vários pontos importantes devem ser enfatizados nesses textos, ajudando-nos a entender o programa de Deus para o seu povo durante a tribulação.

1. **A tribulação contará com uma grande colheita de almas.** O Espírito Santo estará em ação bem aqui, no planeta Terra, durante a tribulação, convencendo todos os que estiverem abertos ao evangelho. A questão-chave, então, será exatamente o que sempre foi: arrependimento e fé.

2. **Deus ainda está no controle.** Apesar do horrendo número de santos que perderão a vida na tribulação, Deus ainda estará totalmente no controle durante o período inteiro. Note a linguagem cuidadosa usada por Daniel e João para descrever o poder do anticristo sobre o povo de Deus: "Os santos serão *entregues nas mãos dele*" (Daniel 7:25, ênfase adicionada); "*foi-lhe dado* poder para guerrear contra os santos" (Apocalipse 13:7, ênfase adicionada). Ambos os textos enfatizam que o anticristo não faz nada sem a permissão de Deus. A besta não arranca os santos das mãos de Deus, tampouco suplanta, de forma nenhuma, o Senhor com espertezas.

3. **A morte de um crente é abençoada.** "Felizes os mortos que morrem no Senhor", declara Apocalipse 14:13. O mundo acreditará que esses mártires eram ignorantes, tolos, idiotas. E ficará grato (se é que essa palavra serve) por não estar entre aqueles marcados para morrer. Algumas pessoas mais bondosas (se é que haverá alguma) poderão até ter pena dos santos que preferiram morrer a negar seu Senhor.

4. **Deus vingará a morte de seus filhos.** Quando os santos mortos clamam no céu: "Até quando, ó Soberano, santo e verdadeiro, esperarás para julgar os habitantes da terra e vingar o nosso sangue?" (Apocalipse 6:10), o Senhor não os repreende. Em vez disso, diz a eles que esperem um pouco mais. De muitas maneiras, por toda a Escritura, Deus diz: "A mim pertence a vingança e a retribuição" (veja Deuteronômio 32:35, Romanos 12:19, Hebreus 10:30, entre outros).

## A vitória é deles

Devemos agradecer a Deus por sua Palavra não concluir a história dos santos da tribulação com a morte terrena deles, mas, sim, proclamando em alta voz a sua vitória final por meio do sangue do Cordeiro (veja Apocalipse 12:11).

Hitchcock e Ice concordam, terminando seu capítulo com esta afirmação:

> Acreditamos que milhões de incrédulos serão salvos durante o terrível período da tribulação. Todos nós podemos ser gratos quanto a isso. Muitos dos salvos serão os que ouviram o evangelho diversas vezes antes do arrebatamento. Enquanto isso, nós, crentes, devemos nos esforçar para pregar o evangelho da graça de Deus *antes* do arrebatamento, para que o maior número possível de pessoas creia e escape dos horrores da tribulação (p. 87) [tradução nossa].

## ENQUANTO ISSO...

### ... desde a primeira publicação da série *Deixados para trás*

Desde a publicação de *Harvest Soul*, em 1998 (lançado em português como *Colheita de almas*), Deus tem-se movido ao redor do mundo — mesmo na região dominada pelos mulçumanos (Janela 10/40), onde é difícil obter informações e a conversão ao cristianismo pode ser extremamente perigosa. O autor Joel C. Rosenberg tornou-se um especialista sobre o território nos arredores de Israel, que ele chama de Epicentro. Em 10 de abril de 2009, escreveu um *post* em seu *blog* (joelrosenberg.com, em inglês), intitulado "*More Ex-Muslims Will Celebrate Easter This Year Than Any Other Time In History*" [Mais ex-muçulmanos celebrarão a Páscoa este ano do que em qualquer outro momento da história]. A seguir, os destaques:

> Jesus disse em Mateus 16:18: "[...] edificarei a minha igreja, e as portas do Hades não poderão vencê-la." Adivinhe só? Ele não

estava brincando. Você raramente ouve falar disso nas notícias. Raramente ouve falar disso nas igrejas do Ocidente, do Oriente ou mesmo do Oriente Médio. Mas a grande, e não contada, constatação é que mais muçulmanos estão chegando à fé em Jesus Cristo hoje do que em qualquer outro momento da história.

Após cruzar várias vezes o mundo islâmico nos últimos anos e entrevistar, para o livro *Inside The Revolution* [Dentro da revolução], mais de 150 pastores e líderes ministeriais que atuam nos países mais difíceis, eu posso relatar que, no Irã, mais de 1 milhão de muçulmanos xiitas vieram a Cristo desde 1979. No Paquistão, existem, hoje, mais de 2,5 milhões de seguidores de Jesus Cristo. No Sudão, mais de 5 milhões.

Embora nem todos os países tenham visto milhões de cidadãos deixarem o islã para se tornarem adeptos dos ensinamentos do Novo Testamento, na Síria, por exemplo, existem de 4 a 5 mil crentes, na Arábia Saudita cerca de 100 mil, sendo que em 1967 o número era praticamente zero nas duas nações. A tendência geral, contudo, é de aumento dramático e, em grande parte, não declarado.

Para muitos muçulmanos, o desespero e o desânimo diante do completo fracasso dos governos e das sociedades islâmicas em melhorar-lhes a vida e dar-lhes paz, segurança e um senso de propósito e significado estão levando-os a deixar o islã em busca da verdade. Alguns se perderam completamente e se tornaram agnósticos e ateus. Outros, infelizmente, se voltaram para o vício de álcool e drogas. Mas milhões estão descobrindo que somente Jesus Cristo cura a dor do coração e as feridas profundas da alma.

Para diversos muçulmanos, não é a depressão, mas a raiva que os afasta do Alcorão e da mesquita. Eles têm visto muitos líderes, governos e pregadores muçulmanos tanto defendendo como executando crueldades contra mulheres e crianças, e mesmo violência contra outros muçulmanos.

Você pode manter-se informado usando recursos *on-line*, mas esteja ciente de que informações confiáveis são, com frequência, difíceis de obter, e indivíduos convertidos podem já estar em perigo extremo, especialmente por contarem sua história a pessoas de fora. Ore por seus irmãos e irmãs em Cristo que enfrentam perseguição todos os dias.

---

**TESTE SEU QI PROFÉTICO — RESPOSTA**

O quinto dos sete juízos das trombetas é também o primeiro de três "ais" pronunciados pela águia de Apocalipse 8:13, levando os julgamentos a um nível ainda maior de ferocidade. Quando essa trombeta soa, um anjo abre o "poço do Abismo", de onde sobem fumaça e "gafanhotos" com poder como o de escorpião, para picar e atormentar os incrédulos por cinco meses. Eles são liderados por Apoliom, o principal demônio do Abismo. Leia mais sobre os papéis dos anjos e demônios no próximo livro, *Apoliom*.

Este livro foi impresso pela Geográfica, em 2020, para a Thomas Nelson Brasil. O papel do miolo é avena 70 g/m², e o da capa, cartão 250 g/m².